A INFIDELIDADE DE STEWART DAGMAN

pai de 1ª viagem

Outra obra do autor pela Editora Record

A namorada nº 44 de Harry Chess

Mark Barrowcliffe

A INFIDELIDADE DE STEWART DAGMAN

pai de 1ª viagem

Tradução de
MARIA CLÁUDIA DE OLIVEIRA

EDITORA RECORD
RIO DE JANEIRO • SÃO PAULO

2003

CIP-Brasil. Catalogação-na-fonte
Sindicato Nacional dos Editores de Livros, RJ.

Barrowcliffe, Mark
B286i A infidelidade de Stewart Dagman, pai de 1ª viagem / Mark Barrowcliffe; tradução de Maria Cláudia de Oliveira. – Rio de Janeiro: Record, 2003.
400p.

Tradução de: Infidelity for first-time fathers
ISBN 85-01-06242-1

1. Triângulos (Relações interpessoais) – Ficção. 2. Romance inglês. I. Oliveira, Maria Cláudia de. II. Título.

CDD – 823
03-0387 CDU – 821.111-3

Título original inglês
INFIDELITY FOR FIRST-TIME FATHERS

Todas as personagens desta obra são fictícias.
Qualquer semelhança com pessoas reais, vivas ou mortas, é mera coincidência

Direitos exclusivos de publicação em língua portuguesa para o Brasil adquiridos pela
DISTRIBUIDORA RECORD DE SERVIÇOS DE IMPRENSA S.A.
Rua Argentina 171 – Rio de Janeiro, RJ – 20921-380 – Tel.: 2585-2000
que se reserva a propriedade literária desta tradução

Impresso no Brasil

ISBN 85-01-06242-1

PEDIDOS PELO REEMBOLSO POSTAL
Caixa Postal 23.052
Rio de Janeiro, RJ – 20922-970

Para Wendy e Reg Bell —
por me manterem aquecido à noite.

"Foi um dos sentimentos mais mortais e pesados de minha vida sentir que eu não era mais um garoto — daquele momento em diante comecei a envelhecer em minha auto-estima — e na minha estima a idade não merece estima."

— Lord Byron, *Detached Thoughts,* 15 de outubro de 1821

"Para encontrar um amigo a pessoa precisa fechar um olho. Para mantê-lo, os dois."

— Norman Douglas, *Almanac,* 1941

Neste romance me referi a um monte de fatos históricos. Seguindo a boa e velha prática dos melhores estudiosos, eles foram inteiramente modificados.

1

Um dia perfeito

O dia em que soube que ia ser pai foi um dos mais felizes de minha vida.

Era meio de setembro, fazia 27 graus e os londrinos já estavam querendo ver o verão morto. A luz do sol e as férias já haviam terminado, mas um calor insistia em ficar ali de emboscada, ignorando que as noites já estavam mais escuras, as nuvens estavam sufocantes e as primeiras lanternas do Halloween estavam nas lojas — como um namorado que se recusa a identificar a expressão "deixa que eu te ligo" nos olhos de sua amada.

Então a cidade transpirava fora de época no aperto do trânsito e no gargalo do metrô, nas filas das lanchonetes e nas salas de reuniões, todo mundo quente, todo mundo apressado, enquanto eu — flutuando como um raminho de coentro nessa sopa humana — ficava deitado nu, na frente do ventilador e imune à calefação borbulhante das ruas, na cama de minha namorada Cat.

Eu já estava suficientemente velho para comemorar a notícia de minha paternidade iminente. Deus sabe que eu já estava velho o suficiente. Trinta e cinco, o topo da curva, dando aquele longo olhar para o horizonte antes da inevitável queda em parafuso na direção da marca trinta e dez.

Para mim, era a época ideal para receber crianças em minha vida, particularmente porque Cat era uma mulher que eu amava de uma maneira que realmente não havia conhecido antes.

Nós já tínhamos muitas crianças, na minha cabeça. Melancólico — ou, como costumávamos chamar, romântico — como se fica depois de um relacionamento tão breve, eu ficava nos imaginado vagando pela beira de um rio, olhando dentro dos olhos um do outro enquanto as crianças, produtos de nossa paixão perfeita, pulavam ali por perto.

As crianças estariam ricamente vestidas em roupas antigas, da maneira como se vestem as crianças ricas, tipo algo saído de *A noviça rebelde* (não da Juventude Hitlerista, é claro). Não tiraríamos os olhos um do outro, observando-as enquanto elas brincavam com uma roda e uma vareta, ou talvez um barquinho a vela. Obviamente isso é a fantasia. Na realidade seria um *gameboy* ou algo assim, mas tento não me deixar subjugar pelo marketing em meus sonhos.

E quando servíssemos o vinho, enquanto as crianças dormiam cansadas de suas brincadeiras, falaríamos sobre arte e livros e impressionaríamos um ao outro com nossas idéias. "Humm", ela diria, "nunca pensei sobre isso..." Bem, sempre se pode sonhar.

Então eu me deitaria de costas, com Cat deitada sobre mim, seus cabelos fazendo cócegas em meu rosto enquanto eu notaria como a idade a estava tornando ainda mais bonita e imaginaria como eu conseguia amá-la mais a cada segundo. "Olhe", ela diria, a mão se curvando fina como um salgueiro na direção do rio, que estaria livre de barcos e do tipo de estudantes universitários que combina com eles, "cisnes. Eles formam um único par para sempre." "Como nós", eu diria, "como nós", e eu me renderia finalmente aos beijos e à luz do sol.

Por coincidência, esta fantasia estava passando em minha cabeça quando ela se ergueu gloriosa como a aurora para ir ao banheiro. Naquele estágio de nosso relacionamento, qualquer separação provocava dor. Eu tinha uma necessidade física dela, uma saudade animal. Como o viajante enregelado pela chuva deseja uma cama quente, como os pais de uma criança chorona desejam dormir, eu a desejava — corpo, mente e alma.

Diga a ela, pensei. Diga a ela como se sente. Permita-se abrir para o amor. Antes que você me ache sensível demais, devo recordar que não penso esse tipo de coisa com freqüência e tenho todos os tipos de fantasias normais sobre marcar gols da vitória, acertar na loteria, possuir carros, ter sorte. Também já fui preso duas vezes (tudo bem, uma delas foi por erro de identificação e a outra por perturbar a paz com um banjo, mas, bem ou mal, eu *fui* preso) e costumava lutar boxe para os Southern Counties. Também sou macho o suficiente para admitir que essa última afirmação é mentira. Então não sou sensível, tá legal?

Havia algumas coisas me impedindo de expressar meus sentimentos íntimos por Cat. Só estávamos saindo juntos há poucos meses e parecia prematuro pra caramba soltar de repente aquela palavra que começa com "A". Não sou como Lee Henderson, meu amigo mais antigo e meu novo sócio nos negócios, que diz que as expressões de amor deveriam entrar em cena por volta dos seis meses — o que, no seu livro de hábitos sexuais, coincide exatamente com a primeira solicitação de sexo pelo lugar errado.

— Amor e sodomia têm que entrar juntos — dizia ele, como uma dona de casa que faz economia doméstica explicando que de muitos poucos se consegue fazer um muito — você não pode ter um sem o outro.

— Pode — respondia eu. — Eu tenho.

— É, mas isso não é muito divertido — retrucava ele, examinando as costas da mão em busca das marcas reveladoras sobre as quais acabara de ler numa revista indutora-de-paranóia que descobrira num caixa de supermercado. — É a combinação ideal do pornográfico com o romântico, a extensão completa das necessidades humanas.

Um ar melancólico e distante descia sobre ele, como o de um jogador de futebol de 17 anos examinando a camisa que vestiria se levantasse a taça.

Não sou como Henderson, de qualquer forma. Isso não é uma coisa cínica para mim. Não consigo soltar palavras em troca de favores sexuais bizarros. Queria dizer que a amava porque eu a amava e estava pronto para o próximo estágio — noites na frente do fogo, a correria para a escola de manhã, levar as crianças para os Lobinhos e depois perguntar a eles se o cara que dirige aquilo não os mandara fazer nada "engraçado". Na verdade, venho querendo isso há anos. O fato de eu a amar tão cedo, tão ridiculamente cedo, e o fato de saber que era ridículo dizer mas que ia dizer de qualquer maneira, mostraria a profundidade de meus sentimentos.

Não que essa história de sexo não fosse parte do que eu sentia por ela. Houve aquele dia, por exemplo, em que ficamos trepando sem parar desde a hora em que acordamos, às onze — e já tínhamos trepado na noite anterior até irmos dormir ao amanhecer. O que Henderson chama de minha "espada de carne" estava vagarosamente voltando à vida, como uma criança sonolenta se forçando a ficar acordada na festa porque está convencida de que vai perder alguma coisa.

Se fizéssemos aquilo de novo eu temia que o Serviço Social fosse colocar uma ordem de cuidados médicos na minha maçaneta. Mas eu realmente ainda queria tentar. Ela tinha magnetismo sexual forte o suficiente para arrancar os pregos de sua porta.

Além da extrema juventude de nosso relacionamento me fazer sentir reticente sobre declarações de amor, havia também a se considerar a extrema juventude de Cat. Ela só tinha 24 anos e, embora agisse como alguém mais velha, parecia mais nova. Enquanto ter de conviver com aqueles olhares tipo "seu velho maníaco escroto, queria estar no seu lugar" dos sujeitos na rua era uma preocupação leve e pouco embaraçosa, sei que você vai acreditar em mim quando eu disser que o fato de que ela mal parecia velha o suficiente para pedir uma cerveja num bar americano não a tornava menos atraente para mim de maneira nenhuma. Sei que é desagradável ouvir um sujeito velho pervertendo uma moça como essa, mas é isso o que os sujeitos velhos fazem. Bocha e dominós são apenas uma fachada. A bocha só foi inventada para nos dar a desculpa de estar num parque público sem levantar suspeitas das autoridades.

De volta à cama. Enquanto eu ficava ali deitado, inspecionando a madeira descascada no teto, a cabeça contra a fina parede divisória através da qual podia praticamente ouvir as plantas fazendo fotossíntese no quarto da moça que dividia o apartamento, eu me revirava esperando a grande hora, o "eu te amo". Pensei que, se ela parecesse chocada ou estupefata, eu apenas diria:

— Ilha de Ewe este fim de semana? Eu e você, hotelzinho, cenário de amantes, eu pago.

Ela estava há muito tempo no banheiro e eu temia que, se ela ficasse mais, acabaria perdendo o ímpeto. A próxima coisa de que me lembro é que ela voltou para o quarto e estava olhando para mim deitado na cama.

Então o filme silencioso de minha memória adquire uma trilha sonora e ouço palavras. Elas não são minhas.

— Estou de barriga.

Lembro-me de pensar que isso era estranho porque Cat nunca falara antes dessa maneira tão grosseira, nem com aquela voz distante e metálica. Nem sem mover os lábios.

Então me dei conta do que havia mudado em sua ausência. Eu tinha atendido meu telefone celular e falado com alguém — alguém que era identificada por seis letras no *display* do telefone. ANDREA.

— Você vai ser papai — disse minha noiva.

2

Amaldiçoado e abençoado ao mesmo tempo

— Bem — disse eu, deslizando o olhar para a esquerda do sofá onde Andrea estava sentada, no meio de uma pilha de folhetos educacionais de saúde e segurando o *Concepção, gravidez e nascimento* da dra. Miriam Stoppard —, há um filme de Ang Lee que poderíamos ver no Ealing. É isso ou então o filme do Wim Wenders *Asas do desejo,* "desafiante até para sua mãe", na NFT.

Eu andava entrando nesse assunto de filmes de arte como uma maneira de acrescentar significado a minha vida, que é o que eles fazem, segundo os especialistas. Acho que eles têm um propósito. Não há nada como quatro horas de tédio da melhor qualidade para fazer você se sentir superior a seus companheiros humanos. Eu me lembro quando vi *Ele fica no deserto contando os segundos de sua vida, un film de* Jonas Mekas. Três sorvetes, dois sacos de pipocas e uma panqueca me levaram a me contorcer e mastigar enquanto abria meu caminho através daquilo. Me vieram sentimentos tipo São Francisco de Assis.

— Ou então há um teatro Nô japonês passando no South Bank, se você gostar disso — falei. Andrea estava lendo um folheto chamado *Atingindo os objetivos na gravidez* e rabiscando uma lista de "realizações da gestação" que ela queria alcançar.

Ela respirou fundo.

— Que tal você me botar de quatro no sofá e me comer enquanto eu vejo *Corrie*, e depois chupo seu pau enquanto você assiste ao futebol? — disse ela.

Dei um sorrisinho frágil, como um diplomata apresentado a um prato de cérebro de macacos no banquete de aniversário do imperador. Não que eu não me sentisse atraído por Andrea, longe disso. Era só que, com Cat e tudo, havia muitas complicações.

Havia a culpa, para começar. Não o tipo de culpa de Lady Macbeth, "Essas cuecas nunca serão lavadas?", mas não longe disso também. Quero dizer, na verdade não estou deixando a traição de lado. Jamais sequer pensei em pular a cerca antes. Quando digo isso, obviamente quero dizer que sempre fui indulgente com as infidelidades que se imaginam necessárias para qualquer relacionamento estável, mas nunca cheguei nem perto de fazer algo assim.

Mais pesadas do que a culpa, no entanto, eram as necessidades físicas. Em qualquer tempo teria sido ruim o suficiente satisfazer a necessidade carnal de uma namorada de 24 anos e de uma noiva enquanto eu olhava para dentro do estômago faminto de meu aniversário de 36 anos, sem os efeitos da gravidez nas vontades sexuais de Andrea. O que havia sido uma vez um caminho de cascalho normal, quer dizer, vinte metros, mais ou menos, havia se transformado, com os hormônios da gravidez dançando em suas veias, uma daquelas magníficas estradas que você vê subindo para as casas suntuosas do campo, com cercas vivas esculpidas e fileiras de árvores próximas a ela. Você não poderia manter uma estrada como essa sozinho e, do jeito que as coisas estavam indo, eu considerava seriamente contratar uma equipe para me ajudar. Havia um cara velho e recluso duas casas à frente que parecia ter tempo para isso.

Por termos saído juntos durante oito anos, e como cidadãos cumpridores da lei, Andrea e eu já havíamos nos amarrado firmemente ao requerimento estabelecido de só fazer sexo quando fosse inteiramente inevitável, o que não passava de três vezes por mês. Esta súbita explosão de desejo estava me matando.

E aí, é claro, havia a ameaça de felação, que também nunca foi muito apetitosa nem nos bons tempos. A chupada de Andrea me lembrava mais a de um furão chamado Skippy que eu havia visto num documentário sobre controle de pragas em Black Country.

Eu havia tentado de tudo para convencê-la a reduzir o nível de vigor das dentadas afiadas que ela aplicava à prática, até mesmo atraindo sua atenção para o capítulo, em *As boas coisas do sexo,* que falava sobre remover chocolate de um Magnum sem perturbar o sorvete, mas não tive qualquer sucesso.

— Gosto de fazer assim, violento — dissera Andrea. — Isso também tem que me dar prazer, não tem?

Ela nem mesmo entendeu a dica quando, durante um episódio particularmente selvagem de mastigação, eu invoquei a Convenção de Genebra e comecei a gritar: "Stewart Dagman, cabo, Número 8900902."

Particularmente, tentei assegurar que ela nunca visse a revista *Só 17.* Da última vez em que ela ficou com fixação numa revista de adolescentes acabamos passando uma semana tentando descobrir todos os tipos de pontos e zonas e discutindo as necessidades das "mulheres fortes", em oposição às preocupações infinitamente mais pesadas dos homens frágeis. Acabei fazendo uma assinatura da *Cosmopolitan* para ela numa tentativa de mantê-la distante de coisas pesadas.

— Então, ficamos com o Ang Lee? — falei esperançoso, enquanto Andrea escorregava pelo sofá, como uma jibóia na direção de um rato. Gosto de Ang Lee. Parece um diretor de filmes de arte, mas na verdade faz filmes de *kung fu.* O melhor de todos os mundos possíveis.

— Não — disse ela. — Dê uma olhada nisso.

Ela manteve aberto seu exemplar de *Concepção, gravidez e nascimento* da dra. Miriam Stoppard, batendo excitada no título de um capítulo. Senti meu couro gelar enquanto lia o título: “Uma gravidez sensual”. Minha pele ainda ficou lá, mas senti cada músculo dentro dela se esticando para alcançar a porta.

— Posso ler para você? — perguntou Andrea, seu hálito quente em minha orelha.

— Só explique, se puder — respondi —, para abreviar.

— Em resumo — disse, se aninhando em mim —, e para encurtar, ela diz que o crescimento de meus níveis de hormônios significa que vou gostar especialmente de todos os aspectos da sensualidade, do intercurso à massagem.

— Ótimo — falei, cruzando involuntariamente as pernas, sentindo que minhas cuecas eram uma proteção muito reduzida.

Agora, massagem, dada ou recebida, tem o mesmo efeito em mim do que observar hemodiálises dos rins ou que injeções têm em outras pessoas. Há algo naquilo que me faz prestar muito mais atenção ao sistema circulatório. Todo o sangue some da minha cabeça, meus membros formigam e começo a sentir como se estivesse perto de um aquecedor elétrico durante muito tempo.

— Você tira o fone do gancho, como diz aqui, e vou pegar o óleo de massagem — disse Andrea.

— Não temos nenhum óleo de massagem — avisei. Eu sabia disso com certeza porque havia furtivamente destruído o último lote mais ou menos em junho.

— Sim, nós temos! Comprei umas coisas de aromaterapia hoje.

— Beleza — falei, saindo para o saguão e resmungando alguma coisa sobre manchar o sofá.

Fui até o telefone e tirei do gancho. Ocorreu-me que deveria têlo desligado na parede, mas achei que, se seguisse o livro com exatidão, pelo menos teria um pouco de trégua quando o alarme de fone fora do gancho começasse a soar. Maravilhosa a tecnologia de hoje em dia. Se você tivesse dito há vinte anos que um dia se poderia ter uma engenhoca daquelas por menos de dez pratas, teriam rido de você. Não tem jeito, eu sempre divago.

Voltei ao quarto para pegar meus remédios, consciente de que seguir os ditados de La Stoppard e seus desejos é o que se espera dos futuros pais decentes. Isso apesar do fato de que Andrea havia pedido essa massagem quando eu já estava procurando uma menção nas leis sobre o fato de você ser obrigado a comer sua namorada fixa mais de uma vez numa noite na idade de 35 anos.

Sentei-me no sofá, manipulando mal-humorado os pés, como prescrito no livro, uma ação que me tornou anormalmente consciente do sangue correndo através de meus antebraços. Estava tentando manter a consciência com dificuldade quando o telefone começou a tocar seu alarme e me permitiu sair para tomar um ar.

Deixei-o soar por alguns segundos, a fria tecnologia restaurando os sentidos que a biologia quente havia afastado.

Retornei então à tarefa manual, socando as costas e os ombros. Inclusive tomei cuidado e lubrifiquei a pele, passando óleo até que pudesse ver meu rosto refletido nela, conforme recomendado pela boa Stoppard, enquanto na verdade achava que havia começado aquilo muito cedo e realmente queria assistir a um documentário sobre vikings. Também apalpei a barriga, quando Andrea disse que ela já conseguia sentir o bebê. Lembrei que ele não tinha mais de dois centímetros de tamanho e que tínhamos tanta chance de senti-lo quanto de sentir seu tubo digestivo. Mas ela continuou dizendo que conseguia senti-lo.

Como disse, ela já havia me possuído assim que eu passara pela porta naquela noite. Estava me sentindo uma espécie de balão vazio e aguardava ansiosamente pelo momento de me sentar pelo resto da noite, sem massagear nada mais que um tubo de Pringles e duas Budvars, na frente da TV.

Aquilo não era bom, de qualquer forma. Apesar da saída por causa do telefone e de minhas próprias tentativas parcialmente bem-sucedidas de fazer com que ela parasse de tentar me violar no chão da sala, dando umas batidas no vídeo para conseguir passar *Vikings, certos ou errados?*, tive que fazer aquilo de novo.

Andrea havia sentido minha relutância, mas infelizmente achou que aquilo era mais um desafio do que uma dispensada.

— Alguns homens adorariam uma oferta como essa — dissera ela, estendendo uma corda em torno de meu tórax. — Alguns homens têm fantasias sobre uma mulher como eu.

— Depois de oito anos você tem que decidir se quer que eu fantasie sobre você ou transe com você. Não dá para ter as duas coisas — repliquei. Você tem que se apoiar em algum lugar, de verdade.

— Transar, por favor. — Ela escolheu, usando o controle remoto na TV para revelar Ken Barlow num estado de excitação com alguma coisa.

Eu não achava aquilo desagradável de verdade. Eu gostava um pouco, meio como você deve gostar de uma aula de exercícios que não queria ir. Você está pulando para cima e para baixo, se congratulando por ter comparecido, mas um olho está sempre no relógio.

Entretanto, há um limite que um camarada correto traça nessas coisas e esse limite começa bem próximo a um moderno utensílio de Belzebu, também conhecido como vela aromática. Agora as dicas da velha Stoppard não recomendam especificamente essas velas, mas também não alertam contra elas, o que na minha cabeça é um equívoco.

Lembro-me precisamente das palavras que me alertaram para a intenção de Andrea. Eu estava exatamente imaginando se conseguiríamos algum dia retirar o óleo de massagem do carpete quando ela disse:

— Vou pegar uma vela aromática — disse e escorregou debaixo de mim como uma salsicha do cachorro-quente de um bêbado.

Como qualquer cara correto tentando recuperar sua compostura depois de dar o melhor de si numa boa porção das posições que o vídeo *Guia do Dr. Dre para dar mais prazer à mulher* mostra, murchei. Encolhi o rabo como um cachorro diante de um chicote.

Não apenas eu provavelmente teria que continuar a trepar com ela, mas teria que fazê-lo com cheiro de chiclete queimado. Culpo a

Stoppard pelo recente compromisso de Andrea com a experimentação. Aquela idéia nunca havia passado por sua cabeça antes que ela lesse *Uma gravidez sensual*. A palavra "sensual", por coincidência, está sempre ligada a velas aromáticas na minha cabeça. Lembro de quando estava na universidade e saí com uma garota *hippie*, que me levou para o apartamento dela e sacou uma dessas, de repente.

Enquanto eu ficava ali deitado nu com ela, sufocando com o cheiro de *Spangles* derretido, ela apareceu com uma pena longa e dura, "de uma águia", disse. Ela gentilmente chicoteou todo o meu corpo com ela, enquanto entoava suavemente as palavras "tão sensual". Aquilo provocou uma rebelião em minhas carnes, um meio-termo entre cócegas e espasmos que, já que queria comer a garota, suportei até que ela alcançasse o pescoço. Aí tive que pular para fora da cama e me esfregar todo com uma toalha para me livrar dos calafrios nervosos. Não saí com ela de novo.

Por que não reclamei da vela odiosa? Bem, para ser honesto, eu estava com medo. Nas duas primeiras semanas depois que descobriu que estava grávida, Andrea foi muito insistente a respeito de suas vontades. Fomos ao supermercado, por exemplo, e ela insistiu em comprar 48 potes de iogurte. Quando sugeri que talvez três fosse um número mais razoável, ela me imprensou contra as carnes congeladas e disse que queria 48 e que portanto levaria os 48.

Na manhã seguinte, entretanto, a simples visão dos iogurtes a fez se sentir enjoada e ela correu do quarto e vomitou quando eu estava no meio de um Frutas da Floresta. Ela me fez prometer levar os iogurtes embora e destruí-los. Jogar fora, aparentemente, não era suficiente. Depois havia o fato de que ela havia adquirido um prazer em fatiar e fritar pedaços de camurça — isso com apenas três meses de gravidez. Aquilo me lembrou de alguns dos piores excessos tipo Hannibal Lecter, então, se eram velas aromáticas o que ela queria, ela teria velas aromáticas.

Imaginar quantas batalhas sexuais eu ainda teria de lutar até que o bebê nascesse e nos permitisse a todos deixar que as velas fizessem seu trabalho normal, que é o de serem acesas durante cortes de energia, e que as penas ficassem somente com seu trabalho de manter os pássaros voando, reforçou minha resolução de reduzir meu número de parceiras sexuais para o meu preferido — uma.

Mais tarde naquela noite, enquanto eu ficava sentado respirando pela boca, assisti Hayes derrotar o Chelsea num amistoso pré-temporada que eu havia gravado um mês antes. Minha mente vagava enquanto Andrea aplicava os molares na minha parte mais sensível e um jogador driblava um dos caros vencedores da Copa do Mundo da França para fazer o quarto gol do Hayes.

Ninguém entenderia o que me havia feito continuar com Cat, para começar. Se nem eu tinha idéia, então como poderia esperar que alguém tivesse?

Suponho que as aulas noturnas são uma área útil de pesquisa. Há uma regra de aço na vida: homens nas aulas noturnas não têm namorada. Há outra: mostre-me alguém que vá a um monte de boates e eu mostro a você alguém que não tem amigos.

Antes de conhecer Cat eu fazia aulas de espanhol às quintas-feiras, *badminton* às segundas e quartas, treino de futebol às terças e jogava bola aos domingos. Às sextas-feiras, se estivesse livre do trabalho, cuidava dos compromissos dos clubes de futebol e *badminton* (sou secretário de ambos) e aos sábados eu normalmente assistia à TV. Mas eu tinha tanto uma namorada — uma noiva inclusive — quanto amigos. Em tese.

Então, o que estava errado? Numa palavra, crianças.

Meus amigos haviam começado a desaparecer em famílias alguns anos atrás. Bem, não a desaparecer exatamente, mas a estar ali de uma maneira diferente.

Subitamente os convites que diziam "Festa em casa, das oito até a polícia chegar. Traga garrafas e primeiros socorros básicos" secaram e outros começaram a chegar, dizendo: "Benjamin vai fazer um ano, ajude-nos a comemorar. Do meio-dia até a soneca da tarde (2:35 — por favor, nos ajudem partindo silenciosamente antes disso.)"

Um desses convites, de meu amigo Reg, veio diretamente de sua mulher, cujo nome não consigo lembrar. Quando cheguei à festa ele me serviu suco de laranja e me apresentou a alguns sujeitos vestidos em roupas esquisitas como "um amigo da família".

— Não sou um amigo da família — eu dissera —, sou *seu* amigo. Se lembra da universidade? Os fins de semana loucos... saindo naquela motocicleta juntos... a aposta de que você não conseguiria transar com minha namorada, e você me pagando um jantar em um indiano com os lucros de sua trapaça?

Ele havia apenas tamborilado as unhas e disse que não estava preocupado com o fato de seu filho ainda não ter começado a andar, mas que ia ao médico na segunda-feira só para ficar mais tranqüilo. Sua mulher havia então ordenado que era hora de as pessoas começarem a sair. Imaginei se ele apostaria comigo que eu não conseguiria transar com ela. Não parecia agradável e, além disso, ele provavelmente acharia comida indiana "óbvio" ou algo assim hoje em dia.

Numa certa época era tão natural quanto a masturbação nos encontrarmos todos os finais de semana. Agora, entretanto, eu só encontraria meus amigos mais ou menos uma vez a cada quatro semanas, nunca num grupo, já que eles não poderiam todos conseguir babás para a mesma noite, e, apesar de eu já estar velho demais para sair a toda hora, não me importaria em sair *algumas* horas. Em vez de desculpas sobre estar "acordando muito cedo" e "dias incrivelmente exaustivos", que eram resmungadas enquanto eles terminavam seus Spritzers e desapareciam para pegar o trem das nove.

Lembro de me encontrar para um drinque com Dave Harris, o "Bombardeiro Louco", ele que uma vez contratou um flautista para tocar enquanto trocava seu edredom (bem, é um evento que só acontece uma vez na vida, ele tinha dito) e que tinha tanto medo do Hoover que o chamava "Pássaro de metal que faz barulho".

Eu havia planejado ir a um *pub*, mas ele dissera, enquanto carregava um exemplar de *Tempo de viver* sob o braço, que estava com dor de cabeça. Eu disse, citando seu próprio velho e bom conselho para quem estava de ressaca ou doente, que ele deveria "beber ultrapassando a barreira da dor". Ele havia revirado os olhos e sugerira que fôssemos a um Starbucks, porque achava que um café realmente bom o faria se sentir melhor. Poucos anos antes eu havia conseguido convencê-lo de que massa cresce em árvores. A idéia que ele tinha de um café realmente bom era qualquer um que ele não precisasse ter de sair de sua ressaca fodida para fazer. Mas ali estava ele, avaliando "um adorável Grão Azul colombiano" e provavelmente fazendo sua própria massa, pelo que eu sabia.

E veja as férias de esqui. Todo ano, durante bem mais de uma década, saíamos para umas férias baratas de esqui com os rapazes. E todo ano, nos últimos cinco anos, houve menos e menos pessoas indo. Agora éramos apenas eu e Henderson. O que acontecera? Bem, aqui está a lista dos esquiadores de 89.

Dave "Bombardeiro Louco" Harris — equilibrado e com filho. Não quer ir. Recusa-se a dar desculpas, simplesmente não quer ir.

Peter "Engole Saco" Fairchild — monastério. Encontrou Deus quando ele estava muito presente, perto de um Natal.

Phil Arbuthwaite — morto. Pra lá de morto. Nada de espetacular, foi dormir e não acordou mais. Problemas do coração, aparentemente. Perguntas que não querem calar: quem será o próximo?

Mark Gemmil — Instituto de Further Blah, Sarasota. Mulher, camiseta sem gola, bigode. Cartão todos os natais usando palavras como "folhas secas" para "outono". Nunca mais vou vê-lo.

Andy Hill — ninguém mais tem certeza de quem ele era amigo. Amigável até demais, da maneira que faz você se sentir mal por não gostar dele. Pode-se considerar convidá-lo por causa do número reduzido. Obrigado a ir, o que é deprimente.

John "Garoto Sorridente" Adams — sempre um indivíduo nervoso, atualmente morando numa casa de custódia do governo em Plymouth, depois de haver enganado um dia a delegacia de polícia a respeito de aterrissagens de naves alienígenas. Muito sensível para o mundo, por conta disso condenado a viver no lado difícil da existência, com viciados em drogas e loucos. Eu iria visitá-lo, mas tive de conseguir uma ordem judicial para fazê-lo parar de me perturbar, dois anos atrás. Agora não pode chegar a menos de oitocentos metros de mim.

Peter Winterson — muitíssimo bem-sucedido, trabalha em publicidade. Invejável estilo de vida, muito deprimente. Sempre diz que quer sair e aí, no último minuto, nunca pode. Agora faz com que eu me sinta um idiota. Espero vê-lo novamente quando a carreira começar a afundar. Espero que seja logo.

Os Três Daves — os inseparáveis Smith, Struthers e Peterson, aqueles que dividiam o lendário apartamento em Shepherd's Bush. O ruído de suas constantes festas fez seu vizinho de baixo, um cavalheiro gentil e idoso, o sr. Schmidt, cometer suicídio. Recebia ajuda anual de Matzos, da Comissão de Deputados Judeus de Londres Ocidental, e acabou se descobrindo que havia sido um criminoso de guerra nazista. O que o Mossad não foi capaz de conseguir em cinqüenta anos de espionagem, os Daves haviam conseguido em dezoito meses tocando New Order num volume um pouco alto demais. Como eles mesmos disseram, de tanto ouvi-lo batendo no teto para fazê-los desligar aquilo, eles tinham que desligar. Infelizmente os Daves agora não se falam mais, depois que uma discussão sobre carros de empresas se tornou azeda.

Essa gradual erosão de meus amigos não teria me chateado tanto, tivesse eu o seio de uma boa mulher para me voltar. O que eu tinha. Em tese. Digo "em tese" novamente para indicar que as coisas não eram o que pareciam, e não para indicar que eu tinha seios em tese, já que, ao contrário de Henderson, deploro a pornografia. Para ser justo, ele me disse da última vez em que nos encontramos que a odeia também, às vezes.

— Quando? — perguntei.

— Normalmente naquele segundo logo depois que acaba tudo — replicou ele. Ele dissera que, no momento em que ele molhava o

Kleenex, podia de alguma maneira ouvir a voz da garota na revista e a imaginava se levantando, colocando bijuterias baratas douradas e um desses casacos de couro fino do tipo que o faz estremecer — o tipo usado por mulheres que ficam se estragando na chuva em pontos de ônibus.

— Deus dá com uma mão e tira com a outra — eu o lembrei.

Pessoalmente, credito algumas das dificuldades que Henderson teve com sua mulher, a Julie Durona, ao fato de ele gostar de revistas pornográficas. Ele uma vez reclamou que a presença de uma mulher real limitava sua imaginação.

Eu não teria ligado para a presença de uma mulher de verdade, de qualquer forma. Eu estava namorando Andrea há oito anos, morando com ela há quatro e noivando há dois. Nosso casamento estava marcado para setembro — a mais ou menos um ano de distância. Andrea e eu nos amávamos, éramos loucos um pelo outro, eu tinha sua foto em minha mesa, ela tinha a minha na dela, eu mandava flores para ela, ela me comprava uísque, eu dizia a ela que não poderia viver sem ela, ela dizia que pensava em mim todos os dias — embora ela fosse capaz de simplesmente me colocar esperando por um segundo porque tinha um telefonema importante entrando. De fato, nós fazíamos tudo o que se espera que os casais façam, menos realmente nos encontrarmos.

Eu trabalhava muito e fazia esporte ou espanhol; ela simplesmente trabalhava muito — dias, noites, finais de semana. Acho que conseguíamos, na média, cerca de três horas por semana juntos. Não sei como as coisas acabaram ficando assim, simplesmente ficaram.

Então eu vinha rezando por um filho há décadas, em parte como um novo frescor para meu relacionamento com ela, um meio de nos forçar a reavaliar nossas prioridades e conseguir tempo um para o outro novamente. Eu podia, sei disso, simplesmente ter dito "Por que não reavaliamos nossas prioridades e conseguimos tempo um para o outro?" Mas às vezes os caminhos mais simples são os mais difíceis de ser encontrados. É simplesmente embaraçoso falar assim, não é não? Muito melhor engolir suas reservas, ficar noivo e cruzar os dedos. Não que não nos amássemos.

Havia, claro, mais coisas em meu desejo por crianças do que simplesmente uma forma meio cara de eu e Andrea fazermos psicoterapia. Elas também me dariam um novo acesso a meus amigos. Admito que havia em mim um pouco dessa atitude "se você não pode lutar contra eles, junte-se a eles". Se eu tivesse filhos, teria algo sobre o que falar com meus amigos, poderia ir a piqueniques familiares sem me sentir como o fantasma do banquete — e além do mais eu poderia deixar de ir a todos esses clubes de esportes, ou ir menos. Eu seria um membro do clube das crianças, não precisaria de outro.

Também havia as razões bobas. Gosto de crianças. Eu podia muito bem me imaginar, depois daquela semana ou algo assim de noites sem dormir, colocando o bebê na cama e me arrumando para uma adorável noite de companheirismo com Andrea, conversando sobre icterícia infantil e outras situações do tipo. Eu realmente achava que daria um bom pai. Sou o pai ideal — sou engraçado, sou uma piada, adoro gastar dinheiro em besteira, tenho um armário de bebidas sem chave e sou muito esquecido. O que mais poderia querer uma criança?

Aí conheci Cat e meu mundo virou de cabeça para baixo. Não consegui resistir a ela, e Deus sabe que tentei. Como qualquer trapaceiro honesto, eu nunca, jamais tive a intenção de que não acontecesse nada entre nós dois. O adúltero decente, o impostor moralista, luta a cada passo do caminho, se opondo a cada centímetro de seu desejo pela coisa que ele realmente mais quer no mundo.

E isso foi o que fiz. Mas foi como se eu tivesse feito crescer outro sentimento que, em comparação, tornou os outros monocromáticos. Sim, já tive sensações de toques e cheiros pretos e brancos. Não me pergunte como, mas tive. Eu não conseguia me desligar daquilo, eu não conseguia não olhar.

Mas a influência de Andrea e do bebê era muito poderosa agora. Não sou o tipo de pessoa que sai por aí ficando noivo das pessoas, como é a moda hoje. Eu amo Andrea e, quando disse que me casaria com ela, foi porque queria ficar com ela para sempre. Certo, se ela continuasse a trabalhar tanto quanto costumava fazer normalmente, "para sempre", ia somar uns quinze minutos em sua companhia, mas eu realmente a amava. Ela era a minha garota, a número um, como você esperaria de um casal que já está junto há quase uma década. Certo, Cat também era a minha número um, de um jeito diferente, mas igualmente a primeira e ainda a primeira. Você consegue amar tanto?, pergunta o poeta. Não sei, mas você certamente consegue amar tantas, replica o consultor administrativo.

Eu estava muito consciente também de que a Andrea que eu andava traindo não era a Andrea que havia surgido desde a gravidez. Eu tinha a sensação de estar descobrindo alguém mais, alguém de quem eu gostava mais do que a pessoa de quem havia ficado noivo. Ocorreu-me que eu estava vendo um lado de Andrea que nunca vira antes, e tinha a estranha sensação de que não a conhecia realmente.

Quando digo que não a conhecia quero dizer que poderia muito facilmente ir para o *Sr. e Sra.* com ela e fazer tudo certo. Seria capaz de dizer a você que ela gosta da marca Oralia Gold de pasta de dentes e fica com raiva de mim quando compro a marca do supermercado, que, eu mostro, é quase idêntica, a não ser pelos ingredientes. Eu poderia dizer que ela sofreu um ataque repentino de consciência por volta dos 22 anos, o que significa que ela embarcou numa carreira na área de caridade, quando empresas ou a mídia poderiam ter sido mais adequados ao seu temperamento (há uma pequena vantagem em ser uma mosca voando alto num estacionamento subterrâneo).

Eu poderia dizer, novamente, que ela é obsessiva com trabalho, que nunca se vai encontrar um "i" mais pontuado ou um "t" mais cruzado do que um que ela tenha revisado; que isso — se nada — tem sido o maior ponto de discussão entre nós. Estou interessado no trabalho dela, mas não em viver cada dia, passo a passo: "E então, quando eu estava desempacotando o biscoito Club... um laranja, acho. Não, um daqueles lisos... Sheila entrou carregando o arquivo verde. Bem, você deve se lembrar de eu ter contado a você tudo sobre *esse* arquivo particular dois anos atrás..."

Eu poderia dizer a você que, se dividimos alguma coisa, é o senso de humor, coisa que ela perde quando está superpreocupada com o trabalho e que eu perco quando a escuto ficando superpreocupada. Mas honestamente não sei por que, sabe, com a gravidez ela mudou. Não totalmente, mas significativamente.

Por exemplo, na sexta-feira de manhã, antes de descobrir que estava grávida, ela havia entrado na cozinha cheia de trabalho na cabeça. Eu tinha acordado mais cedo, já que ia a uma reunião de café da manhã com Henderson e estava só curtindo ler sobre um empate idiota zero a zero entre dois times, dos quais eu nunca havia ouvido falar, de hóquei — um esporte para o qual não ligo —, quando ela esbarrou na chaleira e começou a soltar fumaça. Se você comparar isso em contraste com a terça-feira de manhã depois que ela ficou grávida, vai ver o que quero dizer.

Sexta (Antes da Gravidez).

— Anda logo, anda logo, anda logo! — ela estava falando com a chaleira, que não estava fervendo a água rápido o suficiente. — Sua feia.

— É — disse eu, notando no jornal que o Kidderminster Golems havia dado uma surra merecida no Northwich Sea Beasts. Eu não parecia ser capaz de identificar em que tipo de esporte eles estavam competindo, mas a vitória pareceu muito excitante. Eles haviam ganhado de quatro a três.

— Posso falar com você sobre um problema?

— Claro — respondi, tremendo por dentro.

O problema era que Daphne, no trabalho, estava tentando se dar bem no projeto de arrecadação de fundos de Andrea, e havia sido sondada por um de seus maiores doadores. O problema era, bem, ela não se importava tanto com isso, mas com todo esse negócio do Iêmen prestes a explodir e com a conhecida sensibilidade do doador para ASSUNTOS COMO AQUELE ela estava com medo de que Daphne pudesse estragar todo o negócio para ambas. Era esse o problema. Em parte. O que eu achava que ela devia fazer?

Antes de aconselhar, claro, isso teria causado uma verdadeira discussão entre nós. Eu teria dito que precisava relaxar antes de ir trabalhar de manhã, ela teria dito que eu não a levava a sério, eu teria dito que não levava a mim mesmo a sério então por que deveria me importar com qualquer outra pessoa, e a próxima coisa que você saberia era que estaríamos rolando pela cozinha sob as regras do World Wide Fund, o Fundo Mundial para a Natureza.

A terapia havia mudado as coisas, de qualquer forma. Havíamos sentado numa sala nua e funcional com alguém chamado Robert. Eu havia perguntado a ele se poderia chamá-lo de sr. Smith, já que me sinto desconfortável com familiaridade instantânea, mas ele havia insistido que eu o chamasse de Robert. Parecia que informalidade era a fórmula.

— Seu problema, Stewart — dissera —, é que quando Andrea pede conselhos você interpreta isso como uma exigência de uma solução prática.

— Você quer dizer, quando ela pede um conselho eu interpreto isso como se ela quisesse um conselho?

— É.

— Isso é errado?

— Nem sempre é uma boa idéia — respondera, com um sorriso confrontador.

De volta àquela sexta-feira de manhã, antes do anúncio da gravidez eu estava colocando em prática essa visão das coisas.

Andrea me falava que o problema também era que Daphne estava exatamente no mesmo nível que ela, Andrea, e a chefe das duas, Jane, estava de licença-maternidade, para voltar ou ser substituída Deus sabe quando. Então não havia ninguém a quem Andrea pudesse recorrer. *Além disso* o problema era que, se Daphne pegasse esse doador — que ela não poderia me dizer quem era em caso de eu contar a alguém — para embarcar num de seus projetos, então o doador poderia bater em retirada do trabalho fantasticamente importante de desbloquear ou fazer alguma coisa parar no Iêmen.

— Isso é horrível — eu disse. — Como você se sente? — A terapia tinha sido excelente. Eu havia me dado conta na décima semana de que esse era o tipo de coisa que se esperava que você dissesse. Por que eles não podem lhe falar isso mal você atravessa a porta, não sei. Acho que se deixarem você trabalhar por si mesmo eles simplesmente lhe arrancam mais dinheiro. Era simples assim. Eu tinha quase certeza de que as matérias sobre esportes que estava lendo eram sobre Kabbadi — o jogo indo-britânico de ataque —, mas podia não estar certo. Poderia ter sido Vôlei de Praia ou Tiro com Pistola de Ar a Dez Metros. De qualquer maneira, West Dudley Ghouls tinha dado uma classificação certa para o Smethwick Rubberneckers.

Andrea reconheceu minha contribuição com um aceno e continuou. *Acabar* com o problema era, se isso acontecesse (o quê?, imaginei), fazer com que Daphne tivesse uma rede maior de boas contribuições para a caridade do que Andrea, e pudesse tomar o lugar de Jane se ela não voltasse da licença-maternidade.

E aumentar o problema era, se Jane realmente voltasse, começar todo o pesadelo do último ano e, embora Jane fosse uma viciada em trabalho obsessiva e uma viciada em controlar as pessoas, ela agora teria a energia para dar ao projeto, com o problema do bebê e tudo o mais?

— Sim, entendo — eu disse, fingindo dar ouvidos.

O problema era que, *per se*, se Jane não voltasse e Daphne assumisse, Andrea não tinha problema de trabalhar sob as ordens dela, mas Daphne realmente não tinha experiência e, tecnicamente, Andrea — embora aqui por um tempo ligeiramente mais curto — era mais bem qualificada para fazer o trabalho. Nossa, havia horas em que ela queria jogar tudo para o alto e se tornar uma fazendeira de produtos orgânicos! Já tinha até as apostilas, sério.

Claro, você tem de misturar essa parte com o problema de que — *meu Deus!* — o namorado de Daphne havia acabado de terminar com ela, o que era uma vergonha terrível, embora ele fosse um escroto, e Andrea sentia pena. Já vira acontecer antes e — *"Você está abusando da paciência desta corte." "Vou concluir rapidamente, suexcelência."* — o problema era que Daphne poderia fazer uma confusão com aquilo. Tudo isso, claro, era apenas o início do problema.

Eu estava a meio caminho entre meu terceiro "horrível, como você está lidando com isso", como prescrito pelo terapeuta — quando ela me beijou por cima do jornal, saiu feito um furacão pela porta e se foi. Dois minutos depois, voltou. Ela havia mais uma vez ido para o metrô com sua xícara de café na mão, e não ia jogar fora uma terceira xícara em quinze dias.

Bem, a terça-feira depois do anúncio da gravidez havia sido particularmente diferente, particularmente mais parecida, eu poderia dizer, como quando nos conhecemos.

Extraordinariamente, eu havia acordado primeiro, às oito, cerca de trinta minutos depois que Andrea costuma entrar no escritório. Eu havia ficado um pouco relutante em acordá-la — acordar Andrea quando ela está atrasada é um pouco como ir a um ninho de abelhas e gritar "Abelhas! Hora de acordar, pólen a ser recolhido, mel a ser produzido!" e dar nela a porra de um safanão.

Entretanto, a penalidade por deixá-la dormindo era angústia e culpa até a morte. Então, como um garoto que apostou que ia puxar a orelha de um *pit bull* adormecido, eu puxei seu ombro, que estava ao alcance da minha mão.

Ela se mexeu e se sentou, claramente ainda adormecida. Então ela se deitou novamente e começou a roncar. Bem, desde pequeno eu sabia muito bem o perigo de voltar a pegar fogos de artifício acesos, já que meu pai sempre me fizera jogar coisas neles para ver se iriam detonar enquanto ele se escondia atrás do velho refúgio de pedra. Entretanto, eu não tinha escolha. Quanto mais Andrea dormisse, mais estressada ela ficaria quando acordasse. No fim, decidi ficar na soleira da porta e gritar "Andrea!", para que eu pudesse fazer uma saída estratégica e não começássemos a encenar de novo a última cena de *Carrie — a estranha,* quando todos os móveis começam a voar. Mas tudo o que aconteceu, de qualquer forma, foi que ela acordou, olhou para o relógio e disse: "Porra, estou atrasada." Então, ela sorriu e fez uma manobra avançada para se aninhar embaixo das cobertas.

Intrigado, fui para o seu lado da cama e a sacudi.

— Andrea, você tem que acordar para ir trabalhar.

— Corta essa. Vou ligar dizendo que estou doente.

— Você está enjoada?

— Estou enjoada de levantar cedo, se é isso o que você quer saber. Diga a eles que estou doente. Enjôo matinal. Telefone. Vá — Ela ainda estava claramente meio adormecida.

— É meio cedo para uma mudança hormonal tão direta na personalidade — falei. Não que eu não estivesse gostando daquilo.

O que separa as pessoas com quem naturalmente me dou (o que é oposto de empregar) daquelas com quem não me dou é essa atitude. Quase ninguém de quem eu já gostei, com exceção de Andrea, é o tipo de pessoa que pode responder (b) à pergunta abaixo.

P: Há uma temporária falta de combustível na Inglaterra. Você:

(a) sai para o trabalho duas horas mais cedo a fim de lutar por seu lugar no transporte público;

(b) liga para o chefe e diz que está preso em casa. Omite mencionar que tem um tanque cheio de gasolina em seu carro e que normalmente vai de bicicleta, de qualquer maneira.

— Não é hormonal. Sou eu. Esta é a desculpa pela qual andei procurando. Vá. Ligue.

Ela disse isso em exclamações pequenas, semiconsciente. Aquilo me lembrou do jeito que as mensagens da frota são normalmente lidas nos filmes. "Wolf Pack avistado, Scapa Flow. Câmbio. Inglaterra aguarda. Câmbio. Mande trazer xícara chá. Câmbio. Com leite. Fim da mensagem."

Eu podia sentir o entusiasmo indo embora dela e queria muito voltar para a cama. Tinha acabado de sair da pesada extravagância alcoólica que foi o fim de semana de golfe na Companhia de Petróleo

Desastre Ambiental (na verdade eu estava na casa de Cat), e estava muito cansado também. Andrea tinha um cheiro especial quando estava na cama que, para mim, era como um chá para dormir administrado via nasal. Ela emanava um sentimento ao mesmo tempo confortável e delicioso — como um saco de água quente numa noite fria. Uma cafungada e eu começava a bocejar imediatamente.

Lembrei-me daquilo naquela noite no sofá, enquanto Andrea continuava a mastigar minha lingüiça. Olhei para onde ela havia deixado os folhetos de conselhos médicos e *Concepção, gravidez e nascimento.*

Isso é o que eu devia querer, pensei, isso é o meu sonho tornado realidade. Desejei que pudesse colocar as coisas numa lista, priorizar, ordenar, como teria feito no trabalho, e não apenas ficar sentado lembrando o cheiro de Andrea dormindo e o perfume de Cat, de segurança e excitação.

Essa dor precisa parar, pensei, enquanto me forçava a ter um orgasmo triste e ressentido.

— Esse bebê vai ser a melhor coisa que já aconteceu conosco — disse Andrea, olhando para mim.

— Espero que não vá encorajar a criança a falar de boca cheia assim — respondi.

Uma coisa era certa — eu ia ter que tomar uma decisão mais cedo do que tarde.

3

Sempre olhe para o lado alegre da vida

Simplesmente a enfrente, pensei, encare-a, deixe-a saber que a vida é sua e você faz o que quiser com ela.

Já ligeiramente atrasado para o trabalho, eu estava no meu limite, os ombros pressionando a folhagem molhada, as orelhas erguidas como um gato esquivo. Esperei que ela fizesse o movimento. Mas ela não se moveu. Ela se moveria, eu sabia, mas nunca, jamais quando você esperava.

Você não pode prever o que ela vai fazer, não pode criticá-la depois de agir. Ela tem poderes, sentidos, habilidades cujas formas você não pode começar a compreender. Você deve é tentar se esconder de Deus. Aprumei-me, para encarar o assunto como um homem.

A sra. Batt, a senhora da placa, que trabalhava na escola em frente a minha casa, sempre havia me irritado, mas desde que Andrea anunciara sua gravidez — uma semana na qual eu tivera a desgraça de trabalhar em casa — ela estava me deixando louco.

Cada vez que eu olhava para fora da janela, agonizando a respeito de meu futuro — Cat *versus* Andrea e o Bebê — ela estava lá no fundo da rua, como uma luminosa consciência verde, patrulhando as fronteiras de minha mente com uma placa que dizia: "Pare. Crianças!"

O problema com a sra. Batt havia começado cerca de um ano antes. Normalmente tenho poucos tratos com os nativos de Hillingdon, onde moro. Preferiria o anonimato do centro de Londres, se tivesse escolha, mas desde que você consegue comprar uma casa independente de quatro quartos com entrada privativa para carros (como a minha) em Hillingdon pelo preço de uma caixa de sapatos no Embankment, Hillingdon será: um subúrbio com bom transporte e iluminação de segurança, pelo menos em nosso pedaço rico. Se isso soa um pouco cruel, só gostaria de lembrar que uma casa duas portas abaixo da minha não tem número. É simplesmente chamada "O abrigo". Você vai ver por que prefiro manter meus olhos no chão quando passo pela vizinhança num domingo.

Mas quando estava instalando a nova empresa, tirei uma licença de meu emprego na Maior Companhia da Terra por cerca de uma semana para redigir um plano da empresa em casa. Um dia, em meu caminho para as lojas a fim de comprar um pacote de Duos Cartesianos ("O biscoito que pensa que é um bolo!"), acidentalmente disse oi para a senhora da placa. Sempre, desde então, toda vez que a vejo, nunca sei se ela espera que eu fale com ela ou não. Quer dizer, posso simplesmente acenar com a cabeça enquanto passo? Se eu acenar com a cabeça ela vai dizer oi explicitamente? Se disser oi, ela vai simplesmente acenar com a cabeça? Quantas vezes devo acenar com a cabeça a cada vez que se espera que eu fale? Se eu não falar com ela, qual é o sentido de dizer oi? E por aí vai. É o desvio inútil de tudo isso que me exaure. Nenhum de nós jamais vai dizer alguma coisa que seja remotamente interessante para o outro. Por que nos importamos? Além do mais, se eu realmente falar com ela, ela sempre diz a mesma coisa.

— Bom dia, sr. Dag.

— Bom dia, sra. Batt.

— Ainda por aqui, como pode ver. — Ela acenaria com sua placa.

— A senhora vai estar aqui por muito tempo ainda, sra. Batt. — Eu sabia para onde isso estava nos levando, mas não seria capaz de pensar em nada mais para dizer.

— Sim, ainda não vou voltar para a caixa de loucos pelo menos por enquanto — ela sorria.

— Eles o chamam de departamento psiquiátrico hoje em dia, sra. Batt. — Eu tentaria manter bandeiras politicamente corretas sempre que possível.

— Não, aquilo era definitivamente uma caixa de loucos. Clique! — Ela faria a mímica de alguém girando uma chave na fechadura e deixando-a cair num bueiro.

A sra. Batt estava convencida de que as crianças modernas têm muito poucas experiências com a brutalidade dos tempos antigos em suas vidas e a placa não dormia em suas mãos enquanto ela golpeava os que cruzavam a rua mais lentamente. Minha estratégia normal era começar minha corrida do final da rua assim que ela começasse a tagarelar nas orelhas de algumas crianças.

Naquela manhã, meu medo de estar atrasado para o primeiro curso que minha nova empresa estava promovendo — trabalho em treinamento de administração — significava que tinha de enfrentar o embaraço. Enterrei minha cabeça numa carta e passei por ela numa espécie de pressa desengonçada. Meus movimentos não eram tão flexíveis quanto deveriam ser, os apetites de Andrea tinham crescido assustadoramente durante o *Ação Pré-temporada Canal 9000*, passando por um episódio de *Os sopranos* e entrando no *Besteira artística de fim de noite*.

— Bom dia, sr. *Papai*! — cantou a sra. Batt em tons adequados para organizar grupos de cães de caça. — O senhor não é um homem sortudo? — Eu já mencionei que ela nunca dizia nada interessante? Isso era interessante para mim, como é interessante encontrar uma ratazana em seu edredom. A multidão de mães no portão da escola se virou para me olhar, uma onda de aprovação ecoando pela rua. Andrea havia obviamente contado as novidades a ela. Andrea não tinha problemas em falar com a sra. Batt.

— Sim, sra. Batt, sim — eu disse, me encolhendo no fundo de meu casaco, tentando me esconder. Suas expectativas se arrastaram sobre mim como uma onda atlântica sobre um surfista de primeira viagem, me fazendo rolar de cabeça para baixo. Essas são coisas que devem ser boas na vida, pensei, os pequenos sorrisos de aprovação de semi-estranhos, as congratulações dos colegas de trabalho. Mas eu era um fraudador e o sucesso para o fraudador nunca é completo — o traficante de drogas, o falso herói de guerra, eu... o gosto de nossos sucessos é de araque. Imagino que seja algo como pasta de atum, mas provavelmente não é.

A ironia era que, se você chegasse até mim seis meses antes, quando eu nem mesmo sabia que Cat existia, e me mostrasse essa cena com a sra. Batt, eu teria ficado deliciado. Quero ter filhos há séculos. Eu queria filhos agora. Só não queria... não sei o que eu não queria. Complicações.

Enquanto eu ficava como uma sardinha no metrô, imprensado contra um homenzinho com excesso de loção pós-barba e tentando manter meu equilíbrio pressionando o nariz contra o vidro da porta a cada vez que o trem andava ou parava, eu considerava o que a sra. Batt faria comigo se descobrisse que eu estava traindo Andrea. Eu na verdade não sabia nada sobre o que ela pensava, mas não a via como uma pessoa liberal. Tudo que podia esperar, concluí, era que ela partisse para a agressão, em vez de tornar isso público, quando se tratasse de usar a placa.

Em Hammersmith, uma mulher com cara de européia oriental escorregou para perto de mim e começou a entoar em falsete uma canção tirolesa enquanto pedia dinheiro. Uma horda de turistas japoneses estava de pé, todos extasiados. Pensei que eles achavam que haviam entrado em algum tipo de jogo de paciência.

Afastei o pescoço dos "iolerips" da mulher, num esforço para preservar minha audição. Meus olhos caíram num anúncio de alguma firma de aluguel de carros ou algo assim.

"Pegue o caminho mais fácil", dizia o anúncio. Agora em minha situação, particularmente dada a proximidade daquele falsete anasalado, eu poderia bem ter tomado aquilo como uma exortação ao suicídio.

Todavia, vi de outra maneira. O caminho mais fácil para mim era me livrar de Cat. Então eu seria um pai honesto, decente e de-uma-mulher-só-e-essa-mulher-é-a-sua-mãe. O outro caminho, bem, aquele era sem dúvida bem difícil.

Bem na saída da estação de Hammersmith, o trem deu uma parada. A voz de falsete anasalado cessou brevemente e ficamos como escravos modernos no escuro do túnel, escutando o metrô rangendo como um barco com as velas infladas.

Moralmente, achei, havia apenas um curso de ação aberto para mim. Eu faria a coisa mais decente: trepar com Cat mais uma ou duas vezes no máximo e depois deixá-la ir. Eu devia isso a todas as pessoas envolvidas, promover um rompimento limpo.

— Como eu te amo preciso te deixar — murmurei, ensaiando o texto. Soava bom. Bem, não bom, mas aceitável. Corajoso. A parte corajosa me preocupava. Coragem parece uma coisa boa em tese, até você se dar conta de que não teria de ser corajoso a menos que houvesse a princípio uma séria ameaça a sua saúde e seu bem-estar; então ser corajoso coloca você na linha de tiro. Eis por que covardes como eu preferem evitá-la.

— Como eu te amo preciso te deixar — repeti, infelizmente em voz alta. O homem perfumado, que mantivera a impassividade de um guarda do Palácio de Buckingham durante a cantoria em falsete, olhou para mim como se eu tivesse ficado louco.

Ele parecia dizer, com seus olhos de gárgula ao mesmo tempo frios e lascivos, que nesses locais escuros o amor é uma aberração. Embora, pelo visto, esse estilo centro-europeu de canto anasalado, que vem sendo bastante usado há cerca de quinhentos anos, não fosse tão estranho para ele.

A voz do maquinista veio através do alto-falante.

— Sinto muito, senhoras e senhores, há um passageiro nos trilhos em Gloucester Road. Não vamos a lugar nenhum no futuro próximo.

Um grunhido atravessou o trem, permitindo ligeiramente um pouco mais de espaço enquanto as costelas de todos se contraíam.

Em algum lugar atrás do vagão alguém começou a assoviar a canção de "Sempre olhe para o lado alegre da vida". Pensei em Cat. Ela é meu lado alegre, meditei, enquanto a cantora nasal parou com sua música.

Da última vez em que a vi estávamos em seu quarto. Era incrivelmente bagunçado, com pilhas de revistas, discos, papéis, bolsas e livros espalhados pelo chão.

— Pelo menos não pode ficar mais bagunçado do que isso — disse. — Se houvesse alguma bagunça a menos, haveria sempre o sentimento difícil de que poderia ser pior. Assim, pelo menos, você sabe onde pisa. — Ela estava se arrumando para o trabalho, fazendo sua maquiagem mínima no espelho, vestida apenas com seus *jeans*. Cada movimento que ela fazia parecia me puxar para mais perto dela. Parece um clichê, mas ela me fez sentir jovem novamente, como se as responsabilidades do mundo não contassem nada enquanto eu pudesse observá-la colocando sua maquiagem assim. Nada, pensei, nada é tão importante ou tão vivo quanto isso (veja seções de perversão de sujeitos mais velhos acima e abaixo. Em toda parte, na verdade).

— Ou não — eu disse, saindo cuidadosamente da cama. — Você já pensou alguma vez em simplesmente jogar tudo fora?

— Eu acabaria enchendo tudo de novo — disse ela, pegando um disco do chão e colocando-o sobre o toca-discos. Achei que as pessoas haviam acabado com o vinil anos atrás.

Ela colocou uma música dançante eletrônica, aquele tipo que parece o som de uma máquina de lavar com uma pedra dentro.

— Você gosta disso? — perguntou esquisito, sacudindo a cabeça de um lado para o outro. Imaginei se ela ainda estava na idade em que se forçava a gostar de música só porque estava na moda. Eu certamente estava. Quero dizer, não era como se eu não quisesse girar o botão da Rádio 1 com o seu som cortante, atualizado e moderno para a Rádio 2, com sua música. Era só que eu não me via muito como um ouvinte da Rádio 2.

— Gostar é uma palavra extremamente simples para abranger o grande alcance de minhas respostas — eu disse enquanto o cantor começava a cantar. Parecia um técnico jamaicano de pavio curto que estava tendo um pouco de dificuldade com a máquina acima.

— Será que "não gostar" conduziria a todas essas respostas? — perguntou. De fato, tudo o que eu podia fazer era ouvir aquela música quando saía e ia para algum tipo de discoteca ou outro ponto de reunião de jovens amigos. Antes de trabalhar e com uma leve ressaca era impensável. A não ser quando estava com ela, porque aí se tornava de alguma maneira engraçado e adorável.

— Chegaria mais perto.

— E "todas parecem a mesma, eles não podem escrever uma porcaria de uma música e você não consegue entender uma palavra do que estão dizendo, as coisas costumavam ser diferentes no meu tempo" ficaria ainda melhor?

Fiz um olhar de surpresa.

— Isso é estranho, como você adivinhou? A menos, é claro... sim, eu entendo, elas *realmente* parecem todas as mesmas e as coisas *realmente* costumavam ser diferentes no meu tempo.

Ela sorriu então e dirigiu sua cabeça para o meu ombro, numa versão muito mais bonita de Basil Brush.

— Seu velho escroto!

— Eu me sinto velho.

— Realmente — disse ela, colocando a mão no meu rosto —, você realmente é. Eca, é como carne de lagarto, é nojento.

— Obrigado — respondi.

— Brincadeira. Todo mundo sabe que as mulheres acham os homens mais velhos muito atraentes.

— Você está falando da boca para fora. — Ela tinha na parede uma foto de alguma banda de garotos, todos os seis feitos de músculos e bandanas. Ela assegurava que aquilo era irônico, mas eu tinha minhas dúvidas.

— Bem, sim, estou, mas pense no quanto significa que eu tenho amizade por você o fato de eu estar querendo mentir para você desse jeito. Eu tenho um grande respeito pela verdade. Me custa muito reforçar o seu ego através de uma fraude.

Eu ri. Ela teve alguma dificuldade, eu pensei, com a palavra "amizade". O "a" havia sido bom, havia apenas tido uma pequena pausa antes do "mizade". Como se, pensei, ela pudesse estar pensando sobre escorregar para um "mor".

— Me dê um beijo — eu disse, empurrando-a para baixo do edredom que comprara para ela. Ela tinha apenas um edredom de solteiro quando a conheci, que havia transformado as noites num teste e tanto. Era ruim o suficiente ter constantemente de inventar reuniões de trabalho em Glasgow e Edimburgo sem acordar se sentindo como se tivesse passado uma noite nas telhas na Sauchiehall Street. A cama era muito pequena, mas com o edredom grande ela se tornou aconchegante, em vez de ser uma experiência sobre qual era exatamente o nível de dor nas costas que se consegue ter quando uma metade de um ser humano fica no calor e a outra é colocada numa poderosa corrente de ar. Eu poderia deixá-la só com esse edredom para se lembrar de mim? Consolei-me com o pensamento de que, mesmo se tudo desse errado, eu teria a base para criar uma faixa de música *country* ali. "36 graus mas sem você". Nashville ficaria louca com aquilo.

— Tive um sonho com você — falei, abraçando-a. Agora me dou conta de que esta é a frase mais velha possível, amada no mundo inteiro por desportistas de peruca e medalhão no peito, com dedos curtos e grossos e bronzeado de inverno, mas também era verdade. No sonho ela estava distraindo uns porquinhos com um cacho de bananas enquanto Henderson, que era na verdade um cachorro, a observava vestido como um cachorro. Sim, ele era um cachorro vestido como cachorro — o mesmo tipo de cachorro que ele na verdade era, por um triplo disfarce. Sinto muito. Não há maior falta de educação do que contar os sonhos de alguém. É como um peido verbal.

— Foi um sonho erótico? — perguntou Cat, se afastando de mim e parecendo incrivelmente sensual.

— Não — eu disse —, nem tanto. Mais pornográfico, na verdade. Acho que o erotismo pode chegar quando eu a conhecer melhor. No momento acho que olho você muito mais como um objeto. Num nível inconsciente, claro. Minha inteligência superior a valoriza e respeita como um ser humano fascinante e multidimensional.

— Sim — disse ela, fechando seu sutiã. — Venho tentando reduzir você a um objeto sexual, mas temo que não esteja funcionando.

— Muito gordo? — perguntei. Eu havia notado que estava um quilo e meio acima do ideal para minha altura segundo o *Saúde do homem*. E aquilo mesmo restringindo a bebida. Na minha cabeça, entretanto, eu era tão gordo quanto meus apetites queriam que eu fosse, em algum lugar entre Yokozuna e o dirigível Goodyear.

— Não tenho certeza — disse ela. — Não consigo nunca fazer minha cabeça se você é um desses sujeitos que parecem melhor com um pouco de peso a mais.

— Do tipo Gladiador? — indaguei, franzindo o rosto, já que eu vira esse sujeito em *Gladiador* fazer exatamente assim antes de gritar "Unleash Hill"! para as suas legiões reunidas. Aquele filme havia confundido minha cabeça. Eu estava satisfeito com alguma babaquice historicamente precisa quando ele veio com essa frase. Qualquer um que tenha lido a programação do Discovery Channel sabe que os romanos não tinham conceito de inferno. Mas lá está ele, o velho Maximus Australianus, agitando as linhas das tropas com uma frase daquelas. Orgulhosamente sussurrei isso para Andrea e ela orgulhosamente sussurrou de volta "curta o filme e pronto, você não consegue?" através de dentes trincados.

Então algum sujeito chato atrás de mim apontou que o filme se passa no século II do Império Romano, quando o cristianismo (coloco entre aspas) era "tão oprimido quanto sedutor. Seria inteiramente plausível para um líder romano flertar com a nova religião para deixar escapar seus sentimentos verdadeiros no estresse da batalha". Passei o resto do filme procurando desesperadamente um Volkswagen passando pelos fundos do Coliseu a fim de retomar o controle da situação.

— Você provavelmente é melhor magro — disse Cat. Notei que ela não discordou quando usei a palavra. Não sou bem um porco. Sou mais tipo um ex-jogador de futebol freqüentando o *pub* há três meses, sabe. Atlético mas com um inchaço másculo sobre a cintura. Suficientemente atlético, de qualquer forma. — A gordura é tipo uma feiúra geral, não específica, não é? — continuou ela. — Você só olha para eles e aí "Ooh, gordo, não quero falar com você" e rapidamente olha para outro lugar, sem se importar em ver se eles podem ser realmente feios em outros aspectos também. Se você perde um quilo, é que percebo o homem genuinamente pouco atraente e que tenho em minhas mãos. — Ela agarrou meus cabelos e olhou dentro dos meus olhos, sorrindo.

— Nunca pensei nisso — repliquei. — Sempre vi gordo e feio como coisas interdependentes, lados da mesma moeda, mas agora vejo que eles podem existir simultânea mas independentemente no mesmo ser humano. Obrigado, você abriu minha mente.

— Absolutamente — disse ela. — É como esse garoto na escola que tinha uma queda por mim. Tinha uns cem quilos e todos esses casos de auto-estima. Quando mostrei isso a ele, ele simplesmente não quis ligar sua auto-aversão a seu peso, tinha mais uma penca inteira de outros defeitos. Ele havia sido feio de doer com a metade daquele peso.

— Quando você mostrou isso a ele?

— Ah, ele estava me perseguindo de uma maneira meio elefantina. — Ela acenou com a mão. — Eles me persuadiram a ir às suas sessões de terapia. Tinham medo de que a árvore do lado de fora da minha janela não fosse forte o suficiente e ele pudesse acabar se machucando. — Ela limpou um pouco de remela do canto do meu olho. Eu haveria achado aquilo irritante se qualquer outra pessoa tivesse feito, mas com ela parecia tão íntimo quanto um beijo.

— Isso não era um pouco perigoso?

— Foi nessa época que enfraquecemos os galhos mais altos com uma serra.

— Ir à terapia, foi o que quis dizer.

— Foi interessante. Era parte de um programa psicanalítico liberal que tinham lá. Como se chamava? — Ela colocou o dedo nos lábios numa pose exagerada de pensadora. — *Vítimas também têm responsabilidade*, era isso.

— Você está brincando?

— Queria estar. Eles disseram que se você teve o direito de não ser perseguida também teve a responsabilidade com o seu potencial agressor. Mas fui livrada. Eles disseram que eu não merecia um perseguidor se eu não ia levar aquilo a sério.

— É um assunto sério, perseguição — eu disse. — Você podia ter sido morta.

— Não — replicou —, não quando eles são tão gordos. Você pode se divertir com isso. Você corre até eles e grita "Me caça!" Costumávamos fazer apostas sobre quanto tempo ele demoraria. Quando você está tão acima do peso, sabe, você queima muito mais energia do que uma pessoa normal. Um dos caras de física que conhecíamos calculou que, se ele pudesse armazenar a energia de todo o tempo que gastava "pensando" em mim à noite, ele teria poder suficiente para fazer funcionar seu próprio abajur de cabeceira.

— Você conheceu alguém que fazia física? Mas você é uma garota, que mundo desigual é esse? Os navios navegam na terra, as vacas ordenham os homens, as mulheres vão à guerra? — perguntei. Tínhamos um estudante de ciências que havia falado com uma mulher uma vez e fizera o relatório completo — mesmo quando se revelou que era apenas sua mãe.

— Eles o expulsaram do curso e ele teve de mudar para psicologia — disse Cat.

— Fico contente de ver alguns padrões se manterem — eu disse. Psicologia, claro, é a escolha de garotos que têm talento para ciência mas particularmente não gostam de *rock* pesado. — O que aconteceu com o perseguidor?

— Ele caiu da árvore e morreu quando um dos galhos se quebrou — disse Cat.

— Sério, o que aconteceu com ele?

— Ele caiu da árvore e morreu quando um dos galhos se quebrou — ela estava zumbindo na minha orelha.

— Você não teve problemas por causa disso?

— Não, não acho que a polícia se incomode em chamar as altas mentes forenses quando um homem bêbado de 130 quilos quebra um galho escalando uma árvore.

— Mas você o matou!

— Não, nós conferimos. Não era um dos galhos que havíamos serrado. Ironicamente, na verdade. Isso o ensinou a não cruzar o meu caminho, de qualquer forma. — Ela deu um sorrisinho que achei um pouco perturbador.

Ela me lembrava Andrea, de certa forma. Eu sempre havia gostado daquele tipo de mulher forte e independente, o tipo que dirige muito rápido e pode engolir você sob a mesa enquanto mantém duramente a figura de uma heroína de quadrinhos e não tem necessidades emocionais, sejam quais forem. Oh, lá vou eu de novo. Elas não existem, existem? É só o velho subconsciente acordando. Realmente preciso manter esse id sob controle. Da próxima vez vou dar uma passada no Consertos Rápidos onde costumo ir e fazê-los olhar o meu superego. Ele começou a fazer um barulho estranho quando eu tinha uns dezessete anos e agora tenho certeza de que não está trabalhando direito.

Cat estava sentada na cama. Ela ainda não havia colocado a blusa e eu estava calculando as chances de dar umazinha antes que saíssemos para o dia. Vê o que quero dizer? O silenciador no sistema de exaustão de meu cérebro estava definitivamente estourado.

Meu analista costumava apontar que a razão de eu gostar de mulheres fortes e independentes é porque não quero ter que fazer nada por elas por minha conta.

— Exatamente — eu disse.

— Não, eu quis falar isso como crítica — replicou ele, colocando a mão na barba, consternado.

— Oh! — exclamei.

Sentei-me ao lado de Cat e nos beijamos de novo, com fome. Meus lábios sempre ficavam deliciosamente inchados depois de ter estado com ela, não porque ela tivesse barba, mas por causa da ferocidade de seus beijos. Paramos e olhei dentro de seus olhos cinza-claros.

— Eu te amo — falei. — Quero ficar com você para sempre.

— O detalhista e o presunçoso vão notar que esse é precisamente o tipo de coisa que os cavalheiros modernos compromissados deveriam evitar dizer a qualquer outra pessoa que não sua noiva. Não sei por que disse isso, mas disse. Não que simplesmente tenha saído, eu planejara dizer aquilo. Suponho que, na presença de Cat, nada mais parecia importar. Meu amor por ela me fazia esquecer tudo o mais, Andrea, meu noivado, tudo. Achei que tudo simplesmente se dissolveria e eu teria aquela sensação que você tem quando olha para fora da janela e vê que a neve se foi e parece difícil imaginar que ela já esteve lá. Bem, posso ver agora que não era o caminho mais claro possível de se pensar.

— Eu te amo também — disse ela. Notei que uma lágrima havia chegado a seus olhos e me senti assombrado de que eu houvesse provocado tais emoções em alguém —, mas preciso ir ao banheiro.

— Voe, minha bela, voe — falei.

A música pedra-na-máquina-de-lavar parou e ouvi a garota que mora com Cat, a ofegante Chloe, ajuizadamente colocando um Stravinsky. Quando digo ouvi, quero dizer que as paredes eram finas o suficiente para que eu a ouvisse abrindo o aparelho de CD. Os violinos de *A sagração da primavera* se lançaram a todo volume, parecendo que alguém tinha removido a pedra da máquina de lavar e recolocado ali um gato.

Eu estava num estado delicioso e pensamentos aleatórios giravam através das galáxias de minha mente. Primavera. Primavera. Que palavra italiana adorável. Apenas eles teriam a delicadeza e a arte de dar nome a uma estação por causa de uma pizza. "Quero ficar com você para sempre." É, eu tinha dito isso.

Mesmo no calor infernal do trem do metrô, eu tremia. Preferia colocar aquela declaração de paixão imortal fora de minha mente desde a notícia da gravidez de Andrea. Ela tornava a simples frase "tenho uma noiva sobre a qual não contei a você e ela está grávida" ainda mais complicada.

Pequenas coisas sobre Cat vieram correndo de volta para mim. A noite em que nos conhecemos naquele bufê no hotel.

— Você é vegetariana, posso notar — falei, esperando impressioná-la com minha atenção aos detalhes.

— Como peixe, então sou uma hipócrita explícita — dissera ela, levantando com o garfo um rolinho de salmão. — Não fumo — acrescentara e então me pediu para comprar um maço para ela porque estava bêbada. Nós indo ao cinema juntos. Filmes tinham um efeito soporífico nela. Ela adormecera em meu braço mas sempre parecia saber o que havia acontecido quando acordava. Ela, deliciada, me contando que eu era decadente por pegar táxis em qualquer lugar, algo que eu só fazia com ela por medo paranóico de ser visto por alguém que conhecia no metrô.

Henderson, claro, achava que a coisa toda era apenas uma paixão física cega.

— Como você sabe, já que não é mais um destruidor de corações, se você vai ficar melhor com ela do que estava com Andrea? Como pode comparar uma mulher que você conseguiu entender e amar com uma gatinha supergostosa? — ele me perguntou e juro que ele estava lambendo os lábios durante o fim da sentença.

— Obrigado por me lembrar de minhas obrigações morais.

— Tudo bem — disse ele, olhando para a esquerda e para a direita, embora soubesse que ninguém no bar podia nos ouvir. — O corpo dela é bem consistente?

— Sim.

— Como são os peitos dela?

— Não vou contar a você. Sou um homem de negócios sofisticado conduzindo um caso clandestino com uma jovem mulher madura e complexa e profissional, e não um estudante veterano do quarto ano beijando alguém do clube da juventude ciclista.

— Vá em frente — disse Henderson —, ela é realmente demais? — Ele me lembrava um estudante, realmente, passando a ponta da língua sobre o lábio superior como um garoto de dez anos lendo a página de problemas da *Cosmopolitan*.

— Achei que você estava fazendo o papel de conselheiro moral.

— Bem, me é permitido um pouco de perversão também, não é? — disse Henderson, com o horror ofendido de um homem de negócios ocupadíssimo que ouve dizer que os novos caras da contabilidade vão começar a questionar as prestações de contas.

— Não — eu disse.

De muitas maneiras Henderson ainda era um adolescente. Mas por algum tempo houve maus presságios de que ele estava mergulhando na crise de meia-idade. Achei que Deus devia ter dado a ele, e a mim, um período de relativa estabilidade nesse meio-tempo.

Acho quase tocante que ele ainda esperasse que eu revelasse, e exagerasse, meus segredos de alcova como fazíamos antes de eu conhecer Andrea.

Ele não parecia perceber que, mesmo quando você está sendo infiel, sexo aos trinta anos é uma coisa madura, como beber vinho. Na adolescência um cara pode beber (o vinho) somente por causa do álcool. Depois dos vinte, pelo gosto ou talvez até o rótulo. Depois dos trinta, alguém toma a taça inteira, saboreando não o gosto, não o cheiro, não a textura apenas, mas toda a *personalité* do vinho.

Assim é com o sexo também, é com a mulher inteira que o homem maduro e arredondado faz amor. Sua personalidade e seu corpo são um só, você não pode separá-los. Isso posto, realmente não posso ir mais longe sem mencionar os peitos de Cat, que eram espetaculares. Eu também — de uma maneira não-sexual — gostaria de compará-los aos de Andrea, como uma maneira de mostrar como me relaciono com cada uma das mulheres. As feministas ficarão felizes por eu ter resistido ao impulso devastador de dar a eles notas de zero a dez ou coroas ao estilo do Comitê Inglês de Turismo.

Agora, os peitos de Andrea eram como uma dupla de velhos camaradas com os quais acontecia de eu me encontrar sempre, nos mesmos velhos cafofos, sempre com a sensação de que a vontade de ficar juntos de hoje não era mais a mesma que anos atrás.

— Harry, Andy, como vão vocês? — eu diria. — Ambos pra cima, espero. — Não vou entrar nas razões pelas quais parei de chamá-los de Harry e Andy, não é razoável angariar qualquer simpatia para mim. Os nomes, entretanto, são apropriados. Esses peitos eram como amigos cujas histórias eu conhecia a fundo mas ainda amava ouvi-las. Eles eram, para resumir, amigos do peito. Desculpe.

Os de Cat eram muito diferentes. Eram como os garotos grandes da escola, apesar de, como muitos garotos grandes, não serem realmente muito grandes. Eles eram como a turma da pesada, aqueles que faziam você se sentir tão excitado e tão vivo quando saía para roubar com eles pela cidade, aqueles que faziam cada segundo em sua companhia mágico e perigoso, que diziam a você que as cruzes tatuadas grosseiramente em seus braços significavam "reformatório" e que mais tarde estudavam matemática em Cambridge. Eles eram como Smithy, que dizia que você poderia comer a irmã dele se comprasse para ele um pacote de cigarros, e que mais tarde se revelou uma criança solitária. Peitos vivos, irreverentes, audaciosos, que-ficam-na-rua-até-tarde. Grandes peitos.

Como nos peitos, também com o amor. Com Andrea era um amor prático, um amor paciente que esperava até que a louça estivesse lavada e a TV assistida, os dentes escovados e o edredom quente.

Ou ao menos fora assim até a gravidez.

Com Cat a paixão era tão impraticável quanto a arte, não levando em conta recursos de tempo, dinheiro, ou considerações de decência pública.

O maquinista do metrô falou.

— Últimas notícias da sala de controle, senhoras e senhores. O atraso será... — ele fez uma pausa, presumivelmente para criar suspense. Ele me lembrava o DJ Chris Tarrant provocando alguém a respeito de um prêmio. "Você respondeu 'Milosevic' para o prêmio de 16 mil libras. Julie... Julie... Julie!" — Interminável — concluiu.

Interminável? Então aquilo era o que todos aqueles Ph.Ds. ingleses faziam para ganhar a vida.

Meu próprio atraso não seria interminável, pensei. Se eu havia aprendido uma coisa no meu trabalho com treinamento administrativo era que qualquer decisão é melhor do que nenhuma. Assim que pudesse eu iria conversar com Henderson e, lá pelo fim do dia, saberia o que fazer. Pelo bem ou pelo mal.

4

O dragão mágico

Esses pensamentos estavam em minha cabeça enquanto eu estava sentado no Movotel Wembley Parque, imaginando por que a sra. Batt me incomodava tanto e tentando não devorar uma bandeja de Liebnitz de chocolate que havia sido distribuído para os representantes. Sou quase egoísta com biscoitos, da mesma maneira que acredito que alguns tipos do centro da cidade são parciais a respeito de *crack* e cocaína. Eu teria pedido ao hotel especificamente o Rich Tea, a metadona da área de biscoitos, mas não, aquilo era demais para eles. Havia os Liebnitz, os Spinozas de Aveia e meus favoritos, os Giros de Nietszche (o biscoito com o furo de Deus, *slogan* "Eles são Super, Homem!"). Esses são vendidos apenas em pacotes de doze e nunca para minorias, em respeito a seus aditivos poderosos com qualidades arrebenta-cintos.

Decidi que não comeria outro biscoito até que Henderson aparecesse. Não havia nada nessa situação que eu não pudesse organizar. Resolução-de-problemas, era em torno disso que toda a minha carreira havia girado.

Quantas vezes eu havia sido chamado para resolver os problemas dos outros, chegando na sala de reuniões com meu corte de cabelos curtíssimo, as dobras das roupas tão bem-passadas que chegavam a soltar fumaça, o peso da maleta sobre a mesa dizendo "Hoje, senhores, essa besteira acaba"?

Olhei para os meus punhos, branco puro, engomados do jeito que devem ser, punhos decisivos, que despertam confiança, enfeitados com cintilantes abotoaduras de opalas negras. Botões são estritamente para os caras de escritório. Vamos lá, pensei, evoque a autoridade dos punhos. É você, Stewart Dagman, apagador de fogos empresariais, simplificador do complexo, o intocável da web, ele que é precedido por batedores que gritam "tranqüilizem os asnos, aquietem as mulas, mandem o cachorro uivar na noite, seu salvador está entre vocês e, como Cristo, o Tigre, pega tudo o que está à sua frente".

Era só uma questão de ordenar minhas prioridades. Eu redigiria um gráfico de procedimentos e trabalharia as coisas. Daquela maneira a solução se apresentaria por si mesma e eu estaria pronto para o que fazia melhor — ação.

O principal em resolução-de-problemas não é escolher onde você começa, é simplesmente começar. Adotei meu praticadíssimo olhar de desprezo corporativo, aquele que diz "os grandes chegaram" e arrogantemente levantei minha Mont Blanc — mesmo profetas poderosos haviam tido dificuldades em fazer as montanhas virem até eles, e eu conseguira a minha por 300 libras numa papelaria da Bond Street — não pensando, não mediando a correnteza do gênio, e sim como Mozart, apenas escutando a voz de Deus.

Olhei para baixo para ver o que havia escrito. A princípio achei que era apenas uma pequena mancha no fundo da página. Então decifrei, em pequenas letras num dos cantos, quase pedindo desculpas por existir, a palavra "socorro".

Parece que vai ser um desafio bem maior do que pensamos a princípio, eu disse a mim mesmo.

A última vez em que essas palavras passaram pela minha cabeça foi quando eu trabalhava na seção de recuperação de bagagens perdidas da Pan-Am. Não procure por elas, elas não estão ali agora.

Examinei o pacote de biscoitos, esperando que os representantes fossem aparecer antes que eu acabasse com o lote. Minha nova firma se especializara em cursos de treinamento de administração. Eu havia acabado de escapar de meu emprego anterior na Maior Companhia da Terra para estabelecer meu próprio negócio com Henderson. Ele era um bambambã das vendas, eu em apagar fogo (resolução de problemas) e treinamento, então as duas coisas juntas pareciam se encaixar.

Esse curso era o nosso mais bem-sucedido em termos de entrevistas. Havíamos conseguido atrair sete pessoas para ele — e quase não tivemos lucro, uma vez que os gastos pesados de mala direta e aluguel de sala haviam sido levados em conta. Li meu folheto. *Pensamentos positivos para gerentes: sorrindo para lucrar.* Eu me permiti só mais um Giro. O nervosismo com Cat e Andrea estava se misturando com a ansiedade dos erros de pronúncia na literatura e a idéia louca de que ninguém ia descobrir, apesar do fato de que todos eles haviam pagado umas mil pratas para estar ali.

Eu não me sentia muito positivo naquele momento, então forcei um sorriso e pratiquei dizer olá da maneira já aprovada de consultor de administração. Isso requer um nível de entusiasmo equivalente ao de alguém que descobriu a cura do câncer, a fissão nuclear e o *ecstasy*, todos ao mesmo tempo.

— Olá! Olá! Olá! — eu disse com a verve praticada, me lembrando de um policial comunitário falhando no relacionamento com jovens.

Olhei para o meu relógio: 9:30. Meia hora antes de o primeiro representante chegar. Eu precisava encontrar reservas de positivismo rapidamente. Tentei entrar no lado certo da mente visualizando algo a respeito do que eu me sentia muito positivo. Essa, acredite ou não, é uma das técnicas que ensinamos. Pode parecer óbvio e uma trapaça mas, lembre-se, há pessoas lá fora que ficam chocadas ao descobrir em revistas de emagrecimento que bolos de creme engordam. Não dispense o óbvio ululante, há dinheiro bom nele.

Infelizmente minha visualização positiva trouxe apenas uma imagem de Cat e, por associação, Andrea e um bebê. Desisti quando comecei a ver a sra. Batt flutuando na minha frente, fazendo uma série de exercícios de samurai com sua placa, e decidi me concentrar apenas nas palavras do capítulo de abertura de nosso curso.

Eficiência Através do Entusiasmo, pensei, sorrindo amarelo.

— Um amigo íntimo, parecendo feliz e relaxado — bufou Henderson, aparecendo vacilante na porta, todo de Hugo Boss, maleta, folhetos e projetor de *slides*, como uma animação no estilo de Picasso, embora não feita pelo próprio mestre. — Isso quase acaba com a minha tristeza desta manhã.

— M40? — eu disse, olhando para meu relógio. — Eu disse que você devia ter ficado aqui. — Eu tivera a presença de espírito de ficar no hotel na noite anterior. Não, na verdade não ficara. Eu havia ficado em casa — daí a complicação com a sra. Batt. Eu tinha, entretanto, dito a Cat que havia ficado no hotel — e que o hotel era em Moseley, perto de Birmingham. (Eu precisava de uma desculpa para voltar para Andrea, já que eu dissera a ela que tinha uma reunião de almoço naquele domingo — veja a teia complicada em que nós nos enrolamos.)

Eu tivera a presença de espírito de me convencer total e profundamente de que havia ficado no hotel e nunca admitir que não tinha ficado, mesmo para meu melhor amigo. Eu era muito bom nisso e sabia que se deixasse passar algumas semanas ficaria convencido de que realmente havia estado ali naquela noite. É psicologia doentia. Você diz no trabalho que teve infecção alimentar, você diz a si mesmo que teve infecção alimentar, você encara o quibe mal-humorado, os frutos do mar suspeitos, você come levemente no almoço no dia seguinte. Por volta das cinco você diz às pessoas que acha que está "começando a se sentir melhor". Talvez até tire mais uma manhã para "ir ao médico".

Quando o chefe se refere a seu episódio de infecção alimentar seis semanas atrás, você diz "sim, foi horrível", e não "Que infecção alimentar?", assegurando através disso sua habilidade de fazê-lo novamente. Se eu fosse um consultor de administração aconselhando alguém a tirar dias de folga fora do padrão, e suponho que sou, eu diria isso: "Pense Doente. Viva a Mentira". Poderia quase ser o mote principal da família Dagman.

— Dane-se o tráfego — disse Henderson. Isso era incomumente irreverente. Ele adora o trânsito, ele adora tudo sobre carros modernos, a ponto de listar direção perigosa como um de seus *hobbies* no currículo.

— É Julie, ela está me deixando louco. — Ele se sentou. Ele é um indivíduo curioso de se ver. Meio bonito, como acho que Andrea uma vez o descreveu, mas também, acho, meio feio. Ele ficou muito branco ultimamente, para começar, o que credito ao uso excessivo de proteção UV contra rugas; há um toque de vampirismo dos velhos filmes de terror dos Estúdios Hammer em relação às suas rachaduras de pele. Seu clínico geral o avisou que, a menos que deixasse o filtro solar, ia acabar com deficiência de vitamina D e raquitismo. — Pelo menos é uma doença de criança, então esse é um passo na direção certa — Henderson havia lembrado.

Também há algo desequilibrado nele. Tudo bem, ele é tão magro quanto um veado no cio (palavras dele) depois de horas na ginástica, e tem uma aparência nobre, com as maçãs do rosto salientes, o tipo de rosto que você poderia muito bem imaginar ordenando que incendiassem as cabanas dos camponeses em alguma época próxima à conquista normanda. Mas seu nariz adunco, que pode levar uma águia a gritar por engano "Pai!", ele devia empurrá-lo para dentro do ninho, pois está fora de esquadro. É como se o resto de seu corpo estivesse indo na direção da xerox enquanto o nariz está apontando para o fax. A coisa mais estranha nele, que você não vai notar até que o tenha conhecido um pouco mais, são seus olhos. Eles têm cores diferentes, um azul, um marrom — ou, como ele prefere, castanho, depois que sua fala na conferência de vendas Um Para Nenhum foi interrompida por um rival que gritava "ele está coçando seu olho marrom!".

— Oh, não — disse. Para ser honesto, me sentia um pouco desapontado com o fato de que Henderson ia começar a listar suas desgraças domésticas antes que eu pudesse chegar às minhas. Ele é uma dessas pessoas que está sempre no topo ou no fundo. Ou na melhor ou na pior fase de sua vida. Desde suas dificuldades conjugais, ele vem passando pela pior. Henderson e a mulher dele, a Julie Durona, não estão se vendo há algum tempo. Para ser honesto, ele se casou com ela pela melhor razão possível — todos os seus camaradas estavam sendo amarrados e ele se sentiu deixado para trás.

Poucas semanas atrás ele propôs uma tentativa de separação, só para eles conseguirem clarear as coisas, e conseqüentemente ela propôs uma tentativa de separação da cabeça dele de seus ombros, e ele decidiu se entrincheirar num hotelzinho como efeito imediato.

Agora ele coloca a cabeça nas mãos, revelando sua careca remendada. Quando digo careca remendada, não quero dizer no sentido convencional. De frente, Henderson parecia um ser humano normal. Era só quando tinha a visão completa de sua cabeça que você se dava conta da extensão de sua vergonha. Ele não ficou careca de uma maneira honesta, no meio da cabeça, do tipo padre, circular. Nem entrou num retiro. É só que, por poucos anos, uma faixa de gosma cor-de-rosa vem se estendendo pelo meio do seu escalpo, deixando uma ilha de tufos na frente. Dando a volta na carne e reforçando a pele, ou vice-versa, Henderson havia conseguido, com gel e tintura, construir uma trilha de cabelo que conduzia ao continente, mas quando ele se abaixava era como se uma maré rubra navegasse por ali. Exposto o artifício, ele parece, bem, parece careca.

Não que pareça tão velho. Dois anos atrás, na idade de mais ou menos 33 anos, sua boa aparência havia desaparecido, mas ele continuou perseguindo-a com força, batendo ponto dias a fio em esteiras e máquinas de remo. Mesmo eu tenho de admitir que, de certos ângulos, ele ainda parece bem bacana. Preste atenção que, dado o nível de esforço, ele deveria mesmo.

Tendo dito isso, por algum tempo ele a perdeu. Não perdendo como nosso velho camarada Craig Petershall, que depois de um período de prolongada perda de cabelo, deu as costas a uma franquia valiosa de dez lojas Hooper, dizendo coisas tipo "Para que servem dinheiro, bens, tudo isso? Certamente há mais. O que isso tudo significa?" Ele descobriu para que servia quando desistiu de tudo aquilo para trabalhar numa fazenda coletiva de produtos orgânicos na França. A última notícia que tive foi que ele estava de volta, e na Dysons.

Com Henderson são só as coisas pequenas. Sua aparência, por exemplo. Ele sempre foi um cão farejador afiado quando se trata de roupas — nunca tendo escapado muito da influência dos New Romantico — pelo menos em espírito, senão nos detalhes, as faixas na cabeça sendo olhadas com desdém em todos os círculos, menos os de negócios liberais.

Em duas ocasiões recentes, entretanto, eu o encontrei fora do trabalho e ele estava usando calções pretos de futebol, uma camiseta Tommy Hilfiger, boné de beisebol e tênis brancos sem meias. Em resumo, parecendo um ladrão de carros. É só um pequeno passo, receio, para o brinco e o relógio de ouro.

Mencionei isso a ele, claro.

— Henderson — falei —, se você vai se vestir como um merda, pelo menos se vista como um merda de classe média. — Tudo o que ele realmente tinha de fazer era pegar um *short* estilo chinês e algum tipo de camisa pólo comum para parecer com qualquer outro gerente em fim de semana.

Lembro que ele ficou uma vez olhando para seu reflexo numa vitrine de loja.

— O que está acontecendo comigo? — disse ele. — Você consegue segurar uma planta na terra e cresce outra em seu lugar. Se não é ganho de peso, são rugas na testa. — Ele olhou para as costas de sua mão. Durante séculos ele estivera convencido de que teria manchas marrons. — Você sabe, realmente me peguei cobiçando um carro outro dia só porque ele parecia seguro? Não posso acreditar como pude me distrair assim.

Ele foi correndo a uma loja de *skate* para comprar umas calças largas e uma camisa colorida havaiana, berrante, que, embora não constituísse exatamente um desperdício para um homem de 35 anos, dificilmente também representa conseguir voltar no tempo.

— Sem chance de ela aceitar você de volta então? — perguntei, sobre o tema Julie Durona.

— Não, ela deixou bem claro que, se eu voltar, ela vai botar o pai na parada.

— Por que você teria medo dele? Ele é só um dono de ferro-velho do Sul de Londres.

Henderson fez uma pausa enquanto a sabedoria de desafiar um homem que tinha acesso imediato a gangues de homens altamente musculosos e mal pagos, máquinas trituradoras, banheiras de ácido e grandes e horrendos ganchos pontiagudos começou a entrar em sua cabeça. Pensando nisso, a Julie Durona já havia feito antes uma ou duas referências às capacidades de "resolver problemas" dos garotos de seu pai.

— Entendo seu problema — falei. — Então é divórcio?

— Com toda a revoltante ruína financeira que isso implica — disse. — Vou passar os próximos seis meses escondendo meus bens sob o carpete para que os advogados dela não consigam fazer a partilha.

— Isso realmente partiu seu coração, não foi?

— Está acabando comigo, Dag, eu só queria um tempo para pensar. — Henderson parecia sinceramente arrasado, uma aparência ainda mais estranha porque, como vendedor, sua expressão normal é de uma felicidade falsa. Ele ia passar a mão nos cabelos, mas voltou atrás. Anos de experiência disseram-lhe que o gel não suportaria aquela intromissão.

— Talvez tudo isso esteja acontecendo para melhor — comentei. Fiquei particularmente satisfeito com aquela inspirada frase de simpatia.

— Não sei — disse Henderson. — Esse casamento não era lá essas coisas mas pelo menos estava ali. Me dava uma base, sabe? Sinto como se estivesse de volta ao nível um agora: solitário e perdendo os cabelos no infinito deserto da solteirice.

— Você já pensou em procurar alguém para falar sobre isso? Um terapeuta, talvez, se você estiver se sentindo estressado. Lembre-se, não quero falar sobre isso de jeito nenhum — falei. Claro, eu queria dizer o contrário, que eu estava mais que preparado para falar sobre aquilo, mas há maneiras de dizer essas coisas entre os homens.

Ele sorriu.

— Fora de questão — disse. — Simplesmente vou enfiar essa porra numa garrafa e deixá-la sair num enorme ataque de eczema na época do Natal. A relação custo-benefício é bem melhor.

Isso era verdade, eu sabia. Estávamos temporariamente falidos desde que havíamos começado nosso novo negócio. Não falidos como as pessoas pobres são falidas — nós ainda dirigíamos carros (bem, ele dirigia), tínhamos casas nos subúrbios de Londres (bem, eu tinha) e podíamos nos permitir sair a maior parte das noites da semana se fizéssemos um orçamento cuidadoso. Mas só o fato de termos de orçar cuidadosamente significava, nos nossos termos, que estávamos falidos, particularmente quando você levava em conta as despesas que se tem para manter uma mala-direta, reuniões etc.

Se de fato não começássemos a ganhar dinheiro muito rapidamente, e não parecia que íamos conseguir, eu ia depender ainda mais de uma herança que minha mãe dissera que eu estava para receber. Eu não conseguia imaginar de quem aquilo estava vindo, mas ela tinha falado com muita segurança.

— Há mais parentes ricos nesta família do que você pensa — dissera. — Você vai receber uma quantidade muito substancial de dinheiro dentro de seis meses, pode contar com isso. Pelo menos trinta mil libras. — O dinheiro seria particularmente bem-vindo agora que Andrea estava grávida e entraria em licença-maternidade dentro de pouco tempo.

Então, análise estava fora de questão no futuro próximo. Quando eu fiz, custava cinqüenta libras a sessão. Valium custava dez vezes menos e funcionava de verdade.

Henderson conferiu o relógio, serviu- se de chá e sentou de volta, com os pés na mesa de centro.

— Confuso — disse eu, respondendo à pergunta que não havia sido feita sobre meu fim de semana.

— Ainda saindo com essa Cat?

— Sim.

Ele fez um aceno ambivalente com a cabeça. Como a maior parte das pessoas, seu primeiro instinto é extrair um bom bocado de consolo das fraquezas de seus amigos. Então deve ter ficado satisfeito com o fato de que meu casamento vindouro estivesse ameaçado. Entretanto, ele gostava de Andrea e se sentia desconfortável com minha traição. Quase me arrependi de ter contado a ele sobre Cat.

— Estou pensando em terminar, de qualquer forma — confessei. Eu não sabia que de fato era isso o que estava pensando. Achei que eu tinha ficado rodando em círculos com a visão clara e a avaliação tranqüila do Pato Donald com um balde enfiado em sua cabeça.

— Oh, sim — disse Henderson. Não era um convite para maiores comentários. Ele estava examinando os cantos de seus olhos com o que parecia ser um espelho compacto de maquiagem.

— Você está vendo alguma ruga aqui?

— Estou. — Eu não via de verdade, mas se alguém faz perguntas como essa, que tipo de respostas espera?

— Achei que não — disse ele, fechando o espelho com um estalo. — Bem, se vai dar um chute nela, não gostaria de me acompanhar em algum dia desta semana numa ronda pelas casas noturnas de Londres para procurar uma nova namorada? Para mim, é claro.

— Vejo que você ainda não se recuperou muito de seu sofrimento.

— Recuperado ou não — disse Henderson, reabrindo o espelho e puxando-o até o pescoço para testar a flacidez —, é hora de ir em frente. Você acha que ainda consigo?

Ele se levantou e fez uma série de movimentos como se suas axilas houvessem pegado fogo enquanto ele tentava arrancar chicletes de seu sapato. Era exatamente como você vê os freqüentadores das *raves* dançando na TV.

— O peso da moda, é assim que vejo isso — comentei. — Mas antes que você vá para a pista de dança... — adotei o jeito de um capitão-de-esquadra dizendo a um piloto que o diagnótico do médico era duvidoso e que de agora em diante ou ele faria um trabalho burocrático, ou nada — ... acho que você deveria saber que está ficando careca.

— Oh, eu não tinha notado — disse Henderson com falsa surpresa. — Não se preocupe comigo, filho. Os homens carecas se tornam melhores amantes.

— Bem, eles precisam mesmo fazer isso, né? Eles não podem contar com a própria aparência.

— Com o que você conta? — replicou ele. Da última vez que alguém havia conseguido um olhar de desespero como aquele, estavam defendendo o Alamo. Mas, como Davy Crockett, ele não ia cair sem lutar. — E pelo menos não estou me transformando numa raposa grisalha.

Ele sabia que eu era ligeiramente sensível a respeito dos tufos cinza que haviam aparecido nos lados de minha cabeça. Se quiser saber, menos sensível do que ele era. Ter um amigo com cabelos ficando cinza causava nele uma grande dose de sofrimento, eu sei. "Se você vai parecer malcuidado, por que não faz luzes ou algo assim?", ele uma vez havia me perguntado. "Sou muito velho para luzes", eu respondi, e nesse ponto ele havia colocado os dedos nos ouvidos, batido os pés e gritado: "Não estou ouvindo!"

Henderson correu o dedo pelas narinas para checar a formação de moitas no nariz.

— Vi você na Boots — disse ele, me dando uma olhada de cima a baixo como uma vendedora de peixes olharia na rua para quem lhe dá ares de superioridade mas não é melhor do que ela mesma —, marchando para a frente e para trás como um adolescente do lado de fora de um bordel, procurando por Grecin 2000. Já comprou um?

— Não — respondi, empalidecendo com a analogia. — E, de qualquer forma, é melhor ter cabelos grisalhos do que não ter cabelos.

Henderson deu um sorriso forçado e começou a examinar suas gengivas no espelho.

— Você não precisa ir a uma *rave* para conseguir uma mulher — continuei. — Você vai ter todo o tempo do mundo para encontrar alguém de quem goste.

— Todo o tempo do mundo? Todo o tempo do mundo? — Ele esticou sua face para trás como um guerreiro maori executando um *haka* particularmente feroz. — Olhe para mim, cara. — Ele abriu sua maleta para revelar uma confusão de pílulas, vitaminas, cremes e tubos misteriosos. — Estou preso a catarro e lenços de papel. Se esses novos comprimidos anticalvície funcionarem, talvez eu ainda tenha mais um ou dois anos, mas depois disso... — Ele sacudiu a cabeça e fechou a maleta com força.

Eu sabia o que ele queria dizer. Parte de mim pensou que um dia alguém simplesmente viria e diria: "Essa coisa de tempo, de ficar mais velho, é só uma piada. Na verdade tudo pára exatamente aqui e agora e fica do mesmo jeito para sempre. Ilusão sua cair na velha piada da mortalidade."

— Acho que você deveria tentar soluções mais práticas do que se enfiar dentro das velhas roupas largas e lançar alguns modelos no empório de dança local — aconselhei.

— Eu tenho o Plano B aqui — disse Henderson, mostrando um exemplar de *Floodlight*, o guia londrino para cursos noturnos, tirado de sua maleta. — Eu me inscrevi em um por noite.

— Cursos noturnos são a solução clássica — desdenhei —, embora isso seja um caso extremo. Particularmente acho que umas férias nas Filipinas poderiam valer mais a pena.

Henderson riu, embora eu pudesse vê-lo anotar aquilo mentalmente. Não se passaria muito tempo, pensei, antes que o visse com um folheto *Noivas de sonho de Manila*.

— Que curso você vai fazer?

— Redação criativa.

— Não achei que estivesse interessado nisso.

— Não estou mesmo, mas é prático. Há toneladas de mulheres lá, todas querendo se sentir especiais, e os sujeitos são todos perdedores autocentrados que acham que têm algo a dizer. Eu só vou ficar até as festas de Natal, ver o que acontece e sair fora em janeiro.

— Exatamente como todo mundo, então.

— Será como acertar peixes num barril. — Ele atirou com um rifle imaginário no solo, dizendo “bang, bang!”, como os garotinhos fazem. — Mesmo se eu estiver atirando no vazio.

Ele estava se referindo a sua infertilidade, sua inabilidade de fazer crianças, que de maneira nenhuma devia ser confundida com impotência — a inabilidade de subir a bandeira no mastro e ver quem bate continência a ela. Quando ele era mais jovem, na verdade se gabava de ser estéril, vendo aquilo como uma garantia de que ele não seria pego naquela encheção de saco de paternidade e monogamia. Sua esterilidade havia sido uma forma de virilidade e ele havia pensado que tinha o direito de disputar como Buffalo Bill numa competição de rodeio. Agora, entretanto, com os amigos se assentando com famílias e crianças, ele estava num tipo de enredo últimos-dias-de-Roma, ainda engolindo o ratinho de chocolate enquanto os bárbaros batiam nos portões e seus cabelos caíam. Eu era praticamente sua única ligação com o mundo sem crianças.

Não sei como saímos de mim querendo discutir meu dilema com Andrea e Cat e ele querendo falar sobre Julie e chegamos até tirar sarro um da decadência física do outro, mas tínhamos chegado.

Henderson deve ter lido meus pensamentos porque fechou o espelho e disse:

— Então tudo está levando a um fim com essa Cat, não é?

Funguei.

— Não gosto de Cat — disse ele.

— Você não gosta dela, você não aprova o meu relacionamento com ela, você acha que deveríamos terminar. Mas isso não o impediu de sair com ela e comigo três vezes para tentar ganhar as amigas dela.

— Claro que não — disse Henderson, espantado. — Havia a chance de uma trepada. Qual é o seu problema exatamente?

— Nenhum, na verdade.

— Só acho que você deveria retornar para o aconchego do seio da sua prometida, da sua traída.

— Bem, o problema é que se eu realmente retornar para o seio dela, não vou ser o único nele, vou?

Henderson, que já era de uma palidez vampiresca, ficou tão pálido quanto um vampiro ouvindo os camponeses agitarem as estacas de madeira e os alhos do lado de fora de sua porta.

— O que você quer dizer? Ela tem outro homem?

— Não seja ridículo! Venho tentando dizer isso a você: Andrea está grávida.

Claramente, o choque foi demais para ele. Nenhuma emoção real apareceu em seu rosto, era como se os sentimentos fossem muito poderosos para ele saber como responder. Ele tinha o olhar de procura de uma velha camponesa russa ouvindo a inconfundível batida na neve dos pés de seu filho que ela acreditava perdido para a guerra, se adiantando e dizendo "Dmitri, Dmitri, é realmente você?".

Notei que ele estava tremendo.

— Ela não me disse nada — falou ele fracamente.

— Ela só descobriu na semana passada.

— Falei com ela na quarta-feira, liguei para falar com você. Você estava no *badminton*. Ela não disse absolutamente nada.

Seus olhos estavam vidrados e ele falava numa voz distante, como se em transe. Achei que a qualquer momento ele ia começar a dizer: "Arthur quer dizer a Constance que ele se foi sem dor. A herança está no cachorro de porcelana."

— Bem, talvez ela estivesse esperando que eu contasse a você.

Mal consegui tirar as palavras de minha boca antes que ele se enfiasse dentro de suas mãos.

— Isso é um desastre — disse ele fracamente. Qualquer pessoa que entrasse na sala naquele momento teria concluído que ele estava falando para dentro de suas calças, um típico consolo de macho em épocas de estresse. Eu havia conhecido homens cujas calças haviam até respondido, mas como que o que elas tinham a dizer não era nada polido, não devo insistir com isso aqui.

— É certamente uma surpresa, mas não acho que desastre seja bem a palavra certa. Ela tem trinta e três anos.

— Não para ela, para mim — disse Henderson, ainda mais fracamente. — É o *Titanic*, a quebra de Wall Street e as mulheres conseguindo o direito de voto, tudo ao mesmo tempo. É um desastre. — Ele estava se ocupando com o espelho novamente.

— Como é que isso afeta você? — Mas ele não estava escutando; havia mergulhado dentro de um mundo muito particular.

— Como você pôde fazer isso comigo?

— O quê?

— Eu havia acabado de me acostumar com a idéia de você se casar. Agora isso! É tudo muito rápido. Muito rápido. — Ele tinha aquele olhar que você vê nos pacientes de *Plantão médico* logo antes de a enfermeira dizer: "Acho que estamos perdendo-o, doutor."

Henderson havia me avisado para não me precipitar em nada com Andrea quando nós ficamos noivos, seis meses antes. Havia lembrado a ele que, já que namorava ela há quase uma década, não achava que estivesse exatamente me precipitando.

— Acho que você está querendo dizer parabéns — falei —, ou como está a futura mamãe? Ela está muito bem e cuidando bem de tudo, obrigado, Henderson.

— Parabéns por me deixar à própria sorte? — replicou. — Parabéns por jogar seu próprio camarada no rio Swannee? Parabéns por desertar na minha hora de maior necessidade? Por escolher o babador em vez do drinque, a boneca em vez da boate? Parabéns por me deixar sem sequer uma namorada enquanto você veleja para dentro da paternidade? Você recebeu a ferida do lar e diz "estou bem, Jack".

— O que é uma ferida do lar? — perguntei, temendo que ele estivesse realmente recebendo mensagens do mundo espiritual.

— Na Primeira Guerra Mundial, se você fosse ferido, tinha que voltar para a Inglaterra... o Lar. Eis o que aconteceu com você. Toda a incerteza, a procura de uma parceira para a vida toda, tudo isso acabou. Você tem um bebê e pode encaixotar seus sapatos de dança, seu sortudo sacana. Eu é que vou ficar cravado numa *rave* com os olhos submersos.

Eu não conseguia imaginar por que estávamos mencionando *raves*. Não íamos a uma há anos.

— Quanto ela está grávida, de qualquer forma?

— Totalmente.

— Não, com quanto tempo?

— Três meses. Deve nascer em março.

— Mas é bem na viagem de esqui — disse ele, levemente ultrajado.

— Provavelmente vou perder essa.

— Aí está — replicou, encolhendo os ombros. — Fui deixado aqui sozinho. O último da festa, a quilômetros de casa, sem o telefone de um táxi, forçado a ficar até de manhã. — Ele olhou desanimado dentro dos restos da caixa de biscoitos. — Eu devia ter ficado com Julie. Ao menos eu teria algo para preencher meus dias.

— Puff o Dragão Mágico — disse eu.

— O quê?

— Na canção infantil. Ele ficou preso vivendo na terra de Ona Lee enquanto seu camaradinha Jackie Paper cresceu e se mudou com um mecânico de motocicleta chamado Sven.

— É essa a sua idéia de oferecer consolo?

— É, realmente é. Estou mostrando a você que seu apuro já foi transformado em arte.

— Oh sim, um grande consolo. Eu estava justamente mencionando isso a esse velho sujeito de Guernica no outro dia — disse Henderson. — Eu, se fosse você, começaria a rir da desgraça alheia.

— Certo — respondi esfregando as mãos. — Você percebe que suas preocupações só são possíveis nesta única conjuntura histórica? No século passado, na sua idade você já estaria morto.

Eu deliberadamente disse "única conjuntura histórica", já que sabia que as palavras realmente o aborreciam. Eu estava sempre usando-as. Era uma frase que simplesmente gravara em minha cabeça. Não queria dizer nada, claro, mas soava bacana. Como consultor de administração, eu não conseguia entender por que Henderson não a adorava.

Essa oferta de apoio era um ponto fraco em mim. Andrea sempre dizia que eu não era muito bom naquilo — como naquela vez em que ela abrira a cabeça na quina do armário e achei que estava sendo simpático, mas ela disse que não. Dizer "se você não quer se ver nessas portas, tente sangrar na pia" era mais doce e prático no meu modo de ver. Ao menos a salvei de ter de limpar o chão mais tarde.

— Nenhum plano de aborto, suponho? — disse Henderson, como se estivesse me perguntando se ela se importaria de postar uma carta para ele se fosse sair.

— Não. — Compreendi que isso nem mesmo me ocorrera. Andrea era uma mulher comprometida com a carreira, enquanto eu estava tentando estabelecer um novo negócio; teria parecido lógico. Mas lógica não tinha nada a ver com aquilo. Eu vinha querendo um filho há tanto tempo e ela parecia tão feliz em estar grávida que não me passou pela cabeça, mesmo apesar de as circunstâncias em que essa criança ia chegar não fossem exatamente o que os psicólogos infantis recomendariam como ideais. Percebi que se eu fosse adotar uma criança, os Serviços Sociais não me dariam a permissão se todos os fatos fossem conhecidos.

Henderson quebrou um biscoito no meio e esfarelou-o totalmente no cinzeiro. Era o último de meus favoritos, os Giros.

— Então foi isso o que aconteceu, hein? — disse ele, levantando a cabeça como um cavalo puro-sangue descobrindo que tinha um asno como vizinho de estábulo. — Os cherokee estão nos atacando, recebi uma flechada e você vai me abandonar?

— Você não deveria dizer "Vá sem mim, salve-se a si mesmo, dê este relógio a minha mãe"?

— Vá sem mim, salve-se a si mesmo, dê este relógio a minha mãe. — Ele ofereceu seu Casio G-Shock. Eu havia dito a ele que homens de negócio não deviam usar coisas como aquela, mas ele não escuta.

— Tudo bem.

Henderson apertou os lábios com irritação.

— Olhe para o lado alegre — insisti. — Você está livre para fazer o que gosta. Ninguém vai impedi-lo de chegar às três da manhã, não tem de se levantar todo fim de semana se não quiser se levantar. É a fantasia James Dean: você não apodrece, você queima.

Mesmo quando soltei essas palavras, um entusiasmo tomou conta de mim, como a sensação do ronronar de um gato. No futuro eu poderia dizer que não estava disponível para ficar fora até as três, que eu estava em casa com meu bebê. Eu poderia sair com pessoas que queriam estar em casa às nove e meia e poderia querer estar às oito, sem pensar que estava perdendo alguma coisa. Fantasticamente terrível.

— Bem, eu preferiria apodrecer, se tudo é a mesma coisa para você — disse Henderson. — Você acha que quero ficar usando isso tudo? — Ele sacudiu a maleta cheia de poções e pílulas. — Estou procurando encontrar o amor da minha vida e nunca mais ver o lado de dentro de uma academia novamente.

O problema entre Henderson e a Julie Durona era que ela não tinha sido o amor da vida dele. Ele havia abordado esse problema com ela antes que ela tivesse abordado sua jugular com a ponta afiada de uma lima de unhas. Considerando o quanto tinha sido confortável para ele, uma casa grande em Ickenham, município de Range

Roving para o Tennis Club, fora uma coisa muito corajosa de se fazer. Entretanto, se Henderson tem um provérbio, é "Valentia, depois arrependimento".

Ele sempre agoniza nas decisões, mas infelizmente só depois que as toma. Como quando estava passando pelo seu estágio "sinta medo e faça assim mesmo", que consistia basicamente em usar camisetas com inscrições "Vá em frente!" e "Sem medo". Ele organizou para todos nós irmos fazer pára-quedismo. Ele estava muito cheio de si até que subíssemos aos céus. Foi quando notei que as primeiras manchas de suor apareceram na sua bandana "Louco por isso" e que seus olhos estavam aterrorizados. Ainda tenho o vídeo do instrutor pisando em seus dedos para fazê-lo sair do avião.

Olhei para Henderson agora. Ele nunca parecera sentir falta de fumar desde que largara o vício, dois anos antes. Agora, entretanto, ele estava esmigalhando outro biscoito no cinzeiro. Peguei uns dois antes que ele destruísse todos.

— Meu problema é que acho que posso ter encontrado o amor de minha vida. De novo — disse eu.

Henderson ficou com a expressão de uma matrona de 22 toneladas ouvindo alguém reclamar que às vezes simplesmente se esquece de comer.

— Você é um filho da mãe, sabia disso? — disse ele. — Esses dois amores da sua vida, um deles poderia ser meu.

— Mas o que vou fazer com Cat?

— O que vou fazer com Cat? — balbuciou Henderson como um sargento zombando de um novo recruta do tipo levemente sensível. — E *eu*? O que *eu* vou fazer para ter um camarada e uma mulher e tudo o mais? — Um biscoito Sartre Florentino deu a vida para a pilha de destroços no cinzeiro.

— E eu? Simplesmente me acostumei a trair Andrea. Será que agora tenho que me acostumar a ser leal com ela? — Lembrei-me de um ladrão que vira na TV, reclamando que a polícia estava tornando impossível para ele ganhar a vida. Ao contrário dele, eu não esperava simpatia.

— E eu? Me separo da minha mulher para cair de volta numa rede de amigos para descobrir que não há mais essa rede de amigos. — Ele apontou acusadoramente os restos dos biscoitos.

— E eu? Eu me refugio de um relacionamento rotineiro num caso só para descobrir que o relacionamento se revitaliza por si só de uma maneira que apenas sonhei.

— Não, e eu? — disse Henderson, se inclinando para mim. Se eu empurrasse os lábios poderia ter tirado o biscoito de seus dedos. — De onde estou sentado parece que a única coisa com a qual você tem de se preocupar é um problema de ricos.

Ele retrocedeu as mãos, uma das quais dava voltas no ar como se estivesse prestes a ajeitar minha gravata.

— Olhe, Henderson — falei —, realmente, e eu? O que vou fazer com Cat? Esse é um problema imediato. Os seus a gente pode resolver depois de uma semana ou um pouco mais. Eu preciso saber, agora, o que fazer.

Ele se recostou na cadeira.

— Não sei — disse ele, claramente labutando sob o esforço de pensar em alguém mais que não ele mesmo. — Achei que você fosse terminar com ela e voltar a ter apenas a única mulher maravilhosamente brilhante para se envelhecer junto. Você vai encarar isso?

— Não estou certo de querer terminar com ela.

— Querer não tem nada a ver com isso. Você não vai ter tempo para Andrea, um bebê, Cat e, mais importante ainda, eu. Você vai ter dificuldades suficientes para nos ajustar a todos.

Ele estava certo. Eu mal o havia visto fora do trabalho desde que estava saindo com Cat — embora, surpreendentemente, ele não tivesse reclamado. Quando me mudei do apartamento que dividia com ele quatro anos atrás para ir morar com Andrea, ele havia lembrado que eu o conhecia há nove anos mais do que eu a conhecia — de fato, havia calculado que eu gastara aproximadamente dez mil horas a mais na companhia dele do que na de Andrea e que lhe devia mais lealdade. Eu sabia o que ele queria dizer, mais ou menos.

É o amor que você oferece a seus amigos necessariamente mais superficial do que aquele que você oferece a seu parceiro? Espera-se que sim, não?

— É imoral continuar e, mais importante, você vai ser descoberto. Como você vai mantê-las separadas? — Ele não esperou por uma resposta. — Você vai ter que despachar Cat, meu camarada.

Eu não podia argumentar. Já fora bastante difícil manter as suspeitas de Andrea e Cat num nível mínimo, apesar de meu trabalho — que envolvia trabalhar fora em hotéis e reuniões de longa distância com clientes — e de minha vida social — que envolvia sair quase todas as noites que tinha livres — serem Ideais para a traição. Um bebê, entretanto, tornaria tudo aquilo fora de questão. Eu já estava tendo dificuldades suficientes impedindo Cat de ir até minha casa. Não que ela ficasse pedindo, ela nunca tinha mencionado que queria ir até Hillingdon. Só que eu sentia que tinha de continuar com as desculpas, porque ela não podia me visitar de qualquer forma, e tudo isso parecia particularmente estranho.

De maneira que eu estava feliz por ter de forçar o assunto, como você fica feliz ao saber que terá um dente arrancado. Você não está aguardando ansiosamente pela experiência, mas sabe que vai se sentir melhor quando acabar.

— Acho que sim — disse eu.

— Não tem que achar nada, filhão.

— A menos que eu largue Andrea para ficar com Cat. — Eu estava tranqüilo como o pacato vilão num drama sobre reféns capturados que, limpando a sujeira das narinas, diz "Poderíamos matar todos".

— E por que faria isso? — disse Henderson.

— Acho que amo Cat.

— Mas você não ama Andrea?

— Sim, mas de uma maneira diferente.

— Como, diferente?

— Bem, sabe, com Andrea é uma coisa meio em banho-maria, de muito tempo. Passamos por muitos problemas e já atravessamos para o outro lado. Sei de tudo sobre ela. Com Cat é essa coisa nova que faz você virar de cabeça para baixo.

— Você quer dizer uma paixão adolescente?

— Talvez. Essa era uma de minhas ansiedades, que eu não pudesse distinguir Cat, a pessoa, de Cat, o choque de excitação que você tem com todos os relacionamentos novos. Mas, você sabe, estranhamente Andrea e eu começamos a ficar mais separados desde nos tornamos noivos... até o bebê.

— Isso tende a acontecer quando você está comendo outra pessoa — disse Henderson. — Você não está suficientemente comprometido com seu relacionamento. Apenas passe mais tempo com ela. Você perdeu contato com ela, comece a conhecê-la mais.

— Acho que eu poderia me contentar em começar a conhecê-la menos — respondi. — Nós costumávamos ter muito mais tempo um para o outro quando começamos a namorar.

— O que você tem com Cat é só o tumulto da novidade. Dentro de dez anos, quando seu filho estiver terminando o primário, você vai ficar imaginando como um dia pôde pensar dessa maneira.

— Claro. Tenho de considerar até mesmo se quero ou não ter filhos. — Eu não sabia por que estava dizendo aquilo, sabia que queria filhos. Pode ter sido minha maneira de tentar não fazer Henderson se sentir muito mal (OK, muito pouco razoável), ou pode ser que eu estivesse tentando me convencer a largar Andrea para ficar com Cat. Ou talvez fosse uma parte residual de mim falando, a pessoa que eu havia sido antes que qualquer pessoa que eu conhecesse começasse a falar "Teletubbies é realmente muito bom" e reclamar do espaço que os carrinhos tomam nos corredores.

— O que você quer dizer?

— A vida não é só conforto e alegria, é? Quero dizer, imagine o dia terrível em que sua filha troca o pequeno pônei por um cavalão, um namorado cheio de músculos e dedos e mãos do tamanho de seios, a música discordante de suas intimidades corcoveando através das paredes de seu quarto. Ou o horror de um filho que não vai preencher todas as suas fantasias de genialidade acadêmica e esportiva e que vai querer ter uma vida própria.

Henderson pareceu magoado por eu não estar entornando uma garrafa de champanhe, usando um chapéu de festa e gritando "sou o homem mais sortudo do mundo!".

— E se a criança for simplesmente burra? — repliquei — Imagine se simplesmente não for muito excitante.

— Você pode ter sorte — disse Henderson. — Ela pode se parecer mais com Andrea do que com você.

— Ah-ah. Estou falando sério. Digamos que se interesse por grupos de *hi-fi*? Então o que é que eu ia fazer?

— É um risco que você tem de correr. O que mais vai fazer com sua vida?

— Terminar com Andrea. Ser livre.

O problema com a liberdade de fazer o que você quiser, claro, é que é muito constrangedor. Você tem de fazer o que quiser. Ninguém lhe diz o que é que você quer. Enquanto que escola, trabalho, bebês... essas jaulas aconchegantes são todas colocadas do seu lado de fora, deixando você se concentrar no verdadeiro sentido da vida. Qualquer que seja ele.

Henderson havia pegado um fio dental e estava enrolando-o furiosamente em torno de seus dedos. Tive a estranha idéia de que ele estava tentando se amarrar de certa forma, para refrear o impulso de me socar.

— Quando disser essas coisas, lembre-se de que sou aquele que está com um bilhete só de ida para uma velhice solitária — ele rosnou. — Uma pensão numa quinta-feira, fogo na lareira com apenas três gravetos, encolhido contra o frio, batem na porta, "Oh, é o carteiro, será que é uma carta de um amigo?", ele diz, enquanto abre outro convite de cartão de crédito, o álbum de fotografias escondido como um tesouro: "Oh, veja, esse é Dag. Será que ele já morreu? Nunca mais o vi depois que nasceram as crianças."

— Humm — hesitei com essa tirada. — Que tal ter filhos com uma pessoa quando você ama outra?

— Os filhos vêm em primeiro lugar. Há um conceito antigo chamado responsabilidade, sabe.

Esta era uma frase muito estranha vinda de Henderson. Responsabilidade, para ele, normalmente era algo que você evitava passando pela alfândega com grandes pacotes de cigarros baratos.

— Também há idéias antigas chamadas peste bubônica e guerra, mas não vamos por isso ressuscitá-las — repliquei.

— Talvez devêssemos — disse Henderson. — Faria a rodovia M40 correr um pouco mais livre. E — ele começou a parecer excitado demais — uma boa guerra ia nos livrar de uma geração inteira de homens jovens, deixando uma geração inteira de mulheres jovens sem alternativa a não ser procurar homens velhos o suficiente para ser seus pais. Ou, como eles são conhecidos perto de nossa casa, eu.

Henderson estava sempre roubando minhas expressões, ou eu as dele, não sei bem.

Houve um pequeno silêncio.

— Olha, meu camarada — ele disse —, não jogue isso fora. Não cometa o erro que cometi com Julie. Vai fundo.

Fiquei tocado com sua sinceridade.

— Você tem que dar apoio a Andrea — disse ele suavemente, que é uma maneira de não dizer quase nada.

— Não sei...

— Que outras escolhas existem aqui?

— Ser limpo com Andrea, dizer a ela que me apaixonei por outra pessoa, ver o que ela diz?

— Sinceramente — disse Henderson —, o último refúgio do verdadeiro desespero. O que você acha que ela faria?

— Não sei, mas aí a bola estaria com ela, ela teria que efetivamente decidir por mim, ou a resposta poderia vir enquanto estivéssemos discutindo.

— Honestidade mais covardia, uma combinação de sonho. Quando o movimento se torna difícil, o sábio renuncia a toda a responsabilidade. Parabéns! Uma qualidade pessoal em termos de superficialidade.

— Tudo bem, chame-me de Pôncio — falei, fazendo um gesto de lavar as mãos para tornar claro para Henderson (não sendo os estudos bíblicos o seu forte). — Mas você acha que é uma boa idéia?

— Não sei. — Ele parecia perdido em pensamentos enquanto quebrava a tampa de um drinque energético que havia tirado de sua maleta. — Tenho tentado fazer as coisas pelo caminho mais fácil. Tenho usado todos os meus dons suaves para tentar fazer você se dar conta de sua posição. Tentei até apelar para sua lealdade ao bebê, já que Deus sabe que sua lealdade a mim não parece estar valendo muito. Agora posso lhe mostrar isso?

Da maleta aberta ele tirou um papel. Eu imediatamente soube o que era — o fluxo de caixa *versus* gráfico de gastos que costumávamos usar para conseguir empréstimos bancários.

— Você olharia no mês quatorze e me diria o que vê?

Eu não precisava olhar.

— É quando vamos começar a ganhar dinheiro. Se tudo correr bem.

— Se tudo correr bem — disse Henderson, como se estivesse recitando parte de "The Bells of Saint Clements". — E se tudo correr mal?

— Não sei — respondi, como o Grande Sino fazendo uma saudação.

— Exatamente. Então, com Julie fora do pedaço, quem é a única fonte de renda para você e eu, a única possível fonte de futuros empréstimos? Quem tem a chave do nosso sucesso, se nos encontrarmos numa situação faça-um-empréstimo-ou-quebre-de-vez?

— Andrea?

— Bem, não acho que a sua Cat vá exatamente financiar um banco de dados de quatro paus, vai?

— Não.

— E quem na verdade é a dona de sua casa?

Ele estava certo. Havíamos transferido a casa inteiramente para o nome de Andrea para a eventualidade de irmos à falência. Henderson havia cometido o mesmo erro e agora estava fora de casa, ao léu, curtindo *bacon* e ovos à moda tradicional toda manhã enquanto Julie colocava a casa deles à venda.

— Não posso colocar o dinheiro acima do amor.

— Não precisa colocá-lo em lugar nenhum — disse Henderson. — Ele já está lá. Nós investimos tudo nisso. E não existe nem mesmo a certeza de que você vai dar certo com Cat.

Eu sabia o que ele queria dizer. Havíamos fantasiado, em bares e nas áreas de lazer e ginástica, sobre não ter mais chefes, não ter mais avaliações, a ridícula soma de dinheiro que ganharíamos vendendo nossa marca particular de velha data diretamente, em vez de sermos empregados para deixá-la ser explorada por nossas empresas. Era muita coisa para desistir por causa de uma aposta de felicidade com uma nova namorada.

Amor seguro e segurança *versus* amor inseguro e insegurança. Não havia muito para contestar.

— Dispense ela — disse Henderson —, como o hóspede dispensa um boy com as malas.

— Havia hóspedes em seu mundo, Henderson? — Eu sabia a resposta para isso. Era sempre o meu mundo.

— É o que chamávamos os ratos. — Ele parecia sério. — Você vai ter que chutar a Cat. Os negócios não permitem que você se apaixone.

— Parece que vou ter que fazer isso, então — falei, oscilando quase fisicamente. Eu teria de ser honesto com ela, claro. Houvera tantas mentiras delicadas que a honestidade brutal parecia o único antídoto. Viva com isso.

— Sim, faça isso agora, e torne tudo mais fácil para você. As outras opções não merecem ser pensadas. Sou seu melhor amigo e não vou ficar aqui parado assistindo a você jogar tudo fora.

Ele estendeu seu telefone celular, no qual havia digitado o número de Cat. Imaginei quando é que ela o tinha dado a ele. Ela só o encontrara duas vezes, afinal de contas.

Por sorte fui impedido de falar com ela quando um representante entrou na sala, com um terno cinza tipo anos oitenta, o rosto de um vermelho cardíaco. Ambos saltamos com a excitação dos Tiggers prestes a começar um coro de "E nós somos os únicos!".

Enquanto eu apertava a mão do representante, refleti por um segundo. Achei que havia detectado uma nuance tangível de ameaça na voz de Henderson.

5

Roda da vida

Foi num dia mais adequado para inícios que decidi terminar com aquilo.

O calor havia finalmente ido embora e o primeiro cheiro das fogueiras podia ser sentido no ar do outono. O céu estava claro e azul, riscado com os rastros de fumaça dos aviões que levavam as pessoas para longe, para novos começos, para o novo ilimitado, era o que parecia.

Eu, entretanto, estava preferindo o velho limitado — não que Andrea tivesse ficado muito satisfeita por ter sido descrita dessa maneira.

Eu tinha uma reunião com uma empresa em Victoria às dez horas para discutir como eles poderiam parar com as mudanças em sua equipe — pau a pau com aquelas dos regimentos da frente de batalha na Primeira Guerra Mundial. Então, durante duas horas me sentei diante de uns executivos agradáveis e atentos, no sexto andar: apresentando, fazendo piadinhas, rindo de piadinhas e sentindo vontade de pular pela janela, gritando: "Morro por amor!"

Por fim, os gráficos setoriais foram recolocados nas maletas, o projetor multimídia foi desligado, as perguntas terminaram e tomei o rumo para fora, para o ar livre. A cidade parecia limpa no frio da nova estação, mas meu sentimento de temor apenas se aprofundou com o brilho do dia. Eu senti que estava vencendo as expectativas do tempo, como se eu fosse a única coisa impura numa manhã pura.

Combinei de encontrar Cat perto das Casas do Parlamento, já que ela tinha uma entrevista coletiva lá e ficava perto de Victoria. Íamos andar pela Victoria Street e encontrar um café.

Decidi contar tudo a ela porque achei que lhe devia isso e porque os fatos da situação eram amargos o suficiente para assegurar um rompimento claro. Eu gostava dela demais para vê-la novamente.

Andei do local de minha reunião até o Palácio de Buckingham e depois pelo Parque St. James. Este não é o caminho mais rápido, mas eu estava um pouco adiantado e então me sentei, observando uma multidão de estudantes desagradáveis jogando pão e outras coisas para os patos, tentando não escutar os xingamentos e disputas e o fato de que alguém ia ser espancado, porém ouvindo mais a voz das árvores, murmurando com a brisa do leste. Afirmo que era leste. Estava vindo do Mall para o Palácio, qualquer que seja essa direção.

Afundei no meu sobretudo e lembrei-me da última vez em que estivera num parque num dia assim — andando no Hampstead Heath com Andrea, no dia em que ficamos noivos. Ficamos bem perto um do outro, tremendo com a loucura dos nadadores nos lagos e rindo para os homens que passavam por nós, saindo para satisfazer sua sede carnal embaixo de rododendros e abetos.

— Deveríamos ir para lá e fazer algum tipo de sexo heterossexual nas moitas? — Andrea perguntou.

— Não — respondi —, elas não foram feitas para isso. O mundo ainda não é tão perverso que as pessoas façam sexo normal em Hampstead Heath. Algumas coisas devem permanecer para sempre inocentes e *gays*.

— Está um pouco frio para eles, não? — disse ela, tremendo para mais perto de mim.

— Nunca é frio demais para a sodomia. — Eu tinha certeza de que aquela era uma das frases de Henderson.

Tempos como aquele no Heath eram quando eu me sentia muito tranqüilo com Andrea, contente só por estar com ela. Andamos até Parliament Hill e olhamos para a vastidão da cidade.

— Você gostaria de se casar? — perguntei.

— Sim — respondeu ela, observando bem dentro dos meus olhos. — Eu adoraria.

— Comigo?

— Oh — disse ela, franzindo as sobrancelhas. — Bem, posso voltar para você se mudar de idéia?

E então havíamos corrido para o joalheiro mais próximo para procurar alianças — má idéia numa área com os gostos caros de Hampstead. Se pudéssemos simplesmente voltar para aquele momento, pensei, estaríamos bem.

Eu também havia caminhado no Hampstead Heath com Cat, claro. Na verdade, transamos nas moitas.

Nós não faríamos aquilo de novo. Cat tinha de ir embora. Pelos negócios e pelo bebê. Vamos dizer da maneira mais fácil — por mim. Eu tinha que me livrar dela para que pudesse ter o futuro que havia planejado e para que não pudesse covardemente magoar alguém que amava. A contemplação do ato de dizer adeus me fez perceber o quanto eu ainda a queria demais. Mas, como minha mãe costumava dizer, querer não tinha nada a ver com isso. Magoar Andrea por si só já teria sido ruim o suficiente. Com um bebê rondando, a aposta era simplesmente demais.

Foram apenas alguns meses, pelo amor de Deus. Cat provavelmente não ficaria tão chateada assim. Eu não tinha pensado naquilo antes, o que reergueu levemente o meu ânimo. Eu posso achar isso destrutivo, mas ela pode nem mesmo se aborrecer muito. Aquilo, mais que qualquer outra coisa, me disse que eu estava no caminho certo.

Olhando de volta para a noite em que eu a conhecera, eu sabia agora que teria sido mais fácil se simplesmente tivesse ido embora.

Fora mais ou menos um mês antes de eu desistir de trabalhar para a Maior Companhia da Terra. Era o nosso encontro anual (especialmente atrasado) para marcar o início do novo ano financeiro — não diga que você não o celebra, sei que você faz isso também. Foi preparado num hotel caro o suficiente para evitar que a equipe júnior ficasse abatida quando a bebida grátis houvesse acabado.

Quando começa a trabalhar, você olha esses eventos como uma desculpa ideal para ficar de porre e conhecer gente. Na época em que se chega à minha idade, de qualquer forma, tudo o que você quer é uma desculpa para não tomar um porre e para ficar sozinho. Munido deste espírito, fui dar uma olhada no hotel. Era um desses lugares novos, grandes e minimalistas, com a ambientação de uma garagem com muitos andares, cheio de hóspedes do tipo que gosta de aparecer.

Notei uma festa rolando em outro quarto e, já que não havia ninguém na porta, entrei. Era um evento ligado aos negócios e pensei que poderia me dar uma chance de fazer alguns contatos para quando Henderson e eu começássemos a nova empresa.

Naturalmente, enquanto rondava os frios do bufê para potenciais clientes, eu também, como é compatível com minha idade e estágio, pensava em perversões. Sempre penso em perversões. Como já registrei, grande parte do tempo dos homens mais velhos amarrados é gasto pensando em perversões com mulheres mais novas. O grau de perversão cresce na proporção inversa de suas chances de realmente fazer sexo com elas. Eu estava pensando em muitas perversões naquela noite.

No meu caso a perversão não é óbvia, tipo "oooh, hã, cintas-ligas, testículos e peitos!", mas sim discreta, por sobre os jornais ou por trás dos óculos escuros. Nós, os coroas, somos mestres naquela olhada da cabeça aos pés que se demora um pouco demais nos traseiros, os olhos dançando sobre qualquer superfície do aposento, mas que dão um *paso doble* nos seios. Não é o olhar fogoso do tarado, ele mal é notado, é só uma breve averiguação na trama da existência. Esperamos que seja.

Obviamente, acho esse comportamento desagradável e preferiria não tê-lo, mas infelizmente é obrigatório. Eu poderia ter — e tenho — perversões durante o sono. Se você faz isso por tempo suficiente, de si para si, se torna uma segunda natureza. Você está em autoperversão, você faz isso sem nem mesmo saber que faz. Como quando está dirigindo e subitamente volta à consciência depois de quilômetros de um cenário branco, incapaz de recordar nada sobre a estrada, você acorda da autoperversão sem saber quem estava pervertendo, em cima, embaixo, em torno ou atrás. Mas às vezes soa uma emergência que vai fazer você se dar conta de que não é tão bom nisso quanto pensava. Cat foi exatamente essa emergência.

Eu pensava em nossa situação financeira, já que estávamos abrindo a nova empresa, e rezando a Deus que eu pudesse fazer minha mãe ser menos elíptica sobre a herança que me era devida, quando ouvi uma voz.

— Aconteceu alguma coisa na minha frente?

Voltei o foco para a sala, ou mais especificamente para o tórax de uma moça que estava de pé perto de mim, servindo salada de batatas num prato.

— Como?

— Eu estava imaginando se entornei alguma coisa ou se você estava apenas admirando meus seios. — Não sei se era a diferença de idade entre nós, ou se ela suspeitava que eu pudesse ser alguém importante, mas ela não parecia zangada. Era mais como um atrevimento desafiador, na verdade. A última vez que eu vira alguém com um olhar como aquele foi num filme onde uma moça num cavalo contava a um bonitão trabalhador da fazenda que o pai dela ficaria sabendo de sua insolência. "Você é uma arrogante, senhorita", ele dissera, seguido por algum comentário picante sobre como não pareceria tão alta e poderosa se ela se juntasse a ele no feno. Tirei aquilo da cabeça.

Ela parecia incrivelmente jovem para mim, por volta dos vinte, com seus cabelos cheios, grandes e cacheados.

— Bem, você não derramou nada — eu disse, olhando para a frente dela, conscientemente desta vez —, então isso só nos deixa a opção de admirar os seios, o que eu estava fazendo inconscientemente. Sinto muito. Pode acontecer com o melhor de nós. Bem, olhe, podemos começar de novo? Stewart Dagman, diretor de Treinamento Administrativo da Maior Companhia da Terra. — Estendi a mão enquanto acertadamente olhava para cima.

Senti que ela a pegou e retornei os olhos para o meu nível. Ela estava olhando para minhas intimidades com uma intensidade de raio *laser*. Senti minhas pernas se entortarem para dentro como um homem ouvindo alguém descrevendo um acidente com um zíper.

— Eu diria que nos igualamos — eu disse.

— Agora mesmo.

— Bem, você pode parar de me olhar assim?

— Sinto muito. Só que é difícil lembrar que há uma pessoa atada a eles, algumas vezes.

Muito embora seus comentários fossem muito modernos, havia uma graça antiquada nela. Ela me lembrava uma dama do século XIX provocando um amigo sobre com quem o conde D'Arberville fora visto durante o baile de verão.

Eu não sabia o que fazer com ela. Não era atração sexual imediata; você na verdade não tem que estar sexualmente atraído por alguém para pensar em perversões com ela, especialmente na autoperversão. Para continuar com a metáfora do motorista, você pode estar pensando em perversões atrás de uma Ferrari, dirigir por um tempo e voltar a perverter no traseiro de uma perua. Eu sabia que queria que ela ficasse, mesmo assim.

— Eu disse a você quem sou, e você?

— Eu sou...

— Você se importaria em cruzar os braços antes de responder? Para evitar assédio sexual acidental.

Ela realmente achou isso divertido. Nossa, pensei, parece que estou paquerando ela. Eu não tinha realmente paquerado ninguém desde que conhecera Andrea. Havia levado três anos desde que a conheci até o primeiro amasso. E desde então nem mesmo havia tentado. Lembrei de meu pai, durante uma de suas muitas épocas de dureza, tirando a velha motocicleta do galpão e da mistura de delícia e assombro em seu rosto quando ela funcionou na primeira tentativa.

— Tente fazer isso com aquela sua bosta japonesa — dissera ele, como se eu houvesse sido o único responsável pelo declínio da indústria inglesa de motocicletas pelo fato de comprar uma simples Yamaha FS1E. Então o medo cruzou seu rosto enquanto ele se dava conta de que, depois de dez anos embrulhado em seu Volvo com a aparência de um tanque, ele teria que dirigir aquilo. Depois de uma manhã de consertos ele anunciou, com alívio, que aquilo jamais andaria direito novamente e anunciou-a para vender no jornal. Eu me senti muito parecido a respeito de meu motor de paquera, o qual, espontaneamente, estava engasgando de volta à vida.

— Cruzo os braços se você assumir a posição de quem está numa barreira de futebol.

— Certamente — respondi as mãos na frente das partes como um daqueles magros zagueiros ingleses que você vê com cara de bunda enquanto o camisa 10 do Brasil abre uma trilha maldosa na direção da bola parada. Veja, cara de bunda, bunda de Cat.

A parte sexual está empurrando uma perna subconsciente através das cortinas de uma frase relativamente inocente. Ninguém pediu isso, ninguém quis isso. Mas era o que estava acontecendo em nossa conversa. Eu estava noivo, prestes a me casar com uma mulher que amava. Eu não queria me sentir atraído por mais ninguém, estava só flertando, sendo bobo, isso era tudo. De fato, acho que eu estava só vendo até onde eu podia empurrar isso antes que ela me dissesse para sair fora. Ou pelo menos foi isso o que disse a mim mesmo.

Ela me disse ser jornalista da InvestOrone — um serviço de empresas pela internet — e que seu nome era Cat Grey (Gata Cinza). Eu disse que, com um nome daqueles, ela devia ter tido momentos difíceis na escola. Ela disse que só começara a ser chamada

Cat, abreviação de Catherine, depois que um professor fizera uma piada sobre Grey, Cat, fazendo a chamada, e ela gostou totalmente daquilo. Podia ter sido pior, ela disse, tivesse o nome de sua família sido Litter (Lixo).

Eu me peguei rindo alto demais para a pouca graça da piada. Ninguém mais teria achado graça naquilo, ninguém mais teria pensado que nossas posturas — ela com os braços cruzados, eu protegendo minhas partes — eram algo além de criancice e grosseria. Só aquilo deveria ter me dito para sair correndo aos gritos do prédio. Eu estava com ela há dez segundos e já tínhamos piadinhas particulares. Suponho que eu devia ter ficado satisfeito por ter parado rapidinho de chamá-la Senhorita Coelhinho Peludo.

E foi isso. Não me lembro de mais nada até me ouvir dizer:

— Está muito cheio aqui, você gostaria de ir a algum lugar onde pudéssemos nos sentar?

Não havia intenção sexual nisso, embora eu admita que já havia ficado de pé em bufês com outras pessoas antes, incluindo, acho, Andrea, e nunca senti necessidade de isolamento.

Não me lembro realmente de muita coisa depois disso, até que nos movemos para o bar.

Sinto muito por isso ser um grande lapso, mas a memória é como uma construção barata: começa num lugar, vagabundeia por um tempo e depois volta numa hora inconveniente para começar em algum outro lugar. A pessoa sábia fica apenas agradecida por não estar fazendo nada como o trabalho ao qual é destinada e não faz muitas perguntas sobre isso.

Claro que me lembro das mentiras que contei a ela enquanto ainda estávamos no bufê — três, para ser preciso.

Eu disse a ela, o mais importante, que não tinha namorada e não era casado. Essa era a mentira favorita do pilantra — a mentira da exatidão. Uma noiva não é nem uma namorada nem uma esposa.

Também disse a ela que eu era diretor de Treinamento Administrativo da Maior Companhia da Terra. Bem, na verdade deixei isso implícito. Eu disse que era diretor de Treinamento Administrativo e ela disse:

— Global?

— Senhor de tudo o que avalio — respondi.

Agora, isso não é exatamente uma mentira, de fato não é inexatamente uma mentira, eu apenas avaliava o sudoeste da Inglaterra — e mesmo então nem a cidade de Londres, para a qual há uma divisão especial.

— Esse é um trabalho duro — disse ela.

— Bem, estou saboreando um desafio — repliquei, com um tanto de arrogância.

— Eu só desafio os sabores — disse Cat, pegando picles do bufê. — Isso nunca é *chutney* de verdade!

Ri como havia rido quando vi pela primeira vez Basil Fawlty dizendo "Não, não fomos nós, vocês invadiram a Polônia!".

Depois eu disse a ela que eu tinha 36 anos. Uma mentira de contrição. Eu estava tão mortificado que estava tentando impressioná-la — uma traição tácita com Andrea — que eu deliberadamente disse a ela uma mentira para afastá-la de mim. Eu tinha apenas 35. Três mentiras distintas na primeira hora de um relacionamento. Suponho que há algo a ser dito sobre isso — ao lado das frases tipo "deixe-os passar por isso agora, nós podemos partir para verdades desprezíveis mais tarde".

Conversamos mais um pouco sobre seu trabalho, que ela estava fazendo enquanto considerava o que realmente queria fazer, e sobre nossos passados. Nenhum de nós mencionou um parceiro.

Acabou que nós dois havíamos feito inglês na universidade e que ela achava que Nabokov era um grande autor, que a literatura era importante e seu estudo, infundado. Eu disse que também achava Nabokov um grande autor mas que, se as crianças da Middle England quisessem aprender conversação de bom gosto eu desejava que elas fizessem isso à própria custa, em vez de aborrecer um pagador de impostos ou, como ele é conhecido perto da nossa casa, eu.

— Nossa casa? — disse ela. — Você mora com algum amigo?

— Não — respondi. Bem, não se pode chamar sua noiva de amigo —, é só maneira de dizer.

Ela disse que seu livro favorito era *Ulisses* de James Joyce. Eu disse que *Ulisses* fora meu favorito também. (Quando era um estudante, achei que impressionaria as pessoas o fato de eu ter feito leituras equivalentes a correr uma maratona. De costas. Numa roupa de gorila. Eu disse que adorava isso pela surpreendente profundidade da reciprocidade entre referências clássicas e modernas, o mundano e o obsceno, uma reciprocidade somente possível na colisão das línguas inglesa e irlandesa e numa sociedade adaptada à cultura de consumo.) Agora, de qualquer forma, eu disse que pensava que aqueles eram um monte de velhos que qualquer um com acesso a uma enciclopédia poderia ter devorado em um fim de semana, com a condição de que ficassem bêbados o suficiente.

Lembro dela rindo, contra sua vontade, e tive a sensação totalmente patética mas ainda assim *sexy* de que eu a estava introduzindo no mundo louco e excitante do cinismo amargurado. Eu contaria a Henderson sobre isso depois e ele descreveria o fato como "uma defloração intelectual", o que me havia feito sentir levemente enjoado. Preste atenção, era a primeira vez que eu o ouvia usar a palavra "intelectual" fora de seu senso normal negativo, i.e., "um ponto de vista muito intelectual, David, parabéns. Agora de volta ao mundo real..."

Ela perguntou qual era o meu livro favorito agora. Eu disse que, depois de considerar *A montanha mágica,* de Thomas Mann, toda a obra de Dostoievsky (você simplesmente não pode lê-lo em partes) e *A aurora da senhorita Jean Brodie,* de Muriel Spark, eu havia votado em *Veterinários deviam voar,* de James Herriot — tão mais desafiador do que *Isso não deveria acontecer com veterinários* — por conta de seu simbolismo e seus cachorros engraçados. *Isso não deveria acontecer com veterinários* tem gatos engraçados, que são um artifício literário bem inferior.

Ela disse que não havia considerado previamente o uso do cachorro engraçado na literatura e perguntei a ela o que eles estavam ensinando na escola hoje em dia. De modo geral eu não falava esse tipo de besteira desde que estava na universidade. Eu estava me divertindo muito.

— Então você nunca se sentiu tentado a escrever por si mesmo? — disse ela. Eu tinha? Não muito. Todos os meus vinte anos haviam sido gastos em ranger de dentes, direção angustiada e arremesso de tinta num desejo de convencer-me de que eu tinha uma alma. Mas isso fez exatamente o efeito oposto. Eu não ia deixá-la saber disso, de qualquer forma.

— Na faculdade tentei escrever uma peça baseada num tipo de tema freudiano. Você sabe, havia uma grande confusão animal de um personagem representando os impulsos sexuais primitivos do id.

— Como ele se chamava?

— Id, acho. Havia um outro muito realista e pé no chão chamado Ego, e outro...

— Isso já é falta de tensão — disse Cat.

— ...irritado e reprimido chamado Superego — continuei.

— Havia algum representando o número de pessoas que estavam desejando se sentar para ver isso, chamado Zero?

— Acredito que ele se chamava Menos de Zero — eu disse — o que é o motivo pelo qual finalmente decidi guiar meus talentos criativos na direção de contabilidade e administração. Acho que posso realmente dizer algo sobre mim mesmo nisso, especialmente nas colunas de débitos.

— Você é sempre assim? — perguntou ela.

— Querida, a pessoa tem que agarrar as oportunidades — eu disse, com jeito de bicha. — Esse grau de irreverência só é possível nesta única conjuntura histórica. Gerações anteriores realmente tinham algo para se preocupar.

— Nós não temos?

— Sabe, você está certa — falei. — Oh, meu Deus, acho que eles estão prestes a ficar sem de luz.

— Extinção, desastres ambientais, a morte da comédia de situações britânica?

— Não em meu meio social, temo. Embora eu realmente costumasse me preocupar com esta última antes de ter TV a cabo. Com a UK Gold, a vida não tem preocupações. — Entortei meu pulso. Não sei por que dou uma de *gay* toda vez que acho uma mulher atraente, mas eu faço isso. Talvez eu esteja subconscientemente tentando deslizar sob os seus radares.

Andrea, claro, nunca me permitira continuar com essa coisa, mesmo na faculdade, antes que começássemos a namorar. Eu me lembro de andar pela Edinburgh's Royal Mile com ela um dia e dizer:

— Se o significado só emerge no contexto e o contexto está sempre se alargando toda vez que falamos, será que o conceito de "significado" significa alguma coisa?

Ela saiu correndo na direção da Princes Street gritando:

— Socorro!

Mesmo que houvesse uma parte de mim que achasse o entusiasmo de Cat pela vida e pelos livros totalmente ingênuo, temo dizer que isso me lembrou de uma versão mais inteligente de mim mesmo na idade dela. Era excitante conhecer alguém que não estava cansado de viver, pensei, cansado de viver.

Cat e eu conversamos sobre onde ela morava — Stoke Newington, na direção do lastimável leste; o que ela fazia em seu tempo livre — sair para beber e nada mais, como qualquer moça que se respeitava; quem eram seus amigos e o que eles faziam — um deles parecia ser uma lésbica que estava passando um ano trabalhando num iate com a idéia, supus, de que todas as garotas legais amam um marinheiro. Nem uma vez ela mencionou as palavras "nós" ou "Danny" ou "Mike" ou quem quer que fosse para se referir a algum jovem amante cabeludo e de pernas finas. Por alguma razão eu havia imaginado o namorado dela como um sujeito prematuramente careca, com sardas e medalhas de natação no quarto, da maneira que sempre imagino espancadores de esposas. E então o choque, quando descobri que ela era solteira.

Eu disse que nunca havia ido a Paris, o que sei que é imperdoável, e gostaria de ter ido, mas havia tantos outros lugares para conhecer. De fato Andrea havia sugerido que fôssemos várias vezes nos últimos anos, mas devido aos recentes resultados do futebol eu não quis dar aos franceses a chance de me sacanear.

— Você adoraria — disse Cat. Ela já tinha uma idéia do tipo de pessoa que eu era, parecia. — Preste atenção, tome cuidado quando você for. Fui durante uma semana de *prêt-à-porter* este ano, e a cidade inteira estava lotada. Se eu não estivesse numa excursão, não teria conseguido um hotel.

— Você foi numa excursão? — eu não conseguia visualizar exatamente Cat com as vovós e crianças da escola.

— Bem, não realmente — ela sorriu e corou. — Foi uma coisa de fim de semana, para dar um tempo de um romance.

Minhas sobrancelhas ergueram-se até a testa, alcançaram a parte de trás de meu pescoço, rastejaram sob meu colarinho e já haviam agarrado as pernas de minhas calças antes que eu pudesse dizer: "posso registrar minha surpresa?"

— Você foi por conta própria, numa excursão de solteiros, para a cidade dos amantes? Isso é muito triste.

— É, eu sei, mas pareceu atraente na época. Foi uma coisa só de mulheres, "para mulheres solteiras e aquelas que têm um marido que é um porco grosseirão para levá-las", ou algo assim. — Ela fez um gesto com a mão como se estivesse afastando uma irrelevância. — Acho que a idéia era juntar as mulheres sem parceiro com aquelas que tinham um, para que as solteiras pudessem ver o quanto pode ser terrível a vida com um homem e aquelas que tinham homens pudessem ver que a vida das mulheres solteiras não era feita de felicidade total e liberdade.

— E por que o romance acabou, já que você disse "para dar um tempo de um romance"?

— Bem, na verdade não era realmente um romance, mas "para dar um tempo de uma coisa cínica" não teria sido uma boa peça de marketing.

— Então em que time você estava?

— O dos solteiros. Eu havia acabado de terminar com um namorado que era um porco grosseirão para me levar a Paris. Eu sempre quis ir, mas ele disse que seria muito traumatizante depois da última Copa do Mundo e da Eurocopa e tudo o mais. — Quando ela disse "solteiros", senti aquele formigamento, do fundo da garganta até os tornozelos, o mesmo que sinto quando me lembro de estar com Andrea naquela noite de mar bravio depois de sua primeira festinha para venda de produtos de catálogo.

— Ele não estava falando sério? — Tentei parecer chocado, realmente tentei, mas sabia exatamente o que ele queria dizer. Eu poderia ter suportado a zombaria, ter a bandeira tricolor enfiada sob meu nariz aos gritos de "Engula meu gol, inglês". Mas era o ar de tranqüila superioridade que eu achava mais difícil de lidar. Eles estavam todos com isso, *hommes, femmes et enfants*, todos eles, com um tipo de arrogância gelada que eu não podia engolir: "*Le Football, c'est très simple.*"

— Não sei. Ele era muito imaturo para sua idade e não acho que ele quisesse ir a lugar nenhum sem os amigos. Gostei de ir, de qualquer forma. Vou fazer isso de novo.

— Você vai ter que ficar solteira ou conhecer outro porco grosso.

— Não acho que nenhuma das duas coisas seja difícil — disse ela, me olhando de cima a baixo. — Você já comeu pés de porco? — Já que estávamos mencionando animais, me lembro de que quando era criança, os açougueiros costumavam vender coisas chamadas de "bofes"... agora sei que são os pulmões. Mas na época eu achava que era uma palavra que servia para todas as coisas internas... os rins, coração e estômago. Foi nesse sentido infantil que senti meus próprios bofes saltarem, uma excitação visceral, aguda e súbita, como quando você passa sobre uma ponte pênsil de carro.

Realmente tenho que ir, pensei. E fiquei.

Fiquei enquanto debatíamos, concordávamos, discordávamos, concordávamos em discordar, ríamos e provocávamos. A provocação deveria ter me dito para parar, mas não disse. De fato me movi da posição de trair Andrea inativamente — não fazendo nada para me tirar da situação — para ativamente traí-la, entrando ainda mais na situação. Eu me lembro das palavras que provocaram isso.

— Está muito barulhento aqui — eu disse. — Você gostaria de tomar um drinque em algum dos outros bares?

Agora sei que esta é a segunda vez que mencionei isso, mas é assim que as lembranças estão chegando e, como quando vou correr, se parar nunca começarei novamente.

— É — disse Cat. — Você pode pagar, então, já que é obscenamente rico.

Deus, ela havia notado que eu estava insistindo em meu evidente sucesso — ou melhor, o evidente sucesso do diretor de Treinamento Administrativo Mundial da Maior Companhia da Terra de verdade (Carl Calvoretti, 32, andróide), que eu estava embaraçosamente fingindo ser.

— Querida, pago tudo para o resto da vida — falei, como uma *drag queen* que tenha chegado a um acordo com o sofrimento.

Saímos da sala e fomos para o bar do mezanino, passando pelo, bem, nada do interior modernista, e para cima de um sofá duro de couro vermelho, no local embranquecido que era, com muita imaginação, chamado Bar Seis. Eu tinha certeza de que esse tinha sido o nome de um biscoito de chocolate anos atrás. A festa de minha empresa estava adernando, com as pessoas vazando para dentro do bar. Eu receava que alguém me visse e viesse falar comigo, mas não havia bancos na frente do sofá, o que teria me permitido virar as costas para o salão. Eu não queria ninguém nos interrompendo, mas também não queria ninguém me vendo com uma jovem atraente que não era minha noiva, mesmo se não houvesse nada naquilo que pudesse causar fofocas. Mesmo que seja uma conversa inteiramente inocente entre duas pessoas, principalmente porque, eu havia concluído, nunca é inteiramente inocente.

Tenho certeza de que não estava pensando isso na hora, mas sair da festa estava simplesmente reiterando nosso grau de separação do resto da humanidade. Suponho que inconscientemente eu a estava removendo da competição, ou aumentando a intimidade, como quer que você queira chamar isso. Se gostássemos um do outro o suficiente naquele estágio, aquilo iria progredir para outro bar, ou talvez eu insistisse em conhecer sua casa, aí café na casa dela, aí cama. E nos tornaríamos progressivamente mais isolados do mundo em torno de nós até que fisicamente nos trancaríamos embaixo de um edredom. Ou pelo menos era assim que eu lembrava que essas coisas aconteciam antes.

E isso era o que parecia destinado a acontecer então. Telefonei para Andrea do banheiro. Ela estava dormindo e deixei uma mensagem dizendo que estava com o diretor da empresa e indo para o clube dele (poltrona de couro, pés cruzados em tempo integral e o excelente charuto Fidel podem prover mais informação do que o tipo de música pancada). Eu disse que se demorasse muito iria para um hotel na cidade e a veria no sábado de manhã. É difícil acreditar agora mas eu ainda não tinha intenção de trair Andrea nesse momento. Eu tinha total intenção de não traí-la, na verdade.

Então por que eu não disse: "Conheci essa adorável garota e nós simplesmente vamos continuar essa conversa totalmente fascinante, talvez eu vá até a casa dela no fim? Não se preocupe, estou flertando com ela e realmente a acho muito atraente, oh, e estou escorregando para o modo piloto automático alcoolizado, mas jurei para mim mesmo que vou definitivamente me enfiar num táxi se alguma coisa errada acontecer." Pelo menos se eu tivesse dito aquilo me faria perceber que minhas chances de permanecer fiel estavam pau a pau com as do retorno de Elvis. Ei, não estou dizendo que elas eram inexistentes, apesar de tudo.

Por que eu não me virei para Cat e disse "só fui ligar para minha noiva"? A defesa requer um momento para reconsiderar sua colocação, meritíssimo.

Agora o observador que observa bem terá notado que eu estava presumindo inteiramente, nisso tudo, que Cat estava atraída por mim — um homem velho o suficiente para ser pai dela.

Bem, de fato eu estava esperando inteiramente o inverso: que ela não estivesse a fim de mim de jeito nenhum e que eu estivesse simplesmente lisonjeando a mim mesmo. Teria sido definitivamente um grande alívio se ela tivesse dito "bom te conhecer" e desaparecido para procurar um táxi. Incerto sobre minhas próprias habilidades para resistir à tentação, eu estava esperando totalmente que a tentação fosse resistir a mim. Não teria sido a primeira vez.

Infelizmente ela não parecia estar querendo brincar. Ela me pediu um cigarro, na verdade, dizendo que normalmente não fumava, só raramente, o que me fez pensar que ela devia estar nervosa. Eu tinha parado de fumar há anos, mas pensei, dane-se, e pedi um maço de cigarros no bar.

Por alguma razão começamos a falar de nossos pais, o que era outro mau sinal. Eu disse a ela que meu pai era aposentado da marinha mercante e que minha mãe afirmava que todos éramos descendentes de ciganos — apesar de meu irmão ter rastreado as origens da família até relojoeiros da virada do século XX. Acho que foi a combinação familiar de cabelos escuros e olhos azuis que convenceu minha mãe de que devíamos ter vagabundeado sem destino pelos desvios da história européia durante os últimos quatrocentos anos, em vez de arranjar bons trabalhos e nos preocuparmos com o que os vizinhos iam pensar.

— Não conheci meu pai de verdade — disse ela.

— Sinto muito.

— Não sinta. Foi uma façanha e tanto, considerando como ele rondava a nossa casa quando estávamos crescendo — ela sorriu, atrevida. Reconheci o estilo de piada batida, mas fiquei contente por ela ter falado aquilo. Queria dizer que estava tentando me impressionar. O que estou dizendo? Não fiquei contente de jeito nenhum por ela ter falado aquilo. Aquilo aterrorizou a porra da minha vida porque significava que ela estava tentando me impressionar. Este era o problema. Num minuto eu era o orgulhoso sustentáculo da nobre tradição dos velhos imundos tentando comer garotas bem mais novas, no outro me lembrava de que era o tipo de pervertido de duplo comportamento que normalmente desprezo.

— Então seu pai não era o que você chamaria um pai superatento?

Superatentos, eu havia lido, são os pais que prejudicam emocionalmente seus filhos forçando habilidades de conhecimento/esporte desde tenra idade. Finalmente eles crescem e saem para a sociedade, onde chegam como uma orquídea de estufa no campo de futebol local.

— Longe de ser superatento. Mais do tipo que nos atirava para fora de casa para ver no que dava. — Cat soprou a fumaça do cigarro. Pela maneira firme com que ela o segurava, eu podia ver que ela não estava acostumada a fumar.

— Por que ele não se interessava por vocês?

— Ele gostava do *pub*. Costumava dizer que ia até a rua para falar com um homem a respeito de um cachorro. — Ela olhou para o chão, levantando os ombros, quase fisicamente lutando contra a emoção. — Nunca voltou com nenhum, de qualquer forma. — Ela cerrou os lábios e encolheu os ombros.

— Isso é horrível — disse eu. — O que sua mãe fez?

— Nada, a menos que ela quisesse levar um soco. De qualquer maneira, ela só pensava em pílulas e vodca. Isso é crescer no centro da cidade. Sabe, eu nunca havia visto uma vaca de verdade até entrar para a universidade. Muitas de minhas amigas da escola também estão na prisão, ou grávidas ou mortas.

Isso me chocou.

— É estranho que você tenha conseguido entrar na faculdade com esse passado — comentei. — É uma grande realização, estar onde você está agora. Quero dizer, o jeito com que você fala e tudo... espero que isso não seja um insulto... mas você é tão classe média. — Imaginei que ela deveria ter tido algum tipo de aulas de dicção, embora eu mal pudesse acreditar que alguém se importaria com isso nessa época e com essa idade.

— Tive de pagar tudo sozinha — respondeu. — Oh, espere aí. Não. Isso tudo eu tirei de uma peça que ouvi na Rádio 4 na noite passada. Mil desculpas, enganei você. Fui criada na região dos corretores de Surrey e fui muito bem cuidada. Minha nossa, sim, está tudo voltando agora. Tive meu primeiro pônei aos seis anos e ainda escrevo para minha velha babá. Sim, o celeiro, a sala de jogos, conferindo as cercas com meu pai na neve. — Ela colocou a mão em meu braço, como se tivesse acabado de se lembrar de algo tão excitante que devia me contar. — E como eu poderia esquecer? Os presentes no Natal, pilhas e pilhas em torno da árvore, a fogueira, o ganso de nossa própria fazenda, cantos de Natal e missa da meia-noite...

— Entendo.

Sentei-me, ainda com os lábios apertados e as sobrancelhas arqueadas, como Oliver Hardy tentando manter sua dignidade longe da guerra de tortas de creme.

— Você devia ter visto a sua cara! — Ela tinha um jeito de se balançar quando ria, como um barco mecânico num parque de diversões à beira-mar. — Bum, bum! — Ela cutucou meu peito com a cabeça, naquele estilo Basil Brush. Recuei, temendo que acabasse colocando meus braços em torno dela.

— Então suas amigas não estão grávidas, mortas ou viciadas?

— Não, mas duas delas são bancárias e isso é pior — disse ela, com uma seriedade zombeteira. — Você honestamente acreditou que fui criada no centro da cidade?

— Bem, é que isso simplesmente tem um pouco a ver com minha própria experiência.

— Oh, sinto muito. Eu não teria dito isso se achasse que ia magoar você.

— Tudo bem. É só que realmente vivi nesse tipo de área e meu pai era...

— O quê? Oh, meu Deus, realmente estraguei tudo, não?

— Não, não, tudo bem. É só que ele foi morto por um tubarão. — Senti velhas tristezas semimortas penetrando em mim.

— Oh, meu Deus, eu *realmente* chutei o balde! — ela colocou a mão em meu ombro para me confortar.

— É, foi no Sea World Florida do Baltimore Aquarium. Ele caiu no tanque tentando recuperar o boné de beisebol "Eu saltei do Grand Canyon".

— Você não está falando sério!

Lágrimas estavam rolando pelo meu rosto.

— Claro que não — falei num soluço. — Ele na verdade ainda está vivo e colecionando lembranças de experiências no mar em Portsmouth. Bum, bum! — Aquilo, que já era engraçado o suficiente, era a verdade. A velha tristeza semimorta não era de verdade, eu a havia experimentado num filme. Eu ia bater com minha cabeça no peito dela, mas pensei melhor. Entretanto, notei seu peito que parecia, para colocar as coisas de maneira simples, muito bonito. Desviei os olhos antes que começássemos tudo aquilo de novo. Mas nesse tipo de assunto, a que ponto se espera que você chegue, no mundo politicamente correto, para olhar para os seios de uma garota? A que ponto lhe é permitido considerá-la sexualmente? Antes ou depois de fazerem sexo? Faço essas perguntas sem tom de piada, realmente quero saber.

— Mas você estava chorando. — Ela bateu em mim.

— Viva a Mentira — disse eu. — Sinta a Tristeza. Conjure as Trevas. — Eu estava rindo e enxugando as lágrimas. — É meu lema. Deus, o comércio está me perdendo.

Olhamos dentro dos olhos um do outro e pensei que eu devia, e não devia, beijá-la.

Pelo canto do olho eu podia ver duas pessoas do meu trabalho que haviam subido para um drinque, uns caras de uns 24 anos, provavelmente com tatuagens e *piercings* embaixo de seus ternos — os exemplos mais recentes de pós-*hippies* tatuados que deixavam garotas como Cat desmaiando. Esperei que ela não tivesse nenhum tipo de implante corporal, fiz uma anotação mental para jogar um ímã de geladeira no peito dela, se algum dia a visse novamente, para ver se grudava.

Eu queria beijá-la, não queria deixá-la ali para ser azarada por aquela dupla de babacas — bem, na verdade, eu havia falado com um deles e ele parecia legal, mas esses eram o que nós chamamos, nas rodas de administração, babacas contextualmente induzidos, i.e., no lugar errado na hora errada e por isso babacas, não babacas *per se.*

Por outro lado eu queria que um deles viesse e a levasse para longe de mim, para eu poder voltar para minha noiva e minha vida, para acordar deste sonho satisfeito por nada ter acontecido.

Cat se inclinou à frente, os olhos fixos no meu rosto. Eu me lembrei de um médico examinando a retina procurando o que está errado com ela. Ela parecia embriagada com as nossas risadas. Eu me inclinei também e abri os lábios.

— Tenho que ir — disse eu.

Ela pareceu surpresa.

— Preciso acordar muito cedo amanhã. — Sim, obrigado Deus, a frase de término. Eu havia feito isso para acabar com a corrida contra meu próprio ego e minha libido.

— Claro — disse ela.

— Foi adorável conhecer você. — Apertamos as mãos agora.

— Da mesma forma.

— Posso te ver de novo? — Um de nós disse e não estou interessado em saber quem foi. Acho que deve ter sido ela, de fato tenho me convencido de que foi, mas eu poderia estar vivendo uma mentira a esse respeito, sabe. De qualquer forma, fora solicitada uma investigação na corrida de obstáculos eu *versus* ego e libido. E então, depois dos endereços de e-mail e números de telefones celulares (não tenho um telefone fixo, isso é tudo de que preciso, eu disse) terem sido trocados, realmente a beijei, mas apenas no rosto. Ainda recordo o perfume dela, que reconheci como uma marca barata que uma das garotas do trabalho usava. Mas Cat tinha feito dele algo diferente. Então, e depois que ela pareceu ter tido aquela sensação que você tem quando beija alguém pela primeira vez corretamente e transforma isso em algo que você possa pegar no ar, ela disse que ia embora.

Lembro-me do entusiasmo em seu rosto e de nós dois sentados, segurando as mãos um do outro, a mecha de cabelos ondulados que a fazia parecer uma versão feminina bonita de Harpo Marx, seus olhos cinza-chumbo, a mancha flutuante de ruídos ao fundo.

Eu quero você, pensei. Quero você como o mar quer um sacrifício de almas.

Bem, esse não é o tipo de pensamento que normalmente confunde meu aparelho pensante no mezanino de um evento de trabalho, isso eu posso dizer a você.

Sob o efeito de tal emoção poderosa, fiz a única coisa que podia.

— Tchau — disse eu, embora pudesse muito bem ter sido "*beep beep*", como fiz com o cuco do lado de fora. Houve então um momento embaraçoso enquanto fiquei na recepção esperando um táxi.

Os dois garotos de nossa empresa vieram e começaram a conversar com ela, o que teria custado a ambos cerca de quatro mil libras cada em comissões uma vez que eu houvesse preenchido a seção de "comentários" em seu próximo curso, não fosse por Cat. Ela ficou olhando para mim. Tanto que decidi esperar o táxi do lado de fora.

A próxima coisa que sei é que estava num táxi, a meio caminho entre a elevação e a frustração. Aí eu estava em casa, deslizando para a cama silenciosamente para não perturbar Andrea. O problema é que tenho a tendência de deslizar como transatlânticos deslizam por suas rampas de lançamento para dentro do mar.

— Foi boa a noite? — disse ela sonolenta, sua face pálida como a lua e os cabelos curtos escuros e pontudos apenas visíveis no travesseiro.

— Sim, foi muito divertido.

— E ainda não terminou — disse ela, me beijando com paixão e umidade na boca.

E três meses mais tarde, depois que eu havia me apaixonado perdidamente por Cat, vim a descobrir um fato muito interessante. A pílula não é uma forma cem por cento eficiente de contracepção.

Claro, Cat e eu passamos ótimos momentos juntos. Anotei mentalmente para me algemar ao chão na primeira noite que passei lá, ouvindo sua respiração na cama e tentando adivinhar se ela estava dormindo. Lembro das constantes desculpas para nos encontrarmos — ela tinha um tio que era diretor financeiro numa companhia farmacêutica. Ele estava sempre reclamando sobre a situação de seus administradores. Eu gostaria de conhecê-lo? Poderíamos nos encontrar para discutir a melhor maneira de aproximação, depois nos encontrar de maneira que ela pudesse me passar para ele no telefone, aí nos encontrar para discutir o encontro com ele (nada mau, realmente), então nos encontrar para que eu pudesse levá-la para comer fora para dizer obrigado, então nos encontrar para que ela pudesse retornar o cumprimento.

Todo o tempo eu ficava me convencendo da pureza de minhas inocentes intenções, quase com sucesso.

Quando finalmente nos beijamos...

Minhas lembranças foram interrompidas pela constatação de que eu havia chegado às Casas do Parlamento. Abri caminho através da boca do metrô de Westminster, cruzando o bolo de turistas até o píer. Percebi Cat esperando no lado oposto da rua, o lado da ponte do Big Ben, seu longo casaco de lã provavelmente saindo pela primeira vez no ano, encostada na linha do trem e olhando para o Tâmisa na direção de Chelsea, Hammersmith, Oxford e o mar aberto, símbolo — você chegou antes de mim — do desconhecido.

Havia obras em toda parte em torno do Quarteirão do Parlamento e sobre a Ponte de Westminster, então andei na direção dela pela rua, por entre os carros. Um idílico dia de merda, pensei.

— Oi! — eu disse, com o jeito alegre daquele que é realmente infeliz.

Ela se virou para me olhar e eu pude ver que seu rosto estava inchado, como se ela tivesse chorado.

— O que é a felicidade? — perguntou ela.

Normalmente eu teria dito algo como "olá não é mais normal?". Mas pude ver pelo seu rosto que ela não estava com humor para frivolidades.

— Esta é uma grande questão para a hora do almoço — comentei. Ela limitou-se a olhar para mim.

— Me diga: o que é a felicidade?

— Tem a ver com as outras pessoas. Conhecer alguém que você sente que está realmente perto de você. Amar de verdade, eis o que é a felicidade.

— Vi seu amigo Lee ontem.

— Onde?

— No trabalho. Ele me convidou para almoçar.

Imediatamente adivinhei que Henderson havia adotado uma aproximação tipo cinto-e-algemas para provê-la com informações sobre algumas coisinhas mais cedo. Recordei o tom de ameaça em sua voz quando ele me disse para me livrar dela. Eu mal podia acreditar que ele tivesse feito isso, mas o conhecia bem o suficiente para suspeitar que pudesse ser capaz de fazê-lo se tivesse dentro dele a quantidade suficiente de Red Bull, com aquele jeito "Vou fabricar um império de negócios com minha idéia e nada vai ficar em meu caminho", que a Julie Durona usava para atacá-lo. Mas anos na escola do pôquer me ensinaram a não cometer o erro de me mover cedo demais.

Eu quis pedir desculpas, quis explicar, mas acima de tudo queria descobrir exatamente o que ele dissera a ela antes que eu dissesse qualquer coisa.

— O que ele estava querendo, convidando você para almoçar?

— Ele pensa como você. Diz que é a respeito de amor, também.

— O quê?

— A felicidade.

— Não há muito mais que isso, uma vez que você tiver suspendido a comida e o abrigo?

— E você acha que pode sentir isso só com semanas de namoro com alguém? Você acredita em amor à primeira vista?

Estranhamente, pensei em Andrea naquela hora. Ela tinha dito que ia a uma ultra-sonografia de manhã e, já que eu estava trabalhando tanto na nova empresa, não havia necessidade de que eu fosse, se eu conseguisse arranjar tempo. Pensei nela sozinha agora, olhando alguma revista ou sendo apalpada por algum estranho. Eu queria estar com ela. E se houvesse algo errado? Ela descobriria sozinha. Pela primeira vez minhas emoções, mais que meus pensamentos, me disseram que eu tinha uma responsabilidade com esse bebê. Senti um chute metafórico dentro de mim.

— Leva cerca de um minuto — falei. Eu queria dizer "Sim, tenho certeza de que acontece toda hora", mas há uma metáfora da vida aqui: você começa tentando mencionar os Beatles e termina mencionando o Take That. Ambos incorretamente. O London Eye na margem oposta estava virando, embora você mal o pudesse ver se movendo.

Perto de nós, um grupo de estudantes japoneses formava uma linha solene atrás de seu professor. Eles tinham uns nove ou dez anos e pareciam muito doces em seus uniformes azul-escuro, um vasto aperfeiçoamento dos vulgares retalhos ingleses que eu havia visto mais cedo.

Cat fez um gesto na direção deles.

— E os outros tipos de amor, o tipo entre pai e filho, esse tipo de amor? Você nunca sente que está perdendo alguma coisa com isso?

Seu queixo estava tremendo e tive vontade de socar Henderson imediatamente. Ele nem mesmo me permitira fazer as coisas da minha maneira. Não, ao contrário, essa querida, adorável, maravilhosa garota tinha de ser destruída por um completo estranho. Imaginei que tipo de indelicadezas ele havia usado, que termos ele havia empregado para chocá-la. Eu realmente queria socá-lo.

— Às vezes sinto isso. Você sabe, talvez algum dia. Sim, acho que eu gostaria — falei.

— Você acha que daria um bom pai? — O Big Ben, sem se acovardar com o tráfego, começou a bater o meio-dia.

Tive a súbita idéia de que ela sabia que Andrea estava grávida e queria ficar comigo de qualquer maneira. Que ela ia tentar me convencer a deixar de lado minhas responsabilidades de pai. Não, aquilo teria sido muito complicado, pensei, mesmo que eu não mereça isso, mesmo que seja liberado com raiva e esquecimento e que nunca possa vê-la novamente.

— Eu gostaria de tentar. — Outra batida do grande relógio.

Agora ela realmente estava chorando. Eu havia tornado minha posição clara, mesmo que os detalhes não tivessem sido ditos — por mim, de qualquer forma. Eu estava ficando com Andrea. Tudo o que me restava a fazer era dizer isso, como Henderson havia dito, suponho, mas de maneira mais doce.

As margens do Tâmisa são usadas para despedidas sofridas, pensei, uma a mais não vai tirar pedaço. Milhões de marinheiros se preparando, as águias de Roma, a coroa de Elizabeth, os uniformes vermelhos dos soldados prontos para as lanças da África ou a fúria dos turcos. Milhões de pessoas para quem obrigação era inquestionavelmente mais importante do que desejos pessoais. Quantos homens haviam ficado com suas amantes como eu estava com a minha, prontos para sacrificar tudo pela causa? Imaginei-me indo com eles para um futuro ilimitado, sem fronteiras, ou para as armas, a mulher e a criança no porto acenando contra as batidas do relógio do Império.

Dois turistas gordos e caretas americanos, como se alguém os houvesse pagado para representar todos os preconceitos do velho mundo, chegaram mais perto e se inclinaram sobre os trilhos para pegar a vista do rio.

— Aquele é o caminho para a França — ouvi um deles gritar sobre as batidas. Ele estava gesticulando por cima da rua na direção de Greenwich, o caminho oposto de Chelsea e Hammersmith, embora o caminho correto para o oceano aberto. A França ficava naquela direção, mais ou menos. Eu havia imaginado os soldados viajando para um desconhecido que estava localizado na direção errada. Sempre imaginei o mar como o fim errado do Tâmisa. Para mim o leste e Essex eram muito pouco glamourosos para ser o portão para a aventura; as torres e a luz de Oxford teriam feito uma avenida mais apropriada para os sonhos dos viajantes.

— Descobri... — disse ela, o fim de sua frase perdido sob o tráfego e os sinos. Ela parecia tão bonita contra a água escura e o céu claro.

— Desculpe — falei. — Desculpe.

Ela chegou mais perto de meu ouvido. Achou que eu estava dizendo que não a tinha escutado direito. Quando essa porra desse relógio vai parar?, pensei, meu estômago apertado com o medo da despedida.

— Descobri que... — gritou ela enquanto soava a décima segunda e final batida do sino — ...descobri que estou grávida!

Os turistas americanos explodiram em aplausos e olhei na direção do mar, embora desta vez na direção certa.

Posso ter acabado com a infidelidade, pensei, mas ela não acabou comigo.

6

Hoje, senhores, essa besteira acaba

— Nada como você para destruir o reboco — disse Henderson, que me pegou tentando clarear os pensamentos batendo repetidamente a cabeça na parede do banheiro do Movotel, Croydon. Já havia cerca de um mês que Cat havia anunciado sua gravidez e misteriosos buracos estavam aparecendo nas paredes dos banheiros dos Movotéis em torno da estrada M25.

— Pense nisso como controle de estresse — respondi, tateando minha testa em busca de sinais de um hematoma.

— Engraçado que você tenha dito isso — disse Henderson. — Tenho em mãos um pedaço de papel que representa uma solução para todos os nossos problemas.

— O contrato com a General Motors? — perguntei, de olhos arregalados. Eu sabia que ele havia escrito para eles, mas era um tanto rápido.

— Nem tanto. — Ele me passou o papel. Era um documento de promoção de saúde do governo, chamado *Estou aqui também — Um guia para futuros pais.*

— O que é isso, Henderson?

— Dê uma olhada aí dentro.

Eu dei. Era um folheto dizendo quanto a visão tradicional do papel dos pais na educação das crianças pode fazer o pai se sentir excluído da gravidez, do nascimento e da criação. Em resumo, dizia que os pais têm de lutar para ser reconhecidos como colaboradores valiosos em todo o processo.

— E daí?

— Bem, me parece que você *pode* ter o melhor dos dois mundos. Você estava dizendo que queria liberdade para continuar a fazer o que gostava... portanto, vir comigo na viagem anual de esqui na época do nascimento da criança, para assaltar as velhas mansões do inferno em busca de uma companhia sincera. Bem, isso é possível?

— Não estou conseguindo acompanhar.

— Veja bem — ele pegou o folheto —, até mesmo o pai comprometido, cuidadoso e consciencioso tem um período difícil o suficiente até entrar na vida de seu filho. Pense no espaço disponível para o preguiçoso de merda. Se você jogar suas cartas direito, Andrea e a mãe dela vão cuidar de tudo, você nunca vai ter de fazer um esforço. Será como se nunca tivesse acontecido! — Ele riu. — Isso é ouro, camarada, ouro! — Ele acenou o folheto no ar como minha mãe faz quando grita "Para casa! Para casa!".

Eu estava entendendo o que ele queria dizer. Meu próprio pai jogara a responsabilidade de quase toda a nossa criação para minha mãe. Joelho cortado? Departamento da mãe. Indo mal na escola? Departamento da mãe. Instruções sobre como se barbear? Departamento da mãe. Obviamente ele fora afável à maneira dele quando éramos crianças — fingindo que não via quando roubávamos seus cigarros, tentando nos desencorajar a perder tempo com educação superior, nos mantendo fora dos bares quando éramos menores. Bem, a última afirmativa não é totalmente verdade — ele nos manteve fora do *seu* bar. Onde mais nós fôssemos, ele não se importava realmente.

— Não está tão claro assim, acho — falei.

— Por que não? — Uma razão maior, claro, era que não havia meio de que Andrea fosse ficar em casa amamentando enquanto eu, um libertino diplomado, botava pra foder com meus camaradas em algum local pós-adolescente do interior.

Eu sabia disso porque quando comentei que realmente não valia a pena cancelar a viagem de esqui — particularmente aquela tão barata, para a Bulgária — ela viera com uma frase que distintamente me lembro de começar com as palavras: "Se você pensa que eu..." e terminar com "local pós-adolescente do interior".

— Bem, para ser honesto — eu disse a Henderson, que estava lavando as mãos e me olhando de lado com seu único olho azul —, não sei como me sinto a respeito disso tudo.

Eu não tinha esquentado muito a cabeça para contar a ele sobre o segundo bebê. Ele já havia encarado um bebê como motivo para ser deixado no banco de reservas; dois seriam o equivalente a assinar com o outro time e ainda deixar mais uns quatro no banco antes de pegar as laranjas no intervalo.

— Quero ter certeza antes de tomar uma decisão — completei.

— Você quer dizer que ainda não acabou com ela? — Ele fez um movimento cortante com a mão. Tinha ficado muito chateado quando eu disse que não havia terminado com Cat naquele dia na ponte, e ficou em cima de mim desde então para que eu fizesse o que fosse mais decente.

Aparentemente eu não tinha necessidade de me preocupar sobre ele abrir a matraca para ela. Ele não dissera uma palavra sobre Andrea. Só esteve na área em que Cat trabalhava e pedira seus conselhos para comprar algumas calças da moda.

— Mas você nem gosta dela — falei.

— Ela é legal e, de qualquer maneira, como bem sabe, gostar não tem nada a ver com isso. Na minha situação, tenho que cultivar quantas porteiras sejam possíveis.

— O que você quer dizer com porteiras?

— Moças que têm outras amigas moças. Elas têm a chave para a salvação.

Ele tinha um motivo para isso. Ele havia conhecido a Julie Durona através de uma amiga, uma garota totalmente inocente chamada Alex, que achava que ele estava interessado nela. Ela havia pirado totalmente quando ele começou a sair com Julie.

— Não, eu não acabei com ela — disse eu.

— Eu sei.

— Como você sabe?

— Conversei com ela outro dia. — Ele parecia muito casual, como um arrombador à espreita, assegurando a um policial que estava apenas tomando ar.

— O que estava fazendo conversando com ela?

— Apenas pressionei o botão errado no meu celular, foi só. As pessoas fazem isso o tempo todo.

Não pude deixar de notar que "as pessoas fazem isso o tempo todo", para continuar com a analogia da polícia, é precisamente a variedade de afirmação que quase sempre é seguida pelas palavras: "Você não vai conseguir nada de mim, tira. Prove ou deixe-me ir".

— E por quanto tempo vocês conversaram? — perguntei.

— Quarenta e cinco minutos mais ou menos. Não precisa subir nas tamancas por causa disso.

Senti as cuecas espiralando em torno de mim. Não sei por que, mas senti ciúmes. Não que eu não acreditasse em Cat ou Henderson, era só que eu o conhecia bem o suficiente para antecipar que ele devia estar a fim de dar um passo para dentro caso eu desse um passo para fora. Você não podia culpá-lo, era apenas instinto. Ele notara que ela se sentia atraída por homens mais velhos, sabia que ela ficaria livre. Se ela terminasse comigo, ele estaria tão convincentemente ligado a seu sofrimento como um tubarão à ferida de um peixe sangrento. Aos 35 anos, solteiro e careca, seu apetite por amor faria um tubarão branco parecer um comilão meticuloso.

— Sobre o que vocês conversaram? — perguntei tranqüilamente.

— O tempo, a moda, pílulas de neutrino, hóquei no gelo.

— Isso aí era eu, não era?

— Preparei o terreno para você.

— O que quer dizer com isso?

— Levantei a idéia de que você pode não estar tão comprometido com o relacionamento quanto ela está.

— O que ela respondeu?

— Nada.

— Como assim, nada?

— Ela só chorou muito.

— Isso é ótimo. Muito obrigado.

— Estou brincando — disse Henderson. — Falamos sobre como você é um sujeito legal e o que poderia querer ganhar no Natal.

Não acreditei nele. Ela com certeza não havia dito que estava grávida, de qualquer forma.

— Bem, pode ter sido uma piada — eu disse —, mas o que vou querer para o Natal, se não para este, então para o próximo, é um conjunto duplo de roupas de bebê. Sugiro que você comece a tricotar.

Henderson assumiu um olhar de preocupação. Da última vez que eu o vira assim foi quando ele estava olhando pela janela do terceiro andar e testemunhou seu novo Range Rover sendo rebocado.

— Andrea vai ter gêmeos?

— Ah, se a vida fosse simples assim! Cat está grávida.

Até hoje não sei por que contei a ele. Acho que porque ele estava me provocando sobre o telefonema para ela e eu só queria dar o troco. Por causa de tais futilidades os mundos pegam fogo. Futilidades como coisas insignificantes em vez de deliciosos pudins de geléia, claro.

— Nãão — disse Henderson, como uma das garotas de *Nos tempos da brilhantina* dizendo a Sandy que não podia acreditar que eles pararam no beijo. — Cat, com quem estive falando no telefone há menos de uma horas, está grávida?

— Você não disse que o telefonema foi na semana passada?

— Liguei para ela de novo hoje. É o celular, ele fica solto na minha bolsa. *Ela* está grávida?

— Sim.

— De você?

— Espero que sim.

— Bem, aí está, posso arrumar as malas agora — disse Henderson.

— O que você quer dizer?

— Não há sentido em seguir em frente, minhas dores estão no limite. — Ele levantou a mão. — Já ouvi a porcaria do destino. Não há mais nada para eu saber. O mundo não guarda mais nenhuma surpresa para mim.

— Então sobre o que foi o telefonema de hoje? E por que ela não me contou que você telefonou?

— Minhas conversas telefônicas com a garota não estão nem lá, nem cá — disse Henderson. — Embora, pelo que você está mostrando agora, acho que seria mais seguro se qualquer conversa futura que você tivesse com mulheres na idade fértil fossem conduzidas dessa maneira. Você está na maior merda, meu camarada.

— Só não gosto da idéia de Cat encarando isso sozinha, sabe. Realmente me importo com ela. Não é só o lado financeiro, é a parte emocional também. Ela não tem para onde ir. Eu queria que ela estivesse tendo um caso.

— Você não ficaria com ciúmes? — disse Henderson, o nariz estremecendo como o de um coelho na frente de um pedaço de cenoura.

— Sim, mas sou um grande cara, sabe? Poderia conviver com isso. Se ele fosse o tipo certo de sujeito.

— Qual é o tipo certo de sujeito?

— Não sei.

— Como você o imagina?

— Mais velho, do tipo tranqüilo.

— O que ele usa?

— Calças largas de moletom, cordão velho, sandálias. Um cara de cachimbo, provavelmente.

— Não o que você chamaria um dínamo da cama?

— Eu não poderia nem pensar sobre isso. Gostaria que ela o amasse, mas tipo companheirismo, sabe?

— Então basicamente você quer que ela comece a ter um caso com o pai dela?

— É, na verdade é isso. — Henderson estava certo. Eu queria que ela fosse cuidada, mas não muito bem. Queria ainda que ela se encontrasse inexplicavelmente colada à janela às três da manhã, deixando seu homem cochilando na cama deles e olhasse para fora através da neve do jardim, amaldiçoando a lua por causa dos pensamentos selvagens a meu respeito se mexendo dentro dela. Queria que ela encontrasse o amor, mas do tipo que as viúvas sentem por seus maridos heróis de guerra que sofreram as feridas mais cruéis.

— Embora haja uma alternativa que possamos considerar — disse Henderson, beliscando a carne de sua barriga para checar a rigidez. — Você não se importaria se... — Ele inseriu um dedo dentro da cintura de suas calças. — Merda! — disse. — Eu deveria ser capaz de colocar dois dedos aqui. Engordei.

— Qual é a alternativa?

Ele tirou o dedo e estendeu as mãos amplamente, no clássico gesto de vendedor "escuto suas objeções, mas por que você não compra a tralha de qualquer maneira?"

— Poderia dar certo de maneira bastante organizada se...

— Se?

— Bem, se ela vai ficar livre e tudo o mais, e se você quer a chance de ver seu filho crescer, quem melhor para tomar as rédeas da situação do que seu velho camarada aqui? — Ele deu o que reconheci como a tentativa de um sorriso simpático, seguido por uma leve batida dos pulsos para fazer a mímica de estar conduzindo um cavalo.

— Deixe-me pensar sobre isso — falei. — Sim, já pensei. Toque nela e mato você, seu sacana. Chegue perto dela, pense nela, fale o nome dela e você vai receber meu cartão, a visita de meu valete e a escolha de armas. Vou tomar satisfações com sangue na neve. Quando eu respirar, é só porque devo viver para segurá-la de novo. Quando eu comer, é só para me sustentar para que eu possa mais uma vez estar na presença dela. É só porque devo ver a face dela que me importo se o sol se levanta. Chegue perto dela e corto você como um patife qualquer. Sim, acho que isso explica tudo muito bem.

— Estou ouvindo o que você diz — disse Henderson com seu jeito de vendedor, ou seja, sem ouvir o que eu estava dizendo — e respeito isso — também querendo dizer o contrário —, mas pense nas vantagens da situação. Eu quero uma companheira e um filho. Você tem duas companheiras e dois filhos. Você só pode ficar com uma delas. Entretanto, você gostaria que os outros fossem bem cuidados. É aí que eu entro. Tatatatá! — Ele abriu os braços largamente, como um comediante de musical entrando no palco. — É lógico.

— Você nem gosta dela!

— Esse detalhe pode vir mais tarde. Você não está vendo que esta é uma oportunidade para nós dois? Se você não estivesse só pensando em si mesmo! Você consegue ficar perto de Cat e de seu filho, eu consigo me tornar membro do clube das crianças, Andrea não fica sabendo de nada. Poderíamos terminar passando os feriados juntos e tudo o mais. Você pode até mesmo ter a chance de dar umazinha com ela de vez em quando.

— Isso é bonito — repliquei — como as visões do inferno. E, de qualquer forma, Cat não teria que dar uma opinião nisso tudo?

— Não estou dizendo que é garantido. Tudo o que quero de você é que diga tudo bem para mim, para que eu possa fazer uma aposta nisso.

— Você não vai fazer nada com minha namorada, muito menos uma aposta — repliquei. — De qualquer forma, ela não se sente atraída por você, ela já me disse.

— Ela disse que não se sente atraída por mim?

— Suas palavras exatas — menti.

— Uau — ele lambeu os lábios. — Então ela *se sente* atraída por mim.

— Você está esquecendo uma coisa aqui — eu disse. — Usei as palavras "não se sente", muito similares às palavras "se sente", mas com o significado inteiramente oposto.

Henderson sacudiu a cabeça como um velho profissional de boxe vendo o garoto novo fazendo algum tipo de movimento exibido e sem utilidade no *corner* oposto.

— Quando uma garota diz a um sujeito que não se sente atraída por seu amigo isso quer dizer que ela se sente. Por que trazer isso à tona, se fosse de outra forma? Ela só quer fazer com que o cara se sinta seguro. Se ela realmente não se sente atraída por alguém, ela não se importaria em mencionar isso mesmo, ou então teria dito que se sente.

— Por que ela diria que se sente se não se sente?

— Para fazê-lo sentir ciúmes. E ela só o quereria com ciúmes se não tivesse intenção de sair com mais ninguém. Se ela realmente se sentisse atraída por seu amigo, não seria louca de dizer, não ia querer seu namorado com ciúmes, então diria que não se sente. Simples.

Qual era a expressão que Cat usava para confusão de palavras ou esforço de lógica? Oh, sim.

— Complicação Fator Dez — falei, acompanhando isso com o giro das mãos e o grunhido que eu a vira dar enquanto cambaleava com a perversidade do pensamento de Henderson caindo sobre mim.

O que eu teria dito se ele quisesse sair com Andrea e não com Cat?, pensei. "Continue sonhando, ela acha você fisicamente repulsivo, ela me disse isso." Ela tinha dito, realmente, em várias ocasiões. Suas palavras exatas eram que ele estava "além do limite do copo". O que ela queria dizer era que o número de cervejas que alguém precisaria para dormir com ele era realmente mais do que podia beber. A pessoa cairia antes que suas inibições o fizessem.

Eu teria sentido vontade de matá-lo se ele quisesse levar Andrea, então? Não de verdade. Talvez porque eu me sentisse tão seguro com ela, a idéia parecia ridícula. Eu teria dito algo tipo: "Bem, só cuide dela, você vai fazer isso?". Nem mesmo teria precisado dizer isso. Andrea pode cuidar de si mesma. De fato, dada sua predileção por "assertividade" (ver violência ciumenta, *ibid*), eu teria feito melhor se avisasse Henderson para tomar conta de si mesmo. Eu teria me sentido triste, muito triste na verdade, mas não acho que teria pedido a ele para escolher entre espadas ou pistolas. O que é estranho, porque de muitas maneiras sou mais próximo a Andrea do que qualquer pessoa pode ser.

— Cat se sente atraída por mim, então eu devia ter permissão para fazer uma aproximação — argumentou Henderson.

Fui forçado a refletir sobre como a mente moderna equaciona querer com ter, não importa qual seja o impedimento moral.

Eu sabia que ele estava meio de gozação, mas fiquei um tanto exasperado. A inabilidade de Henderson para levar as situações a sério às vezes me dá nos nervos. É como se ele não tivesse mudado desde que tínhamos vinte anos.

Eu acenei com uma das mãos, cansado.

— Isso é impossível — eu disse —, você não vai tê-la. Eu vou. Decidi que é ela quem eu quero.

Não me dei conta, até me ouvir dizer isso, de que eu estava falando a verdade. Posso me preocupar com Andrea, posso amá-la, mas não era capaz de sentir ciúmes dela da mesma maneira que fazia com Cat. Eu havia decidido, sem pensar, para o que autoridades desde Elvis Presley a Barry White contribuíram, qual seria o melhor caminho para fazer isso. Deus sabe que aquele pensamento não me trouxera alegria.

— Você vai ficar com Cat? Ótimo — disse Henderson, feliz como um coelho. — Então eu *realmente* fico com Andrea.

— Você não vai ficar com nenhuma das duas — repliquei.

— Não posso acreditar no seu egoísmo.

— O quê?! — exclamei. — A despeito de todas as evidências?

— Você nunca vai conseguir lidar com isso de qualquer maneira. O que vai acontecer é que você vai se sair com a solução clássica: hesitar e hesitar até que a merda atinja o ventilador e todo mundo termine infeliz. Você nem mesmo sabe se essa garota quer que você fique com ela.

Essa era uma boa pergunta, tive de concordar. Eu meio que havia presumido que Cat iria querer que eu ficasse por perto. Certamente não tinha me dito para ir embora. Todas as nossas conversas sobre o futuro giravam em torno de se ela queria ficar com o bebê (ela queria), conseguir para ela um lugar maior para que ela pudesse cuidar da criança, o que ia fazer com o trabalho, todas as coisas mais imediatas. Não tínhamos pensado no longo prazo.

— Se eu a amo como acho que amo, então ela merece correr o risco.

— Fácil dizer isso quando Andrea não está de pé na sua frente com suas botas de exército — disse Henderson. — E ela? Como ela vai superar?

— Ela é mais velha e é mais dura — repliquei. — O trabalho é a prioridade dela, não o nosso relacionamento.

— Não acho que ela veja as coisas assim — disse Henderson, sacudindo a cabeça.

— Como você sabe, andou falando com ela também?

— Tive uma conversa estranha.

— Sobre? — Eu estava um pouco enervado com aquilo. Não havia realmente falado com Andrea. O que ele estava fazendo tagarelando com ela?

— Ela ama você. Não de uma maneira que provoque terremotos, não da maneira com que eles escrevem músicas a respeito ou até mesmo poemas em muros sobre esse tema, mas ela ama você.

— Você esteve falando com minha noiva sobre amor?

— E com sua namorada também — disse Henderson. — Alguém tinha que cuidar dos seus interesses, você não parece querer fazer isso.

Sacudi a cabeça com determinação e senti o cabelo raspado se arrepiar na nuca.

— Bem — eu disse —, então pelo menos devo a verdade a Andrea. — Recordei minha máxima de auditório: "Hoje, senhores, essa besteira." Certo, eu nunca dissera isso realmente, mas costumava pensar a respeito antes de chegar às reuniões, como um convite para me fazer sentir mais importante.

— Boa sorte — disse Henderson. — Quando exatamente você pretende fazer isso?

— Não sei, esta noite. Por quê?

— Apenas pensei que deveria colocar uma ambulância de sobreaviso, porque se você partir o coração dela, ela vai com certeza partir a sua cabeça.

— Não importa — eu disse. — Vou encarar o que vier, seja emocional ou físico. Às vezes, para seu próprio bem, você precisa de um coração de pedra.

7

Hoje, senhores, a besteira recomeça

— Tricotei em branco, isso evita a confusão com rosa ou azul.

Ouvi a voz da mãe de Andrea vinda da sala da frente quando retornei naquela noite.

Estava segurando meu paletó no corredor quando vi, no banco de igreja que havíamos resgatado de uma loja muito cara na Wandsworth Bridge Road, uma daquelas que emprega principalmente kosovares, uma cópia de *Pode fazer, vai fazer: maternidade agressiva,* por Barbra Blufour, ao lado das revistas de casamento que havíamos comprado para procurar floristas e fornecedores de banquetes.

Andrea havia desenvolvido uma mania de ler esse tipo de coisa desde que ficou grávida.

A presença do pai e da mãe de Andrea — vindos da longínqua Ipswich — tornaria as coisas difíceis, mas eu não poderia usar isso como desculpa para pular fora. Ao menos ela teria alguém para se debruçar, pensei.

Desejei que estivesse mais preparado para o fato de seus pais estarem lá. Tipicamente, eles haviam estacionado o carro na rua, longe, em vez de na entrada da casa. O pai de Andrea tinha uma cisma com "acesso livre" e jamais nos deixaria estacionar nosso próprio carro na entrada deles, "só para o caso de precisar", então presumi que ele achava que se deixasse o carro dele na nossa entrada eu ficaria me preocupando com aquilo durante toda a estada deles.

Tentei me endurecer para o que vinha à frente olhando no espelho do *hall* e apontando para mim mesmo:

— Você é um sacana egoísta! — eu disse, não como crítica, mas como lembrança.

Vazio de qualquer compaixão, entrei na sala de estar me vendo como Charles Bronson indo confrontar as pessoas que fizeram *aquilo* com sua família.

Abri a porta e vi a mãe de Andrea segurando um pequeno cardigã belamente bordado com um patinho amarelo no lado direito.

— Oh, é adorável — disse Andrea, arrulhando em cima da roupa. — Não é uma graça, Dag?

— Certamente — eu disse, olhando o belo cardigã tricotado de lã.

Eu podia ser honesto com Andrea, talvez pudesse olhá-la nos olhos e dizer "Não sou o homem que você pensou que eu fosse". Mas poderia ser honesto com esse pobre e inocente cardigã? Eu poderia dizer: "Vejo sua roupa fofa, do tipo que adoro segurar contra meu rosto, sei que você é quente e confortável, mas vou ter que deixá-la de lado por causa de algumas verdades totalmente sem sabor, camaradinha. Na Stoke Newington, andei olhando uma camisa muito mais nova e confortável."

Coração de pedra, me lembrei.

— E os sapatinhos! — disse Andrea. — Olhe os sapatinhos! — Da última vez que vi uma alegria como aquela, minha irmã havia acabado de *descobrir* que havia um filhote de rena dentro do enorme presente de Natal.

Olhei para os sapatinhos. Eles eram certamente muito lindos, como presságios do desastre vindouro.

— Olá, Dag — disse sua mãe quando me inclinei para beijá-la, o método tradicional de traição. Não gosto muito dessa coisa de beijar. Quero dizer, não beijo minha própria mãe, por que tenho que beijar qualquer outra pessoa?

— Olá, Dag. — Era o pai dela, ocupado com o periquito que traziam com eles sempre que viajavam. Ele estava removendo a capa onde estava escrito, por alguma razão de velho, "Capa de pássaro". Sem dúvida eu pararia de achar aquilo estranho dentro de uns dez anos, mais ou menos. Ele fazia muito isso. Uma vez fomos a um piquenique. Todos os Tupperware tinham inscrições como "Tupperware A (comestíveis leves)", e cada peça de talheres tinha um "P". Isso, aparentemente, queria dizer "Piquenique", para distingui-los de outros talheres comuns. Eu não via a necessidade de distingui-los, já que sempre eram mantidos numa caixa na garagem, mas vá você falar. E ainda dizem que um período no exército torna um homem bom.

— Olá — repliquei para o pai dela. Notei que a TV estava passando *Quem quer ser um milionário?* A família de Andrea era altamente tradicional e nunca se sentava junta, a não ser que a televisão estivesse ligada.

Sua mãe franziu a testa quando reconheci o pai dela. Era o costume da família ignorar o pai de Andrea e eu estava claramente quebrando a tradição.

— Também comprei isso — disse a mãe de Andrea, brandindo um álbum de fotografias com as palavras "Bem-vindo ao Nosso Mundo — Simplesmente Belo" escritas em Letraset na capa. Ela passou adiante. Ela já havia preenchido parte dele com fotos minhas e de Andrea quando começamos a namorar, reuniões de família a que eu havia comparecido, dias que passamos fora. Imaginei se ela se importaria em fornecer um corretor líquido para que eles pudessem me expulsar quando eu estourasse a bomba.

Parecia que eu não poderia escapar de símbolos de nosso companheirismo. No topo da televisão estava uma foto de mim e Andrea recém-colocada, que sua mãe havia nos forçado a tirar num sofá de veludo num estúdio, alguns anos atrás. Pela aparência da moldura dourada eu poderia dizer que a mãe dela havia trazido aquilo também. Algumas palavras que minha mãe usava para dizer sempre que alguém fizera algo particularmente ruim vieram na minha cabeça: "Vire o rosto dele para a parede, mãe, a foto dele deve entrar para a lista negra."

Andrea estava apertando os sapatinhos contra o peito com um olhar que as atrizes principais de addaptações teatrais de *A noviça rebelde* adotam quando estão observando as crianças começando a do-re-mi-zar.

Ergui a mão para alisar minha sobrancelha peluda. Lembrei-me da importância de ser honesto e também da dificuldade que eu tivera nos últimos dois ou três meses escapulindo para "reuniões no Norte" que sempre pareciam querer dizer que eu tinha de passar a noite, tendo que "ver algumas pessoas na Europa" nos finais de semana, dizendo a Cat que era ainda "mais fácil" para mim ir para a casa dela do que ela para a minha (verdade, enquanto eu tinha um carro), dizendo: "Você acredita? Tive um enorme vazamento de água que deixou minha casa totalmente invisitável, até que o pessoal do seguro tenha entrado, avaliado os danos, a madeira seque, tudo seja pago. Bem, você sabe quanto tempo isso pode demorar!" — Era um bom trabalho que ela houvesse mostrado pouca inclinação para visitar Hillingdon.

Quando eu era mais novo, a idéia de sair com duas garotas ao mesmo tempo havia sido incrivelmente excitante. Agora estava quase me matando, o esforço de lembrar todas as mentiras se tornando insuportável. Tanto que lá no fundo de minha maleta estava meu calendário de traições. Era uma coisa que eu havia pegado de uma loja da Sociedade Real para a Prevenção da Crueldade Contra Animais.

Havia uma foto de um gatinho para cada mês e um espaço, onde você podia gravar o que havia acontecido em cada dia, desde que se limitasse a 25 palavras ou menos, e completasse esta sentença no caso de um intervalo: "Stewart Dagman merece ser pisoteado porque..."

Eu havia redigido uma lista de todas as mentiras que havia contado às duas mulheres, e dividido cada dia em dois — onde eu dissera a Cat que estava e onde eu dissera a Andrea que estava. Os psicólogos nos diriam que tal dispositivo está implorando por problemas, já que as duas mulheres poderiam descobri-lo. Eles notariam que talvez eu subconscientemente quisesse ser descoberto. É para isso, afinal de contas, que eles são pagos. Exatamente como quando são solicitados a traçar o perfil do assassino em série e ele sempre é um homem branco, solitário, que faz trabalho manual, tem dificuldade (para dizer o mínimo) de relacionamentos com mulheres e uma assinatura da revista *Armas e munições*. Raramente — se é que acontece alguma vez — ele é um locutor negro, sociável, de meia-idade, um homem de família com uma mulher adorável e uma carreira inteligente, fácil e tranqüila. Mas o que os psicólogos não sabiam, em meu caso, é que eu tinha escondido o calendário muito bem na minha maleta e enfiei-o dentro de uma revista de carros para motoristas mais sagazes que eu havia pegado numa viagem verdadeira para o Norte.

Olhei para Andrea. Ela parecia estar oscilando ardorosamente entre as roupas de bebê e algumas revistas sobre carros de casamento.Ocorreu-me que, desde a gravidez, eu não a conhecia realmente.

A Andrea que eu conhecia teria jogado fora metade das coisas que ela estava encomendando para o nosso casamento: os trajes cheios de babados das damas de honra, as flores, uma carruagem puxada por cavalos, pelo amor de Deus! O que havia acontecido com a simplicidade e a ideologia de estilo, a aparência formal, levemente severa, dos anos 20 que ela havia originalmente escolhido? Não que eu estivesse reclamando. Gosto de cavalos. Um estranho pensamento adentrou minha cabeça.

— Não posso desapontar o cavalo. — Afinal de contas, ele poderia ter colocado seu coração eqüino naquela corrida.

Espantei isso da minha cabeça e me concentrei exatamente em como ia contar a ela sobre Cat enquanto observava sua mãe entregar outra roupinha. Era um pequeno macacão de lã fina.

— E esse foi de Andrea — disse ela. — Guardei para o filho dela.

Segurei a roupinha. Era de um amarelo pálido bonito, talvez tivesse sido branco um dia, feito de uma lã delicada e suave. Segurar aquilo contra meu rosto evocou exatamente o sentimento de segurança que eu tinha quando me aconchegava perto de Andrea à noite.

— É adorável — comentei—, realmente adorável.

— Vocês deveriam se lembrar de guardá-lo para que possam passá-lo adiante quando estiverem em nossa posição — disse a mãe de Andrea.

Agora há um pensamento, pensei.

Eu digo que era a mãe de Andrea que estava se divertindo com as coisinhas do bebê, e era, embora num olhar oblíquo pudesse ter sido o pai dela. Havia muito pouca diferença entre eles hoje em dia. Em sua idade avançada eles pareciam estar se transformando na mesma pessoa. Sua mãe sempre fora magra, ângulos agudos de cotovelos e joelhos empurrando através de suas saias comportadas e blusas de frufru, mas com uma vitalidade em seus movimentos que, numa mulher jovem, poderia sugerir uma considerável facilidade para as artes marciais. Havia uma característica nela de dar ordens constantes, que queria pisos limpos, superfícies cintilantes e pratos lavados, de preferência um pouco antes de você terminar de comer neles.

— Certo — diria ela, enquanto ficávamos relaxados anualmente na luz suave do Natal da sala de estar suburbana, nos arrancando do sonho de vinho, tangerinas, luzes e anúncios de TV —, quero ação. — Ela então nomearia cada um de nós para a tarefa de limpar alguma bagunça imperceptível ou decidir tudo o que se veria durante toda a noite na televisão de uma vez ou ir buscar alguma coisa no posto de gasolina — o único local que ainda estava aberto.

Se a sra. Ellis queria ação, ela estava procurando no lugar errado com o sr. Ellis. Ele não era preguiçoso, longe disso, só que era por natureza um medidor e balanceador de possibilidades e probabilidades. Andrea sempre dizia que seu lema era "Nós não vemos oportunidades, nós vemos problemas". Ele nunca queria começar um caminho antes que tivesse sido provado, além de qualquer dúvida razoável, que ele era o melhor possível, e, já que ninguém está sempre certo disso, ele nunca teria começado nada de nada sem o tamanho de sua mulher na sua retaguarda.

Do jeito que estava, havia trilhas de caminhadas em parques nacionais que eram perturbadas por menos pegadas do que seu traseiro. Ele havia sido chutado para dentro de muitas rotas, muitas vezes simultaneamente, muitas vezes contra seu melhor julgamento. Sendo por natureza um homem de "cada coisa a seu tempo", alguém que não pensa nos picos até que tenha enfrentado as bases, isso havia causado todos os tipos de hesitação. E se há uma coisa que a mãe de Andrea não pode suportar é um hesitante.

Não quero registrar aqui que o pai de Andrea estava em algum tipo de posição subserviente, longe disso. Sua estratégia geral, quando confrontado com algum tipo de "plano" por sua esposa, era criar objeções a qualquer curso de ação, qualquer que fosse ele. Cruzeiro para Acapulco? Pense no preço. Redecorar a casa? Você tem certeza de que o novo papel de parede vai parecer melhor do que o velho? Novos móveis? Você os chama de velhos, eu os chamo de confortáveis. Xícara de chá? Você tem alguma idéia de quantas pessoas morrem a cada ano fazendo tarefas caseiras comuns?

Claro, ele cederia em muitas dessas coisas, mas, se alguma coisa saísse errada, ele estaria pronto para atacar, como o lobo encurralado. "Claro, se tivessem me deixado fazer à minha maneira...", ele soltaria o veneno, enquanto resultava que, com o dinheiro das prestações do sofá, do cruzeiro ou do papel de parede combinados, eles estavam lutando para pagar a conta de gás, ameaçando seriamente sua habilidade de fazer uma xícara de chá, deixando morrer o processo. Claro, não fora deixado para ele fazer, fora deixado para ambos, mas ele nunca dizia isso com todas as palavras.

Parecia, quando eu estava por perto, que a única coisa que os Ellis jamais trocavam era ansiedade.

Apesar das diferenças, eles estavam se fundindo em uma só pessoa. Olhando para eles, seria fácil dizer que ele havia sido anexado à personalidade dela; certamente ele estava diminuindo na terceira idade, embora ele dissesse que estava de dieta, e seu estilo original, pensativo, meditativo, se tornara mais visível. Como sua mulher, ele agora sempre tinha de estar fazendo alguma coisa, arrumando, jardinando, lendo, o oposto de como eu o via antes, fumando suas cigarrilhas e tomando um porto por noite. Ele costumava ter o ar de um homem na fronteira da profundidade de expressão, às vezes sem nunca expressar nada. Agora não fazia nada a não ser se expressar, o tempo todo parecia falar sobre nada. A qualidade ruminante havia sumido e ele queria muita ação. Já naquele verão eles haviam saído três finais de semana e, incrivelmente, estavam planejando um minicruzeiro — para Bilbao.

Da parte dela, a sra. Ellis parecia haver dominado a arte de se sentar ainda que ocasionalmente, de simplesmente ser. Da última vez em que os havíamos visitado notei que nenhuma peça de Faça Você Mesmo, pelo que eu podia ver, havia sido feita desde que eu estivera na casa deles no Natal — quase sete meses atrás. Ela não o havia obrigado a fazer nada.

Os Ellis haviam chegado a um entendimento, apesar de suas diferenças, mas havia levado muito tempo para eles. Se Andrea e eu pudéssemos alcançar isso, o fato de ter um filho se tornaria quase engraçado. Ainda tínhamos todos os problemas a respeito de encaixar nossos estilos de vida, mas aquilo poderia ser uma mudança interessante. Parecia entretanto muito difícil.

— O que você pensa que vai ser, Dag, menino ou menina? — perguntou a mãe de Andrea. Henderson já havia feito a cabeça sobre esse assunto, claro. Ele já havia inscrito um "Lee Dagman" para a Escola de Futebol Livre, esperando que ele tivesse uma futura estrela da seleção inglesa em suas mãos. Ele havia perguntado se já fizéramos uma ultra-sonografia e Andrea dissera a ele que o hospital não revelaria se era menino ou menina, porque algumas culturas exterminam crianças do sexo feminino.

— Então por causa do comportamento de uns poucos idiotas, nós temos de esperar? — disse Henderson.

— Você tem de respeitar a cultura de outras pessoas — disse Andrea. Ela certamente tinha muito dessa coisa politicamente correta.

O sr. Ellis havia começado a murmurar.

— Felicidade e saúde, isso é tudo o que queremos. — Ele estava meio na nossa conversa, meio em uma conversa consigo mesmo. Uma vez que ele havia começado a falar mais, deu-se conta de uma verdade que abala muitos homens de sua idade — que, enquanto eles não escutam ninguém, ninguém os escuta. Ele havia embarcado numa estratégia defensiva de endereçar uma boa porção de seus comentários para si mesmo. O orgulho, entretanto, o fizera passar pelo movimento de dizer as coisas em voz alta.

— No balanço final, nós gostaríamos de uma menina, não é, Dag? — disse Andrea.

Notei que ela havia estado arrumando o ninho. Toda a casa estava imaculada e ela meio que enfiara meu candelabro curvo de 1930, um pouco comum demais para ser realmente modernista, atrás das cortinas. Aposto que colocaria aquilo enterrado no fundo do jardim quando o bebê chegasse. Se, claro, eu ainda estivesse aqui.

— É, uma menina, ou um menino, ou qualquer coisa na verdade — falei. Estava pensando em Cat. Eu dissera a ela que passaria o fim de semana ocupado com a casa e então não poderia vê-la.

— Você disse que gostaria de uma menina — disse Andrea.

— Uma menina seria bom — concordei.

— Por que uma menina? — disse o pai de Andrea com um tom de preocupação.

— Eu adoraria uma menina.

— Por que uma menina, então? — insistiu o pai.

— Faltam apenas seis meses e nós saberemos. Não acho que vamos nos importar depois que descobrirmos — disse Andrea, esfregando a barriga. Ela havia me pedido para fazer aquilo em algumas ocasiões e eu havia sorrido e feito. Mas eu não queria. Diga que você sentiu um braço ou algo. Não tenho que soletrar as implicações que isso tinha para a continuidade de sua vida sexual.

— Por que uma garota? — insistiu o pai dela, com a paciência medida de um homem acostumado a se repetir.

— Não sei como vou resistir e não olhar para o ultra-som — arrulhou Andrea.

— É melhor se for uma surpresa — disse a mãe.

— Por que não ter um garoto? — disse o pai de Andrea, sua voz sem trair maior irritação com a repetição do que faz o relógio-falante.

— Você tinha alguma preferência sobre o que queria quando eu nasci?

— Apenas felicidade e saúde — disse sua mãe. — Por que você quer uma menina particularmente?

— Sinto que... — disse Andrea, enquanto eu começava:

— Bem, é que...

— Você primeiro — dissemos os dois.

— Dag acha que há uma grande quantidade de besteiras que se espera que se ensine aos garotos e ele não se sente muito confortável com isso.

— O que você quer dizer? — indagou o pai. Houve uma longa pausa.

— O que você quer dizer? — repetiu a mãe.

— Ah, sabe, seja durão com as crianças, bata nelas antes que elas batam em você, este é o time de futebol para o qual você tem que torcer, lições sobre não se sobressair e não chamar a atenção sobre si mesmo quando estiver entre outros garotos, lições sobre se sobressair e chamar a atenção sobre si mesmo com as garotas, por que é hora de jogar fora seu ursinho de pelúcia e se interessar por videogames violentos, nunca admitir gostar de nada muito complexo... esse tipo de coisa.

— Parece que todos nós deveríamos esperar que seja uma menina — disse o pai de Andrea.

Houve outra longa pausa, durante a qual acho que ele entrou na cozinha e se enforcou. Não, vale lembrar, ele não fez isso porque me lembro de que por volta das dez e meia da noite a mãe de Andrea o fez sair para o posto de gasolina a fim de comprar filme para a câmera.

— Vá comprar agora e aí não teremos que passar todo o dia de amanhã nos preocupando com isso — dissera ela. Ele não se enforcou mesmo. De fato, sei o que ele fez porque entrei lá para fazer chá dez minutos depois e o encontrei organizando para nós uma corda com dois nós.

— Bem — disse a mãe de Andrea com a aversão assombrada de uma mulher cuja raspadinha não conseguiu produzir um prêmio —, deveríamos todos esperar que seja uma menina, se é isso o que você vai ensinar.

— Só me parece justo socializá-lo apropriadamente — eu disse.

A mãe de Andrea sorriu, embora se Andrea tivesse dito aquilo ela fingiria aversão. Muitas pessoas são áreas de passagem de ironias quando se trata de seus filhos.

— Por que você tem de ser tão desagradável? — ela teria dito, ao invés.

Entretanto, enquanto Andrea era incapaz de assistir ao coro da escola de São Irrelevante cantando "Lá fora na manjedoura" sem fazer ruídos de vômito quando o via na TV com sua própria mãe, conseguia fabricar alguns poucos "aahs", "ooohs" e "liiindos" quando via aquilo com a minha. Comigo acontecia o mesmo, na verdade. Eu tinha com a mãe dela todo tipo de hipocrisia que eu não desejava ter com a minha própria.

Andrea, claro, brigava terrivelmente com a mãe. Ela não queria fazer isso, queria o tipo de relacionamento próximo que se espera que mães e filhas tenham, o tipo que começa próximo e se torna cada vez mais próximo até um dia em que há um desvio terrível e a mãe entrega inteiramente sua existência física, mas continua vivendo tão vibrante quanto antes dentro da mente da filha. É um tipo de nascimento ao contrário.

O problema era que elas eram um pouco parecidas demais. Eram ambas muito ambiciosas e famintas por sucesso, mas a mãe de Andrea não achava que sua filha era ambiciosa o suficiente. Ela sentia um cheirinho do medo do pai em sua filha e concluía que era preciso uma boa dose de refresco moral.

— Então, quando você vai saber sobre esse projeto senegalês? — a sra. Ellis perguntaria.

— Não quero falar sobre isso, mamãe — diria Andrea, uma surpresa para mim, já que o único assunto que havia sido levantado em nossa casa nas últimas oito semanas era a inscrição de Andrea no projeto senegalês.

— Bem, talvez você *deva* falar sobre isso. Você não vai simplesmente esvoaçar para dentro da entrevista e fazer tudo acontecer imediatamente, espero.

Neste ponto Andrea explode e os investigadores encontram pedaços de todos nós a mais de dois quilômetros e meio de distância.

Embora eles sejam da classe trabalhadora, como meus próprios pais, têm atitudes que foram moldadas nos anos 60 — não os horríveis anos 60 dos *hippies* e dos protestos, do incenso e das cartas de tarô que deixaram cicatrizes no corpo físico de minha mãe, mas os brilhantes anos 60 iniciais, das possibilidades e das novas ferramentas de cozinha. Eles são abertos a novas experiências e idéias, desejando ser educados e educar, até mesmo ocasionalmente para falar palavrões na frente dos filhos.

— Quem é o garoto bonito então? — disse o pai de Andrea para o periquito, que o ignorou.

Fiz uma xícara de chá e nos sentamos com ela na frente de *Quem quer ser um milionário?*

— Só assisto isso porque não consigo acreditar o quanto os concorrentes são estúpidos — disse a sra. Ellis, que claramente adorava o programa. Nós somos o nosso entretenimento, embora ela não quisesse que aquele fosse visto como o entretenimento dela.

Observamos por alguns minutos antes que alguém, debatendo-se com ambição, tivesse falhado na pergunta de 250 mil libras.

— Haverá muito mais disso para você no futuro — disse o pai de Andrea, que obviamente havia terminado de arranjar os nós da corda num padrão de precisão militar. Não sei o que ele queria dizer. Muito mais dinheiro... muito mais o quê?

— Você não vai ter tempo para ver TV, vai estar muito ocupada com mamadeiras e fraldas — disse a mãe de Andrea. — Você vai decorar o quarto agora, ou vai esperar para descobrir se é um menino ou uma menina?

— Temos certeza de que o queremos, realmente? — eu disse sem pensar.

— Não há nada do outro lado — disse o pai de Andrea e todo mundo, para variar, o ouviu.

Nossa, pensei, dei uma boa deslizada freudiana aqui. Eu realmente queria que Andrea tirasse o bebê? Incrivelmente, eu jamais havia considerado isso. Dez anos antes, esse teria sido meu primeiro pensamento.

— Nomes — disse sua mãe —, que nomes vocês pensaram?

— Florence — disse Andrea.

Uma vez mais, a magnética atração entre mãos e sobrancelhas. Não pequena Florence, não a pequena neném floral Florence fofa e feia que amava coelhinhos e que meu id ou meu ego ou algo dentro de mim queria jogar fora com os restos clínicos?

— Um pouco antiquado, não é? — disse a mãe de Andrea. Isso vindo de uma mulher que havia olhado com superioridade para um berço numa noite estrelada e dissera "Eu te nomeio Andrea". Andrea! Um nome que parecia de papel higiênico.

— Coisas antiquadas são a última moda — disse Andrea.

— Se for um menino — disse a mãe dela —, gosto de Zak.

Grande idéia, pensei, chamá-lo de Zak. Assim que ele se desse conta de qual era o seu nome ele se jogaria embaixo de um ônibus.

— Mãe — disse Andrea —, não vai se chamar Zak. Não somos estrelas *pop* de terceiro time. Se for um menino, vai se chamar George.

— Não Boy George — disse o pai dela, que claramente não estivera ouvindo. Ninguém mais pareceu ouvi-lo.

— Nós pegamos uma lista de nossos nomes favoritos pela *web page* de seu pai — disse a mãe dela.

— Internet — disse ele.

Ela tirou um papel impresso de sua bolsa. Imaginei se havia um programa que pudesse impedir as pessoas de olhar *sites* nos quais elas não tinham o direito de estar.

— Leon Alfonso, que tal esse?

Mordi um Círculo de Nietzsche — uma edição especial, o buraco feito por Deus não era o ponto de interrogação normal, mas uma cruz. Eles fizeram estrelas de Davi e meias-luas também.

— Ou Hunter Lee. Pete e eu gostamos de Hunter Lee, não gostamos, Pete?

O pai de Andrea assentiu vigorosamente.

— Oh, não — disse Andrea.

— Evan Joseph? Tyrell Jacantha? — disse sua mãe, lendo a lista.

— Este não era um *site* americano da internet, era? — perguntou Andrea.

— Não sei — disse a mãe.

— Acho que Florence ou George seria bom — sugeri.

— E será chamada de Flo! — A mãe dela revirou os olhos.

— Gosto de Flo — falei.

— Oh, você *é* antiquado — disse a sra. Ellis. — Por que não dar a ele um nome criativo? Você sabe, homenageando alguém que você gosta ou algo assim? Qual é aquela banda que você adora?

Spandau Ballet. Você poderia chamá-lo de Spandau. — Eu não devia ter ficado surpreso com essa sugestão. A sra. Ellis estava freqüentando aulas de teatro amador e sempre houvera nela um leve toque teatral. Quando jogadores de futebol e outras pessoas de classe mais baixa dão a seus filhos nomes como Manhattan, ela diz, "Bem, acho que é bonito e diferente", o oposto do resto de nós que aproveita a oportunidade para olhar para eles de um jeito muito condescendente, muito embora não nos importemos com suas aparências/habilidades/dinheiro.

Andrea não adorava o Spandau Ballet desde que tinha dezesseis anos, mas sua mãe não havia captado a idéia de que seus gostos haviam progredido. Todo Natal tínhamos que dar de cara com algum pôster do Spandau Ballet, ou chaveiro, ou caneca. Não sei de onde ela os tira. Até mesmo o Spandau Ballet não deve ter essas coisas. Além do mais, é a intenção que conta, não é? Bem, sim, mas certamente apenas se for o tipo certo de intenção. Como Andrea havia lembrado.

— Ou Ballet — eu disse, me referindo ao nome da criança.

— Isso é bem moderno, não é? — disse sua mãe. — Ballet Dagman. Spandau Dagman. Ia chamar a atenção.

— As pessoas que têm filhos chamados "Ballet" ou "Chanel" são também o tipo de pessoa que chamam seus cachorros de "Armani" ou "Tyson" e recebem visitas regulares do Serviço Social — disse Andrea.

— Gosto de Armani para um cachorro — disse a mãe de Andrea. O pássaro foi sortudo de se livrar de "Percy".

O mais assustador era que ela estava falando sério. Não me importo em apontar que o objetivo de um nome é nomear, e não chamar a atenção. É a pessoa que tem de impressionar, não a forma como ela é chamada. Ter um nome incomum é o equivalente a usar uma gravata muito louca. A única vez em que usei uma gravata assim (um papai-noel psicodélico, comprado pela secretária), senti uma terrível responsabilidade de me redimir. Era como se eu estivesse tentando dizer "posso estar usando uma gravata esquisita, mas na verdade sou legal, não sou um idiota ou um médico residente". Um nome incomum faz a mesma coisa, você está sempre tendo que lidar com ele antes que você consiga lidar consigo mesmo.

— Quem é o garoto bonito, então? — disse a mãe de Andrea para o pássaro.

— Quem é o garoto bonito, então? — disse o pássaro.

— O que faz você pensar que ele se chamaria Dagman? — disse Andrea, tirando a atenção da mãe do pássaro. Ela não ficaria com meu nome quando nos casássemos, com o que eu havia concordado, embora claramente essa idéia fosse um tipo de passeata feminista. — Ele não teria que automaticamente ter o nome de Dag.

Houve um silêncio difícil, como aquele que segue um peido num funeral.

— Como mais ele poderia se chamar? — disse o pai.

O silêncio se aprofundou para aquele normalmente associado a momentos de grande luto nacional.

— Como mais ele poderia se chamar? — falei.

O silêncio se aprofundou ainda mais, para o tipo de silêncio que existe no centésimo de segundo antes de as armas começarem a disparar.

— Como mais ele poderia se chamar? — sua mãe atirou de volta.

— Ellis — disse Andrea. — Nosso nome.

— Não, não, não, não, não — disse o pai, como um capataz observando seu aprendiz favorito prender alguma coisa da maneira errada.

— Por que não? — disse Andrea. — Ellis é um nome mais bonito que Dagman.

— Bonito não tem nada a ver com isso — disse a mãe dela, firmemente. — É apenas o jeito que as coisas devem ser.

— Por quê? — perguntou Andrea.

— Eu não faço as regras — disse a mãe, como se dissesse que ela não iria sair vestida daquela maneira.

Isso era muito similar à minha discussão com ela sobre o *lounge*. Eu dissera que se chamava *lounge*, ela que se chamava sala de estar.

— Bem, as coisas são apenas o que você as chama, não há nada que torne isso mais um *lounge* do que uma sala de estar. Se todo mundo a chamar de crocodilo, é um crocodilo — eu argumentara.

— Não, não é — disse a mãe dela —, espera-se que se chame de sala de estar.

— Por quem?

— Deus — repondeu —, a fonte de toda a autoridade.

Então aí está, Deus diz sala de estar. Se você quiser saber qualquer outra de suas opiniões, pergunte a Audrey Ellis.

— Como você se sente a respeito disso, Dag? — indagou ela.

— Melhor esperar para ver. — Não havia frase mais fácil para cobrir minhas verdadeiras emoções, então apertei o botão de superficialidade.

— Esperar para ver o quê? Se ele chega com um nome numa etiqueta no fundo do casaquinho? — disse o pai de Andrea. Isso me fez rir, e Andrea e sua mãe me olharam de cara feia. Tive a sensação de que elas não queriam que ele fosse tratado como um ser humano, para o caso de ele se acostumar com isso e começar a tomar liberdades.

— Vamos ver como nos sentimos na hora — disse eu.

— Não, o bebê precisa saber agora — interveio a mãe de Andrea. — Ele precisa se certificar de sua identidade. Eles podem ouvir no útero, sabe.

Pela terceira vez minha mão subiu para ajeitar os pêlos de minha sobrancelha. Esperei que ela não conseguisse me escutar anunciar minha traição para a mãe dela.

Quem quer ser um milionário? havia terminado e as notícias estavam no ar. Fora um dia fraco para o sofrimento do mundo e a equipe do noticiário estivera claramente cavando por aí em busca de desprazeres para nos entreter. Havia algo sobre como crescer com a família de um dos pais afeta a saúde da criança.

— Podemos desligar isso? Está me deprimindo — disse Andrea. — Não posso nem mesmo pensar sobre isso com o bebê dentro de mim. — Ela passou a mão na barriga. — Sinta, mãe, acho que está se mexendo!

— Não nessa época, querida — disse a mãe dela, sorrindo indulgentemente.

— É o bastante — disse eu, mudando o canal para *Destino de família*. Assistimos em silêncio respeitoso enquanto os bovinos Jones enfrentavam os asininos Smith. Por causa disso é que não gosto deles, você consegue perceber que havia um laço de companheirismo em cada família. Aquilo se mostrava no rosto deles. Eles genuinamente amavam uns aos outros, tinham as esperanças dos outros, sonhavam os sonhos dos outros, viviam o declínio e a ascensão da vida moderna juntos, se sentiam glorificados quando as raspadinhas de cada um rendiam frutos em dinheiro, esvaziavam quando não o faziam. Era um pouco assustador na verdade.

— Você vai conseguir entrar para isso logo, logo — disse o pai de Andrea. Nenhuma das mulheres prestou atenção nele, embora eu tivesse prestado.

— Andrea — disse eu —, podemos ter uma palavrinha em particular? — Agora ou nunca, pensei. Eu já estava com o número do hotelzinho de Henderson em meu bolso, se precisasse de um lugar para ficar.

Uma cena veio à minha mente. Era o dia de nosso casamento. Andrea estava acariciando o cavalo em frente à carruagem. Em meu bolso eu podia sentir o peso morto de um revólver de alto calibre.

Eu estava andando para a frente, colocando o revólver na cabeça do cavalo.

— Vou só mostrar a mamãe as fotos do vestido de casamento, podemos falar depois?

Eu estava prestes a dizer "Não, é melhor fazermos isso agora" quando o pai dela me interrompeu.

— Realmente, essa poderia ser uma boa hora — disse ele. — Preciso ter uma conversa particular com você, Dag.

Ele se virou para as mulheres.

— Vocês podem nos dar uma hora? Isso pode levar um tempo. Conversa de homem para homem.

Não gostei do tom daquilo.

— Quanto você quiser — disse a sra. Ellis, sem curiosidade. Acho que ela havia desistido pensando que ele não poderia ter nada *tão* significativo para dizer anos atrás. Como se viu, ela estava enganada.

8

Terminando com a coisa

— Xícara de chá? — perguntei ao pai de Andrea enquanto ele casualmente encaixava uma cadeira sob a maçaneta da porta para evitar que ela fosse aberta.

Ele gesticulou com o caneco ainda meio cheio que tinha na mesa. Terminei o meu e então liguei a chaleira, aproveitando a chance para inspecionar a lata de biscoitos. Vazia. Eu havia olhado naquela manhã e estava certo de que ainda havia alguma bolacha, mas mal havia virado as costas e eles haviam ido embora. Eu estava faminto.

— Então, uma conversa de homem para homem — sugeri. — Parece ameaçador. — A conversa de homem para homem é normalmente o tipo onde um homem mais velho que pensa que sabe tudo tenta apontar para um homem mais jovem que pensa que sabe tudo que ele não sabe tudo. Não saboreio um enredo tipo "o benefício de minha sabedoria de se tornar um pai" como em alguns filmes sentimentais.

— É ameaçador — ele estava muito sério. — Andrea — disse ele numa voz levemente mais alta que o normal. — Andrea.

— Ela não vai ouvi-lo com a televisão ligada — falei.

— Era o que eu estava testando.

Parei de mexer os saquinhos de chá no bule e dei a ele minha atenção, ainda ciente do fundo de meu estômago que suplicava por um biscoito.

O sr. Ellis fungou e tamborilou os dedos na mesa. Dedos de peixe, pensei. Não tinha visto isso em todos aqueles anos. Sanduíche de filé de peixe.

— Vou lhe dizer agora algo que você não deve contar a ninguém. Se isso algum dia vazar, mato você. — Houve um relâmpago dentro da minha cabeça, não sei por que, dizendo que eu jamais gostara de sanduíche de filé de peixe desde que eu comera três de uma vez quando estava bêbado, e me senti culpado por desviar o assunto em questão. Não que eu já soubesse qual era o assunto, além de ele ameaçar me matar. Até aquilo me levou novamente para o McDonald's. Sou de Portsmouth, uma cidade marítima. Visitar estabelecimentos de *fast food* na minha juventude depois dos *pubs* havia solidificado o que podia ser descrito como "formação de caráter", particularmente quando os marinheiros estavam na cidade. — Você consegue guardar um segredo?

Essa é uma pergunta um tanto ou quanto estúpida, na minha cabeça. Se você é o tipo que gosta de espalhar fofoca é claro que você não vai dizer "não".

Eu deveria ter dito a ele para não acreditar em mim. Guardo segredos como velhas senhoras guardam capsulas de balas de canhão detonadas — estritamente para exibição. Posso ver agora por que as pessoas quase sempre confessam seus pensamentos mais cuidadosamente guardados não para aqueles mais próximos a eles, mas para estranhos. A informação que poderia queimar um ser amado pode apenas chamuscar um estranho. Este é o papel do terapeuta, ou do analista, às vezes até mesmo do padre. Eu não era um estranho para o pai de Andrea, mas era a pessoa próxima que estava longe o suficiente dele para fazê-lo se sentir confortável falando sobre seus sentimentos. Eu sabia que ele não gostava de mim de verdade, mas de uma maneira complicada. Ele não me achava um idiota completo ou que eu era um canalha para a filha dele, havia apenas algo desagradável em mim que ele não conseguia apontar.

— É sobre o bebê. Posso não viver para vê-lo nascer — disse ele e apertou os lábios como se já tivesse falado demais e estivesse se esforçando para manter qualquer coisa mais reveladora lá dentro. Inspirei e expirei, subitamente me sentindo muito culpado pela atenção reduzida que vinha prestando a ele.

Ele parecia tristemente fora de lugar na cozinha, como se o alumínio do fogão, o vazio das paredes, o vidro metalizado dos armários tivessem todos sido criados para ofendê-lo, como se Andrea e eu tivéssemos dito, "Olhe para esses belos móveis modernos, seus móveis de padrão floral e sua vida não significam nada." Eu sabia que ele diria que deveríamos fazer nossa própria escolha no *design*, mas o fato de ter me contado uma coisa tão pessoal num ambiente que eu sabia que ele odiava e não entendia fez a rejeição parecer ainda mais enfática. A cozinha parecia subitamente precisar de um prato de sobremesa com o desenho de uma samambaia para fazê-lo ficar confortável. Ao menos havia a incongruente mesa de pinho em que estávamos sentados, pensei. Eu nunca deveria ter deixado Andrea me colocar naquilo.

— Minha nossa — eu disse, que era uma das coisas que o terapeuta sempre me recomendava dizer, mas nesse caso era de coração.

— Parece que tenho uma doença muito ruim, do pior tipo. — Não falei nada, só fiquei olhando para ele. Ele olhou de volta.

— Câncer? — ofereci, depois de um tempo.

— Não. Bem, sim. De um certo tipo.

Ele obviamente não ia ser sociável nesse departamento e eu não queria partir para as vinte perguntas do jogo "*Adivinhe minha vingança*", então simplesmente recorri a olhar para o espaço, ou, mais precisamente, para o relógio. Nove horas.

— Andrea não sabe e nem a mãe dela. Se for o que estão pensando que é, então minhas chances não são nem um pouco boas. — Ele colocou a mão na cabeça. — É uma grande pressão. — Pude vê-lo lutando contra o medo.

Tenho em minha mesa do escritório um administrador de estresse bem cômodo. É uma pequena placa dizendo: TODOS NÓS VAMOS MORRER. A idéia de que qualquer coisa que você diga e faça no fim das contas não vale nada é muito calmante para mim. De alguma maneira, entretanto, não parecia bem um alívio se você realmente *ia* morrer. Sinto-me bastante confortável com as idéias, é da realidade que não gosto.

Assenti enquanto o sr. Ellis enfiava a cabeça entre as mãos. Lembro de ter pensado, estranhamente, que a postura dele não tornaria seu estado de espírito nem um pouco melhor e que ele devia se sentar direito. Esses pensamentos errantes não significam que eu não sentisse simpatia por ele, longe disso, só significavam que tinha pensamentos pouco apropriados, o que sempre tinha. A única coisa que me passou pela cabeça quando minha primeira namorada, uma vegetariana, terminou comigo, o rosto lívido como o de uma prostituta esbofeteada enquanto ficávamos mudos do lado de fora do McDonald's, foi "fico pensando se essas batatas que ela está comendo foram fritas em gordura animal". Lá vamos nós, McDonald's novamente.

Mas sinto pelo pai de Andrea, mesmo que eu não o conhecesse, mesmo que ela não o conhecesse de verdade. Não pode ser fácil confrontar a certeza da morte numa cozinha fria com um parente que é um pouco mais do que uma idéia para você.

— Mas você tem alguma chance? — perguntei.

— Sim — disse ele. — Há um tratamento, mas é muito demorado e doloroso e as chances de sucesso não são boas, não sei se vou conseguir encarar isso. Mas tenho que enfrentar, pelo bem de Andrea e pelo de Audrey.

— Você ainda não começou o tratamento?

— Tenho sessenta e cinco anos, há uma lista de espera. — Eu me lembrei que o tratamento recomendado pelo Serviço Nacional de Saúde para qualquer pessoa acima da idade de sessenta são as palavras "Bem, você teve um bom ciclo de vida".

— Por que não tenta um tratamento particular?

— Eu teria que vender a casa para pagar o tratamento e não há garantia que funcionaria.

— Então venda.

— Não vou deixar Audrey morar em algum tipo de barraco. E quero poder deixar algo para ela. — Ele acenou tristemente com a cabeça na minha direção. — Olhe, foi isso que matou meu pai. Sei o que é e... tenho medo das conseqüências. — Essa admissão de medo era obviamente algo muito difícil para ele, que nem mesmo conseguia olhar para mim, só se sacudia na mesa, que estava levemente irregular.

Eu nunca o vira assim antes. Só havia apertado sua mão três vezes ao ano, a conversa cuidadosa sobre esportes — ele gostava de golfe, então podíamos falar sobre isso, mesmo se eu sentisse que era uma extensão de minha vida profissional. Mas aquela coisa coração-para-coração era diferente. Curiosamente, me lembrou de quando se faz sexo pela primeira vez. Você fala sobre isso e mitifica a coisa por tanto tempo antes, mas quando acontece, ainda assim não é nada do que esperava.

A realidade derrota qualquer imaginação. Eu não podia aconselhá-lo aqui. Não há meio de efetividade pessoal para a doença terminal, para aumentar seu potencial quando você não tem potencial. Hoje em dia, pensei, claro que o McDonald's tem um cardápio cheio de opções vegetarianas, incluindo refeições indianas. Eu não podia acreditar que estava pensando naquilo.

— Sinto muito — eu disse. Inadequado, mas verdadeiro.

O avô de Andrea, eu sabia, havia morrido de algum tipo de câncer no intestino. Pela primeira vez a realidade me atingiu e olhei para este homem triste, assustado, talvez moribundo — pálido e careca e querendo ajuda mas sabendo que ninguém viria.

— Essa coisa está acabada — disse ele.

— Como?

— Sua mesa foi montada por um *cowboy*. Não está equilibrada, veja. — Ele deu pancadas nela de lado a lado para demonstrar as pernas desiguais.

— É original da França, do século XVIII.

— É originalmente mal montada.

Não diga "como eu", pensei, simplesmente não diga "como eu". Eu não o queria parecendo um drama ruim da BBC. Não que dramas ruins da BBC não peguem o jeito que as pessoas falam. Eles pegam e é deprimente pensar que as pessoas são capazes de dizer coisas tão banais.

— Você vai precisar retirar essas pernas e colar um suporte aí. Quanto custou essa peça velha?

— Oh, duzentas libras. — Havia custado 850 libras.

— Você foi roubado. Pode conseguir algo exatamente assim na B&Q por umas 75 libras.

— Você estava — eu ia dizer morrendo — falando sobre sua doença?

— Sim — disse ele, ainda dando pancadas no lado de baixo da mesa. — Diz na internet que há uma cura em vinte depois de cinco anos. Não é muita chance.

— Não, mas *é* uma chance. Não vejo como eles podem fazer esse tipo de cálculo, de qualquer forma. Poderia apenas ser cinco por cento, mas se você está dentro desses cinco por cento, então para você é cem por cento, e seria louco se não tentasse.

— Peguei o desgraçado — disse o pai de Andrea, puxando um pequeno bolo de jornal que estava obviamente segurando uma das pernas para não chacoalhar. — Aí está você. *Daily Star* francês do século XVIII. Você tem que pegar aquele desgraçado de volta.

Eu sempre havia presumido que o pai de Andrea havia sido chicoteado por sua mulher para fazer trabalhos ocupacionais constantes, mas aqui estava ele fazendo isso por sua própria conta. Talvez seja isso o que uma vida inteira de treinamento faça. Ou talvez ele gostasse disso mas também fingia não gostar.

Ele atirou o jornal na mesa.

— Creio que não corri riscos suficientes em minha vida — disse ele. — Não como você.

— Não corri nenhum risco — expliquei. Tive uma sensação engraçada de que não ia quebrar aquele registro orgulhoso naquela noite também. Saindo da cozinha, pesado com as novidades da doença de seu pai, admitir minha traição para Andrea não era algo que eu realmente fosse saborear. Não sabia como algum dia poderia ser claro com ela, dadas as condições de seu pai. No jogo de trunfos, Cat *versus* Andrea, elas haviam estado pescoço a pescoço. Andrea havia descolado um pai moribundo, então, e não parecia que Cat fosse ter qualquer tipo de resposta.

Realmente isso não deveria ter feito nenhuma diferença, mas fez.

— Os negócios. É um risco sair de um emprego sólido.

— Sempre posso voltar.

Ele assentiu.

— As coisas são diferentes hoje em dia, creio.

— São. — Eu tinha uma necessidade poderosa de dizer algo para confortá-lo.

— Você vai ficar bem — incentivei, colocando minha mão em seu ombro para acalmá-lo.

Ele olhou para a minha mão como se fosse a mão da própria morte.

— Por favor, não — disse ele.

— Sinto muito — repliquei, removendo o membro ofensivo.

— Não, não sinta. É só que já é difícil o suficiente falar sobre essas coisas sem isso.

— Sim — falei. Parecia que era suficiente lidar com um problema com sentimentalismo, sem ter que ser tocado também. — Há alguma coisa que deseja que eu faça? Quando vai contar para a família? — pronunciei a palavra com F. Eu nunca havia realmente me visto como parte de uma família antes, mesmo que tecnicamente eu fosse. Dei-me conta de que o que quer que eu pensasse, qualquer fantasia de liberdade que tivesse, era irrelevante. Eu havia sido parte da vida de Andrea durante anos, dividindo os bons momentos e os maus. O fato de não ter me casado com ela era irrelevante, eu pertencia a ela para o melhor e o pior. O amor era irrelevante, havia algo mais — o que eu devia a ela depois de oito anos. Responsabilidade, creio. Ela precisava de mim, Cat precisava de mim, mas a exigência de Cat não era tão forte, eu não estava amarrado em sua vida da mesma maneira. Eu cuidaria de Cat o melhor que pudesse financeiramente e ainda a amaria, mas eu sabia, olhando para a face cinzenta do sr. Ellis, que eu tinha responsabilidades mais profundas com Andrea.

— Não quero que elas saibam até que seja absolutamente necessário, é mais do que Audrey poderia suportar — disse ele.

Lembrei-me do rosto da mãe de Andrea quando havíamos estado pela última vez na casa deles. Ela estava quieta, sem escutá-lo mas deixando-o falar. O minicruzeiro para Bilbao, a ausência de pressão para a melhoria da casa, os finais de semana fora. Ela sabia. Você não vive com alguém durante quarenta anos sem saber coisas como aquela, mesmo que nunca tenha permitido a ele uma palavra em outra direção. Preste atenção, o que eu sabia sobre como eles eram quando não estávamos lá? As pessoas se apresentam de maneira diferente quando têm convidados. Ela deve ter sido um modelo de consideração em todas as outras horas.

— Sem querer ser mórbido, sr. Ellis, mas há algo que o senhor gostaria de colocar antes de morrer?

Por um minuto achei que ele pensou que eu estava falando sobre a mesa, perguntando se ele se importaria de terminar o trabalho antes de uma viagem sem passagem de volta no Barco dos Milhões de Anos (*copyright* antigo Egito e enciclopédia CD-ROM que eu havia pesquisado em meu *laptop*).

— Como o quê?

— Há alguma coisa que você gostaria de dizer a alguém ou tirar de seu peito?

— Escrevi cartas.

Imaginei o que elas diriam, se seriam como todos aqueles bilhetes que o pai de Henderson costumava deixar pela casa. Ele havia passado anos ignorando sua família e fazendo o que queria. Na sua velhice teve a cara de pau de ficar surpreso porque ninguém o amava. "Sangramento no nariz ontem, quatro horas. Acho que minha hora está chegando. Ninguém liga. Tão sozinho", diziam os bilhetes. Lembro-me do embaraço agudo de ver Henderson segurando-os e ridicularizando-os na minha frente.

— Tudo o que ele teria de dizer era sinto muito, em vez de ficar deixando bilhetes estúpidos — disse Henderson. De fato isso não é verdade, mas teria sido um começo.

De muitas maneiras o sr. Ellis havia sido o pai modelo. Em vez de nunca falar com sua mulher ou filha — um descuido que qualquer um poderia cometer — ele tinha muito pouco para reprovar em si mesmo.

— O senhor... — eu ia dizer que ele havia sido um bom pai, mas pensei que seria melhor deixar pelo não dito. Aquele tipo de franqueza é para outra geração de homens, provavelmente a que vem depois da minha.

— Só cuide delas. Elas são as minhas garotas. — Lágrimas apareceram nos seus olhos e ele se curvou para a mesa com o tufo de papel para tentar recolocá-lo entre a perna e a coisa que estava mais perto dela.

— Não se preocupe — falei. — Não se preocupe com isso.

Não havia saída. Em algum ponto de sua vida Deus diz a você: "Achou que você era um canalha egoísta? Bem, tente isso." Eu havia sido reprovado no teste. Algo em mim não era suficientemente egoísta. Pensei que devia ter me sentido feliz, mas uma pessoa verdadeiramente egoísta não teria experimentado os níveis de preocupação que estavam queimando dentro de mim. Eu ia fazer o que era certo, ou menos errado, mas não achei aquilo um consolo, fosse qual fosse.

Eu teria de sacrificar Cat.

9

Movimento lésbico

De uma maneira engraçada, Cat não conseguiu me ver na semana seguinte à que o pai de Andrea anunciou sua doença. Estava fora da cidade, cobrindo uma conferência em Frankfurt.

— Por que Frankfurt? — eu havia perguntado.

— Para a conferência ou essa é alguma espécie de pergunta global, filosófica?

Eu entendia o que ela queria dizer. Quando as pessoas tiverem resolvido o problema "Qual é o significado da vida?", elas vão se mover para a grande questão: "Por que Frankfurt?" Uma vez que soubermos a resposta para isso, tenho certeza de que vamos ter uma iluminação sobre toda a condição humana.

Eu me sentia um tanto aliviado. Isso me permitiu tomar mais tempo para contar a ela. Claro que havia o problema de que ela iria querer falar com Andrea sobre o quanto eu fora canalha, mas esse era um risco que eu teria de correr. De fato pensei em dizer a ela que Andrea já sabia, mas decidi que só iria mentir mais adiante se realmente tivesse que fazê-lo, e apenas pela mais nobre das razões — isto é, salvar minha pele.

Eu realmente sabia que Cat tinha um coração muito bom. Uma vez que a tivesse colocado a par do que estava acontecendo com o pobre sr. Ellis, eu duvidava que ela fosse querer aborrecer Andrea ainda mais. Ela não a culparia por tudo isso, culparia a mim. Entretanto, havia a suspeita perturbadora de que Cat não iria simplesmente dizer "vá e nunca mais suje meu edredom". E se ela quisesse que eu ficasse? Bem, como o general Patton, eu teria de explodir aquela ponte quando chegasse a ela.

Ela certamente parecia ter mudado sua atitude frente à gravidez desde as lágrimas na Ponte de Westminster. Ali ela não tinha certeza de que queria o bebê — afinal de contas, só me conhecia há alguns meses. Um aborto, entretanto, não estava nos planos. Ela descobrira que estava grávida de cerca de quatro meses quando fora ao médico, porque havia perdido muitos períodos menstruais. Ela disse que nunca lhe ocorrera que pudesse estar grávida, porque estava tomando pílula. Aquilo deu a ela oito semanas, mais ou menos, se quisesse dar fim à gravidez, mas ela não sabia se conseguiria passar por aquilo, principalmente porque, como se revelou, já fizera um aborto aos dezesseis anos.

— O que aconteceu? — eu havia perguntado.

— Foi só uma dessas coisas, sabe, essas festas que você vai quando tem essa idade onde todo mundo simplesmente fica com todo mundo.

Não, eu não sabia, embora tivesse passado a maior parte da minha adolescência tentando ser convidado para uma.

— Foi só uma rapidinha, a minha primeira vez. Não achava que pudesse engravidar da primeira vez.

— Isso chateou você?

— Não tanto quanto se tivesse tido o bebê. Ele teria oito anos agora. Você pode me ver com uma criança de oito anos? — Ela gesticulou na direção das paredes de papelão de seu apartamento. Então ela olhou diretamente para o meu rosto. — Você acha que eu devia fazer um aborto? — perguntou.

— Acho que é uma decisão inteiramente sua — eu tinha dito. Uma das vantagens de ser o tipo de homem moderno que sou é que você pode mascarar a covardia ou a indecisão atrás da preocupação com o direito da mulher de escolher. Eu me preocupava por ela, claro, mas estaria ferrado se precisasse saber o que queria que ela fizesse.

Achei que ela havia respondido sua própria pergunta, já que ela havia parado de fumar e beber.

Aquela semana também me viu decorando o quarto reserva, pronto para nosso novo hóspede que estava chegando a Hillingdon.

Eu originalmente tentara resistir a enfrentar ainda outro acréscimo à nossa família, mas Henderson havia me persuadido.

— Você sabe que estou ficando num hotelzinho por enquanto, à custa da empresa? À *sua* custa, para colocar numa linguagem que você entenda — dissera ele, como um adolescente enfatizando a lógica total de ter permissão para pegar emprestado o carro da família.

— Sim — eu disse, como o pai do adolescente que havia trabalhado muito duro para ser capaz de se permitir ter aquele exato carro.

— Bem, está custando 120 libras por noite.

— Esse hotelzinho não tem a palavra "Ritz" escrita do lado de fora dele e cinco pequenas estrelas brilhando na porta de entrada, tem? — Eu falei. Eu não podia ver, naquela hora, onde ele queria chegar.

— Não é um barraco — disse Henderson —, mas também não é luxuoso. Você não consegue ficar no Ritz por 120 libras a noite.

— Hummm. — Para mim hotelzinho significava 17 libras a noite, piolhos como acompanhamento e não se preocupe com a umidade, está lá por natureza.

— Acho que é uma despesa desnecessária — disse Henderson.

— Estamos de total acordo, meu caro amigo.

— Acho que deveria me mudar para seu quarto de hóspedes.

— Estamos de total desacordo, meu caro amigo. — Eu sabia que Andrea não ia querer Henderson tropeçando pela casa quando tivéssemos um bebê no caminho.

— Veja as vantagens — disse ele.

— Tudo bem — fiz uma pausa. — Não, não há nenhuma.

— Economizaria dinheiro e, se a merda voar para o ventilador entre você e Andrea, você vai ter alguém lá para argumentar a seu favor. — Ter Henderson argumentando a meu favor seria como ser defendido numa acusação de assassinato por Norman Wisdom, o comediante.

— Não — repeti. — E não estávamos discutindo meus problemas?

— Oh, vamos lá — disse Henderson. — Por favor. — Ele tinha um olhar em seu rosto como os contadores de histórias de crianças fazem quando dizem "E então, crianças, o filhote morreu".

Enquanto posso ser bastante obstinado contra argumentos razoáveis, há algo sobre humilhação sincera que é garantido para minar a fortaleza da resolução de Dagman.

Também, no fundo da minha mente, bem em cima do pátio mental mas antes do lago de peixes mental, vi brotar a erva daninha de uma idéia. Até onde eu sabia, ele não havia tido contato com Cat por algum tempo, mas eu havia esquecido a quantidade de baba que ele havia mostrado quando havia sugerido se juntar com Cat. Se eu o mudasse para minha casa, seria capaz de ficar de olho nele.

— Oh, está bem, então vou perguntar a Andrea.

— Bommm — disse Henderson. — Levo minhas coisas no sábado.

— Ainda não perguntei a ela.

— Liguei para ela hoje — disse Henderson.

Parecia que mais e mais eu estava sendo colocado à margem de tomar qualquer decisão importante na minha própria vida. Em condições normais, como qualquer homem com respeito próprio, isso teria me preenchido com uma grande quantidade de satisfação e me permitido me concentrar no sério trabalho de curtir a mim mesmo. Essas, entretanto, eram condições bem longe do normal.

— Vou pegar todas as minhas coisas do hotel no sábado e colocar meu pé embaixo da mesa bem cedo na próxima semana.

Pé embaixo da mesa?, pensei. Eu não estava tão certo de que gostava do som daquilo.

No sábado de manhã ele chegou pontualmente mas, assim que saiu de seu Range Rover Autobiography (é assim que é chamado, confira se não quiser acreditar em mim), notei uma grande e não identificada massa comprimida no banco do carona ao lado dele.

— Oi — disse Henderson. — Aqui estamos nós, como está você www. Dag? — Ultimamente ele estava dando o melhor de si para incorporar a linguagem da internet em sua conversação, bem uns dez anos depois de todo mundo. Eu ainda estava me revirando por causa de ele ter dito aos representantes "Vou sair para uma videoconferência individual, ou, como costumamos dizer na profissão, 'trocar o óleo da torre'", uma semana antes, quando estava saindo para o banheiro. Eu estava feliz pelo fato de que as possibilidades obscenas de "se conectar" ainda não houvessem ocorrido a ele. Henderson dizia que este "uso diário da linguagem de internet" fazia parecer que sabíamos sobre o que estávamos falando, embora eu argumentasse que aquilo nos fazia parecer vítimas alucinadas de ácido.

— Tudo bem — eu disse, enquanto a massa no banco do carona abria a porta e pisava no cascalho.

— Ah — disse Henderson. — Dag, este é Dave, o Lésbico.

Olhei para a enormidade de *blazer* branco, as calças pretas volumosas, a estrada formada pelo cinto branco, os cabelos encaracolados à la McEnroe, os mocassins que pareciam botes salva-vidas. Dave, o Lésbico, era o que no mundo da Liga de Rugby profissional se chama de "parrudão" e, no mundo de qualquer outra coisa, uma "monstruosidade física".

— Encantado — disse Dave, estendendo uma mão do tipo normalmente mais encontrado entre os inimigos de Godzilla.

— Encantado — falei de volta. Adquirir traços lingüísticos é o tipo de coisa que nós consultores recomendamos se você quer lidar com as pessoas. Na prática isso irrita todo mundo, mas aqui me encontrei fazendo isso instintivamente. O aperto de mão do

Lésbico era leve e confortável — eu estava esperando um esmagamento. Ocorreu-me que ele poderia realmente *ser* um Lésbico, mas afastei o pensamento como politicamente indesejável. Andrea havia me ensinado o suficiente para saber que quando se encontra um naco de dois metros de altura, 120 quilos e músculos afeminados, usando um fino bigode e a sombra de uma barba por fazer, o homem cuidadoso meramente se preocupa com as cadências mais agradáveis de sua conversação.

Eu estava certo de que Dave não podia ser fêmea, embora não seja do tipo de estereotipar.

Fiquei de pé numa posição levemente inclinada à frente, sobre os calcanhares, a mão na altura do rosto com as palmas na direção de Henderson e o Lésbico. Minha postura, se não minha voz, disse: "Por que ele está aqui?"

— Dave está me ajudando por alguns dias — disse Henderson. — Tive alguns problemas para tirar minhas coisas de Julie e houve uma bela de uma cena com dois dos rapazes dela. O Lésbico me ajudou a lidar com o problema e vai ficar por perto para o caso de voltarem para a sobremesa.

— Segura aí um minuto — disse eu. — Pelo que estou entendendo, não apenas você está se mudando para a minha casa, mas está trazendo um segurança, pago pela nossa empresa sem dúvida, para o caso de sua mulher tentar mandar alguns brutamontes rondarem a casa de minha noiva grávida, a fim de dar-lhe a surra que você tanto merece. Não apenas isso, mas está querendo usar palavras como "voltar para a sobremesa" como algum tipo de pantomima suburbana.

— Não dramatize as coisas — disse Henderson. — Dave é um especialista, eles não vão tentar nada com ele aqui. De qualquer forma, Julie não sabe onde estou.

— Como vocês se conheceram?

— Ironicamente, nos conhecemos através de Julie — disse Henderson. — Eu malho agora na academia do Lésbico.

— Você é um gângster? — perguntei a ele, súbita e ridiculamente encorajado pela sensação de meu próprio cascalho sob meus pés, a casa de um inglês é seu castelo, e tudo isso.

— Não — o Lésbico sorriu.

— Agradeço a Deus por isso.

— Não preciso de uma gangue — disse ele.

— O quê?

— Só estou brincando. Dirijo uma academia, é tudo. O trabalho de proteção é estritamente temporário. Estou ajudando H porque eu gosto dele. — Sua voz pareceu incomumente educada para um brutamontes profissional. Havia nele algum tipo de som fanhoso da Europa Central que eu não conseguia localizar.

H? Talvez Henderson fosse um gângster.

Minhas suspeitas nessa área não foram aliviadas pela visão de Henderson tirando uma arma de trás de seu Autobiografia. Eu a reconheci como aquela que ele havia comprado quando havia desenvolvido uma breve mania de fazer tiro ao alvo no final dos anos 90.

— O que é isso?

— Segurança dobrada — disse Henderson.

— Pelo que estou vendo, você pode antever uma situação onde você estaria descarregando armas de fogo em minha propriedade?

— Apenas numa emergência — disse Henderson com uma piscadela.

— Ah, então tudo bem.

— Não vou carregá-la e vou mantê-la fora do caminho.

— Faça isso — aconselhei.

Henderson havia levado a arma de fogo para cima, colocou-a sob sua cama e estava em sua quarta viagem carregando coisas. Fiquei me perguntando por que ele quis trazer seu prêmio Grande Encontro Alemão de Carros — Tacada de Golfe Mais Casual com ele, quando Andrea apareceu.

Passado o enjôo matinal, diminuído o entusiasmo pelo trabalho, ela estava para cima e para baixo no sábado de manhã, fazendo tarefas caseiras. Devo dizer que a gravidez fazia bem a ela. Seus cabelos estavam brilhando, a pele corada, ela parecia com uma cor saudável. Estava num extraordinário bom humor também, mesmo quando Henderson a importunou sobre suas luvas de limpeza.

— Que bom que você está de luvas, Andrea. Aprovo isso — disse ele —, mas só não entendo uma coisa.

— O quê? — perguntou ela, jogando algumas bolhas de sabão em mim.

— Enquanto mulher, o que você está fazendo fora da cozinha?

— Alguma coisa além de ser a única fonte de renda desta família? — Ela estava se levantando e abaixando suavemente em seus dedos dos pés, como um esgrimista esperando para dar uma estocada.

— Sim.

— Gestando um bebê, na verdade. — O balanço estava ficando mais rápido. — Acho que eles se desenvolvem melhor ao ar livre.

— Oh, então tudo bem — disse Henderson.

— De qualquer forma, o que está fazendo aqui? Não vai encontrar uma parceira para a vida toda em nossa rua.

— Ele está bem aqui — disse Henderson, numa ofensa zombeteira.

— Tem certeza de que só vai ficar aqui pouco tempo? — perguntou Andrea.

— Claro — respondeu.

— Por que não acredito em você? — Ela ainda estava se balançando, mas havia pegado a toalha de mesa do ombro e segurava uma ponta em cada mão, torcendo-a bem. Conhecendo Andrea, reconheci os presságios de uma crescente tensão sexual. Eu ia dizer elevação de tensão sexual, mas elevação vem antes de crescente e ainda está dentro da fase de satisfação. Claramente a toalha de mesa torcida está embaixo na lista de indicadores de crescimento — especialistas em comportamento humano tendem a prestar atenção na dilatação das pupilas, na postura corporal e nas palavras "tá a fim de dar uma trepada?" como sinais de atração, antes de mencionar comportamentos estranhos com acessórios de cozinha comemorativos do casamento real.

Entretanto, eu conhecia bem Andrea e, enquanto observava a face contorcida da duquesa de York nas mãos dela, tive a vil suspeita de que com Henderson e a Lésbica fora do caminho, para mim seria a volta ao trabalho monótono do leito conjugal. Cat eu havíamos estado ali como bilionários, como minha mãe costumava dizer, Andrea estava estalando o chicote (literalmente, em uma ocasião) e eu já tinha tido o suficiente. Não era uma questão de performance sexual tanto quanto de performance física. Eu havia esgarçado um músculo no meu abdômen e meus peitorais se sentiam como depois daquela vez em que havia me juntado a Henderson na ginástica. Para resumir, sentia como se estivesse caindo aos pedaços.

Além do mais, pensei, calos nos lábios. Embora não fosse com a calosidade dos meus lábios que eu estivesse preocupado. Sempre me lembrava de que homens da minha idade lutavam e morriam na última guerra, que direito tinha eu de reclamar de qualquer coisa? Então me surpreendeu o pensamento de que, de fato, homens da minha idade eram dispensados do serviço por causa da idade na última guerra. Esse era um pensamento tranqüilizante.

— Uma vez que ele colocar os pés sob a mesa, tenho a suspeita de que eles ficarão lá por um longo tempo — disse Andrea, revirando os olhos teatralmente.

— Você tem alguma dúvida, minha grande dúvida? — falei, olhando dentro de uma bolsa preta de Henderson que parecia conter principalmente meias com monogramas.

— Sim, tenho, seu desgraçado! — Ela correu para mim, me batendo com a toalha de mesa. — E você não lavou a louça na noite passada. — Ela estava me perseguindo em torno do carro de Henderson, batendo em minha bunda.

— Eu quis, e todos sabemos que o que vale é a intenção — repliquei, fazendo uma virada muito rápida no eixo em torno do espelho retrovisor de Henderson.

— Entre a intenção e o ato cai uma sombra — disse ela, me batendo de novo. Aquilo havia passado num programa sobre poetas modernos que havíamos assistido na noite anterior.

— Entre a refeição e a louça lavada cai um documentário — respondi, me virando e rosnando para ela. Ela deu um berro e correu para o outro lado e começamos a caça novamente, ao contrário, até que finalmente a agarrei por trás, com meus braços em torno de sua barriga, tomando cuidado para não ser muito rude por causa do bebê. Então o senti se mover.

— Oh, meu Deus! — disse Andrea. — Ele acabou de chutar!

— Eu sei, também senti.

— É a primeira vez. Nós sentimos juntos! — disse Andrea, se virando para me beijar.

— Que romântico — disse Henderson. — Agora eu poderia dar um *boot*?

Descobri-me olhando para o nada com um sorriso fixo. Nossa total intimidade pareceu uma traição a Cat. Isso tem que parar, pensei.

Já tivera muitas intimidades naquele ponto. Lembro de nós dois deitados juntos no sofá uma noite depois do trabalho.

— Ooh, eu vou te contar o que vi hoje — disse Andrea.

Retesei-me, esperando algum novo pedaço de informação que ela havia pegado da mesa de alguém para fazê-la pensar que estavam atrás de seu trabalho/ou que preenchesse a ambição necessária. Ainda não havia me acostumado com a idéia de que ela tinha uma nova série de prioridades, ou ao menos parecia ter. Ela já até havia mandado imprimir um novo cartão de visitas com "Andrea Dagman" escrito. O título da profissão era "Mãe e Diretora de Levantamento de Fundos", com uma pequena foto dela. Eu esperava que fosse uma piada.

— O quê?

Num movimento ligeiro, ela levantou a camiseta e mostrou seu sutiã.

— Isso!

Agora, os seios de Andrea têm sido sempre uma de suas melhores características. Não são grandes, mas bem talhados e lindamente brancos. Eu sempre registro que eles são como velhos amigos. Bem, isso foi como encontrar um velho amigo que havia particularmente caído do lado errado da vida. Eu podia dizer que eram os mesmos seios — eles estavam no mesmo lugar, isso era uma dica —, mas uma terrível transformação parecia ter se dado neles, equivalente ao que acontece com cientistas em filmes mudos quando eles caem embaixo da mesa e emergem com patas peludas.

Estou consciente de que esta é uma coisa incrivelmente machista para dizer mas sabe, é o que penso, sinto muito. Não sei qual é a maneira não-machista de dizer que alguém parecia ter substituído os seios normais pelo tipo de coisa que você imagina que as mulheres de meia-idade na União Soviética têm que lidar quando seios próprios não estão disponíveis, a menos que você entre na fila durante dias. O tipo de coisas branquelas e disformes que podem ser o resultado de ficar muito perto do cozinheiro quando estava fervendo sopa de repolhos, talvez, ou torcendo a roupa lavada à mão. Quando a expressão "não rio tanto desde que minha tia prendeu os peitos na calandra" foi cunhada, esse foi exatamente o tipo de peito que imaginei. Quando eu descobrir como dizer isso na linguagem do homem moderno eu digo, mas meu único guia para esse tipo de coisa é Andrea, e eu não posso perguntar a ela, posso?

— Olhe para isso então. — Ela mostrou seu mamilo, que estava notadamente mais escuro e assumiu a aparência do topo daqueles cogumelos comumente oferecidos a crianças em florestas por velhas com chapéus pontudos e cabos de vassouras. Havia uma espécie de nódulos neles. Ela pressionou um.

— Veja.

— O que são?

— Tubérculos de Montgomery.

— São perigosos?

— É natural que estejam aí.

— São muito bonitos — disse eu, vendo se eles pareciam maiores através de uma entortada de olhos.

— E olhe, olhe para isso. — Ela seguiu com seu dedo por uma fina linha azul no seio, como uma veia. De fato, acho que era uma veia.

— Cristo todo-poderoso, mulher, tire isso daqui — disse eu.

— Isso não são mais seios — disse Andrea. — São tetas! Muuu! — E ela empurrou uma montanha cheia de veias em meu rosto. Recuei, mas ela não estava nem aí. Ela me atacou por cima, me prendendo com as mãos nas costas.

— Claro que tenho medo da feminilidade natural. Não podemos esperar até que eles pareçam ser de marfim e lisinhos de novo?

— Não, não podemos. Agora chupe e diga, "sou um homem crescido, aprecio a mulher em toda a sua diversidade, celebro sua forma variada". Ela estava sorrindo, particularmente quando soltou o variada, mas eu estava em perigo de sufocamento.

— Mas não aprecio a mulher em toda a sua diversidade. De fato, sou muito exigente — falei, minha voz oprimida pelo peito.

Eu não podia jogá-la para longe porque tinha medo por causa do bebê.

— Diga que você aprecia mulher! — Ela pressionou ainda mais forte sobre meu rosto.

Era dizer ou sufocar.

— Aprecio a mulher em toda a sua diversidade.

— Eu celebro sua forma variada.

— Eu celebro sua forma variada.

— Agora chupe.

Dei uma chupada rápida. O mamilo pareceu curiosamente inchado em minha boca. Nada mau, na verdade.

— Obrigada. Mulheres um, homens zero — disse ela, rolando para fora e rindo. — E se você acha que vai se livrar de me comer essa noite, vai ter que pensar outra coisa. — Empalideci, tentando achar engraçado. As tetas já haviam sido ruins o suficiente, que horrores haviam germinado em outros locais?

Eu havia lido em *Cuidado agora, você é um pai* que todo tipo de horrores inomináveis e excessivos aconteciam. Sei que eu devia ter me preparado para todos eles, mas tenho de dizer que eu não estava. Você passa toda a sua vida desenvolvendo uma imagem do que o atrai numa mulher e então no espaço de nove meses espera-se que você mude isso completamente. Eu tentei, tentei.

E assim se passou a semana. O Lésbico dormia no sofá, Andrea se recusou a aceitar que eu havia distendido um músculo na barriga e me levou a um fisioterapeuta que ajudou muito sugerindo algumas posições menos punitivas, a despeito do fato de que eu ficara falando em silêncio "proíba o sexo" para ele desde o minuto em que entramos lá. Ela sabia que estava me pressionando um pouco demais. Descobri isso quando paramos no fim da rua para falar com a sra. Batt.

Havíamos pegado emprestado o carro de Henderson. A sra. Batt estreitou os olhos para nós como se para dizer, "Achei que vocês iam parar de dirigir desde que o carro da empresa se foi." Ela tinha uma antipatia natural contra motoristas. Notei que seu casaco luminoso tinha um logotipo: Carros Standard. Cristo, pensei, não há nada em que as pessoas não sejam patrocinadas? E depois? Gatos, cachorros, pássaros e esquilos patrocinados? Doenças infantis patrocinadas? Sarampos que falam "McDonald's"?

— Quem são esses cavalheiros que estão na sua casa? — perguntou a sra. Batt.

— Eles estão fazendo um trabalho secreto, sra. Batt. — Como a maior parte das pessoas, Andrea gostava de espicaçar suavemente os doentes mentais.

— Que tipo de trabalho secreto?

— Se ela contasse à senhora não seria secreto, seria? — disse eu.

A sra. Batt concordou, como se tivesse sido deixada numa espécie de verdade universal. Ela bateu no lado de seu nariz e se inclinou para dentro do carro, um pouco perto demais de meu rosto.

— Não se preocupe, vou arrancar isso de você — disse ela.

— Não vai não — disse Andrea, batendo entre minhas pernas. — Ele não tem mais nada aqui.

Isso esfriou totalmente os pêlos da minha nuca, já que era a frase exata que eu havia usado para Henderson na manhã seguinte em que havia dormido pela primeira vez com Cat. Ele notou que eu estava usando a mesma camisa do dia anterior. Uma de minhas políticas de segurança contra sair com Cat fora deixar o *kit* de viagem e camisas limpas fora de minha maleta, mesmo que eu sempre as tivesse mantido lá, desde um incidente imundo com um Cornetto a caminho de uma reunião um dia.

— Onde você esteve? — dissera ele, o olho azul brilhando.

— Cale a boca — eu replicava, pegando um Creme Wittgenstein do pacote de biscoitos.

— Vou arrancar isso de você — ele ameaçava.

— Não, você não vai, não tem mais nada aqui. — Agora Andrea havia usado exatamente as mesmas palavras que eu usara com Henderson. Eu as havia pegado dela, ela de mim, ela de Henderson? Eu estava surpreso com a forma como essas coisas circulavam, brotando como pequenos *gremlins* para me lembrar de minha própria fraude. Foi só porque eu não podia resistir à piada que Henderson havia descoberto, e aqui estava minha noiva, lançando-a para a sra. Batt.

Eu havia combinado encontrar Cat no sábado, no café da cripta de São Martinho do Campo — quase tão longe quanto é possível ser de um campo na Inglaterra — raciocinando que, como era uma igreja, era um dos poucos lugares onde você pode ir no meio de novembro livre de decorações de Natal. Eu primeiro queria ir à casa dela, mas ela quisera ir fazer compras no Soho, então nos encontraríamos na cidade.

Psicólogos iriam sem dúvida observar que eu havia escolhido terminar nosso relacionamento num local associado com finais e morte — mas esse é o tipo de coisa que eles são pagos para notar. Não que eu possa criticar, como um membro honorário da brigada dinheiro-para-um-pobre-velho.

Cheguei à cripta num alto grau de desconforto. Feras freqüentemente revelam pistas para o destino em seu comportamento, então eu sabia que não seria um dia seco quando olhei para fora da janela naquela manhã e notei os animais locais enfileirados dois a dois dentro de um grande bote de madeira no pé da minha rua. Meu guarda-chuva havia protegido minha metade de cima, mas minhas calças — eu havia comprado "calças cargo" para tentar ficar na moda (Andrea disse algo sobre "volume cargo", para brincar com minha paranóia de peso) — estavam ensopadas do joelho para baixo. Minha temperatura também estava toda errada. O problema com as cidades na chuva e no frio é que a temperatura fica variando — quente no metrô, fria na rua, quente nas lojas. É o que minha mãe chamaria "tempo sacal", o tipo que está sempre te enchendo, te frustrando, como uma criança mal-humorada, tirando a alegria de qualquer coisa que você esteja fazendo. Não que houvesse muita alegria no que eu estava prestes a fazer.

Cat estava atrasada e me sentei quente e fumegante sobre meu *cappuccino* frio e sem sabor, olhando para a cripta, a luz dourada do balcão aquecendo o escuro, pessoas indo para o centro de latão polido. Talvez eu fizesse um para mim depois que tivesse terminado com Cat, para me mimar. Não, eu não estava tão desesperado assim. Latão polido não é consolo na vida. Se polir uma lápide é sua idéia de diversão, você devia estar embaixo de uma, é meu ponto de vista.

Voltei meu pensamento para meu primeiro beijo com Cat.

Foi nosso quinto encontro e ela havia concordado em apresentar uma de suas amigas a Henderson, recentemente sem-Julie e procurando amor. Recebi bem esse movimento, já que mostrava que Cat e eu íamos apenas ser amigos, nosso relacionamento platônico cimentado pela companhia de outros. Se Henderson e a amiga de Cat achavam que éramos apenas amigos, se todo o mundo achasse isso, talvez se tornasse muito difícil transformar aquilo em outra coisa.

A noite foi um grande sucesso para nós porque foi muito divertida, embora Henderson e a amiga de Cat, Sarah, mal tivessem progredido. O problema era que ele havia acabado de descobrir os drinques energéticos, que achou que o ajudariam a preservar uma atitude juvenil, embora para mim essa atitude parecesse próxima à de Hitler no período de reuniões em Nuremberg.

Sarah, Cat havia me assegurado, era uma piranha normal, padrão ouro sólido, cem por cento.

Isso foi especificamente o que eu havia pedido, já que não podia pensar em outro tipo de mulher jovem que fosse gostar de Henderson. Sarah, entretanto, era magra e silenciosa e usava o que parecia suspeitamente uma malha tricotada à mão.

— Isso é uma piranha? — sussurrei para Cat quando entramos no restaurante.

— Achei que você estava brincando. Ninguém mais chama mulheres de piranhas.

— Oh, claro que chamam — repliquei. — Escuto isso o tempo todo.

— Ela é muito legal — sussurrou Cat enquanto Henderson terminava alguma história para Sarah com as palavras: "Bem piranha"!

Sarah, que era uma pesquisadora nas Casas do Parlamento, tentou encontrar, de maneira feminina, pontos de mútuo interesse falando sobre filmes. Ela havia acabado de ir ver alguma coisa *art house* francesa sobre a hábil sedução de um rapaz, que se torna professor numa cidade provinciana, por um sujeito que ensina tuba na banda local. *Le Horn* ou algo assim, se chamava.

— Acho a visão de dois homens se beijando muito *sexy*, você não acha? — disse ela.

— Suponho que poderia achar — disse Henderson, parecendo que havia acabado de escovar os dentes com pasta de pilhas.

Sarah começou a visivelmente se desligar durante uma das histórias de Henderson sobre sua ex, a primeira de muitas que ele ia contar naquela noite.

— Foi logo depois que descobri o Força do Espetáculo — disse ele. Esse era um drinque energético com cafeína suficiente dentro dele para botar pra correr a Estrela da Morte. — Não sei, Sarah, se você algum dia teve essa sensação de que o momento não é suficiente... de que você precisa de algo mais real, mais cru?

Ela engoliu mal-humorada sua água mineral — ela dissera que achava que as bolhas machucavam sua língua. Henderson tomou o leve movimento de sua cabeça como um assentimento.

— E você não consegue realmente chegar lá. Então estou rondando a festa, procurando ação, discussão. Sabe, Sarah, vida. — Ele fez um movimento como um golpe de caratê com sua mão. Para seu crédito, apenas suas orelhas, sobrancelhas e fio de cabelo se encolheram de medo. O resto ficou parado.

"E começamos a falar como vocês. Estou tomando alguns drinques, muito do velho Força do Espetáculo, e realmente estou ficando em forma, começo a falar mecanicamente sobre como poderíamos explodir todo o mundo dos negócios, reorganizá-lo de cabo a rabo, ensinar os grandes caras a ganharem algum dinheiro de verdade. Bill Gates teria que escutar. — Ele havia obviamente tomado muito naquela noite porque estava praticamente forçando Sarah a lhe dar atenção, e ela tinha o tipo de expressão vidrada que ocorre quando nove décimos do cérebro involuntariamente começam a tentar se lembrar de números de táxis.

"Quando esse cara, que obviamente é algum tipo de segurança, vem e me pede para ficar quieto. Eu digo, 'não sou eu que devo ficar quieto, seu babaca, é o resto de você que deveria despertar para a vida. Que é esse lugar afinal... não tem comida decente, nem pessoas interessantes... e o que é essa música terrível? Você chama isso uma festa?' — E Julie vem e diz: 'Olhe, simplesmente fique quieto por cinco minutos, o garoto só tem sete anos. Dê a ele uma chance de apagar as velas do seu bolo.'

Sarah ficou realmente apavorada, mas voltou a si mais tarde.

— Você se lembra — disse eu mais tarde, me sentando perto de Cat em sua cama, rindo — quando ela o convenceu de que havia uma nova mistura entre House e Garage chegando, chamada Shed?

— Acho que o ponto alto da noite foi quando ela disse: "Dizem que os cachorros podem ver o vento." — Cat imitou a maneira de falar bem distanciada de Sarah. — E ele disse: "Bem, deixe-os longe de meu traseiro, amor, ou então eles vão ficar cegos."

— Ele realmente perguntou a ela se ela estava querendo experimentar fertilização *in vitro*?

— Ele disse hipoteticamente.

— Ele não deu a ela qualquer tipo de folheto?

— Acho que algum tipo de panfleto realmente trocou de mãos. Só um daqueles tipo "o que você deve saber", mais do que "se preparando para seu tratamento".

Cat sorriu suavemente e então parou.

— Vamos parar de falar sobre Henderson? — disse ela, olhando em meus olhos.

— Por quê?

— Porque se você parar, pode me beijar.

E então entramos numa tal precipitação que a língua dela entrou em meus lábios, foi uma sensação incrível tocá-la pela primeira vez, abraçá-la, passar dos limites.

E foi isso, passamos a noite fazendo isso como se estivessem prestes a tirar aquilo da gente, o que deveriam ter feito, e estourei no trabalho às nove da manhã seguinte, literalmente exaurido.

— Achei que nunca fosse acontecer — dissera Cat.

— É — foi tudo que pude reunir enquanto fugia para a segurança do ônibus 73.

— Oi — disse Cat agora. Ela havia vindo para minha mesa na cripta sem que eu notasse.

— Deus, eu estava pensando em você.

— É bom saber disso.

Ela me beijou e foi pedir um café. Novamente me lembrei daquela experiência de queda livre. Eu tinha acusado Henderson de ser relutante, mas eu mesmo mal dissera "Fique aí e veja como um homem enfrenta o abismo". Meu problema era que estava saindo completamente fora de minha experiência. Simplesmente não podia me ver empurrado na direção da terra, embora soubesse que era aquilo que ia acontecer. Eu me senti assim quando olhei para Cat. Exatamente assim. Eu não podia imaginar dizer o que eu tinha de dizer mas eu sabia que eu ia dizer — e fazer isso rápido antes que o pensamento pudesse atrapalhar.

Olhei para meu relógio. Duas horas. Por volta das cinco eu sabia que teria mudado profundamente a minha vida. Ainda não havia tocado o *cappuccino*.

Recordei todas as conversas que tivemos naquele mês desde que ela contara que estava grávida; como ela sentara naquela caixa que era o apartamento dela e dito "não sei, talvez não seja uma coisa tão ruim afinal de contas, talvez tivesse que acontecer. É esquisito mas estou muito feliz com isso. Acho que já entrei no espírito".

Eu me senti como se estivesse armando uma emboscada na sombra de sua inocência, uma coisa corrupta esperando para envenenar sua vida.

Eu tinha perguntado a ela que apoio queria de mim e ela respondeu qualquer um que eu pudesse dar. Ela sabia que a empresa estava apenas começando e eu estava muito ocupado, então ela não me queria lá todo segundo, só quando eu pudesse. Veríamos como as coisas iriam antes de decidir se íamos morar juntos ou não.

Por que você tem que ser tão razoável?, pensei.

Ela não havia contado a seus pais sobre a gravidez, ou sobre mim. Disse que eles se preocupariam muito com ela, particularmente com o fato de eu ser tão mais velho.

— Só vou contar a eles quando ficar realmente aparente — disse ela. — Dessa maneira eles vão ter menos tempo para se preocupar antes que ele nasça.

— Você sempre pensa nas outras pessoas, não pensa?

— Vou usar isso em minha próxima entrevista de emprego. Algum defeito? Sim, sempre penso demais nas outras pessoas.

— Embora minhas qualificações sejam tão altas, posso ser um pouco impaciente com aqueles que não se satisfazem com elas... — Eu tinha ouvido aquela com muita freqüência em entrevistas, tão freqüentemente que desejava alguém que dissesse "Sou um ladrão habitual", ou "Algumas pessoas realmente me acham bem difícil de se lidar". Juro que daria o emprego a eles.

— Algumas pessoas dizem que sou muito impaciente — dissera ela, me fazendo cócegas sob as costelas.

— Sabemos que essas pessoas são como *hamsters* — eu repliquei, inclinando-me sobre a pilha de revistas e contas fechadas que ela transferia diariamente entre sua cama e o chão.

Vi sua silhueta contra a luz do bar da cripta. Ela estava ficando um pouco barriguda. Aqui vamos nós, pensei. Agora não tem mais volta.

10

Histórias da Cripta do Terror

— Minha mãe está surpreendentemente satisfeita com isso — disse Cat, voltando com o café.

— Seus pais sabem quantos anos você tem?

— Eles sabem quantos anos eu tenho, Dag.

— Quer dizer, quantos anos eu tenho? — Eu podia ouvir minha voz falhar. Me lembrei de um episódio de *Os Sopranos* que eu vira, onde alguns jovens *punks* estavam olhando para dentro de uma pistola e dizendo ao chefão Tony Soprano que ele não sabia nada sobre aquilo. (Não consigo me lembrar o que era *aquilo*.) Eu parecia calmo daquele jeito.

— Eu só disse trinta e alguma coisa. — Ela sorriu. — De qualquer maneira, meu pai só tem quarenta e quatro, vocês devem ter muito em comum.

Eu ri.

— Ele só tem quarenta e quatro — repetiu ela. — Ele gosta de todas essas bandas que você gosta, The Smiths e tudo o mais.

— Tá, tá bom.

— E ele foi *punk* quando era mais novo.

— Seu pai foi *punk*? — Aquilo foi um golpe pesado. Para mim os pais não eram *punks*, eles eram caretas ou fãs de jazz ou algo assim. — Daqui a pouco você vai estar me contando que seus pais cresceram ouvindo os Inspiral Carpets — eu disse.

— Quem são os Inspiral Carpets?

Coloquei meus dedos nos ouvidos, como Andrea faz.

— Não estou escutando!

— Quem são eles?

— Eles foram uma banda criativa *dance/indie crossover.* No início dos anos 90.

— Eu tinha acabado de sair do jardim de infância, então você devia ter... minha idade agora, é pegar ou largar! Deus, imagine se tivéssemos nos conhecido naquela época.

— Por favor — falei. — Chega, eu imploro.

Ela revirou os olhos.

— Então todos os fãs do seu Spirally Carpets estão no mínimo com trinta agora — disse ela.

— Não se pode ter um filho aos trinta, não em nossa geração, porque ainda somos bebês nessa idade.

— Só tenho vinte e quatro — disse Cat — e, por favor, não use jamais as palavras "nossa geração" novamente. Nós somos de gerações inteiramente diferentes.

— Oh, sim.

Pensei que era hora de uma mudança de rumo.

— O que acha que eles vão dizer quando descobrirem minha idade?

— Não sei. Venha e veja, se quiser. Você não vai conseguir conhecer meu pai, porque ele está trabalhando na África do Sul agora. — Ela sorriu e segurou minha mão. Tirei a minha, embora quisesse mantê-la ali.

— Bem, sim. Veja, há um tanto de complicação nisso tudo.

— Você vai ter que trabalhar? — disse Cat. — Eu sabia.

— Não, não exatamente. Bem, realmente tenho que trabalhar.

— Cristo, isso realmente é um nível desnecessário de detalhe, Dagman. É como soltar a notícia sobre o estouro da bomba atômica começando com uma descrição sobre o que a tripulação terá para o almoço.

O rosto de Cat murchou.

— Você pensou melhor sobre o fato de eu ter o bebê?

Ela disse isso muito alto, atraindo a atenção de uma senhora de aparência agradável na mesa ao lado.

— Não — sussurrei. Para ser justo, eu andava tão chocado com a coisa toda que não tinha tido muito tempo para pensar melhor. — É só que há algumas complicações em minha vida sobre as quais você deveria saber.

Complicações. Imaginei uma foto de Andrea e um bebê. Embaixo dela estaria escrito "complicações". Eu não queria pensar neles daquela forma.

— Henderson me avisou sobre isso — disse Cat. — Disse que você estava pensando melhor.

— Ele disse? Quando?

— Um tempo atrás, não importa. Você quer ou não quer me apoiar para ter este bebê? — Cat falou mais alto novamente, embora de maneira neutra. Não havia nenhuma raiva em sua voz, era quase como se ela fosse uma funcionária do bandejão pedindo a um estudante hesitante para escolher semolina ou Spotted Dick. Embora, como no caso de uma funcionária de bandejão, voltar atrás na decisão não seja uma opção.

— Eu quero.

— Mas você não pode?

A senhora na mesa ao lado estava olhando diretamente para nós, mais amigavelmente do que nunca.

— Posso.

— Mas você não quer?

— Se você ficar calada um segundo, acho que posso tirar você deste sofrimento.

A senhora ficou de pé e andou na direção da porta.

— Quero.

— Então qual é o problema?

Engasguei. Mesmo o segundo depois que eu havia dito não foi tão difícil como o segundo antes. Pensei em todos os tipos de coisas esquisitas — anjos dançando numa cabeça de alfinete, o horizonte longínquo, cidadelas queimando sob ataques piratas. Uma seleção mais criteriosa do que se eu tivesse dado uma boa olhada em meus processos de pensamento e dito "Cérebro, velho camarada, você está evitando o assunto aqui". Gaguejei num estado semi-alucinado.

A senhora voltou. Ela colocou um folheto na mesa entre nós, sacudindo rapidamente as mãos sobre ele, como uma feiticeira tirando um relógio de um lenço num passe de mágica. Ela claramente queria dizer algo mas não o fez.

Aborto — a verdade — dizia o folheto.

Cat lançou a ela um olhar igual ao que Coco, um *spaniel* particularmente malvado que morava no alto de nossa rua, costumava lançar a Kitchener, um gato malhado que vivia passeando pela árvore do jardim da frente.

— É tão difícil dizer — falei.

— Não acho que seja — replicou Cat, se ocupando com o guardanapo e ignorando a mulher ao lado dela.

— Se você precisar falar com alguém sobre isso... — sugeriu a senhora.

— Não precisamos — disse Cat.

— É um passo grande que vocês estão dando...

— Sinto muito — disse Cat —, mas a defesa de princípios profundamente arraigados não é desculpa para a falta de educação. Por favor, fique fora disso.

Lembrei, bizarramente, de Henderson.

— Por favor, pense sobre isso — disse a senhora. — Leia o folheto.

— Leia os meus lábios — disse Cat. — Cai fora. — Eu nunca a havia visto com raiva antes. Fiquei grato à velha senhora. Eu tinha a sensação de que se ela não estivesse ali toda aquela emoção viria na minha direção. — Não suporto cristãos — disse Cat, com a respiração ofegante. Aquilo me fez agradecer a escolha do local para o nosso encontro.

A velha senhora pareceu muito magoada. Ela ficou de pé, mas antes de sair, disse:

— Vou rezar por você.

— Não faça isso — disse Cat.

— Vou sim.

— Não quero que você reze.

— Não acho que você tenha qualquer escolha nesse assunto — comentei.

— Vou pegar alguém que esteja mais qualificado do que eu para falar com você — disse a velha senhora.

— Não! — disse Cat.

Se havia sido difícil contar tudo a ela antes, estava se tornando impossível agora.

— Vamos? — disse Cat.

— Temos que pagar — falei.

— Não temos. Pagamos no bar.

— Ah, é.

Deixamos a cripta e abrimos caminho pela chuva, guarda-chuvando assim que saímos da estreita saída.

Vindo da nossa direita e da igreja principal estava a velha senhora, naufragando com um jovem rapaz sob uma jaqueta de combate coberta de distintivos.

— Exército de Jesus! — disse Cat. Ela parecia totalmente perturbada.

Estas, eu sabia, eram as pessoas a quem você se juntava se fosse muito babaca para entrar na Juventude Cristã. Você vai apreciar o nível de disfunção social que estamos operando aqui.

— Oi — disse o homem do Exército —, ouvi dizer que você precisa conversar. — Ele colocou a mão no braço de Cat.

— Saia de perto de mim — disse ela. Ele não saiu.

— Não sei o que está acontecendo aqui, mas esta senhora diz que você está considerando a idéia de fazer um aborto e...

— Suma daqui! — retrucou Cat, batendo no ombro dele.

— Ai! — disse o sujeito do Exército de Jesus. — Isso machuca!

Não sei que tipo de exército é esse de Jesus, mas não consigo ver um membro do Regimento de Pára-quedistas ou da Legião Estrangeira Francesa respondendo daquela maneira quando empurrado suavemente por uma mulher grávida.

— Tente dar a outra face — sugeri.

— Por favor... — interveio a velha senhora, pegando Cat suavemente pelo braço.

Cat deu um berro, como se sentisse dor, e agarrou a barriga. Foi aí que notei o quanto tinha ficado pálida.

— Oh, meu Deus! — disse ela. — Acho que estou perdendo o bebê. Oh, meu Deus. Me leve para um hospital. Dag, chame um táxi.

Eu não conseguia acreditar naquilo.

— Espero que vocês estejam satisfeitos agora, porra! — gritei para os molestadores do Messias. — Não tínhamos intenção de nos livrar do bebê.

— Táxi — gritou a velha senhora. — Táxi! — Seus olhos estavam selvagens de agonia. Senti um pouco de pena dela. À sua maneira, ela apenas tinha tentado ajudar. Mais tarde eu me lembraria de quando minha mãe havia comprado para o meu pai um suéter amarelo no Natal. Ela o pegara no Marks, para que pudesse devolvê-lo se ele não gostasse. Ele disse que gostou, mas teria preferido azul. Minha irmã e eu estávamos apenas tentando ajudar quando demos um banho nele usando tinta de caneta em vez de sabão. Naquela hora, entretanto, eu estava com muita raiva para pensar nisso, e muito triste por Cat.

— Táxi! Táxi! — gritei na escuridão da Charing Cross Road.

Mas estava chovendo e ninguém veio pelo que pareceu uma eternidade. Finalmente vimos uma luz cor de laranja emergindo do aguaceiro. Cat não conseguia ficar de pé, ela estava encostada em mim, fracamente.

— O St. Thomas é mais perto — disse a velha senhora.

— *A senhora pode ir embora?* — pedi.

— Não há sangue saindo — disse o sujeito do Exército de Jesus, se curvando e olhando dentro das pernas de Cat. Ele obviamente gostava de evidências físicas de sofrimento, provavelmente o motivo pelo qual não tinha se tornado um budista. Não havia violência e sofrimento suficientes.

Entramos no táxi e dissemos ao motorista para ir para o pronto-socorro mais próximo. Enquanto ele sacolejava em torno da Trafalgar Square, olhei para trás e vi a velha senhora, rígida de vergonha e preocupação na calçada.

O sujeito do Exército de Jesus estava tentando mostrar a ela um folheto, sorrindo e dizendo que ela iria para o inferno, provavelmente.

Eu não sabia como ia ajudar Cat a lidar com essa coisa terrível que havia acontecido com ela. Ela havia acabado de se acostumar com a idéia de ter o bebê e agora ele estava indo embora.

— Vá pelo Soho — disse Cat para o motorista. — Nós estaremos bem.

Ela estava sorrindo suavemente.

— Você está bem? — eu disse. — Não está tendo um aborto?

— Ela não iria embora de outra maneira — disse Cat, sem rodeios. Todo o meu medo de contar a ela sobre Andrea foi embora com a onda de alívio que senti.

— Você é incrível — falei. — Não consigo acreditar.

Ela deu de ombros.

— Essas pessoas precisam saber que nem tudo é justo. Às vezes você faz coisas ruins mesmo quando quer fazer coisas boas. De qualquer forma, o que você ia me dizer?

Olhei para ela: molhada, pálida, bonita.

— Estou noivo de outra pessoa e ela também está grávida.

— Neste caso, vou ter que foder completamente com a sua vida — disse Cat, me puxando para um beijo.

11

Coisas amargas

Como outros antes de mim, o sexo me trouxe ao Soho.

Eu me dei conta, enquanto o táxi deslizava através das ruas escorregadias pela chuva, passando pelas vitrines, as lojas privativas, as placas anunciando nudez contínua sem parar, que aquele algo, Deus, Destino, ou qualquer que fosse a empresa privatizada que estivesse administrando o universo no momento, estava me mostrando a razão real para a confusão em que me achava.

Por que eu tinha vindo até Cat? Para sexo? Não, eu diria que era porque ela preenchia um vazio em minha vida. Mas e se ela tivesse oitenta anos, seria tão interessante, tão engraçada? Ainda estaríamos emocionalmente ligados daquela maneira? Não.

Eu não tinha pensado, quando contei a ela sobre Andrea, que eu teria de pagar o táxi, comprar um drinque, encontrar um restaurante. Não sei o que eu esperava — que ela saísse correndo noite adentro ou algo assim, ou nós dois sendo magicamente transportados para algum local isolado onde poderíamos discutir aquilo como adultos, ou talvez eu tenha pensado que acabaria num segundo. Mas a mundanidade está presente até nos casos do coração. Já pensei freqüentemente na fala do balcão de *Romeu e Julieta* e imaginei se os dois teriam um furúnculo horroroso que os estava chateando, ou se ela estava apertadíssima para ir ao banheiro quando ouviu "Que luz irrompe na direção daquela janela"? Isso certamente acrescenta significado diferente para "Que eu possa tocar aquela face".

Naquele momento não me dei conta de que Cat decidiria parar o táxi no segundo seguinte ao que eu tinha falado a ela, que eu teria de pegar dez libras emprestadas com ela para pagar a conta até que eu encontrasse um caixa eletrônico, não tinha me dado conta de que tinha soltado o troco, que teríamos que encontrar um restaurante relativamente deserto para que pudéssemos conversar, de quão poucos restaurantes relativamente desertos existem no Soho, que teríamos que fingir não estar passando pelo pior momento de nossas vidas e pedir comida, que a comida viria e nos mostraria por que o restaurante estava relativamente deserto, que o garçom diria que não, não aceitavam cartão de crédito, isso estava escrito claramente na porta. Nada disso.

Esses são os detalhes de que me lembro, este hesitante envolvimento com a crua mecânica da vida enquanto a chuva caía e eu partia o seu coração.

O táxi havia parado.

— Não estou brincando.

— É, e seu pai foi morto por um tubarão.

— Três libras e oitenta, por favor.

Percebi que não tinha nenhum dinheiro na carteira.

— Você tem algum dinheiro para o táxi?

— Acho que sim. — Ela procurou dentro da bolsa.

— Realmente, Cat, honestamente, não estou brincando. — Eu disse isso com a voz um pouco alterada, não porque estivesse irritado, mas para fazê-la acreditar em mim. — Estou noivo, vou me casar com outra mulher e ela está grávida também. Estou com ela há oito anos. O nome dela é Andrea.

Não havíamos saído do táxi devido à chuva. O motorista se inclinou para a divisória com um rosto pálido e a mão estendida. Cat colocou uma nota de dez dentro dela.

— Não acredito em você. Prove.

— Você gostaria de um recibo?

— Não, obrigado — falei.

— Pegue uma, posso pedir reembolso — disse Cat, os olhos fixos em mim. Podia ver que ela ainda não acreditava em mim.

— Sim, então vamos querer o recibo.

— Quanto devo marcar nela?

— Os dez inteiros. — Eu só queria sair dali.

— Dag, a conta é só de três e oitenta. Você está noivo?

— Olhe — falei, pegando o cartão de Andrea da minha maleta, soando torpe como numa telenovela estrangeira. Eu queria dar mais emoção àquilo mas lembrei de uma daquelas pessoas "normais" que eles pegam para anunciar superlojas de Faça Você Mesmo e coisas assim. Eu estava gelado ante a estranheza da situação e a coisa mais natural a fazer era não soar natural. Não era como se eu já tivesse ensaiado esse tipo de coisas em voz alta antes.

O motorista tirou o recibo e me entregou o troco com uma expiração que indicava que não gostava de hesitações. Deixei o troco cair no chão e tivemos que nos abaixar para pegá-lo.

Saímos do táxi para o lençol de chuva.

— Idiota — pensei ter ouvido enquanto o táxi ia embora.

Cat segurou o cartão à luz de um café.

— Essa é sua irmã. É uma piada, não é?

Ela ficou imersa na chuva, os cabelos grudados na cabeça, o retrato da vulnerabilidade. Eu queria ajudá-la e fazê-la feliz de novo. Às vezes imagino por que terminar com uma mulher é tão difícil. Acho que é porque, desde que era um garotinho, fui levado a acreditar que devia ser bom com as garotas e cuidar delas.

— Sim, é uma piada. — Eu tinha uma urgência avassaladora de dizer as palavras, mas não disse.

Homens matam filhotes de focas. Pior, provavelmente eles matam crianças e vovós e quem quer que seja necessário para conseguir o que querem. Eu precisava de um pouco desse espírito, da eficaz brutalidade de meu gênero. Encontrei-o em duas pequenas palavras.

— Sinto muito. — Peguei o cartão de seus dedos e o coloquei de volta na maleta.

Nós já estávamos atraindo olhares de sob os guarda-chuvas e das cabeças encapadas. Isso não é tão difícil como pode parecer no Soho. Verdade, ninguém vai dar uma olhada se você andar quase nu, coberto de pudim de ovos e gritando "Sou Randolfo, o *kazoo* humano", mas tristeza genuína sempre atrai uma multidão, qualquer que seja o tempo.

Era óbvio que algo estava acontecendo entre nós. Nenhum casal fica de pé, olhando estupidamente um para o outro daquele jeito, enquanto está sendo ensopado pelo tipo de chuva que leva as pessoas a usarem a palavra "ante" para se referir a algo que aconteceu antes dela, sem uma razão convincente.

— Então isso não é uma brincadeira?

— Não.

Cat sacudiu a cabeça.

— Preciso sair dessa chuva. — Ela não tinha tirado os olhos de mim desde que saímos do táxi. Nenhum de nós se moveu.

— Onde você estava planejando ir?

— Ao Bar Itália. — Ela fez um gesto na direção do café pobre, mas chique, do outro lado da rua. — Isso parece um sonho, Dag. Diga novamente, me deixe entender as coisas direito.

A água escorria pelo meu pescoço abaixo e minha jaqueta estava ensopada.

— Tenho uma noiva. Ela está grávida. Venho enganando você. Você era meu caso. — A última parte pareceu a mais brutal, mas eu de alguma maneira senti que ainda tinha de enfiar aquela crença dentro dela.

— Quantas outras mentiras você contou para mim?

— Quatro — falei com segurança. Meu trabalho, o fato de ter 36 anos, o fato de minha casa estar alagada e o fato de que não tinha uma noiva. Isso exclui todas as mentiras que eu contara a ela sobre onde estava e o que estava fazendo, mas aquilo tudo era na verdade apenas uma grande mentira. Preste atenção, pensei, eu faria melhor se investisse numa aplicação de grupo. — Bem, na verdade perto de cinco.

— Estou tendo dificuldades para absorver isso.

Eu queria sair da chuva, então me enfiei debaixo do toldo de um café. Cat me seguiu.

— Olhe — disse eu —, nós precisamos conversar sobre isso, podemos ir para algum lugar?

— Isso é verdade, não é? — seus olhos estavam se enchendo. Bem como, eu podia sentir, os meus também.

— Sim. Eu queria ter contado a você antes, mas então você ficou grávida e fiquei sem saber o que fazer.

— Vocês vão comer? — Um *gay* magro com avental e cardápio estava sorrindo para nós.

— Não, estamos decidindo ainda.

— Sinto muito, mas essa área é apenas para clientes.

— Queremos comer aqui? — perguntei.

Cat sacudiu a cabeça, mais por descrédito do que como resposta.

— Então vão ter de sair, sinto muito — disse o garçom.

— Venha — falei e peguei-a pelo braço, de volta para dentro da noite suja.

— Qual é o nome dela?

— Andrea.

— Ela sabe sobre mim?

— Não. Olhe, a chuva está muito pesada, podemos ir para dentro de algum lugar?

Ela se livrou e andou. Eu a alcancei.

— Cat, podemos simplesmente fazer isso de uma maneira civilizada?

— Fazer o quê? Um ato de barbárie?

— O que quer que estejamos fazendo.

Eu podia ver lágrimas em seu rosto.

— O que estamos fazendo?

— Conversando sobre uma situação terrível.

— Se é isso o que estamos fazendo, então sim.

Oh, Deus, pensei, espero que isso seja suficiente para fazê-la terminar comigo. Não achei que teria realmente forças de dizer a ela sozinho para partir.

Demoramos outros quinze minutos para encontrar um restaurante deserto o suficiente para nós. Era como romance ao contrário; queríamos ficar sós, não para trocar nulidades doces, mas coisas amargas. Não havia nada a dizer enquanto vagávamos pelas ruas. Evitei apenas olhar para ela, enquanto me encarava. Cada lugar, entretanto, ou estava muito lotado ou era muito caro. Não que eu não tivesse pagado por um lugar rico só para ficar fora da chuva, mas parecia uma coisa esquisita terminar num ambiente de ricos. A pobreza parecia nossa única opção.

Encontramos o que queríamos num italiano em algum lugar saindo da Dean Street, acho.

Os garçons eram legais o suficiente e simpáticos com nosso estado ensopado, mas tudo o que eu realmente queria era ficar a sós com ela num cubículo, livre da combinação de umidade de nossa caminhada com o calor do restaurante. Estava morrendo de vontade de ir ao banheiro mas achei que deveria simplesmente deixar as coisas claras antes de sair.

Cat tentou sorrir enquanto recebíamos os cardápios. Acho que o garçom podia ver que estávamos um pouco aborrecidos porque ele se escafedeu rapidinho.

— Estou sentada aqui com um completo estranho — disse Cat. Eu não conseguia ver se ela estava chorando ou se era a chuva. Sua voz estava mais exasperada do que magoada. — O que está acontecendo?

E contei a ela, o tanto quanto pude: Andrea, Henderson, os pais de Andrea, a doença do pai dela, tudo. Tudo de que realmente posso me lembrar é que devo ter entrado num nível de detalhes desnecessário, porque ela me interrompeu dizendo:

— Não preciso saber sobre a senhora da placa. Então, o que acontece agora? — disse ela.

— Não sei. O que acha?

— Acho que eu era um caso que você dispensou, uma jogada que definitivamente deu errado. Acho que estou por minha própria conta.

— Sou louco por você. Amo você.

— Você a ama?

— Sim.

Os lábios de Cat deram uma leve tremida.

— Vocês já vão pedir? — perguntou o garçom. Ele olhou para os nossos rostos. — Mais alguns minutos, talvez. — E ele caiu fora como aquele camponês faz quando vira uma esquina e descobre os ocultistas invocando demônios no filme de *As Bodas de Satã*. Acho que é esse o filme, de qualquer forma. Não é importante. Você entendeu a idéia.

— Vou ficar com os bebês, sabe.

— Bebês? — falei com um grau admirável de calma, mal comparando equivalente àquele de alguém caindo num poço.

— São gêmeos, um menino e uma menina. Eu ia contar a você e aí chegou aquela mulher.

Em minha auto-absorção eu havia esquecido completamente que ela tinha ido fazer uma ultra. Deveria ter sido a primeira coisa a perguntar a ela.

— Então são dois?

— É isso o que quer dizer gêmeos. Você pode tratá-los como uma unidade simples para os propósitos da culpa, se quiser.

Ela não parecia loucamente aborrecida, só uma mulher com raiva mas controlada, discutindo com um asssistente sobre devolver alguma coisa para uma loja.

Eu estava confuso sobre o que dizer em seguida. A única coisa que ficava vindo à minha cabeça era aquela frase do terapeuta.

— Como você se sente com isso?

Agora, eu tinha sido levado a acreditar que essas palavras são a coisa ideal para soprar nas narinas das fêmeas quando elas estão batendo os cascos. Entretanto, para continuar a metáfora de cavalos, elas apenas serviam para fazer Cat se empinar nas patas traseiras de maneira muito alarmante.

— Como você acha que eu me sinto com essa merda? — sibilou ela. Seu humor havia passado daquele de uma mulher devolvendo algo a uma loja para aquele de uma mulher devolvendo algo a uma loja através da vitrine cheia de cristais.

Atrás dela o garçom, que havia começado sua caminhada para nossa mesa com um andar equilibrado, abreviou-a e voltou para a cozinha.

— Bem, muito mal, eu diria.

— Isso seria correto.

Houve um silêncio. Eu realmente estava louco por uma mijada e precisava tornar minha ida ao banheiro o mais rápida possível.

— O que pretende fazer? — perguntou.

Essa era uma pergunta bem manhosa. Como muitos homens, uma vez que você sai da esfera de mecânica, trabalho, Faça Você Mesmo e esporte, eu conto muito firmemente com as mulheres para tomarem as decisões importantes da vida.

Invejo bastante a geração de meu bisavô, que costumava chegar em casa e entregar seus envelopes de pagamento para suas mulheres sem sequer abri-los. Eles teriam de volta dinheiro trocado, claro, mas em qualquer outra coisa eles eram removidos com felicidade do processo de tomada de decisões. Suas esposas até compravam roupas para eles.

Graças aos avanços do movimento das mulheres nos anos 60, entretanto, somos todos iguais agora e temos de ficar nus e tremendo ante a gigantesca gama de escolhas que o capitalismo do milênio pode nos apresentar. Nós não pedimos isso, não queremos isso, mas nossa opinião conta. Então somos mandados para comprar roupas e espera-se que tenhamos opiniões sobre que tipo de calças queremos, quando na verdade nós não queremos calça nenhuma. Nós não as queremos desde nossa adolescência, quando eram tudo o que queríamos, elas e os carros.

Apesar de nossos paletós amassados, de nossas camisas engomadas, de nossas gravatas únicas mas que não temos coragem de mostrar, não queremos nenhuma roupa realmente, apenas temos de tê-las pela cordialidade e pelo bem das convenções. Estaríamos mais felizes com uma roupa multifuncional que pudéssemos usar em qualquer lugar. Freqüentemente penso que um robe seria a coisa ideal. Não temos esse luxo até os noventa anos, quando não damos a mínima e entramos no *pub* de pijamas e chinelos.

Mas até lá não podemos dizer "isso é departamento de sua mãe" ou "as mulheres lidam com isso". Espera-se que tenhamos opiniões sobre a vida e que ajamos nela — a menos que tentemos muito duramente. E eu tentei duramente.

Como quando pedi Andrea em casamento. Quero dizer, fui eu que pedi, mas foi Henderson quem me disse que ela achava que já estava na hora de eu levantar a questão. E quando nos mudamos para Hillingdon, isso foi escolha de Andrea. E estabelecer o novo negócio — Andrea dissera que Henderson e eu deveríamos nos estabelecer por conta própria. E ter filho(s) — isso também estava fora de minhas mãos.

Com Cat, eu não sabia o que realmente queria. Ficar com ela? Talvez. Ficar com Andrea? Provavelmente. Que toda a coisa não tivesse acontecido? Não, estranhamente, isso não.

— Vou fazer qualquer coisa que você queira que eu faça — falei, uma resposta de servidão convencional mas efetiva.

— Não, quero que você me diga — replicou Cat, encontrando o ponto com total facilidade e me deixando despreparado em algum lugar perto do distribuidor do remédio para diarréia Robinson's Barley Water.

Tudo o que eu podia fazer era contar a ela a verdade. As coisas eram ruins mesmo.

— Amo vocês duas e, mesmo se tiver uma escolha, mesmo se você ainda me quiser depois disso tudo, não posso decidir. Simplesmente não sei. — Meus pés estavam dançando embaixo da mesa com desejo urinário. Parecia insensível pedir um intervalo, entretanto.

Cat ficou sentada, fisicamente fumegando por causa da umidade. Ela não disse nada. Atrás dela, o garçom havia notado a trégua nos procedimentos e decidiu atacar. Ele conduziu adiante um garotinho de uns nove anos.

— Meu pai quer saber o que vocês vão querer comer. — Ele estava pelo menos tentando imitar o sotaque italiano.

Olhei para Cat. Ela parecia horrível: olhos marejados, cabelos ensopados, a camisa ainda secando em seu corpo. E ela tinha 24 anos e boa aparência, para começar. Imaginei como é que eu estaria parecendo.

Senti tanto por ela. Fui pegar a sua mão na minha, mas Cat a retirou.

— Não — murmurou.

— Espaguete à bolonhesa, vocês querem? — perguntou a criança, que havia abandonado o sotaque italiano improvisado.

Assenti.

— E o branco da casa?

Assenti novamente e ele gritou de volta para o pai.

— Preciso mesmo ir ao banheiro — falei.

— Então vá — disse Cat.

Eu me arranquei para o alívio mais doce que um ser humano pode conhecer, todo o tempo pensando se eu estava fazendo a coisa certa.

Voltei para a mesa.

— Não quero estar com alguém que não sabe se quer estar comigo — disse Cat suavemente.

Enchi-me de coragem. Eu sabia que se ela me dissesse para ir, então eu teria a sensação imediata de que havia feito a coisa errada e a desejaria de volta. Rejeição é um afrodisíaco poderoso. Lembrei-me de que a melhor coisa para todo mundo era uma decisão, de uma maneira ou de outra.

— Isso quer dizer que é o fim para nós dois? — As palavras não tinham realmente qualquer significado. Eu só não podia suportar o silêncio.

— Eu diria que sim, você não?

Eu não podia responder de verdade, embora parte de mim estivesse aliviada.

— O que você vai fazer? — perguntei.

— Ter os bebês. Criá-los. Amá-los.

— E como vai fazer com o dinheiro?

— Tirá-lo de você.

— Sim, claro.

— Não diga isso como se estivesse sendo generoso. É o meu direito.

— Eu sei.

Isso trouxe à tona a questão bastante difícil de como eu ia explicar a Andrea que uma boa fatia de meus ganhos ia desaparecer todos os meses. Não era que eu não quisesse pagar a Cat o dinheiro, eu queria.

— Vou poder ver as crianças?

— Não sei. Não, acho que não. É muito confuso para eles ter um pai metade dentro e metade fora da vida deles.

— Como vai chamá-los?

— Acho que você perdeu sua janela para o sentimentalismo — disse ela. Eu nunca a vira assim antes, o que, até um psicólogo notaria, era muito surpreendente, dado que a maior parte das pessoas tenta evitar situações de tristeza de rasgar a alma no dia-a-dia. Ela parecia se tornar mais forte por estar aborrecida. O garoto curioso tinha saído e havia agora uma fria certeza nela.

— Como ela é, a sua noiva?

— Legal. — A palavra saiu como um tapa na cara.

— Fico feliz com isso. Seja específico. Me diga exatamente.

— Não posso.

— Por que não? Você já me contou mentiras suficientes, não acha que me deve algumas verdades?

— *Bon appetit!* — disse o garoto, que havia aparecido do lado de nossa mesa com a comida. Ele fez uma reverência, que imagino que ele achou engraçada, e escapuliu rapidamente, parecendo ter jogado uma granada de mão na mesa. Notei que o garçom estava abrindo o nosso vinho no balcão de serviço, fora da zona de embaraço-exclusão.

— Como ela é?

— Ela é... — eu ia dizer "meio como você, na verdade". Por que não sei, já que era completamente mentira, mas o cérebro trabalha com estranhos truques sob pressão.

— Ela trabalha com caridade.

— Qual?

— International Rescue.

— E?

— Ela não é realmente o tipo de pessoa para esse serviço. Simplesmente caiu nisso depois da universidade. Ela queria trabalhar na mídia, mas estava ganhando um ótimo salário na época.

— E?

— Ela é muito focada no trabalho. Nós não temos muito tempo um para o outro.

— Você está falando de si mesmo de novo.

— Estou falando sobre nosso relacionamento. Para os propósitos desta conversa, esta é a única maneira pela qual ela existe. Ela não tem vida significativa fora disso para nós nesse ponto. — Eu me ouvi ficando com raiva. De certa forma, uma briga teria tornado as coisas mais fáceis. — Ela é engraçada e é boa à sua maneira. Muito autocentrada quando se trata de trabalho.

Senti que tinha de balançar cada positivo com um negativo. Como se qualquer coisa boa que eu dissesse fosse um insulto para Cat.

— Estamos indo em frente, sabe, estamos indo em frente.

— Claro.

O que eu diria? Aquela gravidez parecia tê-la recuperado dos demônios da ambição, que parecia tê-la transformado novamente na garota que eu conhecera tantos anos atrás, cujo cheiro eu amava, de quem eu sentia que tinha de cuidar, você simplesmente não joga fora todo aquele tempo juntos pelo esgoto, mesmo se quiser. O que mais eu poderia dizer? Que realmente não tinha certeza e que, como não tinha certeza, parecia mais fácil ficar onde estava.

— Então o que o fez ser infiel com ela? O que o fez me usar?

— Não usei você, Cat, eu me apaixonei por você. Eu quis você, e ainda quero mais do que jamais quis ninguém.

— Tirando Andrea?

— Mais do que Andrea, mas as coisas não são tão simples assim. — Eu realmente a queria mais do que quisera Andrea naquele ponto, mas sabia que se tivesse a mesma conversa com Andrea, quereria *ela* mais.

— O que não é tão simples?

— Isso agora. Fui honesto com você e as coisas nunca mais serão as mesmas, serão? Você não pode se sentir da mesma maneira a meu respeito depois disso.

— Não empurre isso de volta para mim.

— E nós. Ela está financeiramente envolvida com a empresa. O pai está morrendo. Ela não vai ter lugar nenhum para ir se não me tiver.

— E eu tenho?

— Sei disso, sei. Sinto tanto que tenha que terminar assim.

— Parece que você tomou uma decisão antes de chegar aqui.

— Eu não estava consciente de que tinha tomado.

— E se eu dissesse que perdôo você e quero que fiquemos juntos?

— Então eu ficaria com você. — O garoto colocou o vinho na mesa como um cachorro tentando roubar um pedaço de carne debaixo do nariz do cozinheiro.

— Não, você não ficaria.

— Ficaria.

— Não parece. Tudo em você diz que quer voltar para ela. E, de qualquer forma, não perdôo você. Este é o golpe mais baixo que jamais recebi.

Lembrei-me de uma frase de Henderson, sempre que eu reclamava de meu relacionamento com Andrea: "É para isso que servem as amantes, para tornar os bons momentos ruins e os maus momentos piores." Ele estava brincando, mais ou menos, mas eu podia ver o que ele queria dizer. Quantas discussões eu havia tido em cinemas, teatros, restaurantes, com quantas garotas antes que conhecesse Andrea? Com quanta deselegância havia oferecido apoio ou simpatia ou o que fosse, e só tornara as coisas piores? Quanto eu havia ficado discutindo com alguém pensando: se você fosse um dos meus camaradas isso não estaria acontecendo, por que eu não iria feri-los? Tirando Cat. Eu nunca havia brigado com ela. Lembre-se, foram apenas cinco meses.

— Sinto muito — falei. Eu queria dizer algo sobre o maior amor causando a maior dor, mas as palavras não saíram, talvez porque eu não estava numa banda *New Romantic* dos anos 80.

— Você não se deu conta de que esse tipo de coisa podia acontecer quando começou a sair comigo? — disse ela.

Se ela queria dizer que ambas ficariam grávidas, então definitivamente não, pensei.

— Não pensei. Não pensei em nada.

— Você só seguiu seu pau.

— Não foi assim, de verdade, Cat. Não pude resistir a você.

— Não torne isso culpa minha. Tudo o que fiz foi me apaixonar por um homem velho o suficiente para ser meu pai. — Em certas cidades do interior, suponho, havia almas com vontade de ferro que esperavam até os dez anos para ter seu primeiro filho. — Eu devia ter sabido que você tinha bagagem.

— Nem tanto assim, hein?

Desejei não ter dito aquilo. Havia algo do "Deus, que adorável idiota eu sou" em minha voz, que não era o que eu estava sentindo mesmo.

Eu podia ver Cat pesando as coisas em sua cabeça, balançando suavemente na cadeira, brigando fisicamente com os futuros à sua frente. Qualquer outra pessoa estaria quebrada, pensei. Não ela. Ela já estava indo em frente.

— Acho que devia ir embora.

Seu vinho e seu espaguete estavam intocados. Os meus também. Ela ficou de pé e colocou seu casaco ensopado.

— Cat, eu realmente amo você.

— Foda-se. Você vai receber notícias da Agência de Apoio à Criança.

Ela voltou para a chuva, batendo a porta quando saiu. Não tive pressa de segui-la, me senti inteiramente derrotado. Das cozinhas, ouvi uma gritaria de "Isso aí!". Ao menos eu estava dando diversão para o *chef*, mesmo que ele não estivesse me dando nenhuma. Fiquei sentado bebendo o vinho, sem pensar em nada, só vendo pedaços de possibilidades circulando em minha cabeça — eu com gêmeos e Cat, eu com Andrea, eu sob um caminhão.

O celular tocou.

— Oi — disse Andrea —, você está atrasado.

— Estou? — respondi. Olhei para o relógio. Eram quatro horas. A luz estava morrendo lá fora.

— Você vai chegar cedo em casa?

— Vou, só estou fazendo umas comprinhas de Natal.

— Não é dia 24 já, é?

Eu ri.

Cat não sabia que eu sempre fazia minhas compras na véspera de Natal, me trancando na Selfridges até que tivesse presentes para todo mundo. Ela jamais saberia.

— Vou voltar agora.

— Ok. Pensei que poderíamos ficar em casa hoje e ver televisão à noite.

— Você, eu e Henderson?

— Ele vai sair, não vai?

— Vou! — Ouvi uma voz falar ao fundo.

Eu realmente queria sair com ele. Eu poderia ter acabado com um barril de vinho aquela noite.

— Então te vejo lá pelas sete — disse ela.

— Falou.

— Eu te amo.

— Eu também.

Desliguei e pedi a conta. Foi aí que descobri que eles não aceitavam cartão de crédito.

Quando saí com Cat pela primeira vez, não pensei que terminaria assim. Se eu tivesse imaginado alguma coisa, pensaria em mim afundando no mar enquanto ela ficava no bote salva-vidas, em nós dois sendo separados pela guerra ou fome ou assassinato, em seu beijo trêmulo ainda em meus lábios enquanto eu ia para a forca — não nela correndo ensopada para um metrô enquanto eu acompanhava um garçom irado a um caixa eletrônico na chuva para pagar por um vinho de que eu não tinha gostado e uma comida que não tinha comido.

Foi só quando fui colocar o cartão de volta na minha valise que me dei conta de que Cat não queria muito se limitar a uma dedução mensal de meu salário. O cartão de Andrea havia sumido. Parecia que Cat havia estado ocupada enquanto eu me ausentara de minha cadeira.

12

Carta-bomba

Não tive nenhuma notícia de Cat durante um mês, tempo em que comecei a suspeitar de que Henderson estava deliberadamente tentando me enlouquecer.

Não foi só o fato de que quando ele perguntou se poderia me mostrar o que havia comprado para Andrea para o Natal era o DVD de *Atração fatal*. Ele tinha uma etiqueta na caixa: "Com três minutos extras de coelho fervido!" e incluía uma versão do fim onde o marido na verdade o captura com a faca de carne.

Não foi só o fato de que ele parecia ter desenvolvido uma estranha habilidade de estar em todos os aposentos da casa simultaneamente. Onde quer que eu quisesse ir, o que quer que eu quisesse fazer, ele ou seu resíduo estavam lá. Se eu quisesse acesso à pia do banheiro de manhã, por exemplo, era melhor esquecer. A rotina se tornou algo como isso. Eu sei por que Henderson tinha o horrível hábito de deixar a porta aberta quando ele se lavava.

Lavatório. Chuveiro. Chão molhado do banheiro. Seco, embora não o chão. Toalha descartável. Fazer a barba enquanto assobiava a melodia de *Fugindo do inferno*. Aí esfoliar, aí máscara de lama. Depois lavar tudo, depois algum tipo de banho facial que jogava água em torno do rosto — e no resto do banheiro. Hidroterapia, disse Henderson.

— Funciona — Andrea tinha dito —, o chão parece anos mais jovem.

Aí o protetor solar, aí o hidratante, o retinol, aí a poderosa mistura de pílulas — cromo, selênio, Q10, *ginseng*, óleo de peixe, óleo de girassol, complexo B — pasta de dente, fio dental, Regaine para estimular o cabelo a crescer na cabeça, tesoura para impedir nas orelhas e no nariz. Colar cabelos atrás com gel extraforte.

Então um pouco de aromatizador antes de, finalmente, colocar as cuecas.

Se eu quisesse uma refeição, ele estaria na cozinha observando o Lésbico (que estava agora dormindo no Range Rover de Henderson na garagem, embora eu suspeitasse de que Andrea o deixava dormir na casa quando eu estava fora) cozinhar e depois lavar de uma maneira que deixava manchas nos talheres, ou se eu quisesse uma xícara de chá, ele teria usado o último saquinho.

Consegui me vingar da melhor maneira possível, colocando Henderson na lista de correio dos Anos Dourados, a fim de deprimi-lo. Eu havia conseguido com isso um par desses aparadores de grama especialmente afiados.

Não eram só seus conselhos que estavam me deixando louco, tampouco.

— Álcool envelhece muito — ele dizia enquanto eu tentava relaxar com um uísque pós-trabalho.

— Não ligo — repliquei. — Tenho um relacionamento estável, não preciso me preocupar com esse tipo de coisa.

Não, eram duas outras coisas que realmente me aborreciam. Uma era que eu estava suficientemente certo de que ele continuava se encontrando ocasionalmente com Cat. Ele fazia o melhor para marcar todos os encontros na cidade, por exemplo, e algumas noites ele não vinha para casa até altas horas. Uma noite ele não veio para casa.

— Onde foi à noite passada? — perguntei a ele enquanto jantávamos na noite seguinte.

— Por aí — disse Henderson.

— Onde, exatamente?

— Você não é meu guardião, é?

— Sim — eu disse, mostrando a casa com um gesto. — Sou.

— Mesmo assim não vou contar a você, guardião.

— Ele pode ter uma vida particular, Dag — disse Andrea.

— Ele não pode entrar na porra da minha vida privada — retruquei, ofegante.

Isso teria sido ruim o suficiente. Mas, de uma maneira realmente chata, ele conseguia não se comprometer com nada e o que realmente me deixava maluco era que, assim que eu tinha terminado com Cat, ele parecia ter mudado de idéia sobre a coisa.

— Quer dizer, você não parece amá-la — ele estava dizendo enquanto o Lésbico dirigia o carro e nos levava para um bar em Kew. Ocorreu-me que esta era uma tática de diversão, ou que ele estava tentando me fazer negar que a amava para que ele pudesse entrar na parada. Eu não ia fazer isso. Eu realmente a amava, era só que a vida não havia nos deixado ficar juntos. Andrea precisava mais de mim, franca e simplesmente, e não era bem o que eu queria, fora de moda como esse jeito de pensar deve ser.

— Cada vez que você a menciona, adquire um certo brilho — disse o Lésbicao, como Marlene Dietrich descrevendo seu primeiro homem e dizendo: "Bem *ele* era um homem de verdade!"

Eu ficara um pouco relutante para permitir a entrada do Lésbico em meu segredo, mas Henderson me assegurara que ele era discreto como um túmulo. De fato ele tinha me assegurado que o Lésbico era discreto como um túmulo depois de ter ido em frente e contado a ele, então dificilmente importava se fosse tão discreto como uma antiga babá real — ele sabia.

— Bem, é um pouco tarde demais agora.

— Que nada — disse Henderson. — Ela vai voltar atrás se você trabalhar para isso. Compre uma caixa de chocolates para ela. As mulheres são loucas por isso.

O que ele estava querendo dizer? Eu teria apostado a minha vida e a minha felicidade que... ah, deixa para lá, eu já havia apostado minha vida e minha felicidade em outra coisa, desta vez seria meu último tostão. Eu apostaria meu último tostão que ele estava tentando abrir caminho com Cat. O que ele estaria querendo, tentando me aproximar dela novamente? Será que queria um rompimento irrevogável? Para realmente estragar as coisas? Não conseguia pensar em nada mais projetado para enfurecer Cat do que voltar com uma caixa de chocolates dizendo: "Sinto muito pelo bebê e a noiva e tudo o mais. Aqui, coma uma trufa de rum e esqueça tudo."

— Bem, eu não quero que ela volte atrás. A melhor coisa em tudo o que aconteceu é que ao menos agora há uma medida de certeza na coisa toda. E se as mulheres são tão fáceis de voltar atrás, então compre você uma caixa de chocolates para Julie — disse eu.

Henderson se acovardou, como um garoto numa quadra gelada vendo a bola pesada descendo na direção dele e ouvindo o professor grosseirão gritar: "Cabeceie, seu babaca"!

— Então você ainda está convencido de que quer desistir da vida sem preocupações? — disse Henderson. — Não haverá mais qualquer ida ao bar para um copinho rápido à tarde quando você tiver o bebê.

Ele não pode ter transado com ela, pensei. Se tivesse, não estaria seguindo essa direção.

— Estou tão convencido quanto estive pelos últimos dez anos mais ou menos de vazio e solidão — repliquei. — Você mudou de discurso, que tal responsabilidade e cuidar de Andrea?

— Não acho que eu tenha dado peso próprio e consideração às minhas próprias necessidades quando falei aquilo. Simplesmente não posso ser o último a conseguir uma vida familiar estável — disse Henderson.

— O que quer dizer? Você simplesmente não pode? Você simplesmente *já é*, camarada, acostume-se com isso.

O Lésbico deu uma grande encolhida de ombros, com um efeito parecido com o de um eclipse solar.

— Certo — disse Henderson. — Dave, dê meia-volta com o carro, dane-se o drinque. — Ele rolou os ombros como um chefe de gângsteres que havia sido empurrado um pouco longe demais. — Épocas de desespero pedem medidas de desespero. Vamos para o país do Vento nos Salgueiros.

Imaginei se Vento nos Salgueiros seria uma gíria *cockney* rimada para significar algo, mas não conseguia pensar em nada que rimasse bem com Salgueiros. Travesseiros, pesqueiros, bandoleiros? Não, o último era uma banda *punk* há muito esquecida. Não havia uma gíria rimada *cockney* nem mesmo para os Sex Pistols, então os Bandoleiros é que não iriam ter.

— Só porque não vou vir tomar um drinque durante quatro meses não quer dizer que não queira um agora — eu disse.

— Falta de sorte — disse Henderson, enquanto o carro corria na direção da M4.

— Apenas para checar, Henderson — falei —, você não está planejando me matar, está?

Vi sua cabeça se inclinar para um lado, como se estivesse considerando aquilo.

— Não por enquanto.

— Então onde vamos?

— Você vai ver — disse ele. Abriu o telefone celular e discou. — Sra. Collins? Lee Henderson, aqui. É a respeito daquele trabalhinho que discutimos no outro dia. Eu gostaria de coletar agora, se possível? Ótimo, estaremos com você dentro de uma hora.

Saímos da M4 logo depois de Slough, contornando seus perímetros industriais iluminados antes de mergulhar no campo e numa visão da velha Inglaterra.

— Cookham — disse Henderson para o Lésbico.

— Eu costumava trabalhar por aqui — disse ele.

— Em quê? — perguntei, nervoso. Sendo aquela uma visão eterna da Inglaterra rural, naturalmente presumi que a juventude era toda entediada e sem sentido e de cabeça virada por causa das drogas. Eu só podia imaginar o Lésbico vendendo esse tipo de coisa.

Houve um silêncio e o carro seguiu em frente.

— Em quê? — repeti. — Algum tipo de bandidagem?

— O pior tipo — disse Henderson.

— O que é o pior tipo hoje em dia? — retruquei, me sentindo curiosamente inocente. Quando eu havia checado da última vez, "o pior tipo" havia caído em algo entre espancador de mulheres, molestador de crianças e seqüestrador, mas eu não tinha certeza se algo havia tomado o lugar disso. As pessoas são tão inventivas hoje em dia.

— Deixa pra lá, por favor — disse o Lésbico.

— Quanto ganhou aqui, roubando dos velhos, doentes e vulneráveis, Dave? — perguntou Henderson.

Quase pude sentir o calor do bafo de *crack* do Lésbico por trás de seu cabelo tipo McEnroe.

— Uns quatro paus por semana — disse em tom normalmente usado por estudantes arrependidos quando questionados se achavam o que haviam feito muito inteligente.

— O que você fez? — perguntei, imaginando que bandidagem negra rendera frutos daquele tipo de dinheiro numa comunidade rural.

Estávamos passando por um lago com uma vista de uma grande área pública. Lembro de uma igreja no pano de fundo mas posso estar errado.

— Dave era...

O Lésbico colocou a mão em seu rosto.

— Não mencione isso quando a gente sai, Henderson — disse.

— Não se preocupe, não quero linchamento. As pessoas podem ser sensíveis sobre esse tipo de coisa por aqui.

— Dave era... — mesmo no carro ele teve de olhar para a esquerda e a direita, como se alguém pudesse ter se colado ao espelho retrovisor e pudesse estar ouvindo — ... um bombeiro hidráulico.

Usei uma palavra que normalmente não usaria com alguém do tamanho do Lésbico. Eu não tinha me dado conta da profundidade do pária social que Henderson havia trazido para dentro da minha casa.

Dirigimos em silêncio para uma casa ao lado do Tâmisa, um lugar grande, um sítio moderninho com um jardim que, passadas algumas cabanas e algumas curvas e declives, levava a um ancoradouro no rio.

— Isso deve ter custado um ou dois centavos — disse Henderson.

— Vou esperar no carro — disse o Lésbico. Imaginei se ele havia pilhado a vizinhança em seu "trabalho" anterior. Teria sido mais aceitável se tivesse sido um arrombador. Ao menos um arrombador não cobra taxa de visita ou deixa o trabalho pelo meio e aí diz a você que vai ter que roubar duas vezes mais do que originalmente pensou.

A porta foi atendida por uma mulher de aparência inteligente com blusa e xale Liberty, se esforçando para segurar dois cães de caça que estavam latindo bem.

— Lee — disse ela, estendendo o queixo. Tomei isso como significando que ela teria estendido a mão, se estivesse livre.

— Sra. Collins — disse Henderson, se inclinando suavemente —, meu colega Stewart Dagman.

— *Enchantée* — disse a sra. Collins. Ela empurrou os dois cachorros para cima pelas coleiras, como se estivesse prestes a atirá-los pela porta ao estilo leão-de-chácara, mas ainda fez um tipo de movimento estranho com seus pulsos que impeliram ambos os animais para um aposento interno. Ela fechou a porta atrás deles e olhou para Henderson carinhosamente. — Sabia que você voltaria — disse ela. — Lee Junior está esperando por você lá atrás.

— Lee Junior? — exclamei. O pensamento de que Henderson tinha um filho secreto, devo confessar, nunca me havia ocorrido. Esta mulher parecia seu tipo, de qualquer forma.

— Isso mesmo, Lee Junior — disse Henderson enquanto a sra. Collins nos levava através da casa, que era surpreendentemente bagunçada dada a polidez de sua dona.

Peças de montaria, utensílios de pesca, coleiras de cães e todo tipo de *kits* do campo estavam amontoados em pilhas irregulares por todo o saguão.

— Desculpe a bagunça — disse a sra. Collins —, nós acabamos de... oh, dane-se, é sempre assim.

Nós rimos e, como reconheci uma piada batida, lembrei de Cat e nosso primeiro encontro. Imaginei como ela estava, se ela engordara como Andrea ou se a gravidez ainda mal se notava.

— Ele está aí dentro — disse a sra. Collins, nos levando para um galpão.

Ela abriu a porta e pude ouvir um murmúrio lá de dentro.

Cristo, pensei, no que ele se transformou, um arrendador de bebês ilegais?

— Lee Junior! — chamou a sra. Collins. — Seu pai está aqui para ver você.

Ela se curvou para uma caixa de papelão. Pude ver que alguém havia colocado um velho cobertor lá dentro e que havia mamadeiras espalhadas pelo chão, mas eu não podia ver o que ela estava segurando.

— Diga olá para o papai — disse a sra. Collins, virando-se para mostrar-nos a forma aconchegante e a pele enrugada de um filhote de cão de caça.

— Olá, filho — disse Henderson, sacudindo a pata do filhote.

— Você já o inscreveu em alguma escolinha de futebol? — perguntei.

— Não, mas calculo que ele vai arrebentar nos eventos de corrida nos dias de esporte nas escolas. Mas a matemática pode ser um problema. Ainda assim, vamos conseguir, não vamos?

O cão de caça parecia suavemente confiante.

— Aqui, eu trouxe isso para ele, você pode colocar nele.

Ele tirou uma pequena coleira de seu bolso. Nela estava uma etiqueta de identidade. Num dos lados estava o telefone celular de Henderson e no outro apenas uma palavra: "Lealdade".

— Este é o nome dele ou o seu lema?

— É o seu lema e a sua crença — disse Henderson, que já havia pegado algo do olhar bastante soberbo do cão. — Lealdade acima de tudo, sempre. Aqui pelo menos está um amigo em quem posso confiar que não vai me deixar no desamparo. Um amigo que não vai jamais, ao menos não depois do que o veterinário fará com ele, sair correndo para atender ao chamado de uma família. Este é meu filho e meu melhor amigo, meu camarada, minha companhia de bebida, fonte de sorrisos e folguedos, meu confidente, meu companheiro. — Ele sacudiu a pequena criatura gentilmente pelas papadas, como ilustração. O cachorro olhou para ele de maneira neutra. Se Henderson estava pronto para uma vida de companheirismo, parecia que Lee Junior ainda tinha suas dúvidas.

Então talvez ele não esteja a fim de Cat no fim das contas, pensei. Eu não teria confiado nisso, de qualquer forma.

— Vamos entrar na casa e dou a você os formulários do *pedigree* — disse a sra. Collins.

— Onde você vai manter esse animal? — perguntei.

— Está tudo bem, já combinei com Andrea.

— E você combinou comigo?

— Não me lembro.

— Podemos escutar isso como um não, então.

— Vou precisar de algo quando você partir — disse ele.

— Que tal uma vida? — repliquei. — Por que pegar um desses? Não temos lugar para um cachorro em nossa casa.

— Tudo bem — disse Henderson, bem magoado —, diga ao cachorrinho que você vai deixá-lo para trás, vá em frente.

Ele segurou Lee Junior em frente ao meu rosto. Os olhos tristes me encararam, confiantes. Percebi o desprezo em meu rosto sendo aliviado com um pequeno e bom sorriso. Acariciei a fera atrás da orelha. Cristo, pensei, é melhor que eu não veja os filhos de Cat, isso me mataria.

— Compre o filhote — falei.

Voltamos para nossa casa (quero dizer, minha casa, *minha* casa) direto, mas não antes que Henderson tivesse parado numa *pet shop* e comprado todos os tipos de acessórios para cães, incluindo uma coleira para o Range Rover que parecia mais adequada para prender Zoltan, Cão de Drácula, do que Lee Junior, Cão de Henderson. Preste atenção, sei do que estou falando. Eu já havia comprado um desses carrinhos para bebês, o tipo que parece com sobras de equipamentos do exército, uma mochila para carregar crianças e um novo armário inteiro para sair, incluindo calças modernas para que eu pudesse parecer legal por causa de toda a atenção que iria ganhar. Isso apesar de não ter grana. O grande lance de ter filhos é que você ganha uma desculpa para usar um monte de equipamentos.

A situação da empresa não era boa mas também não era desesperadora. Teria sido desesperadora não fosse pela herança que minha mãe assegurara que estaria chegando antes do Natal.

— No dia 24 de dezembro no máximo — dissera ela depois de uma pressão por telefone.

Então me aproximei do Natal relativamente de bom humor, ou tão bom quanto se pode ter naquelas circunstâncias. Na verdade, eu estava ficando um pouco preocupado com a bebida. Não que estivesse mandando para dentro durante o dia, só que eu havia me acostumado a beber duas garrafas de vinho por noite sozinho. Até Henderson me prevenira para pegar mais leve. Eu sabia que devia ceder. Nos negócios ingleses você não é considerado como alguém que tenha um problema com bebida até que esteja realmente morto e se recusem a cremá-lo para o caso de você crescer como um pudim de Natal e queimar o local todo. Então tomei a resolução de recomeçar meu regime de exercícios, que já havia deixado totalmente de lado, e me concentrar em trabalhar os problemas que estavam em minha cabeça.

A chegada do cão de caça havia suavemente acalmado meus medos na questão Henderson/Cat. Considerei que a aquisição de uma criança substituta significava que ele provavelmente havia desistido de perseguir Cat, que continha duas crianças de verdade. O problema era que eu estava explodindo para ter alguém para falar e não tinha ninguém.

Então eu estava na cozinha com o Lésbico, que havia prometido fazer para nós uma espécie de *baklava* — não sou especialista em pudins, mas era algo tipo creme de ovos ou outro tipo de creme, de qualquer maneira — quando realmente ouvi notícias de, ou sobre, Cat novamente.

Lembro muito bem por que eu estava progredindo magnificamente com o Lésbico. Eu achava sua vida passada fascinante e ele parecia gostar de descrevê-la. Em retrospecto, eu não devia ter ficado provando o xerez do cozido, mas aí está, parecia particularmente bom com as línguas-de-gato que o Lésbico havia comprado.

— Por que está atuando como motorista de Henderson agora? — indaguei. — E quanto ele está pagando a você? — Não pode ser muito bem pago, pensei, ou ao menos esperei, já que era eu quem estava pagando.

— Você não quer saber — disse ele.

Suponho que havia algum consolo para a confusão horrível em que estava minha vida pessoal — me associando a um tipo genuíno de gângster que dizia coisas como "você não quer saber" de maneira meio ameaçadora. Aquilo me fez sentir que eu era um pouco perigoso, alguém para se tomar cuidado, um homem do mundo.

— Você tem de dizer esse tipo de frase muitas vezes em seu trabalho?

— Que tipo de frase?

— Você não quer saber... deixa isso praaaa... láaaaa! — Eu estava um pouco bêbado, como se pode ver.

— Você faz muitas perguntas, não faz? — disse o Lésbico, inclinando-se à frente.

— Desculpe — falei, encarando suas patas poderosas.

— Não, isso é uma coisa que devo dizer porque é o tipo de coisa que as pessoas esperam que eu diga. — Ele fingiu empurrar meu peito. — Você faz muitas perguntas, não faz?

— Sei — eu disse, impressionado e bajulado, como o garoto cujo pai acabou de dar nele o golpe especial de caratê com o qual atingira um pelotão inteiro no Sudão. — Então você freqüentemente tem de brigar com as pessoas em seu tipo de trabalho? — perguntei, no que levei como um estilo fresco e cooperativo, mas que provavelmente fez parecer que eu tinha algo em meu olho.

— Nunca participei de uma luta em toda a minha vida — disse o Lésbico.

Achei isso meio desapontador.

— Isso não é bem mais difícil de evitar quando se é segurança de alguém?

— Se você bater neles forte o suficiente da primeira vez, as coisas nunca vão tão longe a ponto de se tornar uma briga — disse o Lésbico com um audacioso olhar.

Senti-me estranhamente ingênuo e embaraçado, embora excitado, como um garoto de treze anos que está paquerando uma garota numa discoteca e ela diz a ele que já fez aquilo antes.

— Uau — disse eu, uma palavra que não uso desde que eu *tinha* treze anos. — Uau!

— Não precisa parecer impressionado — disse o Lésbico, o que imediatamente me fez assumir o comportamento de um homem que ouvia esse tipo de coisa dia sim, dia não, "estou só fazendo o melhor de minhas habilidades naturais".

Fiquei um pouco envergonhado com o fato de que, como a maior parte dos homens, a violência sempre tenha tido uma fascinação para mim. É o meio mais moderno de pegar seu destino em suas próprias mãos. O problema claro é que os recipientes da violência têm uma maneira suja de lutar de volta, uma maneira suja que consideravelmente diminui sua atração para mim. Mas meu pai sempre idolatrou pessoas violentas, sem jamais se envolver — embora ele desse murros imaginários quando olhava os *cowboys* brigarem na TV. Ele era cheio de histórias sobre como, quando ele estava na Marinha, capangas de verdade tinham começado a bater nele, mas rapidamente voltaram atrás quando ele dera neles seus "famosos golpes". Ilustrava isso com um exagerado movimento do braço que normalmente o levava a perder levemente o equilíbrio. E ainda, os efeitos combinados desses relatos com a escola e o clube da juventude significavam que eu havia internalizado tanto isso que agora era eu. Acho muito embaraçoso e tento reprimir sempre que isso aparece, mas dada a chance de falar sobre surras e porradas e quem pegou seis seguranças, eu mergulho nisso. Não que eu já tenha feito qualquer coisa assim, claro. Acho a realidade repugnante, só gosto disso como fantasia.

— Então esse é o seu único talento, bater nas pessoas? O que mais você faz? — eu estava um pouco zangado com o Lésbico por ter notado que eu ficara impressionado, principalmente porque ele estivera tentando me impressionar.

— Não — ele disse —, sou um bom ouvinte.

— O que faz você pensar isso?

— Bem, a gangue Boyle costumava me empregar como torturador. Acho que desenvolvi esse talento lá.

— Você está brincando, não está?

Ele olhou para mim. Eu ia dizer que ele olhou para mim ameaçadoramente, mas se alguém das dimensões do Lésbico olha para você, só pode ser de forma ameaçadora, de verdade.

— Claro que estou brincando, mas acho que tenho uma certa empatia com as pessoas. Isso me torna bastante bom no que faço. Eu costumava praticar extorsão há um tempo. Agora, as pessoas presumem que todo o dinheiro que é cobrado em negócios perigosos só tem a ver com assustar pessoas. — Ele fez um movimento ameaçador com a colher. — Há muito mais do que isso. Se você só assustar seus clientes, pode terminar mandando-os embora, ou ficará sem o trabalho se pedir muito dinheiro, ou eles podem terminar tentando tirar vantagem se você pedir pouco demais. É preciso um certo talento para fazer a aproximação correta. Você precisa de certa... — suas grandes luvas fizeram cócegas no ar, como um feiticeiro abracadabrando um coelho fora de um chapéu — ...sensibilidade.

— Você devia se tornar terapeuta — comentei, refletindo que era um mundo estranho aquele, quando a única pessoa que eu conhecia que dizia "tirar vantagem" em vez de "se dar bem" era um estelionatário profissional. — Você podia fazer um serviço para o seu próprio negócio: "Você tem angústia por causa do gângster? Assassinato e lesão corporal estão te deixando para baixo? Fale com alguém que realmente entende seus problemas."

— Uma vez que eu tenha feito meu pé-de-meia, posso bem considerar isso — disse ele, limpando açúcar de seu bigode, onde lambera a mistura do bolo. — Veja sua situação. Eu adoraria ajudar você com isso.

— Qual é a minha situação?

— Noiva grávida, namorada grávida, terminada mas não esquecida. Você preso entre as duas. É fascinante.

— Shh — falei. — Preciso lembrar a você que a única pessoa atualmente residindo em minha casa que não sabe nada sobre minha namorada é minha noiva.

— Isso só mostra em que situação dura e desagradável você está quando coloca as coisas assim — disse o Lésbico.

Engoli o resto de meu terceiro xerez grande e procurei pela cozinha por uma bebida menos boba.

— Está feito agora, mas você vê como eu estava despedaçado?

— Oh, sim — disse o Lésbico —, recomendavelmente despedaçado, de qualquer forma. Auto-satisfação *versus* responsabilidade. E você escolhe responsabilidade. Como o capitão Oates. "Posso ser algum tempo". Muito recomendável.

— O capitão Oates não morreu? — perguntei.

— Mas ele é lembrado como um bom homem.

— Não quero ser lembrado como um bom homem, eu preferia ser sentido como um canalha vivo — repliquei.

— Suas ações dizem que você é um bom homem — disse o Lésbico.

— Então você acha que fiz a coisa certa?

— Só você pode decidir isso.

— Por favor — eu disse. — Não venha todo Obi Wan Kenobi pra cima de mim.

— Você podia ter decidido que não podia fazer uma mulher feliz se não estivesse você mesmo feliz, então podia ter se comportado de maneira egoísta. Isso teria sido um egoísmo cuidadoso. Você podia, por outro lado, ter se preocupado com a maneira pela qual ia conseguir tratar as duas com um grau igual de respeito. — Ele suavizou a direção das coisas. — E de certa forma você realmente as tratou igualmente: enganou sua noiva e despedaçou sua namorada. Aí você foi até ajudado.

Senti-me como costumava me sentir na escola, bem na hora em que o diretor estava dizendo algo como "Estamos bem conscientes de quem cometeu esse ultraje e seria melhor para esse garoto se ele ficasse de pé agora".

O Lésbico continuou.

— A maneira melhor de mostrar isso é que você escolheu ficar com a mulher que pensou que precisava mais de você, mas agora parece infeliz. Agiu cuidadosamente mas de modo errado, deixando infelizes duas em três pessoas no triângulo. Presumo que a garota está infeliz?

— Não sei.

— Acho que deve estar. Crianças a caminho, sem homem por perto. Muito jovem. Ela deve estar. Como se sente vivendo uma mentira com sua noiva?

— Não muito bem. — Dei uma olhada para a porta, embora soubesse que Andrea estava fora.

— Há uma linha de ação — disse o Lésbico —, mas é a ação de um grande homem, não simplesmente de um homem bom.

— Qual?

— Suicídio — disse, gentil e seriamente, como um professor explicando a um casal de pais advogados que seria melhor para todos os envolvidos se Johnny fosse para a área de medicina.

Eu ri.

— Você não vai conseguir mais trabalho como terapeuta se esta é a sua idéia de uma sugestão viável.

— Estou falando sério — disse o Lésbico. — Se você quer tratar as duas mulheres igualmente e quer um caminho claro e inequívoco de saída, cometa suicídio. Então ambas vão se dar conta de quanto a situação estava machucando você, ambas recebem dinheiro, as crianças nascem de forma igual, as mulheres experimentam a mesma perda. Não há chance de você poder ter um momento de fraqueza e provocar mais danos no futuro, e além do mais terá paz de espírito, a satisfação de saber que está fazendo a coisa certa. E comigo você tem os contatos para fazer isso parecer assassinato. Um roubo malsucedido, por exemplo... sem perguntas do seguro. É difícil de resistir, acho que você vai admitir.

— Obrigado, mas não, obrigado.

O Lésbico estava indo fundo naquilo. Ele se inclinou para a frente, apontando a colher.

— Você chega em casa, "minha nossa, um intruso", uma luta, sua cabeça repetidamente batida contra a parede. — Ele fez um movimento de espancamento com sua mão. — Sorrisos por toda parte, outro cliente satisfeito.

— Não quero morrer — falei.

— Você começou a beber como se quisesse.

Encolhi os ombros.

— Não vou me matar.

— Então mate sua culpa — disse o Lésbico. — Conte a Andrea sobre essa mulher também. Então você vai ao menos ser honestamente infeliz. — Tive a sensação de que aquilo fora o que ele estivera querendo dizer de uma maneira engraçada.

— Isso a mataria — falei.

— Ela vai descobrir de qualquer maneira, essas coisas têm o hábito de se revelarem. O que vai fazer dentro de dezoito anos quando os filhos de Cat aparecerem na soleira da porta procurando por você?

— Cuidarei disso quando acontecer — disse eu. — Andrea não tem que saber. Venho pensando nisso e será difícil, mas possível, explicar de alguma forma os pagamentos da Agência de Apoio à Criança. Henderson vai ter que me ajudar a maquiar as contas para que ela não note.

— Seu amigo joga o jogo dele — disse o Lésbico.

— O que quer dizer com isso?

— Nada mais e nada menos.

Ouvi a porta se abrir e Andrea saudando Lee Junior.

— Nem uma palavra — sussurrei.

— Você devia contar a ela — disse ele. — Acredite em mim, você não vai ser capaz de guardar segredo para sempre.

— Quer apostar? — falei enquanto Andrea entrava violentamente na cozinha.

— Quem é esta Catherine Grey com quem você vem tendo um caso? — disse ela, brandindo uma carta para mim. Ela estava muito vermelha, eu não conseguia saber se era de raiva ou por causa do peso da criança. Embora estivesse com apenas seis meses, ela já estava achando difícil se adaptar ao peso extra.

Embora as batidas do meu coração saltassem para níveis normalmente associados com beija-flores que escutam que o preço do néctar subiu, fingi o sorriso inocente do verdadeiro culpado.

— Como disse? — perguntei, embora interiormente querendo dizer isso sem o ponto de interrogação no final.

— Recebi esta carta hoje de uma Catherine Grey que você vem encontrando pelas minhas costas. Explique-se.

Parecia um sonho. Tudo dizia que eu estava ferrado, mas algo não estava combinando. Coloco meu dedo nisso. Andrea ainda não tinha enfiado meu rosto na batedeira e, embora parecesse quente e corada, não estava chorando ou gritando, apenas silenciosamente exigindo.

— Estou tendo um caso? — repliquei, tentando parecer meio entediado, como um cavalheiro mostrando a seu mordomo que ele havia acabado de jogar cinza de charuto em suas calças e que mal podia esperar para se abaixar e tirá-la por si mesmo, mas com um sentimento de calma interna equivalente à daquele mesmo exato cavalheiro caso tivesse o mordomo decidido remover a cinza com um maçarico.

— Olhe — Andrea jogou a carta sobre a mesa.

O Lésbico quebrava amêndoas e assobiava a melodia de *There May Be Trouble Ahead.*

Abri a carta sobre a mesa, evitando pegá-la e revelar o tremor em minhas mãos.

"Cara sra. Ellis", ela começava. Cat tinha o cartão de visitas de Andrea. O coelho fervido estava em ação, eu sabia, e nenhum coelho na Terra dormiria a salvo em sua toca até que o perigo tivesse sido enterrado.

"Espero que não se importe com o fato de eu escrever para você, mas conheci seu parceiro Stewart Dagman e ele disse que você poderia me ajudar numa determinada situação.

"Sou jornalista e trabalho para o serviço de notícias da internet InvestOrone, a fonte certa para todas as suas informações de negócios. Estamos fazendo uma coluna sobre como altas executivas... " — eu sabia que Andrea teria gostado daquela parte — "...equilibram o nascimento de uma criança e suas carreiras. Seu parceiro disse que você está esperando um bebê e que tem um importante cargo executivo numa instituição de caridade. Eu adoraria conhecê-la..." — Eu comecei a me ocupar com o bolinho de *Daily Star* que mantinha a mesa firme e que o pai de Andrea havia colocado de volta — "...para discutir isso a fim de produzir um artigo. Espero que você possa arranjar tempo para me encontrar.

Atenciosamente

Catherine Grey

Colunista

Investorone.com"

— Instigante, não?

— Eletrizante — eu disse, me acalmando para aproximadamente o nível em que estava quando tinha quinze anos e bati com o carro de meu pai depois de pegá-lo "emprestado" um dia.

— Então, onde você conheceu ela, essa mulher secreta sua? Esta amante.

— Não consigo me lembrar. Deve ter sido alguma coisa corporativa, sabe, estamos sempre trocando cartões e batendo papo, poderia ser qualquer pessoa. Honestamente, não me lembro dela. — Coloquei o dedo na boca como se pensando profundamente. — É um pouco preocupante isso, não é? Talvez eu esteja ficando louco, talvez eu tenha tido um caso com ela e tenha esquecido totalmente. É possível, suponho. Certifique-se e me diga se ela é bonita, eu não ia querer pensar que tive um caso com um tribufu. — Ri e aquilo soou como meu primeiro CD havia soado quando eu o comparei ao vinil... claro, contido, uma perfeita reprodução que marcava o compasso do som exato de um sorriso, mas nenhum som vindo da alma... Estou muito lisonjeado, de qualquer forma, por você pensar que ainda sou capaz disso. Ainda há vida no velho cachorrão, hein? Au, au au, grrrrrrr, grrrrrrr, grrrrr!

— Oh, não! — exclamou o Lésbico.

— O quê? — disse Andrea.

— Acho que coloquei ovos demais nesse pudim.

Entendi o toque e calei a boca.

— Você realmente não consegue se lembrar dela?

— Não.

— Oh, bem, eu disse que vou encontrá-la depois do Natal. Nunca fui entrevistada antes. Será interessante ter minha vida colocada à luz dos refletores assim.

— Totalmente — concordei. Olhei para o Lésbico, que estava limpando pistaches sobre o *blakava* ou o que quer que fosse aquilo.

— Fui entrevistado uma vez para um programa de musculação — ele disse.

— Você gostou? — perguntou Andrea.

— Gostei — respondeu —, embora de uma maneira esquisita eu tenha acabado descobrindo mais do que revelei.

Suas sobrancelhas espessas mergulharam na minha direção. Senti algo empurrar minhas calças. Andrea havia deixado a porta da cozinha aberta e o cachorro havia entrado e colado seu nariz à minha perna.

— Isso vai ser bem diferente, espero — disse eu. — Acho que preciso dar uma andada.

— O jantar vai ficar pronto a qualquer momento — disse o Lésbico.

— O que vai ser? — disse Andrea.

— Pato crocante com molho de ameixas.

— Você gosta de molho de ameixas? — disse Andrea, se colocando ao lado do Lésbico como uma garotinha perto de seu irmão mais velho.

— Adoro.

— Bichona! — disse Andrea, num estilo *playground.*

Nós só estávamos morando com Henderson há dez minutos — embora parecesse mais tempo — e Andrea já havia pegado um de seus muitos eufemismos para o que os biólogos chamam de tempero de cavalheiros. Eu freqüentemente achava que ele tinha tantas palavras para a sobra do homem porque seu próprio molho de ameixas carecia da energia necessária.

— Só vou andar em torno do jardim por cinco minutos para controlar meu apetite — eu disse, os dedos coçando pelo meu celular.

— Você nunca fez isso antes em sua vida — disse Andrea.

— Quero que Lee Junior vá ao banheiro — falei, desgrudando o cachorro de minha perna. Despenteei seu pêlo e procurei sua coleira.

— Vê como meu cabelo está afinando com os hormônios? — disse Andrea.

— Lealdade — falei, examinando a etiqueta do cachorro.

— Você devia dar um pouco disso a H — disse o Lésbico. Presumi que ele estava falando com Andrea.

13

O diabo que você conhece

Eu realmente precisava ligar para Cat, mas não queria chamar a atenção para mim mesmo. Então deixei a etiqueta do cachorro cair de meus dedos e saí da cozinha num giro casual, mais ou menos do tipo que Linford Christie usou para ganhar a final dos cem metros olímpicos de 1992.

Tentei ligar para Cat em todos os números que tinha dela, mas encontrei secretárias eletrônicas ou sem resposta.

Sua mensagem do celular, que presumi que ela não estava mais usando para trabalhar, dizia "Aqui é Cat, por favor, deixe uma mensagem. Se for Stewart (ela me chamava Stewart, nem mesmo minha mãe me chama assim) então não deixe. Nunca."

Fiquei chocado com a frieza de sua voz, embora sabendo que não tinha o direito de ficar. Estranhamente aquilo a tornou mais querida para mim. Da mesma maneira que não gosto de pessoas que deixam mensagens estranhas em secretárias eletrônicas, sempre ficarei ligado a alguém que deixa uma desagradável. Mostra que elas valorizam o sentimento sobre as convenções sociais, que sua vida privada é mais importante para elas do que o que os colegas possam pensar.

Sei que, sentindo-a mais querida para mim, eu estava perdendo um importante ponto — que a mensagem azeda e mal-humorada estava sendo azeda e mal-humorada para mim, mas o que se pode fazer? Estranhos são os movimentos do coração humano.

Eu não conseguia pensar no que dizer no correio de voz, "por favor deixe minha noiva em paz" sendo a essência de tudo, embora eu ache que finalmente disse algo mais civilizado tipo "precisamos conversar".

Por que ela queria ver Andrea, eu não tinha idéia. Se ia revelar tudo, podia ter feito aquilo por carta. Ela não poderia querer atacar Andrea, poderia? Minha mente estava correndo, mas estritamente como um zagueiro. Eu realmente não tinha nenhuma pista.

Ironicamente Henderson, em quem eu vinha pensando como um rival na afeição de Cat, mesmo se eu fosse estritamente um rival *in absentia*, era agora minha única esperança de contato com ela.

Eu queria desesperadamente evitar seu encontro com Andrea. Se ela revelasse o segredo, então eu estaria no pior de todos os mundos possíveis. Eu teria perdido a mulher com quem mais queria estar e jamais teria feito a coisa certa com Andrea, a mulher que eu mais queria em segundo lugar. Eu havia alcançado o inverso do que havia planejado, ambas as mulheres horrivelmente aborrecidas e eu sem nenhuma. Eu estaria mal com a mulher que mais queria em terceiro lugar, um posto para o qual não havia misericordiosamente nenhuma competidora.

Henderson chegou dirigindo seu Range Rover pela rua na minha direção numa explosão de Whitney Houston.

— Só estou conferindo o *tape* para minha mãe — disse ele, por alguma razão abaixando o vidro da janela em vez de saltar do carro.

— Henderson — falei, enquanto Whitney começava um verso —, posso perguntar a você se falou com Cat ultimamente?

— Depende do que você quer dizer com ultimamente — disse Henderson. — Ultimamente em termos geológicos... ultimamente em termos de eras humanas?

— Na última semana.

— Oh, esse tipo de ultimamente. Sim.

— Por quê?

— Só me certificando de que ela está bem. Achei que você ficaria satisfeito.

— Que é o motivo pelo qual você não se importou em mencionar isso para mim até agora?

— Não achei que fosse gostar tanto — disse Henderson — e, de qualquer forma, se não é possível trazer boas notícias, por que trazer qualquer notícia no fim das contas?

— Então ela disse algo sobre mim para você, disse?

— Nada de bom.

— Ela disse qualquer coisa sobre querer me machucar ou a Andrea?

— Ela tem estado muito ocupada com lições de tiro ao alvo para mencionar qualquer coisa do tipo.

— Estou falando sério, Henderson.

— Só falei com ela no telefone, ela não levantou essa questão, por quê?

— Ela escreveu para Andrea pedindo para entrevistá-la para o *site*. Elas vão se encontrar.

Henderson assumiu a expressão de alguém subitamente lembrando que haviam deixado seu freio de mão solto e se virando para ver o carro batendo na barraca de frutas. Ele encarou meus pés.

— Não sei por que elas vão se encontrar, ou se isso é sinistro, ou o quê — falei.

— Cat não é o tipo que vá fazer qualquer coisa fisicamente desagradável — disse Henderson —, embora eu não fosse rejeitar algum tipo de tática de vingança. — Ele ainda estava olhando para os meus pés.

— O que acha que ela vai fazer?

— Só contar a Andrea sobre seu caso, suponho.

— Ela podia ter feito isso na carta.

— Talvez queira fazê-lo cara a cara. Se estiver tão zangada a ponto de querer ver que está causando algum sofrimento — disse ele. — Vai ter um impacto muito maior em Andrea ver sua amante na frente dela do que ouvir falar sobre isso numa carta.

Engoli em seco. Experiências prévias com mulheres me haviam dito que é impossível saber o que elas estão pensando. Eu havia levantado o assunto com Harris "Bombardeiro Maluco"sobre o *latte,* outro dia.

— Sempre acho que é uma boa idéia perguntar a elas — disse ele.

— Eu não poderia fazer tal estupidez de olhos abertos — repliquei.

Não, eu sempre preferira o método antigo masculino de fazer suposições abrangentes apesar dos fatos óbvios. Quando você descobre o que elas estão pensando, claro, tudo parece tão óbvio quando se olha para trás. Como com Andrea no aniversário do dia em que nos beijamos pela primeira vez. Eu tinha, naturalmente, presumido que ela estava brincando ao dizer que devíamos fazer algo especial para celebrar a data, a agenda já estando destruída por muitos dias de festas e aniversários e ocasiões para lembrar. Ninguém em seu perfeito domínio da mente iria querer aumentar a quantidade de vezes que você tem que perambular raivosamente pelas lojas para comprar cartões, ovos de chocolate, mistura para panquecas, presentes. Onde é que isso vai parar? Sacrifícios de bode no Beltane? Vou terminar na casa do cachorro porque não trouxe um pequeno olho de salamandra para o caldeirão na Noite de Walpurgis?

Quando, entretanto, um ano depois que nossas línguas haviam se enroscado pela primeira vez, se tornou claro que eu não havia planejado nada, nem comprado cartões ou bombons, Andrea saiu de casa e voltou dois dias depois com um suspeito chupão circular, como se tivesse sido feito por um aspirador de pó.

Meu erro havia sido supor que, como qualquer pessoa bem-pensante, seu objetivo era evitar confusão e sentimentalismo sempre que possível, mas quando olho para trás parece óbvio que eu devia ter levado sua pergunta, "Que prazeres você planejou para este aniversário, uma ocasião muito querida para minha alma?", como uma pista maior para seus pensamentos, em vez de projetar meus próprios desejos nela. Veja como já tive talento para essa coisa de terapeuta.

— O que vou fazer, Henderson? — perguntei. — E por que você está olhando para meus pés?

— Só estou pensando o quanto eu gostaria de ser pequeno, para caber em seus sapatos, bem agora.

Senti-me como se fosse explodir. Eu tinha feito a coisa decente, ficado com a mulher que eu pensava que precisava mais de mim, e Deus havia me recompensado com o tratamento que ele reserva a seus mais leais discípulos: testes posteriores.

— Há, é claro, o Plano B — disse Henderson.

— Qual era o Plano A?

— Você não vai sair à caça do primeiro rabo-de-saia de aparência decente que passe por seu caminho em dez anos.

— O Plano A está fora então. Qual é o plano B?

— Tática de distração, meu camarada. Eu levo Cat para sair comigo, ao menos até que o sangue dela esfrie.

— Já pensamos nessa hipótese, Henderson.

— Admito, mas quando você estava numa maré ligeiramente mais alta do que está no momento. Avalio que você está se aproximando da maré verdadeira onde a dignidade, o auto-respeito, até o ciúme vai sair pela janela enquanto você tenta salvar algo das ruínas de sua vida afetiva.

Eu sabia o que ele queria dizer, mas ainda não podia tolerar pensar nele com Cat. Era difícil o suficiente pensar em mim sem ela; pensar nele fazendo com ela era além do abatimento.

— Eu gostaria que você falasse com ela, nada mais — falei.

— Ainda acho que seria mais seguro se eu transasse com ela — disse ele, assentindo como uma mãe assegurando a seu filho que havia colocado algo para mantê-lo quente em sua lancheira. — Melhor o diabo que você conhece — falei. Quase vislumbrei um pedaço de um chifre saindo de sob a cola de cabelos. Eu poderia dizer que ele estava naquele nível meio-sério que ele gosta. Se eu ficasse aborrecido, ele alegaria que estava só brincando, mas se eu dissesse ok, faça e bênção, imperador negro, ele estaria atrás dela mais rápido do que uma garota gorda dentro de uma discoteca de marinheiros. A educação de Portsmouth se mostra aqui e tenho medo.

— Não, Henderson — eu disse.

— Aproximação tipo cinto e algemas, camarada. Falar e transar. A combinação de um profissional. Para quando você precisa saber que o trabalho foi feito. — Como eu teria esperado, ele ilustrou suas palavras com um gesto das mãos e um tremor dos quadris. Lembrei-me de tê-lo visto dançar para o "The Birdie Song". Quando digo me lembrei, quero dizer que minhas tentativas de suprimir a memória haviam falhado temporariamente.

— Você mantenha seus cintos e algemas consigo — falei. Eu sabia para que servia o código "transar". Esta não era nenhuma aventura inocente de bêbado sobre a qual ele estava falando, não. Ele estava usando a palavra como um atalho para "tentativa de embarcar num relacionamento sólido para a vida toda", ou algo próxima e pessimamente equivalente. De certa maneira, pensei, era lógico para Henderson começar a sair com Cat. Ela teria apoio — emocional e financeiro — para os bebês; ele teria a estabilidade que estava procurando. Lógico como seria lógico para nós não usarmos roupas na rua nos dias de sol, mesmo quando saudando os parentes por afinidade. Lógico como seria lógico para mim, dado meu *status* como um pequeno empresário e muitos de meus pontos de vista, votar nos conservadores. Lógico mas impossível.

— E — tive um pensamento — você pode falar com ela pelo telefone.

— Dificilmente é provável que eu consiga que ela fale sobre isso pelo telefone, não é?

Eu podia ver o que ele queria dizer. Mas ali, novamente, se ele restringisse seu contato ao celular, dificilmente seria provável que ele metesse dentro dela também.

— O que quer que eu fale? — disse ele.

— Por que ela quer se encontrar com Andrea.

— Nada mais?

— Bem, se você pudesse ver uma maneira de convencê-la a não fazer isso, eu ficaria muito grato.

— Grato a ponto de me permitir uma investida nela?

— Não.

— Só umazinha? Uma minúscula pequena pegada? — Ele colocou sua mão fazendo cócegas no ar.

— Absolutamente não.

— Acho que você está pedindo demais de mim. O mínimo que você pode fazer é me deixar chegar perto e dizer, "Sabe, queria que fosse eu e não Dag que houvesse te conhecido naquela noite".

Ele cerrou seus lábios e estreitou os olhos. A última vez que eu vira um olhar como aquele foi quando estava num encontro para algum grande jogo de *rugby*. O capitão do time havia me perguntado o que eu queria beber e eu respondi "qualquer espumantezinho decente serve". Aparentemente, não era a bebida recomendada.

— Não, não e não — falei.

— Posso apenas ficar olhando desejosamente para o espaço e dizer "Não acho que Dag se dê conta do que ele está jogando fora"?

— Só faça as perguntas, você consegue?

— Alguma coisa mais?

— Certifique-se de que ela está bem — disse enquanto o Lésbico nos chamava para o jantar e Whitney terminava sua canção.

14

As velhas relações precisam ser esquecidas

Henderson havia combinado de encontrar Cat na véspera de Ano-Novo, na hora do almoço, algo a que eu estava me opondo muito.

Minha razão para isso era simples. Sem os constrangimentos de ter de levantar para trabalhar na manhã seguinte, e dada a licença do que romanticamente nos referimos como o período de festas, ele poderia ter um intervalo fácil de 24 horas com ela sem medo de o tempo ser estourado. No lado positivo, ambos poderiam ter combinado ir a festas à noite. No lado negativo, podiam decidir ir juntos.

Henderson certamente parecia estar planejando um longo encontro e estava completamente resistente à idéia de que passaria o Ano-Novo comigo e Andrea.

— Não — disse —, vocês vão querer estar sozinhos nessa data especial.

— Ficamos sozinhos em momentos não especiais — replicou. — Por favor, se intrometa.

— Vou deixar vocês dois juntos — disse Henderson, como uma tia afirmando que não era do tipo intrometida.

— Tem alguma coisa em mente ou você não nos contou, hein, H? — perguntou Andrea.

Ela tinha um leve tom de preocupação na voz. Cristo, pensei, agora *ela também* paquera ele.

Henderson e Cat haviam combinado de se encontrar em Stoke Newington, o que tornava mais fácil a retirada para a casa de Cat. Os sinais preliminares não eram bons mas eu não podia pensar em nenhum outro caminho além de usá-lo para descobrir o que ela ia fazer.

Henderson ficou dizendo coisas como "ela não é propriedade sua" e "você não pode esperar controlá-la, você está fora da vida dela". Entretanto, eu podia controlar uma coisa.

— Se você realmente for contra a minha vontade e terminar dormindo com ela, Henderson — eu disse —, lembre-se de que o edredom dela é na verdade meu. Não o dei de verdade para ela, apenas cheguei lá com ele. Você está expressamente proibido de usar meu edredom.

Henderson franziu as sobrancelhas. Ele tinha um grande respeito pela propriedade.

— Uma bunda gelada é um preço digno a se pagar pelo amor — disse com uma piscadela.

— Oh, então agora você a ama?

— Brincadeirinha — disse Henderson. — Ela provavelmente vai me recusar de qualquer maneira.

— Ela não vai precisar recusá-lo, Henderson, porque você não vai se oferecer. É... saber a razão para contactar Andrea, talvez alertá-la contra... e então fim. Legal e clínico.

Obviamente eu sabia que uma boa parte da alegada atração de Henderson por Cat era só ele me botando pilha. Mas, como qualquer médico meio-decente vai dizer a você, muito pouco freqüentemente há fumaça sem fogo. Eu sabia que ele teria que ser muito pouco razoável e mal-intencionado premeditadamente para sair com ela, mas com duas cervejas dentro dela, quem sabe?

Então, em 21 de dezembro me vi nos escritórios de Investigações Éticas Johnston — lema da empresa: "resultados baratos e rápidos" —, uma empresa de detetives particulares recomendada por Dave o Lésbico.

O escritório deles situava-se numa pequena entrada de Portobello, um esquálido quebra-mar de vidro partido e papelão resistindo à maré de riqueza da classe média que serpenteava em torno. Eu gostaria de relatar que o interior do escritório era uma charmosa confusão de papéis crescendo em pilhas loucas, como uma visão de um cartunista de Chicago ou Manhattan. Desconcertantemente, entretanto, a sala em que entrei era desnuda, exceto por uma mesa de qualidade digna de se jogar fora, que não havia sido jogada fora, um aquecedor a gás Calor — ligado no máximo — e uma variedade de equipamentos eletrônicos pulando para fora das caixas. Isso, para mim, queria dizer que eles não faziam muitos negócios.

Atrás da mesa estava um indivíduo esquálido num casaco pesado. Não fiquei surpreso com o casaco. Parecia que nenhum tipo de incêndio conseguiria esquentá-lo. No topo do desagradável efeito visual estava o fedor: gás Calor e excesso de desinfetante. Andy Sharma era o nome dele — um detetive particular que cheirava como um banheiro público. Eu fiquei muito satisfeito com aquele pensamento e sabia que Cat teria gostado também, pudesse eu contar aquilo a ela.

Isso apesar do fato de que há uma sujeira muito injusta no nome dele. O lugar só cheirava como um banheiro público por causa de suas tentativas de mantê-lo limpo, mas nós, os tipos de clientes durões dos detetives, não tínhamos tempo para correção política. Se é lealdade *versus* uma piada meio decente, a piada ganha todas as vezes. Eu acho essa uma regra muito boa pela qual alguém pode viver sua vida.

— Sr. Dogman — disse Sharma —, estávamos esperando o senhor.

Fiquei satisfeito por ele lembrar a metade de meu nome pelo telefonema que eu dera para ele, mas ali, novamente, eu teria lembrado todos os nomes de meus clientes, se tivesse apenas um. De qualquer forma, esta era a minha primeira e talvez última visita jamais feita a um espião, então pensei que exploraria aquilo por tudo que iria me custar.

— Meu amigo Dave Agonopilou — dei o nome certo do Lésbica — me mandou aqui. É o seguinte, meu irmão, na verdade, estou numa roubada. Uma mina aí está querendo sacanear minha mulher. Eu só estou a fim de ficar por dentro da parada, falou?

Sharma olhou para mim como se eu tivesse ficado maluco, o que eu tinha ficado mesmo.

— Sinto muito — disse, genuinamente sentindo muito. — Aqui só falamos inglês ou hindi.

Senti uma onda de embaraço subindo de minhas botas. Falar como alguém saído de um filme B havia parecido uma idéia divertida enquanto subia as escadas. Acho que meu problema era que eu havia visto o filme de detetive *Lady Don't Fall Backwards,* na TV a cabo, alguns dias antes. É assim que se faz uma lembrança, garotão.

— Qual, numa linguagem mais global, é o problema? — disse Sharma.

Realmente pensei que ele soltaria o mecânico "isso vai te custar" quando disse a ele o que eu queria — transmissão ao vivo da conversa de Henderson com Cat. Eu queria estar ouvindo numa van do lado de fora. Havia duas razões para isso. Eu queria ouvir direto o que Cat tinha a dizer e queria ser capaz de ligar para Julie Durona com detalhes dos lugares onde Henderson ia, ousasse ele parecer perto de se sair com uma antena, ou qualquer membro sensível, na direção dela.

Sharma me surpreendeu.

— Fácil — disse ele — e barato. Podemos usar isso.

Ele apresentou uma caneta ligada por um fino fio a uma maleta.

— Um microfone unidirecional completo, com radiotransmissor elétrico — explicou. — Eu apenas entro no restaurante, peço minha comida, aponto isso para eles e você, sentado do lado de fora, vai ouvir tudo.

— Isso funciona? — perguntei.

— Venha até a janela, garoto — disse Sharma. Isso era mais o que eu esperava, ser chamado de "garoto" por um espião. Ninguém mais que eu conhecia poderia dizer aquilo. Ele ligou um amplificador que tinha uma grande antena no topo.

— Está vendo a mocinha na rua? — Acho que ele havia ficado levemente seduzido pela idéia de ser capaz de falar como um tira particular de verdade. Era isso ou estava querendo tirar onda. Ele estava apontando para uma vendedora do mercado.

— Estou.

Ele apontou a caneta para a mulher.

— CustaéDois... custaédois — disse a vendedora.

— Soa bem indistinto, não é?

— Ela fala assim — disse o detetive, focando a caneta em outra mulher que disse que queria a fruta da frente. Ele então ampliou o campo para pegar alguém mais que disse que era uma desgraça, embora eu não tivesse ouvido o quê. Devo dizer que fiquei impressionado com a clareza da recepção.

— Você disse que ia ser barato?

— Vinte pratas a hora — disse Sharma.

— Na noite de Ano-Novo, não é mau — falei.

— Aahhh — disse Sharma —, isso vai ser hora dobrada.

— Você não é hindu? Não é o seu Ano-Novo, é?

— Todos nós somos cidadãos globais agora, sr. Dagman — disse Sharma —, especialmente em relação a quarenta pratas a hora.

Então aconteceu que me vi sentado usando fones de ouvido numa van do lado de fora da pretensiosa cabana em Stoke Newington, uma combinação de restaurante francês e entrega em domicílio chamado O Escargot Carregou. Sharma dissera que ele teria de entrar no restaurante depois de Henderson e Cat porque tinha de se certificar de conseguir um assento perto deles.

Esperamos, vigiando a rua através do vidro espelhado. Henderson foi o primeiro a chegar, pulando de um táxi. Quase saí da van e parei aquilo ali. Todo mundo tem aquela roupa atraente básica, um conjunto de roupas com as quais normalmente se sentem sortudos. Não é necessariamente aquilo em que você parece melhor, não é necessariamente sua roupa mais cara. A única coisa que define roupa atraente básica é que você fica atraente nela. E Henderson era conhecido por ter como roupa básica seu terno Anthony Clare de mil libras feito sob medida — um terno cujo traseiro jamais havia tocado a cadeira do escritório ou a fábrica Mondeo de estofamento, nem mesmo aquele opcional extra de 300 libras. Henderson havia sido muito fiel à Julie Durona — ele certamente jamais havia ido além de uns beijos apressados depois do trabalho. Não, não era que ele não havia feito nada, mas ele tivera a chance, o que, no grande esquema, é o que importa. Roupa atraente leva você ao limite, coloca suas mãos na corda e deixa você sentir a tensão. Se dá ou não um puxão, depende de você.

Ele estava usando o terno com uma camisa sem colarinho e seus sapatos irlandeses feitos sob medida. Ele parecia tão bem quanto um homem careca pode parecer. Preocupado, notei, enquanto ele passava pela van, que havia deixado de lado o *spray* de colar cabelo que estava usando recentemente. Isso poderia ter sido porque o Lésbico havia falado que ele estava tirando uma boa parte do valor de seu Range Rover porque estava escurecendo os descansos de cabeça, ou pode ser que ele não quisesse arriscar escurecer o travesseiro, se fosse sortudo. Isso também era chato.

Henderson olhou para a esquerda e a direita, checou-se na janela do restaurante, deu seu olhar de ouro e entrou.

Depois de cinco minutos, Cat veio vindo e quase saí da van novamente, mas por uma razão diferente. Ela parecia algo saído de Dickens. Você podia ver que estava grávida por causa da saliência à frente de seu casaco, mas o resto de seu corpo, dos braços às pernas e ao rosto (está em ordem aleatória, ela não é uma contorcionista), parecia ter emagrecido. Seu cabelos caíam lisos pelos ombros, como se ela não se incomodasse de penteá-los; seu casaco parecia esfarrapado.

Realmente me ocorreu que eu estava projetando esta visão dela, incapaz de pensar que ela se sairia bem sem mim. Quero dizer, um casaco perfeitamente bom não se torna esfarrapado no espaço de dois meses, se torna? Talvez meu cérebro estivesse vendo o que ele queria, recusando-se a admitir que ela poderia estar passando bem sem mim. Ainda por cima ela parecia triste e solitária enquanto andava pela rua, curvada contra o frio. Ela me lembrou muito os pôsteres de *Os miseráveis*, a criança de rosto branco como o leite lutando contra um mundo cruel.

Você devia ter pensado sobre isso quando estava tendo o caso com ela, disse uma voz em minha cabeça. Pensei ter visto rua abaixo um *flash* de amarelo luminoso. Ridículo! Senhoras de placas não trabalham na véspera de Ano-Novo.

Apontei os dois para Sharma e, com 40 libras de meu dinheiro — eu havia esquecido que ele ia querer gastar alguma coisa lá —, ele abriu caminho para o restaurante.

Coloquei os fones e esperei, na malha que minha mãe me dera de Natal.

Andrea e eu tínhamos visitado meus pais no Natal. Como eu já sabia, nada que eu diga, e quero dizer nada mesmo, parece não aborrecer minha mãe. Eu havia feito isso daquela vez por não ter chegado direto e dito que não havia gostado da malha que ela comprara para mim. Isso tinha acontecido porque eu havia gostado, embora ela percebesse um olhar em mim sugerindo que eu não tinha gostado e imaginava por que eu tinha de fingir e vestir uma malha que detestava quando podia simplesmente devolvê-la.

Depois de um pouco de leva-e-traz, durante o qual eu havia sido incitado a dizer "Pelo amor de Deus, é uma malha, uma lembrança, realmente importa se gosto ou não?", ela havia rompido em lágrimas dizendo "Você não acha que eu seja forte o suficiente para encarar uma rejeição". No fim desisti e disse a ela que odiei a malha e perguntei por que ela não se incomodava em me perguntar o modelo que eu apreciava antes de comprar uma coisa tão estúpida.

Disse que devolveria aquilo eu mesmo, porque nem podia confiar nela para fazer aquilo. Ela havia parado de chorar, satisfeita por eu ter-lhe dado crédito para a força mental de ganhar minha desaprovação. Eu não havia devolvido de verdade. Eu preciso me lembrar de não usá-la quando a vir. Podia fingir que a havia trocado pela capa de carro que havia pegado no Companhia Ungoliant Pharma Encontra a Liga de Golfe Profissional.

Os fones estalaram.

— Sabe — disse a voz de Henderson —, às vezes acho que Dag simplesmente não se dá conta do que ele teve com você. — Ele deu um risinho baixo, que soou tão atraente como aquele de um vilão de Scooby Doo no ponto onde acha que está vencendo.

Ainda assim, me senti endurecer.

— Quero você — disse Henderson —, isso é tudo o que posso dizer, clara e simplesmente. Fica comigo essa noite!

Ele então, bizarramente, começou a assobiar sua música favorita — o tema de *Fugindo do inferno.*

Minha mão foi para a porta da van.

— Me deixe ser um marido para você e um pai para seu filho. Dag não pensa mais em você, de verdade. Ele é uma maçã ruim. Um patife.

Eu já tinha passado pela porta do carro e estava na frente do restaurante, os fones pendendo de minhas orelhas. Eu devia ter sabido. A única coisa que havia aprendido em minha adolescência era que, se você pensa que é difícil sair de um amor sem dor, você deveria tentar um *hi-fi*. Espreitei por sobre as meias-cortinas como um curioso da vizinhança observando as idas e vindas da casa ao lado. Henderson estava sentado sozinho na mesa. Fiquei lá confuso por um segundo, esfregando minhas orelhas. Ele se virou para a janela e fizemos contato visual.

— Que foi? — ele murmurou para mim.

Do fundo do salão vi Cat vindo. Ela fora ao banheiro e Henderson estava simplesmente jogando conversa fora por motivos mais bem conhecidos por ele mesmo. Antes que ela pudesse me ver, mergulhei de volta para dentro da van e fechei as portas.

Fiquei feliz por Henderson ter me visto. Aquilo tinha dado a ele um tempo para pensar.

Coloquei os fones de volta.

— É bom da sua parte vir me encontrar — ouvi Cat dizer. Henderson era um vendedor, realmente a havia convencido de que ela pedira para vê-lo.

— Sem problemas — disse ele. Eu não conseguia saber se o microfone não estava muito bem focado nele ou se ele estava com aquele tom desligado de sua voz.

— Desculpe pelo banheiro — disse Cat —, estou tendo que ir toda hora, agora. É o bebê.

— Sem problemas — disse Henderson mecanicamente.

— Vocês gostariam de pedir um drinque? — veio a voz do garçom.

— Sem problemas — disse Henderson. Ele havia ficado obviamente um pouco confuso por me ver e estava ocupado se recompondo. Então reencontrou sua voz. — Como você está se sentindo a respeito dessa coisa toda do Dag?

— Bem melhor — disse Cat. Não gostei do som daquilo. Claro que gostei do som daquilo em teoria, só que na prática eu queria que ela ainda me amasse. Meu lado moral estava desapontado por ouvir que ela não estava tendo bons momentos mas, vamos encarar, eu tenho um lado moral como o Manchester United tem um time de várzea. Não é o foco principal da minha existência.

— Alguma razão em particular? — disse Henderson.

— Provavelmente porque eu não poderia ter me sentido muito pior.

Henderson deu um pigarro breve e profissional, quase do tipo que ele solta dia após dia como um sinal de apreciação das gracinhas sem graça de seus clientes. Havia algo mais, entretanto. Ele parecia nervoso, embora não tivesse o direito de estar. Nervoso é como você fica quando está tentando namorar alguém. Quando está tentando extirpar alguma coisa dessa pessoa você age desinteressado e seguro.

— Foi tão ruim assim? — disse Henderson, parecendo o inverso de desinteressado — fixado, praticamente.

— Não, nem tanto — disse Cat. — Eu fiquei bem. Nada que umas tentativas de suicídio não tivessem consertado. — Senti um enjôo crescendo dentro de mim.

— Você está brincando? — disse Henderson.

— Não — disse Cat —, só uma vez dei adeus de verdade.

— Merda — falei para ninguém.

— Isso afetou o bebê? — disse Henderson. Eu podia ouvir um leve tremor em sua voz.

— Duvido — disse Cat. — Tentei mergulhar para a morte entrando num cibercafé às duas da madrugada e perguntando aos caras o que era tão bom no Tomb Raider.

— O que a salvou? — disse Henderson. Ouvi um grunhido. Ele estava fazendo aquele movimento charmoso sociável, onde sorri indulgentemente e se reclina na cadeira.

— Eles notaram que eu era uma garota e perderam o interesse — disse Cat. — Eles não notaram nas duas primeiras horas, comigo sendo apenas uma letra C.

— Que sorte — disse Henderson, com outro grunhido que provavelmente indicava uma inclinação para a frente para um leve passar de seus olhos nos seios dela. — Falando sério, então, como você tem passado?

— Muito mal.

— De que maneira? — disse Henderson. Essa linha de questionário era francamente do tipo "Seja amado — isso satisfaz".

— Da maneira óbvia, claro — disse Cat. — Num minuto sou uma garota solteira com uma carreira boa. Tudo o que digo é "Não tenho certeza se isso é para mim" e só meu destino, minha fada-madrinha, está ouvindo. Desejo concedido. Você não é mais uma garota com uma carreira, você é uma mãe solteira. Eu estava sentada ali olhando para meu umbigo e subitamente meu umbigo começou a sair fora para encontrar meu rosto.

— Ele não está realmente encontrando seu rosto, está? — disse Henderson com uma fraca sugestão de desgosto.

— Eu estava exagerando com o objetivo de uma coisa interessante para dizer — disse Cat.

— Não há maior consideração que alguém possa ter — disse Henderson. Ele estava levantando a barraca suavemente, me lembrava alguém que eu conhecia.

— Você está falando como Dag — disse Cat.

— Causo uma boa impressão, na verdade — respondeu Henderson. Eu não podia calcular se ele havia percebido que estava sendo gravado ou não. Mais do que provavelmente, tentava subliminarmente lembrar que ele podia causar uma clara boa impressão de mim por baixo do quente edredom da paixão.

— Como ele está? — perguntou Cat.

— Ele é Dag — disse Henderson. — Olhe para aquela maldita e grande van bloqueando a vista da frente do restaurante.

— Isso não me incomoda.

— Não deveria incomodar.

— Ele está feliz? — Cat parecia subitamente séria. Não seja tão capacho, garota, pensei. Eu não gostava da idéia de ela não lutar. Queria que ela mantivesse a dignidade em tudo isso, pelo amor de Deus.

— Mais ou menos.

— Que pena. Eu estava esperando que estivesse tão infeliz quanto a desgraça.

— Você sempre poderia torná-lo tão infeliz quanto a desgraça — disse Henderson. Firme, pensei, não queremos *essa* dignidade toda.

— Contar à noiva dele, você quer dizer?

— Isso provocaria isso.

— Hummmmm — fez Cat.

Eu me senti como um comandante militar que havia mandado suas excelentes tropas para remover alguns terroristas apenas para ouvir "Oh, veja, você fez a ligação desta bomba toda errada, aqui, deixe-me mostrar como é que se faz" vindo através do rádio. Eu estava quente debaixo dos meus fones.

— Estou considerando isso — disse ela —, mas seria pura vingança.

— Pode ser bastante catártico.

— O que você está fazendo? — falei para o espaço. Eu não conseguia descobrir as motivações de Henderson aqui. A menos que ele imaginasse que eu estava ouvindo e estivesse apenas tentando me provocar. Certamente ele estava acima daquilo.

— O fato é que — disse Cat — realmente o amo. Triste como é, quero que ele seja feliz. — Olhei para meus sapatos. Às vezes, como um abelhudo, é melhor ouvir coisas más a seu respeito do que boas. Senti uma sensação de culpa rastejar ao longo de meu corpo.

— Você não está totalmente voltada para seu lado negativo? — disse Henderson. — Tem que ser uma coisa *yin yang* aqui, sabe. Muito *yin* pode conduzir para *yang* insuficiente. E então onde estamos?

— Oh, eu sei — respondeu Cat. Este é o nível da generosidade da mulher, indo em frente com tal imundície.

— Ele diz que você entrou em contato com a noiva dele — disse Henderson.

— Obrigado, finalmente — repeti, novamente para ninguém.

— É — confirmou Cat.

— Vocês já querem pedir? — perguntou o garçom.

— Queremos — disse Henderson, perdendo completamente o fio da meada.

Eles pediram, Henderson escolhendo lagosta. Ele nunca se deu conta de que as mulheres não ficam impressionadas com você pedindo a coisa mais cara do cardápio, provavelmente por causa da Julie Durona e muitas de suas amigas que vão realmente olhar para você de cima a baixo se você não pedir a coisa mais cara do cardápio.

— Você quer champanhe? — disse Henderson.

— Melhor não, os bebês.

— Eles vão ficar bem — disse Henderson. — Nunca tive uma ressaca até que tivesse perto de vinte e quatro anos. Eles terão muitos anos antes de precisarem se preocupar com isso.

— Vá em frente, então — disse Cat —, mas só umas duas garrafas, nada mais.

— Essa é a minha garota.

— Não, Henderson — falei. — Essa é a *minha* garota.

— É — retomou Cat —, eu contactei Andrea. Ele pediu a você para descobrir por quê?

— Diga que não — falei. Eu não queria que ela pensasse que me deixou preocupado, se esse era seu objetivo.

— Sim — disse Henderson —, ele está muito preocupado com isso, se esse era o seu objetivo.

Houve um silêncio, durante o qual me lembrei de quanto a comunicação é não-verbal.

O champanhe foi trazido e servido.

— Vamos apenas dizer que estou curiosa — disse Cat. Ela disse isso com um leve tom que podia ter sido tomado como hostilidade. Eu me lembrei que ela poderia estar apenas representando para Henderson.

— Como um adjetivo ou um nome? — disse ele, aquele leve tom elegante em sua voz que indica que está tentando ser claro.

— Quando é que é um nome? — disse Cat.

— Como em curiosidade matou o gato? — disse Henderson.

— Que tal como em "curioso matou o gato"? — disse Cat.

— O que seria aí?

— Gramaticalmente incorreto — disse ela.

— Estou certo em pensar que curioso é apenas um nome quando é uma palavra completamente diferente, como "mesa"? — disse Henderson.

— Está.

— Achei que estava — disse ele. Ouvi o tilintar dos copos e o tinir de risos. Não gosto de tinir de risos em circunstâncias como esta, eles podem muito facilmente se tornar o tinir de transas, se é que você entende o que quero dizer.

— Então por que vai encontrar Andrea? — disse Henderson. Isso é bom, pensei, muito bom, amaciá-la, torná-la relaxada, pergunta mortal. Você fez bem, meu pupilo.

Cat não disse nada, embora eu pudesse imaginá-la inclinando a cabeça e olhando para baixo, para um dos lados, da maneira que ela fazia quando estava perdida em seus pensamentos. Recordei a graça de seus movimentos, como uma gata de verdade.

— Então...

— Não precisa repetir a pergunta, só estou pensando.

— Desculpe — disse Henderson.

Imaginei Cat tamborilando a mão na mesa e lutando com as palavras, como ela havia feito entre risos na noite em que a conheci, como ela tinha feito em lágrimas na noite em que terminamos. Veja, se você não pode ter um ataque sentimental por sua própria conta nos fundos de um Transit ouvindo seu melhor amigo cantar o amor de sua vida, onde mais você poderia?

— Acho que realmente vou vê-la pelo bem dos bebês.

— O que quer dizer com isso? — disse Henderson. Lá ia ele de novo.

— É só que eu gostaria de ser capaz de contar a eles tudo sobre o pai deles de maneira apropriada. Quero poder contar a eles como era a noiva do pai deles, o que seus amigos pensavam dele, tudo. Há um tanto de mim que quer conhecê-lo mais profundamente agora que ele se foi do que eu quis mesmo quando ele estava aqui. Só quero descobrir como eu pude me enganar tanto a respeito de alguém, de verdade.

— É exatamente como me senti sempre que estive seguindo as pessoas — disse Henderson. — Graças a Deus há leis para coibir os excessos de meu comportamento agora.

Ambos riram, mas não era engraçado. Ali na van do detetive, aconchegado atrás do vidro espelhado e ouvindo nos fones, a terrível verdade amanheceu em mim. Eu estava sendo seguido.

Então tive uma idéia brilhante. Peguei meu celular e rapidamente mandei uma mensagem de texto para Henderson.

— Ela vai contar a A? — escrevi.

Ouvi seu telefone tocar e então ele pedindo desculpas a Cat enquanto pegava a mensagem.

— Trabalho? — disse ela.

— Certamente não é prazer — replicou Henderson. Então ele disse, sem rodeios. — Pretende contar a Andrea?

— Pretendo tomar minha decisão quando a vir.

Isso não era o que eu estava esperando. Um "sim" e eu teria de encarar a situação e contar a Andrea de qualquer maneira, um "não" e tudo seria uma doce bênção, seguir em frente gostando da recompensa de responsabilidade em vez de paixão. Este meio do caminho não era nem carne nem frango, como Terence Trent D'Arby uma vez comentou, pouco antes de desaparecer de vista.

— Na verdade — disse Cat — sinto muito sobre isso, mas eu poderia ir ao banheiro de novo?

— Claro — disse Henderson —, mas só mais essa vez. Vou responder a esse telefonema enquanto espero.

Espiei do fundo da van em contemplação. Henderson estava subitamente do lado de fora. Estava fazendo uma ligação e pressionando seu rosto como uma criança contra a janela de trás. Assim que ele completou a ligação, ele andou para longe da van, fingindo vaguear para mim. Alguns minutos mais tarde, ele voltou para o restaurante.

— Sinto muito — disse ele —, mensagem urgente. Mais champanhe?

Houve mais brindes e alguns goles.

Então Henderson disse:

— É uma vergonha isso tudo, de qualquer forma. Dag tem um monte de camas. É difícil perder um amor como esse, especialmente quando ele poderia tão facilmente crescer através da criança. Acho que ele amava você. É... — ele pareceu estar procurando as palavras certas — ... uma vergonha. É como se ele e você se entendessem bem, mas o mundo entendesse errado. Acho que ele ainda estaria com você se pudesse.

Henderson estava falando a verdade, mas também estava me mantendo com Andrea. Os pais dela, os anos que passamos juntos, e agora até o fato de que eu já havia aborrecido Cat. Ao menos eu não chatearia mais ninguém se simplesmente ficasse como estava.

— Hora errada, lugar errado — disse Cat.

— Fale-me sobre isso — disse Henderson.

— Esse tipo de coisa já aconteceu com você?

— Bem, acontece com todo mundo, não acontece? — disse ele cansado. — Não importa o quanto você ligue para alguém e ele para você, as coisas nem sempre funcionam bem.

Agora esse enunciado de Henderson pode soar óbvio e banal, e sem dúvida era óbvio e banal, mas comparado a grande parte do que eu havia escutado ele soltar nos últimos vinte estranhos anos era o Discurso de Gettysburg, o Sermão da Montanha, "Penso logo existo" e "Bom te ver; te ver bem" se juntaram num só.

Além do mais, era uma indicação muito clara de que ele sempre arrastara uma asa para Cat.

— O que deu errado entre você e Julie então? — Aquilo era algo em que eu jamais havia ido fundo com ele, raciocinando que ele não ia querer insistir naquilo e ia desejar o espaço mental para se refazer.

— Na verdade não sei — disse Henderson. — Eu queria filhos, ela não queria. Essa era uma grande dificuldade. E eu não a amava. Isso é bom se você está tendo outras coisas que quer, mas se você não tem amor, você não tem filhos e no fim das contas você nem mesmo tem sexo, onde isso te deixa?

— Então você não iria querê-la de volta? — perguntou Cat.

— Oh, com certeza — disse Henderson. — Ela mantinha os canteiros de rosas adoráveis.

Cat deu um risinho triste.

— Não — disse Henderson —, existe a pessoa certa para mim aí, eu sei, só preciso esperar.

— Seu escroto — eu disse para meus sapatos.

— Você não ia querer Dag de volta? — perguntou ele. Houve uma pausa.

— Não sei. Metade de mim se sente tentando tê-lo de volta, a outra metade se sente tendo minha vingança e metade de mim se sente indo embora.

— Há três metades em seus sentimentos — disse Henderson.

— É, e elas não são nem a metade deles.

— Claro — disse Henderson —, se você realmente quer aborecê-lo, deveria ir para a opção de transar com o melhor amigo dele. É o clássico.

— Esse seria você, certo?

— Sabe, acredito que sim — disse Henderson, como se o pensamento tivesse acabado de ocorrer-lhe. — Mas, como qualquer cavalheiro, estou naturalmente desejando fazer qualquer coisa para ajudar uma dama em perigo. — Houve uma baixa reverência em sua voz enquanto ele metaforicamente girava seu chapéu de cavalheiro.

— Você teria de ter certeza de que eu realmente gostaria disso — disse Cat. — Mais do que jamais gostei com ele, só para realmente sacanear ele. — Bati no lado da van, machucando minha mão.

— Não vejo nenhum problema nisso — disse Henderson com o tipo de voz que você imagina que Michelangelo adotaria, tentando assegurar a alguém que ele poderia decorar seu quarto sobressalente. — Que tipo de coisa você tem em mente? — Ele deu uma engolida particularmente vigorosa no que presumi ser um pedaço de lagosta.

— De verdade, de qualquer forma, o que você acha que eu devia fazer? — disse Cat.

— Oh, não estávamos falando sério?

— Não.

— Claro que não. Vá ver Andrea e então veja o que você acha. Se sentir que deve contar a ela, conte a ela; se não, não conte. É uma decisão que apenas você pode tomar. Mas se realmente ama alguém, então às vezes a melhor coisa que pode fazer é deixá-lo em paz.

Este era um lado de Henderson que eu jamais vira. Este não era o Henderson que gostava de aparecer, o aspirador de apertos de mãos, o atacante das bolas de golfe. Não era o conselho que eu gostaria que ele desse, mas poderia ter sido muito pior.

— Sei que ele gosta pra caramba de você, mas ele tomou sua decisão e talvez você deva aceitá-la. Ou, se isso faz você se sentir melhor, explode tudo de uma vez. Ele agiu de maneira muito egoísta, então por que você também não faria isso? O que quer que aconteça, você tem amigos para contar. A qualquer hora que precisar conversar, pode me ligar.

Houve outra pausa enquanto as bebidas eram bebidas e a comida mastigada, deduzi.

— Você não é bem o cara que parece ser, é? — disse ela.

Henderson deu uma pequeno fungada.

— É a influência de Dag. Sempre levo meia hora para sair daquela coisa infantil quando conheço alguém que é ligado a ele. — Eu me contive sob os fones. Era Henderson quem sempre começava a brincadeira infantil. Eu ficaria feliz de falar sobre coisas sérias, mas era ele quem sempre entrava com golfe, carros ou política, ou sua versão de política, que normalmente combinava com o discurso "Dême a corda, eu mesmo cuido disso".

— Ele é tão imaturo assim?

— Não ele, nós. Ele provavelmente é como eu sou quando está sozinho, é só que nos conhecemos há tanto tempo... você sabe, toda aquela brincadeira de competição, todas as histórias loucas... é o que fazemos. Nos poupa de conversar um com o outro, suponho.

Houve outra pausa. Henderson pediu mais champanhe. Ele deve ter ficado nervoso porque estava claramente engolindo aquilo numa velocidade incrível.

— É bem engraçado de qualquer forma, às vezes — disse Cat. Pude ouvir um sorriso em sua voz.

— Você está certa. — disse Henderson. — Muito certa. Há suficiente poesia e desespero. Conte-me sobre você. — Ele reiniciou seu estilo insistente. — Não sei nada sobre você na verdade. De onde você veio e o que faz? Comece do início. O que seus pais fazem para viver?

— Nunca conheci meu pai.

— Sinto muito.

— Não sinta, foi um milagre, considerando o quanto ele costumava cercar a nossa casa quando estávamos crescendo.

Com um pulo reconheci o uso da piada batida mais uma vez. Foi isso o que ela me disse quando nos conhecemos, pensei.

— Meu pai era um alcoólatra, pura e simplesmente — disse Cat.

Literalmente senti o chão se mover embaixo de mim enquanto ela começou a colocar para funcionar seu procedimento de rotina "oh, não, agora me lembro de que ele era de fato o homem mais doce que a natureza jamais conheceu".

Os mais observadores terão notado que eu disse que "literalmente" senti o chão se mover sob meus pés. Muito freqüentemente, no idioma moderno, essa palavra é usada de uma maneira medíocre para significar quase o inverso de seu senso estabelecido. Não sou um homem dado a tal negligência. Então deixe-me dizer que o que eu queria dizer era que eu praticamente, virtualmente, quase, senti o chão se mover embaixo dos meus pés. Isso foi certamente o que pensei na hora, que o golpe de ouvir Cat entrar no que eu presumia ser um canto de acasalamento havia feito tremer minhas bases e sacudido minhas amarras. Eu supunha que havia experimentado o que os franceses chamam um *coup d'force*, e nós um golpe pessoal, uma pancada, então eu rapidamente coloquei minha inteira concentração de volta no que estava acontecendo nos fones. Cat havia terminado sua piada e Henderson estava rindo, dizendo a ela que devia ter comparecido a suas aulas de escrita criativa, não tivesse sido ele expulso por sua insistência de que *limericks** eram uma forma válida de arte. Ela estava rindo muito, como se não tivesse se divertido tanto há séculos, o que eu acho que ela provavelmente não tinha mesmo.

— São a rigidez e a disciplina completas do *limerick* que adoro — disse Henderson, crescendo com sua voz zombeteiramente elegante.

— Você realmente se parece com Dag! — Cat riu alto.

— Estamos numa conjuntura histórica única, onde tais observações são possíveis. Gerações anteriores não tinham tempo para tal besteira — disse ele.

Cat uivou novamente. Ele realmente se parecia comigo. É um sentimento esquisito ouvir você mesmo reduzido a um maneirismo, um tom de voz, ouvir você como os outros te ouvem.

— O poeta se coloca, e a nós, muito a nós, um problema, um enunciado positivo, mas também uma questão — continuou Henderson. — "No alto do velho Khyber Pass..."

Lá vamos nós, pensei.

— "Onde os asnos ruminam a erva maldita", bem, o ouvinte, e esta é uma forma muito viva e vocal...

Admito que, quando discutindo sobre hinos de futebol uma vez, eu os havia descrito como "uma vibrante herança oral", mas nunca havia dito "uma forma vocal viva".

Henderson continuou.

— ...o ouvinte naturalmente pergunta o que, o que no velho Khyber Pass, que efeito poderia ter o consumo de *cannabis* na constituição eqüina? Há tensão aqui, tensão mas inevitabilidade, tudo dentro da maravilhosamente rica tradição inglesa rude.

Ele definitivamente estava me representando. Continuou.

— "Eles não fumam um baseado, eles dizem que não há por quê, pois se quiserem podem cheirar a bunda de Dobbin." — Eu ouvi Cat perguntando, meio divertida, se aquilo era um dos dele.

*Poemas humorísticos de cinco versos. (*N. da T.*)

Imaginei se isso valia realmente o investimento de 40 libras a hora.

Eu estava escutando Henderson congratulando-se a si mesmo pelo *limerick* quando me dei conta de que havia realmente sentido literalmente o solo se mover embaixo dos meus pés — ou, para ser mais explícito, meus pés se moverem sobre o solo. Espiei momentaneamente para notar que eu parecia estar sendo levantado no ar. Arrastei-me para a divisória da van e olhei através do vidro espelhado para ver o fundo de um reboque e a legenda "Conselho de Hackney — trabalhando para manter Londres em movimento". Eles estavam certamente fazendo um trabalho razoável comigo.

— Lá vai a van que estava irritando você — disse Cat.

— É, eu telefonei e mandei rebocá-la — disse Henderson. — Não consigo suportar estacionamento ilegal, você consegue? Então, como é o interior do seu apartamento? — eu o ouvi dizer enquanto o sinal apagava e a van se movia sem controle.

Duas horas foi o tempo que o detetive levou para encontrar o estacionamento depois que liguei para ele. Na hora em que voltamos ao restaurante, os telefones já estavam tocando sem resposta e nada havia a fazer a não ser retornar para a casa ancestral e esperar Henderson voltar. Eu tinha a sensação de que podia ficar esperando algum tempo.

15

Enigma crucial

Voltei para casa por volta das oito horas, exausto de minhas diligências no estacionamento.

Não sei por que, mas algo havia me possuído para pegar o transporte público para casa em vez de pegar um táxi. Acho que foi provavelmente o estado dos táxis em Stoke Newington, muitos dos quais se esforçariam para preencher as condições de segurança de uma armadilha vietcongue.

Gastei um bom par de horas para retornar, rangendo até a Liverpool Street no ônibus e depois me sacudindo no metrô por um século, minha única diversão sendo um exemplar do *Corriere della Sera* que encontrei e tentei ler.

Entrei na casa e ouvi música vindo da sala da frente, Whitney ou Celine ou uma dessas. Andrea estava se contagiando com o gosto de Henderson, obviamente.

Fiquei de pé por um segundo sem acender a luz, só olhando para o saguão na sombra. Lembrou uma cena de presépio numa caixa de vidro que eu vira num mês de dezembro do lado de fora de uma igreja na Itália. Você colocava umas poucas moedas e os sábios se enfileiravam, os asnos comiam e uma luz saía da manjedoura do menino Jesus. Estava chovendo e ninguém havia colocado dinheiro nela. A casa dava a impressão daquilo, de algo que permanecia adormecido. Acenda a luz, pensei, e tudo começa novamente sob sua própria força. Não havia mais força necessária adiante de mim.

Você fez sua escolha, você não tem o direito a esses sentimentos, disse a mim mesmo.

Tirei meu casaco e me aproximei da porta da sala de estar. Pensei em Andrea, me dei conta de que ela não devia ter me ouvido entrar, com a música ligada e tudo o mais. Já que eu havia passado do estágio em que rotineiramente gostava de assustar as pessoas por pura diversão, acendi a luz e chamei por ela.

— Oi! — ouvi do outro lado da porta. Eu a abri e entrei.

Henderson estava deitado de costas apoiando uma taça de champanhe na testa. Andrea estava sentada no chão com o tabuleiro de Scrabble entre eles.

— Bem — comentei, contendo minha surpresa, não, delícia —, esta é uma cena de felicidade doméstica.

— Infidelidade! — gritou Andrea. — Armei a armadilha e você entrou direto, não? Palavra de três! Você está fodido, Henderson. — Ela adicionou sete letras ao que eu presumi fosse uma das contribuições de Henderson — a palavra "ide". Besteira, não Scrabble, era o seu talento.

Cat devia ter ido para casa sozinha, pensei. Excelente. Então me dei conta de que, enquanto aquilo poderia simplesmente ser tomado como uma indicação de que ela não estava a fim de Henderson, também poderia ser tomado como uma indicação de que ela não estava a fim de mim e ainda estava muito a fim de encontrar Andrea. Também significava que podia estar a caminho de uma festa a fantasia onde ela conheceria algum garotão tatuado e com *piercings* com um grande futuro na cidade. Eu ficaria feliz se isso acontecesse, claro, em teoria. E nós todos sabemos sobre o que é em teoria.

— Bebi muito — disse Henderson. Mas não tanto que houvesse esquecido de remover o terno Anthony Clare de cinco mil libras, notei. Ele não estava usando nada além de cuecas e uma camiseta. A camiseta, eu sabia, era uma coisa retrô anos setenta, altamente na moda, altamente irônica, ainda assim horrível.

Lá pelos anos 50, Cary Grant havia destruído a indústria de roupas tirando a camisa para revelar um peito desnudo. Vou simplesmente recordar que Henderson não parecia ser o suficiente para motivar um *revival* em suas fortunas.

— Talvez você gostasse de subir para um cochilo, se não não vai estar num estado adequado para a chegada do Ano-Novo — eu disse, explicitamente. Eu queria uma chance de interrogá-lo apropriadamente sobre Cat.

— Preciso terminar o jogo — disse Henderson. Ele estava realmente muito bêbado. Eu não o via assim desde que ele havia se dado conta exatamente de quantas calorias seu medidor de bebidas contém. Havíamos calculado que em nossos vinte e tantos hábitos de bebida, uma hora na ginástica pagava cerca de quinze minutos no *pub*, antes de você enfiar para dentro os bolinhos de queijos e cebolas fritos. Em benefício de seus engradados, Henderson havia diminuído bastante a quantidade de álcool que consumia. Isso havia sido na verdade quando o Henderson que gosta de aparecer entrou em cena.

— Não se preocupe — eu disse —, eu posso terminar para você. — Olhei para o tabuleiro. — Vai ser difícil, de qualquer forma, não pode haver tantas palavras de duas letras sobrando.

— Deixei ele usar algumas duas vezes — disse Andrea. Ela tinha mesmo. Havia dois "em" no tabuleiro.

— Id — disse Henderson, olhando do chão para dentro de meus olhos — é um termo freudiano para o velho ooooi! Lembre-se disso e você não vai muito longe, meu filho. E Ibo. São membros de uma tribo.

— Pessoas de uma tribo — disse Andrea, corrigindo-o sem levantar os olhos das peças.

— Os que conheci eram uns sujeitos — disse Henderson.

— Onde está o Lésbico hoje? — perguntei.

— Tirou a noite de folga. Aparentemente é impossível conseguir qualquer pessoa para bater em qualquer pessoa profissionalmente na noite de Ano-Novo, eles estão todos na rua enchendo a cara — disse Andrea —, portanto Henderson está a salvo.

— Isso é tocante de uma maneira estranha, não é? — comentei.

— Não sei por que ele se importa com esse Lésbico — disse Andrea, as sobrancelhas franzidas como se estivesse conjurando alguma outra longa palavra diabólica. — Julie nunca vai mandar espancá-lo, ela tem classe. Ela vai mandá-lo aos tribunais.

— Para quê?

— Ela vai pensar em algo — disse Andrea, enterrando os olhos nas letras do Scrabble.

A taça que Henderson estava tentando equilibrar em sua cabeça caiu no carpete.

— Você precisa de ajuda para ir para a cama? — perguntei.

— Nem um pouco — disse Henderson, pronunciando o "p" cuidadosamente, como um motorista na frente de uma grande dama.

Eu o ajudei escadas acima para o quarto, com a facilidade com que alguém poderia espremer um elefante num provador de roupas.

— Espero que não tenha ficado nesse estado quando estava com aquela moça.

— Ela é adorável — disse Henderson, muito preocupantemente.

— Ela disse o que ia fazer a respeito de Andrea?

Henderson se sentou, subitamente arrogante.

— Ela vai fazer como achar melhor — disse ele, como um juiz da Suprema Corte dizendo "e exatamente quem são esses Beatles?".

— Então você não descobriu?

— Tentei, Dag, tentei. Mas foi difícil, de qualquer forma. Eu só podia pensar em você naquela van e em mandá-lo embora. Desculpe. — Ele começou a rir.

— Tudo bem — falei.

Henderson desmoronou sobre sua cabeça, assoviou as primeiras notas de *Fugindo do inferno* e começou a roncar alto.

Eu estava prestes a me dirigir para baixo quando minha atenção foi tomada por uma carta pregada com o texto para baixo sobre a lâmpada na mesa-de-cabeceira. Ninguém escreve mais cartas realmente, sendo esta a era do *e-mail*, então fiquei curioso para descobrir o que era.

Estava num envelope em branco, sem selo, escrita no tipo de rabisco que entendo ser sustentado largamente por médicos e a comunidade de extorsionários através do país. Eu a peguei. Não reconheci a letra, mas não reconheço nem a minha própria.

"Ela Suspeita", estava escrito. "Perigo a Caminho. Cuidado com ambos."

Eu teria pensado imediatamente que era de procedência criminal pelo pobre uso de letras maiúsculas e a lamentável falta de qualquer formalidade. O que me chamou a atenção, entretanto, era a assinatura.

"Um amigo maldito", dizia. Nenhum homem de classe jamais assina de tal maneira. Não havia envelope, então não havia meio de saber de onde viera, ou mesmo se Henderson a havia escrito.

Minha nossa, pensei, parece que o Lésbico pode ser necessário, no fim das contas.

Estranhamente, isso não me assustou muito. Afinal, era Henderson quem se achava na linha de fogo de Julie — eu estava suficientemente certo de que "ela" era ela. Eu sempre havia me dado bem com Julie, muito por concordar com tudo o que ela dizia e admirar seu quarto *master*, estilo tropical, "de muito bom gosto", com um *spa* anexo. Perigo a Caminho. Não, Andrea estava certa. Aquilo poderia significar apenas perigo financeiro.

Olhei para Henderson roncando na cama e subitamente me senti imensamente protetor em relação a ele. Ele era meu amigo há mais tempo que qualquer outro, na verdade. Estivemos juntos em altos e baixos, na verdade, mais altos — esta era minha primeira dose de baixo. Eu o conhecia melhor do que conhecia qualquer pessoa no mundo.

Ele tinha a mente imunda, só pensava em dinheiro, era infantil e frágil, mas eu realmente gostava dele daquela maneira masculina que você vê nos filmes de *cowboy* de Hollywood dos anos 50 (não nos bares antigos de *cowboys*). Poderia eu invejar a felicidade dele com uma mulher que eu amava mas não podia ter? Poderia eu colocar meu próprio desconforto sobre sua chance limitada de felicidade familiar? Claro que poderia. Eu queria Cat o mais longe possível de minha vida, um claro rompimento. Eu não queria viver com minhas culpas secretas tão próximas, e não queria vê-la com outro homem, não importa o quanto ele fosse meu amigo.

— Eu te amo e quero que você se case comigo — disse Henderson, dormindo.

— Sinto muito, querido, já estou comprometido — falei.

— Ele nunca vai saber, tenho cortinas para nos cobrir. Elas são ricas e de veludo.

— Ele já sabe — eu disse — e haverá cortinas para você se a cobrir.

— Não se case com ele — disse Henderson. — Meu veículo inteiro está à sua disposição.

Ocorreu-me gravá-lo dizendo isso tudo. Desde a viagem de esqui de mil-novecentos-deus-sabe-o-quê, quando eu havia caído vítima da brincadeira da mão no balde de água enquanto estava dormindo para que se molhe a cama, eu estava em busca de vingança.

Aquilo havia realmente me aborrecido. Em primeiro lugar, odeio esse tipo de senso de humor calças-na-cabeça, e em segundo eu não havia gostado de molhar a cama. Foi terrivelmente chato ser acusado de não ter senso de humor quando eu não teria achado engraçado se tivesse acontecido com alguém mais. Além disso, você paga seu dinheiro e faz sua escolha.

Gravação, entretanto, não teria realmente sido suficiente. Achei que minha melhor vingança estava surgindo daquele tipo de comportamento e mostrando que eu era um ser humano superior. Ainda por cima, era muito tentador enfiar os calções de Henderson na fenda de seu traseiro.

— Ela não vai se casar comigo — eu disse —, ela não ia.

— Sei que o Range Rover faria isso — disse Henderson. — Direção quatro por quatro funciona sempre.

— Vou deixar você com suas besteiras — falei.

— Come montanhas como estas — disse Henderson.

Voltei para Andrea.

— Ele dormiu? — perguntou ela.

— Sim, graças a Deus, até que ele precise se alimentar em algumas horas — eu disse. — Você sabe o que ele foi fazer hoje?

— Foi ver algum cliente, acho — disse Andrea. Ela estava olhando novamente para as peças do Scrabble. — Você jogaria? Tenho uma grande palavra que quero colocar aí.

— Um cliente na noite de Ano-Novo, isso é muito esquisito — falei. Eu havia esquecido que a história de Henderson era também minha história, num jeito de dizer.

— Não estou realmente chateada, Dag — disse Andrea. Havia um tom em sua voz que prenunciava uma grande hostilidade.

— Estou vendo. O que está te chateando?

— O fato de que estou com seis meses de gravidez, me sentindo meio pra baixo, não posso tomar um drinque na noite de Ano-Novo e está passando a merda de sempre na tevê.

— Isso deve mesmo chatear você — disse eu. Reclinei-me na direção dela e coloquei a mão em seu joelho. Eu queria que tudo corresse bem com ela. Queria que tudo corresse bem com todo mundo. Lembre-se, quando há um acidente de carro não há ninguém que deseje tão sinceramente que todo mundo esteja bem como o cara que provocou aquilo.

— Me beije — pedi.

— Não hoje, Dag — disse Andrea —, não estou nesse espírito.

— Você mudou de discurso — falei enquanto ela colocava a palavra “justiça”.

16

Câmara escura

Janeiro passou num instante. A empresa estava ganhando uma razoável quantidade de dinheiro, com os cursos indo bem, mas estava gastando tudo numa incrível velocidade também: marketing, hotéis, salas de inscrição, organização de alimentação. O problema com um negócio como o nosso é que quando está ganhando dinheiro você está realmente ganhando — mil libras por participante é puro lucro, uma vez que você tenha empatado os gastos. Só que não empatar os gastos tende a ficar mais caro.

Ainda assim, o fim do buraco estava à vista. Avaliamos que pelo fim de fevereiro estaríamos tendo lucro, se pudéssemos manter à distância os credores por tanto tempo. Minha mãe, de qualquer forma, insistia em que minha herança ainda estava chegando. Melhor ainda, a viagem para esquiar estava de pé. Brilhante e fantasticamente, dois dos três Daves haviam se divorciado e foram forçados a começar a sair uns com os outros de novo. Com o Andy "ninguém gosta dele" Hill, Henderson e talvez, se Andrea tivesse o bebê mais de duas semanas antes que partíssemos, eu, nós tínhamos uma reunião de cúpula. Mesmo se eu não fosse, voltaríamos nos anos seguintes. A vida parecia grandiosa novamente.

Havia, claro, o problema da entrevista com Cat. Estava marcada, ameaçadoramente, para a hora do almoço do Dia dos Namorados, que, descobri, era no dia 14 de fevereiro.

Tentei convencer Andrea a não ir, mas nada parecia funcionar.

— Dispense ela, não apareça lá — aconselhei —, seria ridículo.

— De que maneira? — disse Andrea, inspecionando um dos três presentes do Dia dos Namorados.

— Não sei — eu disse, sem inspecionar nada de nada. Poucos anos antes eu estaria gemendo a respeito do número de aniversários comercialmente dirigidos com que tínhamos de conviver hoje em dia. Andrea havia decidido que, já que eu era tão puro de espírito, eu não ia querer ganhar mais nada de aniversário, Dia dos Namorados ou Natal.

Tentei telefonar para Cat insistentemente por cerca de duas semanas. Fui até o apartamento dela muitas vezes, mas apenas consegui falar com a eternamente doente Chloe, que me disse que Cat havia se mudado, que ela estava feliz com o fato de ter ido embora e para não incomodá-la mais. Não, não sabia para onde ela tinha ido, mas, onde quer que fosse, esperava que Cat tivesse vizinhos bem barulhentos.

Se Cat algum dia tivesse gostado de Chloe, eu teria pensado que ela estava lhe dando cobertura, mas uma combinação de nossas trepadas com as doenças respiratórias de Chloe e as paredes com o mesmo isolamento acústico de uma *lingerie* havia sido uma fórmula de constantes discussões.

Ofereci a Sharma alguma grana para checar de qualquer maneira.

— Sem pistas. Duzentos paus, por favor — dissera ele.

Tentei o escritório dela, mas disseram que Cat estava trabalhando em casa e, sim, havia se mudado recentemente. Quando eu falei que queria escrever para ela e se poderia ter o seu endereço, me disseram que remetesse para a empresa. Quando eu argumentei que precisava contactá-la muito urgentemente e não podia na verdade esperar por uma carta que fosse passada adiante, a jovem voz apressada me perguntou se eu era um maníaco.

— Claro que sou — eu havia dito e desligado o telefone.

Mandei *e-mails* para ela cada vez mais, porém pouca coisa você pode dizer quando alguém é o amor de sua vida e você só quer que eles se afastem. "Sinto muito por tudo" é o melhor que vem.

Isto à parte, eu havia tentado tirar o encontro de minha cabeça. Pode ter sido porque Henderson estava se enervando demais sobre a "ameaça mortal" que recebera, em outras palavras a carta que eu vira em seu quarto. Ele a havia levado para a polícia tirar as impressões digitais, mas por sorte (eu a havia pegado, lembre) disseram que estavam muito ocupados e que, devido a cortes no pessoal, eles tinham de priorizar a seriedade dos crimes. Se ele quisesse serviço rápido, o sargento havia dito, deveria voltar quando estivesse morto.

— Eu devia mesmo! — disse Henderson, recontando a história.

Num gesto de boa vontade, e para segurança de Henderson, deixamos o Lésbico ficar no segundo quarto reserva desde que ele começasse a pagar aluguel ou Henderson começasse a pagar menos a ele.

Estranhamente Andrea não parecia se preocupar com tudo isso. Acho que ela gostava da companhia do Lésbico e achava que a paranóia de Henderson sobre Julie era meio exagerada. Com exceção daquilo, meu único feito em seis semanas foi treinar Lee Junior para sentar sob ordem, premiando-o com cheiradas em minha perna.

Eu ainda não tinha inteiramente me libertado da suspeita na questão Henderson-Cat. Para começar, apesar de o Lésbico ter se mudado, Henderson estava passando cada vez menos tempo em casa.

— Ele tem que fazer isso — disse o Lésbico.

— Por que não tinha antes? — perguntei.

— Aprimoramento do código de emergência desde que recebeu a carta — disse Henderson, como se estivesse guiando os caras da Tempestade no Deserto. — Se eu ficar no mesmo lugar, me torno um alvo muito fácil.

— Você não é a porra do Fidel Castro!

— Fidel Castro é muito *sexy* — disse Andrea.

— Oooh, sua gatinha! — disse Henderson com uma piscadela "velejando próximo ao vento, não?" para mim.

— Você sabe, não queria dizer isso — disse Andrea, beliscando o traseiro dele.

— Vamos, deixe-me quebrar seu bloqueio, porca capitalista — disse Henderson, se movendo na direção de Andrea enquanto mostrava um conhecimento bem maior das políticas americano-cubanas do que eu até aqui suspeitava.

Então eu estava num humor fatalista na manhã do encontro, como um pai observando sua filha adolescente sair com um cara cheio de cicatrizes, sua melhor esperança sendo a de que o garoto tenha unhas limpas.

Acenei para Andrea, que saía no Range Rover de Henderson, que ele havia permitido que ela pegasse emprestado desde a gravidez, e mergulhei no desespero — não aliviado pela visão da sra. Batt patrulhando para a frente e para trás como Heimdal, o guardião da Ponte do Arco-Íris para o Valhalla.

Não que eu já não tivesse usado todas as armas à disposição. Percebi que, se não podia impedir o encontro, podia pelo menos descobrir o que estava sendo dito nele. Para este fim eu havia voltado ao grampo — desculpe, telefonema — para Sharma e contratado seus serviços mais uma vez.

Eu havia concordado com ele que era provavelmente melhor que eu ficasse fora da cena, dado o fato de que não podíamos realmente evitar a pancadaria e que se eu involuntariamente aparecesse na cena podia ter conseqüências mais medonhas do que tivera com Henderson.

O encontro seria no restaurante Windows, no Hilton, com vista para o Hyde Park. Este era um lugar que tinha particular significado para mim, já que eu havia levado Cat lá quando estava tentando impressioná-la, e Andrea em seu aniversário. Eu havia passado bons momentos com ambas, o que é *grosso modo* a entrada vencedora na competição "resuma em menos de dez palavras porque a vida de São Dagman saiu dos trilhos".

Eu havia mexido na agenda da internet de Andrea, que ela mantinha no servidor, e descobri quando elas iam se encontrar. Isso parecia desonesto, mas, refleti, era fichinha comparado aos níveis de desonestidade que eu havia alcançado.

Para variar, eu estava realmente ensinando num curso noturno no Movotel em Moseley, Birmingham, ao contrário de simplesmente dizer que eu estava. Eu havia alugado um carro e partido para o Norte por volta das duas da tarde. O curso começava às oito e eu queria ter certeza absoluta de que teria uma boa margem de tempo para queimar na rodovia-enfraquecedora-de-sanidade M-6. O almoço estava marcado para uma hora da tarde e agendado para durar uma hora. O detetive ia levar a fita de moto. Pensei que, dada a vantagem da motocicleta no tráfego, deveríamos chegar mais ou menos ao mesmo tempo.

O tráfego estava pior do que eu esperava, entretanto, e não cheguei ao hotel até por volta das cinco. Uma hora mais tarde, a fita estava em minha mão e eu seguia na direção do videocassete no quarto que havia alugado. Obviamente não havia me incomodado em ligar para Andrea, já que queria estar completamente por dentro do encontro antes de me precipitar. Também havia tomado a precaução de ter um ou dois reforços na área para me ajudar a me preparar para o inevitável pânico para o qual meu cérebro seria levado.

Coloquei a fita no videocassete e apertei *play*. A câmera percorreu a vista do topo do Hilton, embora com pouca resolução.

A imagem na tela era apenas um redemoinho de luzes, o que é uma pena porque o Hilton tem vistas deslumbrantes, particularmente à noite, quando a cidade parece queimar em luzes âmbar enquanto você, bem acima dela, se debruça ao som de violinos — embora normalmente esteja mais ocupado com algum arranjo complicado de frutos do mar do que com o violino nerulano.

Durante o dia as ruas parecem serenas, o caos do Hyde Park Corner emudecido pela distância e boas janelas de vidro. Daquela altura, as filas de carros abaixo pareciam pulsar num ritmo silencioso enquanto rodeavam a estátua da Vitória e flutuavam na direção do Marble Arch. Não há sinal do louco empurra-empurra da pista que é experimentada no nível do solo.

No Hyde Park os patinadores deslizam, ou balançam como cervos, as pessoas passeiam na Serpentine e, sorvendo sua sopa de verduras, você não consegue saber se a figura diminuta olhando para os patos é um mendigo ou um executivo. O mundo sem som é um mundo sem lutas. Tudo parece saído de uma pintura de Lowry, pessoas fincadas numa grande planície.

O próximo *frame* mostrava Andrea, imensamente grávida, entrando e se sentando numa mesa. Ela falou brevemente com o garçom, dizendo tranqüilamente que queria uma água mineral. Fiquei impressionado com a qualidade da gravação e imaginei por que nós nunca tínhamos tentado esse tipo de coisa na empresa antes. Sabendo o exato tamanho dos orçamentos para treinamento das pessoas, ou mesmo o que eles pensavam de você, poderia ser uma enorme vantagem. Mas temos de convir que três anos na cadeia por espionagem industrial poderiam ser uma desvantagem maior.

Andrea pegou um *palm top*. Eu sabia que ela havia tomado notas para o encontro. Ela nunca vai a lugar algum despreparada. A vantagem do *palm top* é que quando você dá umas tecladinhas nele antes de um encontro parece um profissional organizado checando sua agenda incrivelmente ocupada, e não uma criança correndo com a revisão de último minuto antes de um teste oral.

Passou um tempo enquanto eu apenas olhava para Andrea, me ocupando com ela. Eu a via quase todos os dias de passagem, mas raramente me sentava para considerá-la em detalhes. Mesmo no vídeo fui surpreendido pelo quanto ela havia ficado grande. Era estranho que como uma imagem sua gravidez parecia mais real do que era quando eu a via em carne e osso. Ela parecia menos consigo mesma, engordada e engordada pela câmera, e mais como uma pintura de uma mulher grávida do que a pessoa com a qual eu vivia.

Eu me dei conta de que até então havia visto a gravidez, as duas, como algo que estava acontecendo comigo — não com Andrea e, talvez mais importante, nem mesmo com as crianças. Estava tão ligado em mim mesmo que meio que pensava que me sairia bem da situação com as duas mulheres e então tudo ficaria OK. Havia esquecido que eu era uma das pessoas menos importantes em todo o processo. Eu não estava parindo, eu não estava nascendo.

Considerando o nascimento, me senti como quando observo o enigma *Countdown*, sabendo que há uma maneira de resolver, mas pela vida inteira incapaz de vê-la. Uma coisa era óbvia — a solene realidade do nascimento de uma criança havia me ignorado.

Não acho que isso seja tão incomum, entretanto. Amigos com quem falei, amigos homens quero dizer, me disseram que toda a coisa parece completamente irreal, virtualmente até que a criança comece a falar. Você faz testes, você comparece a aulas pré-natal, você aprende a ajudar a mãe a regular sua respiração, você simpatiza, você carrega objetos pesados. Mas você está tentando fazer um laço com uma criança que você não pode sentir e não pode ver. Mesmo que possa, não vai ser tão real para um homem como é para a mãe. É só quando você pode ouvi-la peidar que realmente começa a pensar que podem ter algo em comum.

Houve um ruído farfalhante no vídeo e Cat entrou. Eu ia dizer que tive aquela sensação de montanha-russa, mas de fato era mais a náusea intensa e insistente do alto da montanha-russa, tendo estado no loop dos loops, no cilindro de rolamento e no mergulho mais vertical da Europa.

Eu a ouvi antes de vê-la.

— Andrea?

— Sim? — Andrea se virou.

— Cat Grey, como vai? — Pelo tom de voz de Cat pude dizer que as coisas eram tão ruins quanto poderiam ser. Ela não ia atacar Andrea, não ia ter um ataque de gritos. Ia simpatizar com ela.

— Estou muito bem. Deus, você não me disse que também estava grávida.

Cat se sentou. Pude ver pela maneira pesada com que ela lidava com a cadeira que ela deve ter ganhado bastante peso desde que a vira pela última vez, mesmo porque o detetive não havia filmado sua aproximação e não tive o mesmo olhar sobre ela que tivera sobre Andrea.

— Esta é a razão principal por que estou interessada em fazer este artigo — disse Cat, o que de certa forma era a verdade absoluta.

As mulheres passaram pela etapa de pedidos e Cat pegou vários detalhes da vida e da carreira de Andrea. Isso parecia não terminar nunca; Cat realmente precia estar entrevistando-a para um artigo sobre cuidar de crianças e a mãe executiva ocupada.

Terminei a cerveja que estava bebendo e pedi uma garrafa de vinho para o serviço de quarto. Eu estava começando a me sentir mais confiante sobre a coisa toda enquanto as mulheres discutiam se era fácil para mães que trabalham hoje e se as crianças sofriam.

Eu estava esperando pelo vinho quando Cat disse:

— Então, seu parceiro apóia o fato de você ser uma mulher com carreira e mãe?

— Oh, totalmente — disse Andrea.

— Vocês têm então um relacionamento sólido?

— Oh, sim. Eu o amo muito e ele me ama. Você não vai escrever isso, vai?

Olhei para o relógio. Não custaria muito a chegar o momento em que eu teria de descer as escadas e começar a cumprimentar os representantes, então apertei o botão *fast forward* para ver se elas iam trocar bofetadas, cair em lágrimas etc. Além do mais, eu estava incrivelmente curioso para descobrir o que cada mulher havia revelado à outra. Se eu rodasse até o fim da fita imediatamente saberia se Cat havia entregado o jogo e se meus dois relacionamentos estavam acabados. Normalmente luto como o diabo para evitar ouvir os finais dos filmes e os resultados dos jogos de futebol gravados. Nem mesmo apalpo meus presentes de Natal. Esse *trailer*, entretanto, era muito irresistível. A última vez em que me senti remotamente como aquilo foi quando, na escola, descobri os comentários de Brodie e me dei conta de que não teria de terminar de ler *Judas o obscuro* de jeito nenhum.

O cara do serviço de quarto entrou e teatralmente abriu o vinho barato, enquanto eu pressionava o *fast forward*. Assinei pelo vinho e dei uma gorjeta, algo que eu me arrependo de ter feito, já que só tinha 20 centavos em meu bolso e aquilo parecia mais um insulto.

Eu pressionei *play*. Estava mais ou menos na metade da fita e não pude resistir a dar uma olhada em como as coisas estavam. As duas mulheres ainda estavam sentadas e não houvera nenhum estrangulamento óbvio, o que era um bom sinal.

— Eu o amo muito, de verdade — disse Cat. Algo havia mudado nela. Ela moveu a mão para os olhos. Percebi que ela havia chorado.

— Posso ver isso — disse Andrea, estendendo uma simpática mão.

Senti um inchaço de orgulho. Não digo que seja certo, não digo que seja inteligente, mas esta garota me amava e por um segundo esqueci toda a babaquice e só me senti bem.

Andrea continuou:

— Mas você ainda está enrolando esse amigo dele?

Subitamente me lembrei de uma grande parte da babaquice e não me senti mais tão bacana. Sei que mencionei antes que eu havia pensado que todo o significado dependia do contexto, mas seria necessário um contexto bastante amplo antes que o que Andrea estava dizendo soasse OK. Pressionei *pause*. Henderson estava, como eu observava, instalando o multimídia numa sala de conferências lá embaixo. Ele estaria sozinho. Eu poderia entrar subitamente, estrangulá-lo com o fio do projetor e sair fora antes que qualquer pessoa soubesse. Pressionei *play* novamente.

— Na verdade não fiz nada com ele, mas estou pensando nisso — disse Cat. — Não tenho certeza por quê. Acho que é uma coisa reconfortante. Ele tem sido tão bom e agradável, e você sabe como fica quando está grávida.

— Oh, eu sei — disse Andrea.

— Acho que isso iria desvalorizar muito do que tive com ele, de qualquer forma.

— Vai dobrar o valor se ele descobrir — disse Andrea, levantando um dedo de um jeito "você já fez isso funcionar através das engrenagens de seu pensamento?". — Acredite em mim, um homem nunca valoriza algo mais do que quando ele a perde, exceto quando seu melhor amigo o ganha. Você deve transar com o amigo, aconteça o que acontecer. Em nome de Deus, transe com o amigo. — Ela tinha uma intensidade em sua voz, meio padronizada se nada mais, como uma pessoa de tecnologia de informação dizendo-lhe que seu computador iria trabalhar bem melhor se você o ligasse.

— Só por vingança? — perguntou Cat.

— E pelo seu próprio auto-respeito — disse Andrea. — Mas não deixe isso assim. Pelo que posso ver, esse cara é um sacana e você está melhor sem ele. A primeira coisa que precisa fazer é contar à mulher dele. Eu gostaria de saber, se fosse ela. Não guarde nenhum detalhe. Mande fotos, cartas de amor, qualquer coisa como prova. Então telefone para ele e diga-lhe o que fez com seu melhor amigo. Depois disso tudo o que você tem de fazer é colocar toda a informação num *site* da internet linkado à empresa dele e se certificar de mandar um e-mail para todos os endereços constantes de sua lista de contatos. Isso ensinaria uma lição ao sacana. Se alguém fizesse algo assim comigo eu arrancaria suas bolas, sem perguntas.

Ela estava claramente agarrando a mão de Cat com muita firmeza. Fui tomar um gole do vinho e então notei que não havia enchido o copo. Retifiquei o erro imediatamente.

— Oh, não sei — disse Cat. — Não acho que esse cara tenha qualquer intenção real a meu respeito.

— Ouça — disse Andrea —, você tem vinte e quatro anos e é bonita, *todos* os homens têm intenção a seu respeito se acharem que podem seguir em frente com isso, tirando alguns comissários de vôo e cabeleireiros. Veja a evidência. Alguns dias depois que este repugnante rato termina com você o amigo dele telefona perguntando se você "quer falar a respeito" e leva você para sair, para um restaurante caro, estou certa?

— Não havia preços no cardápio, se é isso o que quer dizer.

— Exatamente. Ele também lhe compra um presentinho "só para animar você".

— Foi um ursinho de pelúcia barato — disse Cat, nascendo a compreensão de sua voz.

— Certo. E ele esteve por perto desde então?

— Sim. Nós só conversamos... você sabe, saímos para comer.

— Então ela havia ido a um restaurante com o filho da mãe *antes* que eu houvesse estourado a vigilância nela.

— Ficou até altas horas? — disse Andrea.

Pude ver Cat concordando. Andrea foi em frente.

— E ele é incrivelmente compreensivo, não é?

— É.

— Não quero parecer sua mãe, querida, mas não há nada tão compreensivo quanto um pau duro. Homens fingiriam entender qualquer coisa em troca de uma trepada. As primeiras vezes. — Andrea limpou a boca com o guardanapo. — Espero que ele tenha dado alguns empurrões sutis nesse seu cara aí.

— É, ele é um tanto duro com... — ela quase disse meu nome e meu coração disparou — ...Terry, acho.

Isso me fez morder um pouco as rédeas. Eu não me sentia bem sendo chamado de Terry, mesmo que fosse um subterfúgio. Achei que meu *nom d'amour* seria algo mais sólido e *sexy*. Harrison, isso funcionaria, ou talvez Marlon.

— Ele já sugeriu um fim de semana amigável fora? — disse Andrea. Henderson, eu sabia, estava planejando uma viagem ao Lake District, "para botar as idéias no lugar", segundo dissera.

— Ao Lake District — assentiu Cat.

— Ele está definitivamente a fim de você — disse Andrea. — Transe com o filho da mãe. Desse jeito todo mundo vai ficar feliz, ou muito infeliz. Será uma grande consolação.

Então Henderson andava dando em cima de Cat, mas não parecia que nada havia acontecido ainda. Senti ciúmes, não no sentido de ciúmes "sou apenas um cara ciumento", mas no sentido de ciúmes "Senhor Teu Deus é um Deus ciumento" — flechas flamejantes, pragas e uma geada no teu primeiro estilo de ciúme. Tão ciumento que poderia ter deitado nu numa mesa de sinuca e ninguém me veria, ou ido a uma festa a fantasia como o Grinch sem ter de investir em maquiagem. Cara, eu estava verde.

— Estou vendo que ainda não aconteceu nada de verdade — disse Andrea.

Instintivamente, saltei para a cama e me escondi embaixo do edredom.

— Não *muito* — ouvi a voz de Cat abafada pelo estofo. — Embora ele seja muito atraente. Aí, de novo, muita gente fica atraente quando se está no nosso estado.

Enterrei a cabeça sob o travesseiro por alguns momentos, tentando ordenar os pensamentos.

Henderson estava tentando namorar Cat, a mãe de meus filhos. OK, eu não ia vê-la mais, porém aquilo não significava que ele podia ir soltando fumaça — e ele soltaria se o entusiasmo verbal de Henderson por sexo fosse transportado para seu desempenho entre os lençóis.

Empalideci com a imagem. Minha Cat com o nojento maníaco por ginástica. Na verdade, me ocorreu, ele tinha um corpo melhor do que o meu. Deus, ela podia até mesmo gostar mais dele.

— Então você acha que eu devia simplesmente queimar todas as minhas pontes? — disse Cat.

— Se você explodir a coisa toda, então de uma maneira ou de outra vai funcionar. Você pode acabar ficando com ele ou não. E se você não ficar, então não teria nada que valesse a pena enquanto isso, de qualquer forma. Você tem de ter certeza de que o amor que sente é como... — Andrea olhou em torno, procurando a palavra — aço! — Ela bateu fortemente com sua mão na mesa, causando um engasgo em Cat.

Aço. Aquilo era o que Andrea e eu tínhamos. Algo duro e duradouro, que não podia ser corroído pelo estranho caso. Suas palavras eram curiosamente reconfortantes para mim. Mesmo tendo perdido Cat, eu ainda tinha a afeição e o amor de uma mulher formidável.

— Deus sabe, você não quer descobrir no período de um ano que não o ama. Você não quer cometer o mesmo erro que cometi.

— Que erro você cometeu? — Cat e eu perguntamos simultaneamente.

Andrea tossiu polidamente em seu guardanapo.

— Eu me contentei com o segundo melhor.

— O que isso quer dizer?

— Quer dizer que passo minha vida numa felicidade três-quartos, três-quartos realizada, todo dia com um "e se?" em minha cabeça. Estou vivendo uma vida pela metade, um sorriso em meu rosto e uma ferida em meu coração, me perdendo no trabalho e fingindo que está tudo bem. Queria ter mais coragem quando eu tinha a sua idade, então eu não estaria metida nessa confusão em que estou hoje.

Andrea passou os braços em torno do peito, como se para tirar seu top estilo espartilho.

— Você não está metida numa confusão — eu disse para a fita. — Bem, você está, mas não se espera que saiba disso.

— Foi por isso que o caso começou, na verdade — disse ela.

Parei a fita e tentei entender o que havia acabado de ouvir. Eu estava preparado para Andrea ser lançada numa roda-viva de fúria e lágrimas ao saber de minha infidelidade, mas eu não havia pensado que ela diria que não ligava para mim de verdade. Eu não sabia como me sentir. Eu tivera minha graduação em sentimentos, todos os básicos, ciúmes, ternura, amor até, mas essa era uma questão de alto nível.

Eu sabia que não tinha sido tudo fantástico com Andrea antes que ela ficasse grávida, mas eu havia pensado que o relacionamento estava indo mal porque ela estava muito envolvida com o trabalho — e não que ela estivesse muito envolvida com o trabalho porque o relacionamento estava indo mal.

Rebobinei a fita e toquei novamente. Eu raramente a vira tão animada. Normalmente quando ela fala sobre qualquer outra coisa que não trabalho, parece um pouco fora do ar, meio sarcástica, não inteiramente envolvida. Eu estava começando a entender por quê.

Isso certamente pedia a grande pergunta — se eu era o segundo melhor, quem era o primeiro?

Senti tudo caindo. Enquanto olhava para a figura pequenina gesticulando na tela à minha frente tive uma sensação crescente e enjoativa de que eu jamais havia conhecido minha noiva de verdade. É difícil resumir as sombras e nuances de minhas emoções naquele momento, mas acho que dizer que eu sentia que havia sido levado para uma cavidade vaginal dá uma boa idéia da coisa.

O fato de que Andrea estava dizendo que não me amava parecia fazer minha própria infidelidade pior em vez de melhor. Todo o segredo, as mentiras, pareciam mais patéticas de alguma forma. Com esta evidência ela não teria se incomodado se eu tivesse lhe contado. Estranhamente, eu não estava com raiva. Só queria que Andrea me amasse novamente, que as coisas fossem como achei que eram. Eu havia me acostumado à idéia de ser o errado. Ser o que estava sendo enganado pedia o tipo de ajustamento filosófico normalmente pedido a pilotos americanos capturados tentando fazer suas línguas balbuciarem "porcos e cães capitalistas" pela primeira vez em suas vidas.

Agora eu sei que isso não se encaixa muito bem com minhas declarações anteriores de ciúmes, mas eu estava sentindo as duas coisas. Queria Cat e queria Andrea. Ou pelo menos queria que Andrea me amasse para que eu pudesse voltar a me sentir descomplicadamente com ciúmes de Cat e não tivesse de lutar contra qualquer outra emoção.

Mas na pausa da fita me dei conta de uma coisa. Eu sempre soubera, no fundo da minha mente, que Andrea não me amava. Pensamos que havíamos progredido juntos quando na verdade nunca havíamos estado juntos. Por alguns meses talvez, quando começamos a namorar, mas além daquele curto período ficamos um com o outro simplesmente porque era mais fácil.

O bebê havia nos aproximado — ele faria isso, não faria? —, mas quando ele apareceu Andrea e eu éramos amigos, nada mais. Aquela centelha, aquele sentimento de manhãs frias e claras que chamam amor, simplesmente não estava lá. Havia algo mais, talvez, algo mais parecido com o que eu tinha com Henderson. Bem, esse havia sido sempre o sentimento de noites quentes e escuras, mas você sabe o que quero dizer: a coisa de amigos. O que pensei que tinha com Henderson até descobrir que ele estava tentando comer minha ex-namorada.

Eu agora estava incerto se seguia em frente com a fita ou voltava, não que ambas as opções parecessem muito atraentes. Eu queria descobrir se era o segundão, quem era o primeiro, o que teria envolvido voltar a fita. Mas também queria saber se Cat contou a Andrea sobre mim, o que teria envolvido colocá-la para a frente. Percebi que não havia *trailers* disponíveis. Se eu quisesse ter os fatos completos eu teria de observar a coisa toda. Pressionei *play*.

— Você já sentiu alguma vez esse amor avassalador? — disse Cat.

— Eu me lembro da primeira noite em que nos conhecemos — disse Andrea, sacudindo a cabeça. — Não éramos mais que crianças. — Cat moveu o guardanapo sobre o rosto. Não importa o quanto ela estivesse fascinada e o quanto simpatizasse com Andrea, nenhuma mulher sofisticada pode ouvir uma frase como aquela sem se sentir levemente enjoada. — Estávamos na faculdade na mesma época, embora não tenhamos percebido isso até anos depois.

Também me lembrava do nosso primeiro encontro. Ela estivera me paquerando de longe e tinha me mandado um cartão do Dia dos Namorados que ela mesma havia feito. Fiquei muito impressionado com aquilo, já que parecia que ela havia feito algum tipo de pesquisa sobre minha personalidade e viera com um cartão inteiramente apropriado. Ele continha um trecho de um livro, agora não consigo me lembrar qual, algo sobre eu andar em beleza como a noite, o que eu costumava fazer muito naquela época, mas posso me lembrar de pensar que era inteiramente adequado.

— Mandei um cartão para ele e fiquei espantada quando ele respondeu. Saímos para tomar um drinque, não podíamos nos permitir comer fora naqueles dias, e fomos ao Mojo's para dançar mais tarde. Não sei se você já teve isso alguma vez, mas houve uma verdadeira eletricidade entre nós, como se quiséssemos tocar um ao outro, mas não ousássemos, porque pensamos que poderíamos entrar em combustão. E quando o fizemos, bem, foi como se nada mais existisse. O mundo simplesmente desapareceu.

O sexo, eu me lembro, havia sido memoravelmente bom, e merecedor de toda a música eletrônica de merda que eu tivera de aturar no Mojo's. Lembro-me de que fiquei desesperado para ir para cima dela mas, estranhamente, apesar do fato de que ela tinha ido comigo para uma boate e estava me dando níveis de contato visual normalmente reservados para oculistas profissionais ou interrogadores, não me senti seguro o suficiente para tocá-la, mesmo que estivesse desesperado para fazê-lo. Havia sido uma terça-feira à noite e éramos o único casal dançando um com o outro na boate — não era considerado bacana assim dançar naqueles dias — o resto das pessoas se escondendo nas sombras em isolamento de casacos de chuva debaixo dos sons da miséria urbana.

No fim ela tomou a iniciativa, pressionando os lábios gentilmente contra os meus e fechando os olhos. Lembro-me de tentar não rir porque pensei que ela fosse começar a assobiar. Então nos beijamos e ela me perguntou se eu sempre beijava com os olhos abertos, embora seus próprios olhos houvessem ficado fechados. Não sei como ela fez aquilo, mas foi certamente um truque *sexy*. Eu disse a ela que teria de batalhar se quisesse descobrir. Fiquei pateticamente satisfeito com aquilo, já que pensei que parecia um tipo de romance durão e bem disposto.

A fita continuou.

— Eu ainda me lembro de nosso primeiro beijo, na pista de dança. Senti toda a minha vida mudando naquele momento. Tudo antes e tudo depois parecia se mexer em torno daquele ponto.

Eu sabia como ela tinha se sentido. Naquele momento tudo havia parecido tão brilhante. O que havia dado errado?

— Nós éramos tão felizes a princípio. Eu não conseguia acreditar que ele ia sair comigo. Ele era o cara mais bonito que eu já tinha visto na vida. — Sentei-me imediatamente. Isso era novidade.

— Você acha que isso vai durar para sempre, não é? Esse primeiro sopro do amor, absorvido em tudo o que a outra pessoa está fazendo, quando sua respiração à noite parece com alguma música estranha.

Inspirei e expirei. Não soava musical assim. Talvez em algum tipo de sessão de ritmo. Entendi que a lima era um instrumento musical de várias classificações. Pude ver Cat assentindo no filme.

— Você acha que ele sentiu o mesmo? — disse, parecendo genuinamente simpática.

— A princípio sim, mas aí...

Apertei o *pause*. Eu não sabia se estava pronto para isso. Ela parecera tão feliz desde a gravidez, de qualquer forma, que apenas pensei que devia algo a ela. Aquilo era o que havia sido decisivo para eu ficar com ela — aquilo, e não querer dispensá-la enquanto seu pai estava morrendo.

Decidi pedir um conhaque.

Rebobinei a fita um pouco e apertei o *play*.

— A princípio sim, mas aí algo aconteceu. Foi tão horrível.

Horrível era a palavra certa. Apesar do fato de eu ter visto em Andrea uma garota que estava claramente apaixonada por mim quando me conheceu, jamais havia conseguido pegar aquele amor dentro de mim e deixá-lo crescer, com o resultado de que ela teria procurado em outro lugar. Eu havia permitido uma distância para ver que aquilo havia crescido, crescido até que estivéssemos ambos num simulacro de relacionamento. Certamente teria sido suficiente ser amado por uma moça tão interessante e divertida como ela. Mas não foi. Ela prosseguiu.

— Ele partiu para passar um ano num programa de intercâmbio em São Francisco.

Eu não me lembrava daquilo, e tinha certeza de que teria lembrado.

— Ele percebeu que era *gay* e se meteu no mundo das saunas. Nós nos escrevemos por um tempo, mas quando ele voltou começou a sair com um dos pedreiros que estavam consertando os salões da casa.

Isso também parecia ter escorregado de minha mente.

— Então este foi o meu fim com Mike. Mais ou menos um ano mais tarde, mandei um cartão de Dia dos Namorados para Dag, que agora é meu noivo. Minha companheira de quarto me obrigou a fazer isso, mais para me tirar da casa do que qualquer outra coisa. E aqui estou, me casando com ele! É engraçado, eu nem mesmo gostava dele quando mandei o cartão. Acho que foi um exorcismo. Mandei a ele o mesmo poema que mandei a Mike e saí para ter exatamente a mesma noitada que eu havia tido quando ficamos juntos a primeira vez, Mojo's e tudo o mais. — Ela deu um risinho. Ela não estava chorando, mas também não estava não chorando.

— Ajudou? — disse Cat.

— Não de verdade. Talvez não tenha sido um exorcismo. Foi mais uma intimação. Beijei Dag, fechei os olhos e esperei que quando os abrisse novamente fosse Mike em meus braços. Mas não era, era apenas Dag. Ainda é. Sempre será. Não importa o quanto eu possa chamá-lo, Mike não vai voltar. Então esse foi o primeiro caso que tive, com alguém que nem mesmo está por perto.

Primeiro caso? Havia tido outros? Eu claramente havia perdido bastante coisa antes na fita.

Eu estava chorando enquanto assistia à TV, algo que raramente faço, principalmente porque em minha vida diária tenho muito poucos motivos. Ainda não estou certo se eram lágrimas de infelicidade. Era mais confusão e frustração por eu ter tomado uma série de decisões baseadas em minha avaliação da situação e simplesmente ter feito as coisas errado, lido os sinais incorretamente. Me senti como o sujeito no final do *Desafio de brindes antigos de um milhão de libras* no outro dia. Tinha sido dada a ele a opção de dois objetos para levar para casa e ele pegou um vaso bastante bonito, que havia imaginado, corretamente, que parecia valer bem um ou dois paus. Ou 500 libras, como aconteceu. Como ele dissera depois, a bússola de Cristóvão Colombo não tinha parecido custar tudo isso.

Eu estava tendo de me submeter a um completo remapeamento de minhas prioridades emocionais. E sim, realmente me deprime que quando eu passe por isso reverta para esse tipo de jargão administrativo. Isso indica que está em meu coração, um lugar onde eu preferiria que não estivesse.

Preparei-me para ser um traidor compreensivo e auto-sacrificante. Eu não havia considerado que poderia ser eu quem estava sendo traído.

— Esse dificilmente é um caso — disse Cat.

— Se metade de seu coração está em algum outro lugar, então é o quê?

— E os outros? — disse Cat. Outros?, pensei, agarrando minha meia como conforto. Eu realmente deveria ter assistido a isso direto, de uma vez só.

— Apenas homens — disse Andrea.

— Ah, então tudo bem — comentei alto —, nada de outras espécies. — Eu me peguei rindo através das lágrimas, esperando que o jogo gire-a-garrafa que minhas emoções estavam jogando começaria a parar em algo definido em breve.

— Nada sério. De verdade. Bem, um, mas é impossível.

— E você ama Dag agora?

— Eu o amo o suficiente. Tanto quanto preciso.

— O que é suficiente? — eu e Cat dissemos juntos.

— Não apaixonadamente ou nada disso, mas gosto dele, estamos juntos há muito tempo e gosto de vê-lo feliz. Se ele fosse embora amanhã eu ficaria aborrecida, mas superaria. Acho que a coisa mais triste é que eu poderia ser tão feliz com ele como amigo quanto como amante.

— Ótimo — eu disse. — Ótimo! Por que você não se incomodou de me dizer isso *antes* de ficar grávida? Antes que eu fodesse a minha vida por sua causa?

Ela continuou.

— No desempenho normal dele, não há muita diferença de qualquer forma. Ele pode vez por outra levantar o jogo, mas normalmente é quase como ter um são-bernardo adormecido em cima de você, embora com mais baba.

Eu realmente não conseguia ver na fita, mas gostaria de achar que Cat estivesse com um olhar "licença para discordar" em seu rosto.

— O sexo não é... — ela tentou conjurar a palavra certa — elétrico, então?

Boa tirada, garota, pensei.

— Não, só tem sido mais elétrico nos últimos anos.

Isso não foi minha culpa. O terapeuta havia sugerido que tentássemos brinquedos para despertar nossas vidas sexuais. Eu havia voltado com um Autorama que havia sido ótimo até que Henderson o quebrou. Fujão transformista. De qualquer forma, Andrea havia feito muito mais visitas ao Charmagne's Secret Locker do que eu.

— Por que você não vai a outro lugar? — disse Cat.

— Oh, não pense que não tenho ido, meu amor — apertei meus lábios. Acho que devo ter parecido com alguém submetido a alta aceleração, o que eu estava sendo de certa forma. Zero para lugar nenhum no piscar de um olho. Ela estava dizendo que tinha tido casos. Um disparo de fúria gelada atingiu meu cérebro. Havia boas razões para que eu tivesse namorado outra pessoa enquanto ela estava indicando que estava motivada por, bem, sacanagem.

— Mas havia muitas complicações e sou muito velha para isso agora — disse Andrea —, e desde que fiquei grávida tenho tentado fazer a coisa funcionar. Não é tão ruim assim, sabe. Nós realmente rimos de vez em quando.

Imaginei o que a havia feito confessar tudo isso para alguém que ela pensava ser um de meus contatos de negócios. Por que ela jamais tinha me contado nada daquilo? Decidi que realmente precisava saber exatamente como elas haviam chegado naquele ponto da conversa, então rebobinei a fita para o início, pedi a entrega de outra garrafa de vinho e um conhaque e recomecei.

A fita começou como antes, obviamente. As mulheres começaram uma entrevista — o ponto de vista de Andrea sobre isso e aquilo, novos paradigmas da vida (pensei que eu incluiria isso numa leitura uma vez que descobrisse o que queria dizer) etc. etc. Então a entrevista formal terminou, Cat perguntou a Andrea se ela achava que tinha esquecido alguma coisa e elas começaram a comer.

— Como você conheceu Dag? — perguntou Andrea.

— Ah, um evento empresarial. Nós começamos a conversar e ele mencionou você. Disse que estavam para se casar.

— É. — Eu parei a fita e rebobinei-a. A princípio pensei que havia ficado vagarosa momentaneamente, mas eu estava errado. Houve um tom definitivo de incerteza na voz de Andrea. — Éééé.

— Você não parece muito certa? — Cat havia escutado também, então tinha que ser real.

Eu me senti como um arqueólogo muito privilegiado. Assistindo primeiro ao fim da fita, eu vira as ruínas. Agora estava fazendo todo o caminho de volta no tempo para ver as fendas aparecerem.

— Oh, não — disse Andrea. — Tenho certeza, tudo certo. Já encomendei o bolo. — Ela sorriu luminosamente.

Houve alguma mistura de mastigações.

— É interessante, não é? — continuou Andrea. — Neste artigo você vai escrever que sou algum tipo de supermulher porque estou equilibrando sucesso e um bebê, mas acho que é muito mais difícil equilibrar falta de sucesso com um bebê. Olhe para você, você está apenas no início de sua carreira, como vai lidar com isso?

— Vou conseguir.

— Seu parceiro a ajuda?

Cat pareceu verdadeiramente feliz naquele ponto.

— Oh, Deus — disse Andrea —, você está chorando.

Da próxima vez, pensei, vou contratar um detetive com uma câmera melhor.

— Tudo bem. — Cat havia levado uma das mãos aos olhos para esconder as lágrimas. — Sinto muito, isso não é muito profissional.

— Não se preocupe — disse Andrea —, não se preocupe.

Eu havia participado de tantas destas cenas sentimentais em restaurantes em minha vida que imaginei se há mercado para abrir um lugar com uma área "Sem sentimentalismos", onde você pudesse garantir que não seria perturbado por emoções, as suas próprias ou as de qualquer outra pessoa. Na verdade, só pensei nisso mais tarde.

Naquela hora, a visão de Cat chorando tanto me mobilizou quanto me assustou. Eu realmente queria saber que ela estava bem e ela claramente não estava. De certa forma seria mais fácil lidar com a sua raiva do que com a sua dor. Também não havia maneira de saber o que poderia acontecer com os hormônios se enfurecendo, as emoções crescendo e, oh, claro, bem ao lado dela.

Observei Andrea pegar sua mão.

— Qual é o problema?

— Não tenho um companheiro — disse Cat —, não tenho mais.

— Ele deixou você?

— Ele nunca esteve realmente comigo. Ele tem outro relacionamento.

Oh, Cristo, pensei, se Andrea não tiver o clique agora ela jamais terá. Mas ela não teve.

— E ele não vai deixar a outra?

— Ele diz que depende de mim. Se eu pedir, então ele a deixará. Mas como posso pedir a ele algo que vai partir o coração de outra pessoa? E ele deveria querer ficar comigo, não deveria, se ele realmente quisesse ficar comigo?

Andrea respirou profundamente com severidade.

— Se ele quisesse ficar com você faria qualquer sacrifício. — Agora, isso sim, era mais a cara daquilo!

— Talvez ele não consiga machucar a mulher e só precise que eu o faça por ele.

— Veja — disse Andrea —, você pode não apreciar que eu diga isso, mas que babaca! Não consigo suportar homens assim. Ele está tentando fazer você tomar a decisão para que, se tudo der errado, não seja culpa dele. Preste atenção, parece bastante com meu noivo.

Se eu já não tivesse visto adiante na fita, teria pensado, boa e velha Andrea, dizendo "ele é um velho e bom cara adorável, o meu Dag", o que particularmente tirou o brilho de meus sentimentos por ela.

— Ele pareceu muito legal quando o conheci.

— Bem, bastante — disse Andrea. — O que ele faz, seu cara?

— Ele tem uma empresa, um tipo de consultoria financeira. Ele está casado há uns dez anos.

— Algum filho já?

— Não.

— Quantos anos ele tem?

— Trinta e poucos.

— E saindo com uma garota da sua idade? Deus, meu amor, o que você estava pensando? Espere até ter a minha idade antes que se prenda a um velho idiota. Na sua idade você pode ter o que quiser. Se eu fosse você já teria saído correndo como o cachorro do açougueiro.

— Tenho uma regra de nunca fazer nada como um cachorro — disse Cat, sorrindo através das lágrimas. Senti como se *eu* fosse acabar indo a algum lugar como um cachorro, e muito em breve.

Aquela expressão em particular era uma das frases inteligentes de que Andrea mais se orgulhava. Eu me lembrava dela dizendo-a para mim quando nos conhecemos. E não era o tipo de coisa que você escuta todos os dias. Eu obviamente havia dito isso a Cat e agora estava voltando dela para Andrea. Não conseguia acreditar que eu algum dia tenha tido a oportunidade de dizer isso a ela, sem falar que ela havia lembrado, mas aí vamos nós. Eu havia tirado um pouquinho da minha noiva e dado a minha namorada e agora minha noiva ia ficar pensando de onde ela tirara aquilo.

Eu ainda não havia decidido que qualquer coisa do que havia descoberto me faria deixar Andrea. Quero dizer, para onde eu iria? E uma maneira de olhar para isso era que pelo menos estávamos equilibrados — ela havia se enganado e eu havia me enganado, vamos dizer que estávamos quites.

Andrea olhou para Cat meio de lado.

— Essa é uma frase muito conhecida? — Oh, Deus pensei, aqui vamos nós.

— É de um filme, acho — disse Cat.

— Qual?

— Um daquela série *Carry On* alguma-coisa, acho.

— Não. — Eu podia ver o que Andrea estava pensando. Todos esses anos achei que pareceria com um elegante prosador no estilo de Noel Coward quando de fato eu estava sendo citado como algo no estilo de Sid James.

— É muito esquisito — disse Andrea. — Isso poderia quase fazer você pensar em telepatia. Eu estava exatamente me lembrando de um ex-namorado meu chamado Mike. Esta era uma das piadas *dele*. Eu não o teria tomado por um fã das comédias *Carry On*.

Fechei a cara. Então eu estava reciclando as piadas de Mike? Ok, eu as havia reciclado para Cat, então eu não tinha uma perna para me sustentar, mas é uma das ironias da vida que quando você não tem uma perna para te sustentar você normalmente acabe chutando a si mesmo. Se entende o que quero dizer. Algo em mim pedia por um mundo mais simples.

Cat sorriu cansadamente.

— Sinto muito ser assim. Eu deveria ir embora.

— Se quiser falar a respeito, tenho o dia inteiro — disse Andrea.

— Não, você não tem! — gritei para a TV. — Você é maníaca por trabalho. Não há registros a serem feitos? Vidas a serem salvas?

— Eu gostaria de falar — disse Cat —, porque meu problema é que apesar do que sei, que eu deveria deixá-lo ir embora, que ele me tratou horrivelmente, eu o amo. É simples assim. Ninguém jamais me fez sentir como ele fez. Há um vazio dentro de mim sem ele. Não consigo pensar em mais ninguém, não consigo dormir. Você já sentiu isso antes?

— Senti, mas passa — disse Andrea. — No final das contas você acaba ficando com eles só porque está com eles e as alternativas são tão difíceis de se lidar.

Ah, as alternativas, pensei, aqueles outros homens. Se tudo isso terminar, eu jurei, ia pegar uma mulher sem qualquer alternativa. De fato eles deveriam colocar isso nas revistas femininas: se você quer ficar mais atraente para os homens, torne claro que você tem muito poucas opções na vida.

— Quais são as alternativas para você? — Isso era típico de Cat. A conversa era para ser sobre ela mas ela havia colocado o foco em Andrea.

— Outros homens — disse Andrea, simplesmente.

— Outros homens! — repeti, e então me arrependi de não ter provado meu vinho primeiro.

— Houve outros? — disse Cat.

— Houve outros? — eu disse.

— Dois.

— Dois! Como em dois sangrando! — eu disse, bebendo no gargalo.

— Ainda há?

— Ainda há? Uma pergunta muito boa — comentei.

— Não exatamente. Isso muda as coisas, não é? — ela bateu na barriga.

— O que quer dizer com não exatamente? — Eu estava me escondendo sob os lençóis e tentando beber ao mesmo tempo, o que comprometia ambas as ações.

— Mas achei que você era feliz.

— Eu sou feliz.

— Embora venha tendo casos?

— Estou feliz como aquela parede branca — disse Andrea. — Era mais branca quando foi pintada, está mostrando algumas marcas, mas ainda é reconhecidamente branca. Eu sou feliz.

— Como eram os outros?

Diga que não era um homem, diga que era uma mulher, pensei. Daquela maneira não seria a mesma ameaça e haveria espaço para uma perversidade bonita e florescente em nossas vidas.

— Só homens, sabe. É uma longa história. Tenho tentado me concentrar mais em nosso relacionamento desde a gravidez, pelo bem do bebê. Dag parece feliz o suficiente agora. Não acho que ele suspeite. Provavelmente tudo vai correr bem no final.

— Isso é o que você pensa, minha senhora — eu disse para a tela. Como muitas pessoas, orgulho é normalmente um de meus sentimentos favoritos. Nesta situação, entretanto, parecia uma consolação estranhamente superficial.

As duas mulheres atravessaram o que eu já tinha visto, pagaram e foram ao bar, em cujo ponto aquele moderno Sharma Poirot desligou sua câmera. O detetive mais tarde lembrou que eu o havia pago para filmar a conversa no restaurante. Assim que elas entraram no bar, seu serviço havia acabado.

— Você pelo visto nunca passou nenhum momento na Polícia Montada Real canadense, então — eu disse.

— Se você quer persistência dos Montadas, tente pagar dinheiro de Montadas.

Olhei através dos lençóis e tentei decidir o que fazer.

— Tire um tempo para pensar — disse a mim mesmo. Por alguma razão eu estava medindo os passos pelo quarto coberto com a colcha da cama enquanto bebia vinho debaixo dela.

Uma voz veio à minha cabeça. "Você traiu uma mulher que não existia." Era verdade. Eu havia estado enganando uma Andrea imaginária.

Peguei meu celular e liguei para Cat. Ouvi o serviço de mensagens novamente.

— Cat — eu disse. — Acho que cometi um grande erro. Realmente preciso falar com você. Se me quiser, gostaria que você se casasse comigo.

Tudo o que me restava a fazer era descer para o seminário e deixar Henderson saber onde ele ficava.

17

O poder do pensamento positivo

— Então — disse Henderson, com todo o entusiamo de um evangélico da TV batendo numa prostituta de 5.000 libras —, como está você, Kevin?

— Absolutamente maravilhoso — disse Kevin, Vendas Locais Dodophone, aproximadamente com o entusiasmo de uma prostituta. Isso quer dizer, parecendo bem na superfície, mas havia algo morto em seus olhos.

— Muito bem — disse Henderson. — Absolutamente maravilhoso! — Ele estava a meio caminho de suas palestras sobre pensamento positivo para principiantes. É meio como pegar o máximo das pessoas trabalhando para você. Por 500 libras por participante, por dia, damos a informação demolidora de que se você sorrir, o mundo foi programado para sorrir com você.

— Arnold, como se sente? — Arnold? Certamente a primeira geração de fãs de Schwarzenegger não pode ser velha o suficiente para ter um garoto de 25 anos, pensei.

— Muito bem! — disse Arnold numa voz tipo bem-humorada. Como muitos dos jovens subpagos na indústria britânica, ele tinha a elegância no vestir de alguém que havia sido forçado a pegar roupas emprestadas depois de ser pego por uma tempestade.

— Isso aí! — disse Henderson, rondando pela sala. Concordei nos fundos, ao mesmo tempo sério e apreciador, um dos fiéis ouvintes das palavras do mestre.

Extraordinariamente para uma palestra, eu estava com meu celular ligado, mudo mas no alerta vibrador. Eu estava morrendo por uma resposta de Cat.

— OK — disse Henderson —, este é o lado do pensamento positivo da construção da equipe. Agora vamos para... — ele olhou o relógio e fez um gesto em direção ao *display* multimídia. "O Administrador como um Ícone?????" apareceu. Estava acompanhado por um desenho cafona de um homem num pódio com uma tocha flamejante na mão, sendo cultuado por uma coleção de outros tipos de escritório. Era um dos truques favoritos de Henderson cronometrar tão meticulosamente sua palestra que as coisas simplesmente voavam no multimídia sem ele ter que pressionar nada. Devo dizer que era muito impressionante e mostrava uma administração bacana para o seminário.

— O que pensamos que, idealmente, deveria ser a interação social do dia-a-dia de um administrador com sua equipe? — Eu havia dito a Henderson sobre essa coisa de "um". Não custaria nada a ele dizer "um ou uma". Ele, entretanto, havia argumentado que como a sexualidade é um fato da vida na cultura de escritórios, com os homens ficando com todos os cargos superiores, ele seria insano em não mirar seus discursos nesse grupo de pessoas.

— Para o bom vendedor sexualidade não é um vício, mas um imperativo econômico — disse ele.

Naquele momento, seu telefone tocou.

— Desculpem por isso — disse ele à audiência. Incomum, eu nunca o vira deixar seu telefone ligado num encontro antes.

— Oi! — disse ele. — Sim... sim, eu vejo. Não posso falar sobre isso agora. Por favor. Me dê mais uma chance. Não fique com ele, amo você!

Toda a classe caiu num embaraçoso arrasta-pés. Henderson ficou olhando para o telefone em silêncio. Imaginei que fosse um truque. Ele é cheio de teatralidade, uma das coisas que o torna um apresentador tão popular.

Ele engoliu com dificuldade e se virou para mim, branco e trêmulo.

— Ela é minha namorada, seu sacana, deixe-a em paz! — ele gritou. Como acontece na Inglaterra quando esse tipo de coisa acontece, todo mundo instantaneamete assumiu sorrisos fixos, como juízes numa festa de vilarejo provando o molho caseiro rançoso da mulher do vigário.

— Do que está falando? — eu disse e me dei conta de que estava gaguejando. Eu havia tido muitos reforços enquanto estava assistindo ao vídeo.

— Você sabe muito bem do que estou falando. Aquela garota é tudo para mim, ela é tudo o que tenho no mundo e não vou deixar você levá-la embora.

— Ela vai ter o meu filho, Henderson — repliquei. A classe arfou.

— E a sua noiva também! Uma não é suficiente para você? — A classe arfou novamente.

— Vou terminar com Andrea. Ela não me ama. Sinto muito, mas pretendo me casar com Cat se ela me quiser.

Henderson pareceu confuso.

— Eu te mato primeiro — disse ele. — Você pode ser meu amigo mais antigo, mas isso apenas torna as coisas piores.

Um participante, um homem em calças esportes e com cinto colorido, começou a se levantar com um gesto "vamos nos acalmar". Era uma noite de vestimenta informal e ele pareceu imundo pra caramba — como um espantalho ganhando vida de uma feiticeira do mal.

— Você não vai me matar — repliquei. — Vai aprender a viver com isso. Eu disse a você que a deixasse em paz em primeiro lugar.

Não é minha culpa se ficou caído por ela. O que ela disse no telefone? Diga, o que ela disse?

Eu havia perdido a cabeça. Estava de pé a dois centímetros de distância dele, tremendo de fúria.

— Agora — disse Henderson, se virando para a turma —, pode alguém me dizer que efeito essa explosão, tivesse ela sido real, teria tido no respeito que vocês têm por nós? Ou se, por exemplo, o Stewart aqui estivesse realmente bêbado?

A classe caiu num riso aliviado enquanto Henderson fingia me estrangular.

Retomei meu assento e ouvi-o falando sobre a importância de manter o "limite de mistério" com sua equipe.

Mais tarde, depois que fizemos a classe se dividir em grupos para discutir coisas — i.e., fazer nosso trabalho por nós — Henderson se inclinou em sua cadeira e sussurrou:

— Você estava só brincando ali, não estava?

— Sim — eu disse. — Você não?

— Oh, definitivamente.

— Então não houve telefonema?

— Só uma chamada de alarme. Bem programada, você não acha?

— Muito.

— Você está se separando de Andrea então?

— Não, não, não — falei, como se a própria idéia fosse absurda. Ela era, realmente, não era? O que em nome de Deus ela ia fazer sozinha? Coração de pedra, lembrei. Ela não me amava, embora eu não conseguisse acreditar. E parecia que ela tinha me traído. Eu só havia acabado de me acostumar a ser o sacana nessa situação e agora eu ia ser o sacaneado.

Meu telefone tocou. Quase o arranquei de meu bolso. O número de minha mãe apareceu no *display*. Embora a chamada não fosse bem-vinda, não era tão não bem-vinda assim. Os seminários haviam dado certo, mas realmente poderíamos ter feito melhor com aquele dinheiro extra da herança prometida. Nós havíamos ido em frente e imprimido muitos folhetos, e decidimos nos preocupar com o pagamento deles mais tarde.

— Mãe — eu disse —, como vai? — Um dos benefícios de ter uma mãe que vive num mundo próprio é grande reviravolta em sua vida pessoal, ou seja, separar-se de seu sócio, não ser mais registrado em seu radar detector emocional do que coisas más acontecendo no terceiro mundo. É quando você conhece alguém que realmente, genuinamente, pensa que desastres naturais na China são tão ruins como o fato de você falhar em ganhar uma promoção que você se dá conta de quanto pensar é chato. Não estou dizendo que seja errado, só estou dizendo que é chato.

— Mãe — você diz —, estou amarrado numa mulher que não me ama, enquanto a mulher que amo me desacredita amargamente e pode estar dormindo, não, tendo um relacionamento duradouro com meu melhor amigo.

— Eu sei, amor, mas ao menos você não é uma daquelas vítimas da fome na Etiópia — diz ela. Bob Geldof tem muito para responder sobre isso. Se suas preocupações realmente penetram fundo, então é pior. Você tem de lutar com ela se preocupando, bem como lidar com o problema à sua frente. É por isso que parei de discutir qualquer coisa emocional com minha mãe na idade de zero ano.

— Estou bem e ficarei bem até maio, quando provavelmente pegarei uma séria doença do ouvido, se isso o preocupa — disse ela —, ou talvez uma doença nas costas. Obviamente estou torcendo pelo ouvido! — ela sorriu.

— As cartas? — perguntei.

— Mais certo — disse ela. — O I Ching.

— Sinto muito que vá ficar doente, mamãe. — Eu sabia que é preciso levar muito seriamente todas as previsões de doença de minha mãe. Quando ela estivesse realmente morrendo, sem dúvida ficaria com muita raiva se você criasse confusão.

— Aqui estão as boas notícias — disse minha mãe. — É definitivo: 32.456,87 libras, chegando na quinta-feira.

— Sim. — Retive a respiração. — Pode me dizer de quem é agora?

— Acho que sim, embora não queira tentar o destino. É seu tio Tim.

— Por que não me disse que ele tinha morrido? — perguntei. Eu realmente gostava do tio Tim, ele havia sido um patrocinador incrivelmente forte e positivo de grande parte de minhas bebedeiras de menor de idade com suas garrafas de cerveja caseira.

— Bem, aí está a questão. Ele não morreu. Ainda.

— Então como posso estar herdando dinheiro dele?

— É difícil — disse mamãe —, mas você está. Tenho todos os detalhes no outro quarto, ainda estão em cima da mesa.

— Realmente não consigo entender.

— Bem, não é fácil, mas vou tentar explicar. Você tem um tempo?

— Tanto quanto for necessário para 32.456,87 libras — eu disse, sibilando no "s".

— Bem — disse mamãe —, como estou vendo, o Quatro de Copas representa saúde. Seu tio Tim é o Rei de Espadas.

O telefone pareceu ficar frio, adormecendo meu cérebro.

— A carta do Ceifador representa mudança, mas também morte. Na posição em que está, próxima à carta de seu tio, significa morte.

— Você não baseou sua promessa de uma herança só no tarô, não é, mamãe? — eu disse, temendo o pior.

— Claro que não, você acha que sou louca?

— Não, então onde está a evidência real documentada de que estou herdando dinheiro de tio Tim?

— Na impressora do computador, acabo de recebê-la.

— De um procurador?

— Melhor, de um guru da internet realmente bom. Ele me deu o número exato do dinheiro.

O telefone, ainda frio, rachou com um ruído alto e caiu em muitos pedaços no chão. Então gelei também e fiz o mesmo. Fui varrido por uma mulher enorme com uma vassoura e nunca mais ouviram falar de mim.

— Então no mundo real não há razão qualquer que seja para esperar que esse dinheiro apareça? — eu disse, apertando os lábios.

— Isso pode não ser real para você mas é muito real para mim e não gosto quando me ridiculariza — disse ela. Eu podia ouvir as lágrimas em sua voz.

— Olhe, mamãe, sinto muito. — Eu só estava aborrecido por causa do dinheiro.

— Bem, talvez se você tivesse um pouco mais de fé ele aparecesse — disse ela e bateu o telefone.

Ela me fez me sentir horrível. Esta é a arte da mãe. Eu me senti mal por aborrecê-la quando na verdade foi ela quem tinha me enganado. Não havia sentido em ficar me lamentando por aquilo, de qualquer forma, esse é o jeito que o mundo é.

Eu realmente devia ter sabido, supus, mas simplesmente não achei que ela seria tão burra a ponto de me enganar com algo assim.

Então as coisas estavam piores do que pareciam financeiramente. Se eu fosse morar com Cat, então eu precisaria pegar algum dinheiro de algum lugar. A idéia de encontrar outro emprego teria de ser considerada. Imaginei como Henderson encararia aquilo. Bem, na verdade não imaginei, eu sabia que ele encararia muito mal, mas não havia muita coisa a fazer a respeito.

Houve outro ruído em meu telefone. Uma mensagem de texto. Eu a puxei.

"Me ligue — Cat". Meu coração pulou.

— Alguma coisa que eu precise saber? — disse Henderson. Suas antenas estavam ligadas, notei.

— Só preciso ir ao banheiro.

— Eu estava esperando que você dissesse isso — disse ele, abanando o cheiro para longe do rosto.

Eu me levantei, deixei a sala da palestra e voei pelo corredor, passando as ilustrações de cachorros jogando cartas, passando os intocados *Financial Times* sobre a mesa não-sei-quantas-vezes-reproduzida Luís XV, para dentro dos banheiros, com visões de reencontros famosos em minha cabeça — a família Von Trapp, o navio dos garotos voltando para casa em Southampton depois dos longos e duros anos no Pacífico Sul, "diga oi ao papai, John", abraços e beijos em estações de trem, aeroportos, outros grandes terminais de transportes, Dr. Jivago vislumbrando o amor de sua vida através do bonde lotado — talvez não, ele caiu morto direto mais tarde, não? Você entende o que quero dizer, de qualquer forma.

Tranquei-me num cubículo e disquei, mentalmente notando como até os reencontros haviam mudado com a tecnologia. Você não poderia ter feito isso num toalete antes, bem, não aqueles de nós que jogam com um bastão correto, de qualquer forma. O espírito do romance não se beneficiou de maneira alguma da introdução do telefone celular, pensei enquanto fechava a área coberta/de cheirar cocaína do banheiro.

— Oi, Dag — disse uma voz que eu não escutava há muito tempo.

— Oi, querida — falei —, como vai?

— Bem... mas não graças a você. — Isso não era a corrida metafórica através dos ranúnculos para se jogar em meus braços que eu havia esperado.

— Tudo bem com a gravidez?

— Tudo — disse ela.

Não pude mais me conter.

— Por favor, se case comigo! Fiz tudo errado, cometi um erro. Por favor, o que você diz?

— Digo que você tem uma tremenda cara de pau e que está muito atrasado — disse Cat.

Aquilo também não era "Oh, Brad, estou tão feliz".

— Muito atrasado? — perguntei, tentando manter qualquer entonação fora de minha voz, mas lidando com a surpresa, a preocupação e até um tipo de ultraje ferido de qualquer forma.

— Decidi ficar com outra pessoa, alguém que é bem melhor do que você, embora eu saiba que isso não te importe muito.

Isso absolutamente não se encaixava com o "eu o amo tanto, eu realmente o amo" da fita de vídeo.

— Quem? — perguntei.

— Não importa na verdade, importa?

Importa se for o danado do Henderson, pensei.

— Não — eu disse. Não conseguia acreditar que a metade do dia desde que ela havia falado com Andrea iria mudar tanto sua cabeça.

— Por favor, Cat, eu te amo. Sempre amei. Eu estava ficando com Andrea por causa da responsabilidade, o pai dela está incrivelmente doente. Por favor, eu... — eu não sabia o que dizer.

Ela também não, aparentemente. Houve silêncio na linha.

— Você disse isso tudo quando me deu um pé na bunda — disse ela suavemente. — O que mudou de lá para cá?

— Venho sendo infiel com três pessoas — confessei. Eu ia explicar como havia traído a mim mesmo, meus próprios sentimentos mais íntimos, também.

— Há outra pessoa! — gritou ela.

Eu havia acabado de aprender que simplesmente não vale a pena tentar ser inteligente nessas situações. Simplesmente diga o que tem a dizer.

— Não — repliquei —, fui infiel comigo. Principalmente comigo. Eu queria você, sempre quis você, e não tive coragem de assumir isso.

— Como você ousa tentar um conceito tão verbalmente confuso numa hora dessas?

— Conceito verbalmente confuso é um conceito muito mais confuso verbalmente — respondi.

— Posso ser tão confusa quanto quiser, meu amigo, eu sou a parte ferida. Se você tivesse alguma decência estaria se limitando a grunhidos monossilábicos de desculpas e talvez a um estranho zurro de penitência. — Ela deu uma bufadinha, poderia ter sido de alegria, mais parecida com escárnio.

— Desculpe — grunhi.

— Assim é melhor — ela realmente riu, um pouco. Quando ela se deu conta, sua voz enfraqueceu.

— Realmente preciso ver você, Cat.

— Ainda está com sua esposa?

— Ela é minha noiva. Ou melhor, não é. Vou contar a ela tudo amanhã à noite.

— Isso seria legal para ela — disse Cat. — Você deveria me dar o número dela, talvez pudéssemos trocar notas sobre abandono.

— Achei que você já tinha feito isso — repliquei. Se eu não fosse cuidadoso ia entrar numa discussão com ela, que era a última coisa que queria.

— E isso foi muito instrutivo também.

— De que maneira?

— De uma maneira instrutiva.

— Você gostou dela? — Não sei por que perdi tempo perguntando aquilo.

— Sim, gostei, senti muita simpatia por ela. Andrea parece ser uma boa mulher.

— Ela é uma mulher maravilhosa — eu disse. O que estou fazendo?, pensei. Estou tentando persuadir alguém a se casar comigo cantando os méritos de minha atual noiva. No clássico *front* do reencontro isso era como jogar seus braços em torno da garota na estação de trem e dizer "senti muito a sua falta, especialmente já que essa outra garota com quem venho saindo é tão parecida com você". Tentei consertar.

— Eu sabia que você ia gostar dela. Você vê o quanto nós temos em comum.

Ela deu um risinho triste.

— Quando você vai dizer a ela?

— Amanhã.

— Por que esperar?

— Estou num curso hoje, não posso fazer isso por telefone.

— Suponho que não — disse Cat. Eu quase podia ouvi-la pensando. — Então por que essa súbita mudança de idéia?

— O cinzeiro estava cheio de velhas coisas.

Ela não riu.

— Estou falando sério, Dag. — Não havia maneira de recomeçar rapidamente a antiga conversa leve que havíamos curtido antes.

— Simplesmente me dei conta de que não poderia continuar vivendo uma mentira. — Particularmente quando Andrea também estava vivendo uma, pensei. — Eu quero você. Só você.

Mais silêncio.

— A gente pode se encontrar? — perguntei. — Embora eu suponha que não há sentido se você já está com Henderson.

— O que faz você pensar que seja Henderson?

— Não é?

— Você tem que tomar suas próprias decisões, Dag, baseado no que está acontecendo na sua própria vida. Se você não ama Andrea, mostre que você tem coragem de terminar com ela. — Aquilo não era um "não, não é Henderson". Não era um não mesmo.

— Estou fazendo isso — insisti — amanhã. Posso encontrar você?

— Você termina com ela e aí a gente conversa. Vou querer provas de que terminou com ela, de qualquer forma.

— Que prova? Um fio de cabelo dela?

— Vou pensar sobre isso — disse ela. — Sei que você pensou em fazer esse tipo de coisa antes e não conseguiu levar adiante.

— Como sabe disso?

— Lee me contou. Ele disse que você ia terminar com ela e então descobriu que o pai dela estava morrendo. Acho que você estava apenas procurando uma desculpa para ficar com ela.

— Provavelmente estava — confirmei. — Realmente parecia um grande salto, mas agora parece um salto maior ainda ficar onde estou.

— Você não pode saltar para onde já está, Dag, espero que preste mais atenção no que diz.

— Você pode saltar no mesmo lugar.

— Isso seria um pulo.

— Só se usasse uma perna só.

— Pular não envolve necessariamente apenas uma perna.

— Estamos nos desviando do assunto.

— Estamos. — Eu tive certeza de que podia ouvi-la chorar suavemente.

— Olhe, quero ver você o mais rápido posível. Posso ir aí amanhã à noite?

Ela prendeu a respiração.

— Pode. Tudo bem. Terá que ser tarde. Venha à meia-noite. Você pode dormir no quarto de Chloe, ela se mudou.

— Achei que *você* havia se mudado. Foi o que ela disse.

— Fiquei na minha mãe por um tempo. Chloe mentiu por mim.

— Mas ela não gosta de você. Por que ela mentiria por você?

— Ela gosta menos ainda de você.

— Mantendo-a acordada a noite inteira com meu insistente mecanismo sexual, suponho.

— Você ronca. Ela disse que parece um são-bernardo com um resfriado forte.

Esta foi a segunda vez que me ouvi sendo comparado a um são-bernardo e não tinha certeza de que gostava daquilo.

Eu não gostava da idéia de dormir no quarto de Chloe. Não pareceria natural. Percebi que precisaria mais do que algumas horas para convencer Cat da idéia de ficarmos juntos novamente, de qualquer forma.

— Talvez fosse melhor esperar até sábado — sugeri. — Teremos mais tempo para conversar.

— Você já foi babaca o suficiente, Dag. Se não estiver aqui amanhã, não se incomode em vir nunca mais.

Sem querer eu havia mostrado hesitação e incerteza novamente. Não conseguia acreditar em mim algumas vezes. Tentei consertar.

— Posso chegar mais cedo se você quiser, posso facilmente estar lá às dez. — Eu estava um pouco velho demais para a idéia de conversar até o amanhecer.

— Vou estar com alguém antes disso.

— Quem?

— Não é da sua conta, mas já que perguntou, é Lee. — Gemi interiormente e rangi os dentes.

— Você me ama? — perguntei.

— Sim, mas eu também amava o meu cachorro Billy e o mandei embora.

— Então é meia-noite — falei, não querendo insistir no meu possível extermínio —, uma hora apropriada para começar um conto de fadas.

— Também é a hora das bruxas — disse Cat.

18

Sem volta

Eram 4:30 quando voltei para casa no dia seguinte e uma luminosa sra. Batt, por falar na chama brilhante da floresta, barrou a rua.

— Pensando em algumas mudanças, sr. Papai? — ela assoprou enquanto eu tentava deslizar por ela para abrir o portão.

— Como o quê, sra. Batt? — gritei de volta, esperando que ela não fosse dizer "terminar com Andrea", dentro do alcance da voz das crianças da turma de detenção saindo da escola. Se aquele grupo tivesse olfato para a fraqueza eu terminaria ganhando um apelido e provavelmente o veria pichado em meus portões.

Já havia alguns grafites, principalmente em rabiscos pouco talentosos de crianças que deram a si mesmas nomes como "Gangsta" e "Stripe". Observei aprovadoramente enquanto a sra. Batt com habilidade batia naquele que eu suspeitava ser chamado "Fats", principalmente porque ele era gordo. Eu havia visto na TV como eles estavam começando programas nas escolas dirigidos dos trogloditas que ameaçavam aqueles porcões. Naturalmente, quando liguei a TV, pensei que era dirigido a dar aos trogloditas algumas idéias mais inventivas, com o objetivo de encorajar os bastardos gordos a vazarem alguns quilos. Mas não. Aparentemente você não pode dizer que alguém é um sacana gordo hoje em dia, mesmo se eles são incrivelmente gordos. Todo o país está decaindo.

A sra. Batt é uma das poucas que ficam contra essa tendência, a placa balançando, a cabeça altiva, um guerreiro único, talvez insano, lutando contra as hordas bárbaras. Ela não tem de esperar pelas crianças detidas mas prefere fazer isso a fim de "atuar contra os criadores de problemas". Isto dificilmente define aqueles que haviam ficado para ensaios de peças da escola, prática de futebol ou grupo de dever de casa mas, como ela diz, violência indiscriminadamente aplicada nunca provocou qualquer dano. Era dar a essa mulher uma machadinha, pensei, e aquela escola conheceria o que é disciplina. No topo das tabelas da liga do Certificado Geral de Educação Secundária durante um ano.

— Oh, eu sei — disse ela. — Venho mantendo um olho aberto.

Assenti indulgentemente. Não fosse pelo terror que ela espalhava nos babacas da vizinhança, eu a teria denunciado para os psicólogos do serviço social anos atrás.

— Tire tudo o que você dá valor daí antes que o problema de verdade comece, este é o meu conselho para você.

— Do que está falando, sra. Batt? — perguntei.

— Seu segredo está a salvo comigo. Sei que sua namorada está escondida e não vou dizer uma palavra.

Estremeci e entrei pelo portão. A sra. Batt já havia me deixado fora de mim, mas essa aquisição de poderes psíquicos estava levando as coisas meio longe demais. Ela parecia uma feiticeira, de qualquer forma. Com um salto de imaginação, aquela placa poderia muito facilmente se tornar um cabo de vassoura.

— "Devereis ser reis no futuro!" — gritou a sra. Batt, ou pelo menos achei que ela gritou, mas quando olhei em volta ela estava sendo corrompida por um garoto que parecia ter acabado de oferecer um doce a ela.

Eu havia acabado de entrar na garagem quando Lee Junior se atracou com minhas calças. Ele não fez isso no seu tipo de aperto transar-com-a-perna tão amado pelos tradicionalistas caninos. Só aspirou com seu nariz em minha perna e o manteve preso ali. Não me importei, de fato era perturbadoramente prazeroso. Além do mais, isso suavemente inibia o movimento. Enquanto eu andava até a casa eu tinha o andar perna-dura de um pistoleiro pronto para o embate.

A conversa com Cat ainda estava ecoando em minha cabeça. Eu não havia me preocupado em dizer nada sobre a vigilância. Teria parecido desonesto, mas eu não via por quê. Teria sido bem mais honesto ter tomado uma decisão baseada no que eu imaginava que as duas mulheres pensavam, mais do que usar os serviços de um profissional para ter certeza?

Sua gravidez estava progredindo suavemente, eu havia entendido, embora ela estivesse muito pesada e achando difícil lidar com ela. Ela ia se mudar permanentemente para sua mãe em Kew nas semanas seguintes, já que ela estava começando a se sentir como se estivessse em algum documentário social sombrio de 1950 sobre mães solteiras em quartos alugados.

— Para quando eles estão previstos?

— Gêmeos normalmente são prematuros, então a qualquer momento entre agora e março.

Agora era o fim de fevereiro. Devo dizer que jamais gostei da palavra "agora", ela parece muito imediatista para mim. Os franceses têm a idéia certa com a palavra "*maintenant*". Não tão próxima e abrupta e assustadora, embora significando a mesma coisa. No máximo era uma questão de algumas semanas.

— Deus — eu disse —, acho que seria melhor preparar meu cachimbo e meus chinelos, então. — Eu estava tentando projetar imagens de nós dois juntos no futuro e ver se ela se apegava a elas.

— Você faria melhor se saísse com botinas de caminhada — foi a resposta dela.

Agora tenho uma lista de coisas para confrontar Andrea, seus outros homens sendo a principal entre elas. Uma dúvida perturbadora no fundo de minha cabeça dizia que ela devia ter inventado a coisa toda para fazer Cat se sentir melhor sobre se afastar do amor de sua vida (no caso eu). Infelizmente, na vanguarda de minha mente estava a paixão com a qual minha noiva havia descrito sua felicidade cremosa, e como ela desejava que as coisas tivessem sido diferentes.

Eu estava determinado a resolver tudo de qualquer forma. A fita estava em minha maleta e eu tencionava dizer a ela que eu a havia espionado. A hora da honestidade havia chegado para nós.

Eu girei minha chave na porta. Ela se abriu imediatamente, os cadeados não estavam fechados, o que significava que Andrea estava em casa. Isso foi um choque e tanto. Eu havia pensado que ia entrar, fazer uma xícara de chá, me servir de um conhaque e estar sentado em minha cadeira giratória acariciando um gato branco e dizendo "ahh, estávamos esperando você" na hora em que ela entrasse.

Não sei por que, mas havia claramente alguma idéia de confrontação em minha mente porque eu estava deliberadamente quieto em meus movimentos. Queria surpreendê-la, pegá-la pelas costas e forçar a honestidade dela.

Foi então que me golpeou o pensamento de que, se Andrea estivesse saindo com outro homem, a criança poderia nem mesmo ser minha. Descobri-me curiosamente satisfeito com a idéia enquanto peguei um inesperado e altamente imerecido vislumbre de elevação moral.

Na cozinha eu podia ouvir sua voz, mas ela estava dizendo algo que eu não esperava ouvir. Esgueirei-me para mais perto da porta.

— Eu te amo — ela não havia dito isso para mim em anos, não daquela forma. Ela dizia "nós nos amamos, não é mesmo?" e um monte de outras coisas como essa, mas não "eu te amo".

— Eu também te amo. — Era a voz de um homem, rouco de emoção e bem menos distinta que a dela. Pensei que havia reconhecido mas não podia ter certeza. Parecia, mais ou menos, com Dave o Lésbico. Se aquele fosse o caso eu ia ter de partir para o tipo de aproximação "Te meto um processo, sua cadela sem limites", em vez daquele de ameaçadores olhos negros.

— Eu realmente amo. — Suas palavras estavam abafadas, como se ela estivesse chorando. — Não quero perder você.

A voz do homem, o baixo mudado pela porta, disse algo sobre "não perder", seguido por, eu tinha certeza, "não quero causar nenhum problema".

— Não sei como vou contar a Dag.

Houve uma pausa e outra resposta abafada.

Olhei para o *hall*, o banco de igreja, o casaco dela, o porta guarda-chuva que seus pais tinham dado a ela e ela insistira que usássemos, apesar de não termos guarda-chuvas porque íamos a todos os lugares de carro, que realmente havíamos achado útil quando larguei meu emprego e nos livramos do carro, o pôster Queremos Guerra, meu pôster Queremos Guerra para ser preciso, dos dias em que eu ligava para esse tipo de coisa.

Queremos guerra, pensei, aquilo simplesmente se encaixava no que eu estava para fazer.

Queria que tivesse sido diferente. Emoções complexas, entretanto, não me satisfazem. Sempre acho que são as emoções superficiais que me afetam mais profundamente — raiva, ambição, desejo. Fui chamado de volta para meu mau humor pela voz de Andrea.

Com quem quer que ela estivesse, uma das coisas que me deixou mais ciumento foi que ela havia obviamente tirado uma tarde de folga para estar com ele. Ela nunca havia feito aquilo por mim, pensei.

— Vou dar um pé na bunda do Dag, ele não vai criar confusão.

Talvez Cat tivesse contado a ela sobre nós. Não me havia ocorrido perguntar. Além do mais, achei que poderia espantar as complicações gritando. Isso funcionou para milhões de homens ao longo dos séculos.

Num segundo eu estava no corredor pensando esses pensamentos, no outro estava na cozinha confrontando-os.

— Estamos um pouco enjoados esta tarde, não é? — falei, a batida da porta ecoando através de minha mente. Andrea estava ajoelhada no chão com a cabeça enterrada no colo de um homem.

Seu pai se virou para me encarar, mas sua mãe mal olhou para cima, soluçando dentro das mãos na mesa oposta.

— E aí? — eu disse, enquanto todos eles começaram a retroceder, desesperadamente tentando disfarçar a frase "estamos um pouco enjoados" com uma abordagem alegre.

A mãe dela parou de chorar por um segundo para me reconhecer antes de cair de volta em seu lenço em rios de tristeza.

— Você disse que estava doente, ouvi quando entrei — falei para o pai dela, esperando que a coisa toda fosse sobre aquilo.

— Se você mantiver aquela porta aberta assim não vai durar cinco minutos — disse ele.

— O quê?

— Você vai ferrar com as dobradiças, eu estava olhando para elas hoje de manhã, elas estão rangendo como pedaços de lata.

— Dag — disse Andrea. — Dag! — ela ficou de pé e se moveu na minha direção, os braços estendidos. Eu a trouxe para mim e bati nas suas costas inseguro, como se pensasse que ele estava vazia. Olhei para a mãe dela, que não mostrava sinais de que iria parar de chorar. Dane-se, pensei. Isso é de verdade. Não vou ser dissuadido de contar a ela desta vez.

— Algum problema? — perguntei, imaginando que o sr. Ellis havia contado o segredo da doença fatal. Eu havia me acovardado uma vez, de qualquer forma, e depois do que ouvira naquela fita não ia deixar aquilo se colocar em meu caminho.

A sra. Ellis olhou para mim. Da última vez em que eu vira aquela expressão no rosto de alguém foi quando a velha senhora estava olhando para mim e Cat depois do desafortunado incidente na cripta. Foi um olhar de preocupação e impotência no rosto de um mundo que havia se recusado a responder a instruções.

Lembrei do ditado que um cara que trabalhou comigo na Maior Companhia da Terra tinha em sua mesa: "nada que é importante pode ser controlado". Ele havia sido demitido e não tive certeza se aquilo provava ou questionava o seu ponto de vista.

— Papai tem umas notícias horríveis.

— Oh, não — lamentei. Como já sabia o que ele ia dizer, não senti que esta situação era totalmente real. Eu estava pensando mais em Andrea. Eu havia visto um episódio do *Arquivo X* quando a professora tinha se revelado um demônio, como elas fazem, e havia se transformado toda no fim para provar isso. Parecia que Andrea ia fazer o mesmo. Como em *Alien*, quando você descobre que o sujeito é o andróide. Iria eu terminar passando sobre ela com as roupas motorizadas e assistindo a todas as suas fagulhas eletrônicas?

Ninguém notou minha falta de atenção. A sra. Ellis carecia de graça social, mas ele foi instintivamente polido e me poupou de inventar qualquer pretexto. Ele veio direto para me dizer as novidades que eu já sabia.

— Parece que tenho algum tipo de câncer — disse ele —, as chances não são boas. Achei que devia contar a Andrea e sua mãe antes. Mas agora você sabe.

Imaginei por que ele havia contado a elas.

— Ele tentou esconder de nós mas descobri a carta de orientação médica — soluçou a mãe de Andrea como se ela tivesse lido meus pensamentos.

— Você está se tratando? — eu queria deixar Andrea bem, para terminar isso rapidamente.

— Eu...

— Ele está — disseram Andrea e a mãe simultaneamente.

— Deus — murmurei.

— O médico me disse que há uma boa chance de ele ter aumentado.

Peguei-me pulando na ponta dos pés. Nunca haverá um bom momento para contar a ela, pensei, você simplesmente tem que fazer e pronto.

— Não sei o que dizer — comentei.

— Só queremos ficar aqui até terça-feira. É quando ele vai começar o tratamento.

— Vou mandar você embora do quarto. Vai ter que dormir no sofá — disse Andrea para mim. — A menos que queira mandar Henderson e o Lésbico para um hotel.

— O sofá está bom. Vou telefonar e pedir uma cama de casal para o quarto de hóspedes. — Eu queria mesmo. Ainda gostava muito deles, mesmo se estivesse prestes a dizer adeus.

— Oh, eu fico bem numa cama de armar — disse a mãe de Andrea sacudindo violentamente a cabeça, como se eu tivesse sugerido que todos passássemos a noite fumando *crack* com alguns caras maus de Ruislip.

— Tem certeza?

— Sim, não queremos causar nenhum problema.

O problema com pessoas que não querem causar problemas é que invariavelmente elas causam muitos problemas. Teria sido muito mais fácil para mim ter ligado para uma loja e pedido a eles para entregar uma cama em vez de ter de perambular por uma loja de *camping* e encontrar uma cama de armar, mas lá vamos nós. Não havia sentido em discutir com ela; ela teria pensado que por gastar tanto dinheiro eu estava apenas sendo polido, e não tentando evitar inconveniências. Lembre-se, pelo estado de minha conta bancária ela poderia estar me fazendo um favor. O aposento ficou em silêncio, a única vez em que posso lembrar dos quatro de nós ficando quietos juntos.

— Você vai superar isso — falei. Eu havia entrado no modo automático companheiro-de-Andrea, pedra numa tempestade, fortaleza contra tiros e flechas. Lembrei-me de que eu a havia traído e ela a mim. Ainda assim, há hora e lugar para tudo. Eles deixam você terminar o café da manhã antes de atirarem em você. (Neste princípio, eu imagino por que ninguém jamais pediu um bufê tudo-o-que-você-puder-comer.)

Andrea olhou para seu pai e pude ver amor em seus olhos. Isso era o que eu queria: amor total e incondicional. Só que não fui digno disso, fui? Eu não a ouvira, eu não a ajudara. Tudo o que eu fizera fora escapulir pelas suas costas. Não importava se ela estava saindo com alguém talvez há mais tempo do que eu estava saindo com Cat. Bem, importava, e eu ainda ia terminar com ela, mas na frente dos pais dela? Engraçado isso, seus pais passam sua infância dizendo "não na frente das crianças" e você passa sua idade adulta dizendo "não na frente dos pais".

Dane-se, pensei, agora ou nunca.

O pai de Andrea deu um grande bocejo.

— Humm — disse —, na verdade, posso me deitar? Estou me sentindo muito cansado.

— Deite-se — disse a mãe de Andrea —, você precisa descansar.

Andrea disse ao pai para subir e usar a cama de Henderson.

Eu o levei para o quarto, embora ele soubesse o caminho. Parecia uma maneira de provar que eu me importava com ele. Ele entrou no quarto de Henderson, que estava tipicamente limpo e bem organizado. O móbile de tigres ainda estava no lugar, o relógio de viagem e o pacote de Alka Seltzer sendo a única indicação de que ele estava ficando ali.

— Esta cama? — disse o pai de Andrea, apontando a peça de ferro francesa do século XIX.

— É a única no quarto.

Ele sorriu, indulgente comigo apesar da escuridão que rondava cada um de seus passos. Você sabe o que vem acontecendo?, pensei. Você sabe sobre esses "homens"?

Ele se sentou na cama e um olhar de preocupação cruzou seu rosto. Ele se balançou de um lado para o outro.

— Quem montou essa coisa horrível? Está frouxa.

— Veio assim.

— Não sei. — Ele sacudiu a cabeça e se deitou.

— Se quiser alguma coisa, é só chamar — eu disse, saindo do quarto.

Embaixo, Andrea e a mãe haviam ido para a sala da frente e a sra. Ellis a estava presenteando com detalhes médicos, representeando-a com as perguntas de Andrea e a conversa do tipo "você não disse" como formas de orientar.

Eu me senti incapaz de fazer qualquer outra coisa senão tornar a situação pior, completamente tomado pelos eventos — mais que tomado, jogado para fora da estrada, passando pelo chão duro e por cima da margem gramada.

Disse a mim mesmo que não podia deixar isso tudo enevoar meu julgamento. Que Andrea devia estar se sentindo infeliz agora, mas que eu a estaria sentenciando a uma infelicidade maior ainda se ficasse.

— Mamãe tem algo a perguntar a você — disse ela, emergindo da sala da frente com a mãe.

— Sim?

— Pete e eu estávamos pensando que, qualquer coisa que aconteça neste próximo ano, queremos renovar nossos votos de casamento e estávamos imaginando se você gostaria de ser padrinho dele.

Não, tenha coragem, recuse, ó matador de dragões corporativos, iconoclasta, homem metido em problemas. Você dirigiria o mundo dos negócios para seu desejo ardente ou vê-lo-ia queimar na sua frente.

Ergui os ombros, preparando os punhos batedores. Olhando para eles, notei que não estavam em suas dobras afiadas normais. Eu havia estado negligenciando bastante aquilo recentemente.

— Sim — eu disse, imaginando por que o pai de Andrea queria que eu fosse padrinho dele quando ele nem mesmo particularmente gostava ou acreditava em mim. Corretamente, parecia.

— Bom. Obrigada, Dag. Isso significa muito. — Você podia ver a gratidão em seus olhos.

Não sei por que, mas acho expressões diretas de emoção muito embaraçosas, então me virei dizendo "ótimo". Imaginei quando eu ia trazer à tona as infidelidades de Andrea e que efeito aquilo teria na cerimônia vindoura.

Andrea olhava para mim de maneira muito estranha, como se alguém a estivesse chicoteando com um peixe molhado. Seu rosto parecia incapaz de fixar qualquer expressão particular e havia acabado de se derreter na máscara confusa e abobalhada que eu vira quando tentamos nos drogar uma vez. Pensei que ela podia estar doente.

— Você é tão bom. Eu te amo, Dag.

Sorri. Você não me ama, pensei, e vou ficar com alguém que me ama.

— Na verdade — eu disse —, poderia falar com você na cozinha por um minuto?

— Claro. Você vai ficar bem aqui, não vai, mamãe?

— Oh, claro, só preciso descansar os olhos. — Eu podia ver uma certa preocupação no rosto da sra. Ellis. Ela estava provavelmente pensando que eu na verdade não queria ser padrinho e ia reclamar com Andrea sobre isso. Como a maior parte das pessoas, ela presumiu que as coisas que eram mais importantes na vida dela eram mais importantes na vida das pessoas mais próximas. Como Andrea e seu trabalho, eu e ter bons momentos, ela estava inteiramente focada em suas preocupações e pensou que estaríamos também.

Na cozinha, Andrea sentou-se em sua cadeira de sempre, em frente à porta.

Perguntei a ela se queria uma xícara de chá, mas ela disse que se ela tomasse mais alguma sua cabeça iria voar.

— Andrea?

— Sim?

— Isso é muito difícil de dizer. — Em minha cabeça eu podia ouvir "Who Are You?" do The Who, o que era muito chato, já que sempre odiara essa música.

— O quê? — Seu rosto estava neutro. Ela não parecia fazer idéia do que estava para acontecer.

— O que você pensa de mim realmente? — Agora eu podia ouvir The Who tocando "Substitute". Não havia me dado conta de que meu subconsciente tinha um conhecimento tão detalhado de velhos roqueiros grisalhos que costumavam estar na moda.

— Eu disse a você, eu te amo.

— Totalmente?

— É, o que quer que isso queira dizer.

Eu havia visto o príncipe Charles ser entrevistado quando estava se casando com Diana Spencer. Não consigo me lembrar das palavras exatas, mas o entrevistador havia perguntado algo como "você a ama"?

— O que quer que isso queira dizer — respondeu príncipe Charles.

— Então a resposta é não — minha mãe havia dito para a televisão.

— Não sei, é só alguma coisa que está na minha cabeça. Você está saindo com alguém?

Por que eu não conseguia soltar as palavras? Eu sou, você é, vamos falar tudo de uma vez.

— Não — disse ela um pouco diretamente demais, como quando eu contara a Cat que não tinha uma namorada ou esposa. Senti uma mentira de exatidão. Se ela realmente não estivesse saindo com ninguém teria ficado bem mais chocada pela pergunta, achei. Agora Daltrey and Co estavam ligados em "Wont' get fooled again" em meu cérebro, uma de minhas músicas menos favoritas de todos os tempos, disputando pau a pau com muita coisa do Meatloaf.

— Dag — disse ela. — Vou ter um filho seu. Quero ficar com você. Estou com você há uns dez anos e vou ficar outros dez e tanto. O que mais quer de mim? — Agora os veteranos da moda estavam batendo em "I can't explain". Eu nem sabia que era um deles.

— Espere aí — falei. Saí para o saguão para pegar minha maleta. Foi teatral e foi estúpido, mas eu queria usar a fita para arrancar a verdade dela. Obviamente eu não a colocaria com sua mãe lá, mas poderia segurá-la e dizer "você sabe o que é isso?".

— Com quem você andou falando? — disse Andrea quando voltei.

— The Who — eu disse.

— O quê? — “Pinball Wizard” veio à minha cabeça. Meu subconsciente havia finalmente perdido.

Ela parecia magoada e vulnerável e, perturbadoramente, me senti protetor em relação a ela. Dane-se, pensei, use essa raiva, diga a ela a verdade e fodam-se as conseqüências. Sua mãe e seu pai vão descobrir no fim das contas, melhor que todos o façam ao mesmo tempo. Olhei para meu relógio: seis da tarde. Seis horas até que eu tivesse dito que ficaria com Cat.

— Eu... — Não sei o que eu teria dito depois. Estou saindo com outra pessoa... estou tendo um caso... não sou muito bom em Faça Você Mesmo.

Daquela maneira não importava. Tudo o que importava era o som do tiro que veio do quarto de Henderson.

19

Uma arma carregada não o libertará

Realmente não vejo como aquilo tudo tenha sido minha culpa, embora a sra. Ellis parecesse pensar que fosse.

Corremos escadas acima para encontrar o quarto fedendo a pólvora e respingado de sangue.

A arma de Henderson, meio escondida debaixo da cama, ainda estava apontada para um ferimento feio no carpete e uma menos feia, mas confusa, ferida no lado do sr. Ellis.

— Peter — disse a sra. Ellis —, não havia necessidade disso!

Saquei o celular e disquei 999.

— Ambulância, ferida de tiro — eu disse e dei nosso endereço.

— O que devemos fazer? — perguntou Andrea.

— O que devemos fazer? — perguntei à pessoa na linha da emergência. Certifique-se de que ele está respirando e então o deixe em paz, foi a resposta.

Um homem mais profundo poderia ter sentido seu coração enternecido com a misericórdia daquilo tudo. Um homem superficial poderia ter pensado: Dane-se, vou contar a Andrea de qualquer maneira. Um homem como eu, entretanto, de fato o homem que sou, pensou: Droga, acabei de pintar esse quarto. Eu não quis pensar isso, só pensei. Temo que você tenha de fazer seus próprios julgamentos.

O sr. Ellis estava estendendo a mão e tentando dizer algo.

— Sim? — disse a sra. Ellis.

— Fiz isso por causa dele — disse o sr. Ellis, apontando para mim.

— Eu?

— A cama está totalmente frouxa. Eu estava tentando fixá-la e encostei a mão na arma. É o trabalho dele, ele é um homem, deveria ter fixado a cama.

— Então foi um acidente? — disse a mãe de Andrea, me encarando com o tipo de olhar que poderia ser útil para a indústria de pedreiras deslocar peças de pedra particularmente duras.

— Não fiz isso deliberadamente — disse o sr. Ellis, grunhindo. Eu senti minhas mãos se formarem num gesto estrangulador. Quando aquele velho ridículo ia parar de criar uma calamidade após a outra e me deixar terminar com a filha dele sem me sentir como porra do Anticristo?

— Você foi longe demais desta vez — disse a mãe de Andrea, apontando para mim. Havia tido outras vezes?, pensei.

O que eu queria dizer era que, quando eu comprara a cama de ferro francesa do século XIX, houvera três afirmativas implícitas por trás de minha decisão de adquiri-la. Uma, aquela era uma peça bonita, ideal para convidados. Dois, ela chacoalhava um pouco, mas já que era apenas para uso ocasional aquilo não importava. Três, que não iria resultar na ferida fatal de meu futuro sogro. Desculpe, fazer aquilo com meu ex-futuro sogro.

De fato o que eu disse foi "hã, desculpe", o que soou como uma admissão de culpa. Talvez ele estivesse certo. Eu era um homem e deveria tê-la fixado. Lembre-se, aquela era a última de minhas falhas. Meu problema parecia ser que eu havia escapado dos papéis normais de modelos de masculinidade — provedor, fonte de verdade e autoridade etc., mas não havia ainda chegado a tantos outros. Li aquilo no *Guardian*.

Outra maneira de dizer era que eu havia escapado do modelo do papel tradicional de preguiçoso babaca que faria qualquer coisa para levar uma vida fácil e uma jarra de cerveja, e estava sendo forçado a representar um papel ativo na vida, algo que vejo como totalmente não natural para o macho. Sempre me espelhei no leão quando está crescendo: deite-se por aí parecendo grande, enquanto as mulheres fazem o trabalho.

Você sabe, de acordo com um documentário que vi, o leão macho não é um caçador, de jeito nenhum. Sua juba se destaca tanto da grama que o antílope pode vê-lo. Ele apenas espera até que a dama leoa tenha ferido um gnu e então chega perto e diz a ela pra sumir até que ele tenha terminado de comer. Ele também a mantém magra assim. Comportamento deplorável, mas um bom trabalho se você conseguir fazê-lo. De tirar o chapéu, Leão. Oh, Deus, estou parecendo Henderson.

A ambulância chegou em pouquíssimo tempo. Andrea e sua mãe entraram nela enquanto eu esperava pela polícia. Expliquei que era a arma de Henderson e dei aos tiras seus números e tantos endereços quantos pude pensar, muito vergonhosamente refletindo que isso poderia mantê-lo longe do caminho de Cat durante a noite.

Então pulei para dentro do Range Rover e acelerei para o hospital.

Claro que pensei em telefonar para Cat no caminho, mas qualquer coisa que eu dissesse soaria como uma desculpa. O pai de Andrea ter sido ferido por uma arma parecia com uma daquelas histórias que as pessoas chegam contando, esperando que pareçam tão pouco razoáveis que os outros terão de acreditar neles, raciocinando que ninguém poderia vir com uma desculpa tão estúpida. Cat nunca iria aceitar aquilo. Ela era muito inteligente para acreditar na verdade.

Eu sabia que minha única opção era tirar tudo aquilo do meu caminho antes da meia-noite. De outra forma, o espectro libidinoso de Henderson estaria ali para pegar as peças.

Entrei na emergência rapidamente e fui admitido no departamento, perturbando um grupo de estudantes de medicina que estavam sentados por ali tomando chá e reclamando de falta de equipe.

O sr. Ellis estava deitado em sua cama atrás das cortinas. Normalmente não sou muito simpático com doenças. Preciso de provas de que você não está com pena de si mesmo. Entretanto, uma máscara cheia de oxigênio, tubos no braço, grande almofada no peito e duas enfermeiras se ocupando com coisas em torno da cama dizem, mesmo para mim, que você não está ali à toa.

— Cristo — falei —, ele vai ficar bem?

— Não, graças a você e seu estúpido amigo, se é que é amigo — disse a mãe de Andrea.

— Conseguimos um médico australiano, de qualquer forma — disse Andrea. Isso era importante para ela, eu sabia. Nossa única outra experiência com o Serviço Nacional de Saúde era com médicos ingleses, pessoas com toda a humildade e o toque comuns ao sexto ano superior de Eton do período da *Jeunesse Dorée* dos anos 20. Geralmente você tem a idéia de que foi sortudo de estar doente a fim de receber o tempo e a atenção de pessoas tão especiais.

Médicos do Novo Mundo eram diferentes, havíamos descoberto. Eles acham suficiente serem estudantes bem-informados e cuidadosos, sem dar a você o valor adicional de condescendência. Pessoalmente, gosto da segurança do inglês arrogante tradicional. Você pode estar doente, mas pelo menos tem a chance de conviver nobremente com gente de classe superior à sua.

— Estamos esperando que os seus registros sejam mandados por fax de Ipswich — disse uma das enfermeiras.

A sra. Ellis olhou para a esquerda e a direita para se certificar de que ninguém estava escutando.

— Sua "queixa" significa que pode haver complicações.

— Não se sinta obrigado a ficar, Dag — disse Andrea. — Não há nada que possa fazer e sei que você tem trabalho a fazer.

— Vou ficar — eu disse, quase num reflexo. — Vou ficar.

Eu poderia ligar para Henderson, pensei. Ele seria capaz de explicar a Cat o que havia acontecido, seria capaz de confirmar para ela que o sr. Ellis realmente havia levado um tiro. Ele até mesmo seria capaz de mostrar a ela suas notificações judiciais para provar isso eventualmente. Ele não poderia, não iria, ficar atrás dela. Não quando ele soubesse o quanto eu a amava. Ele estava apenas sendo legal com ela, certamente, só cuidando dela. Seus instintos mais elegantes estavam em cena. No caso de que não estivessem, entretanto, decidi não ligar para ele, no fim das contas. Seria melhor apenas aparecer na casa de Cat, não importa o que acontecesse. Eu não parecia ser capaz de levar Henderson seriamente como um rival num nível profundo, embora eu soubesse que era do meu maior interesse agir como se pudesse.

— Vamos superar isso — disse Andrea, pegando a mão de sua mãe e a minha, juntando-as.

— Você não tem nenhum anestésico sobressalente, tem? — quase perguntei à enfermeira. Eu realmente sentia que as coisas poderiam ir melhor se eu estivesse equipado com a máquina que faz bing e tudo.

— Estamos prontos para a cena agora — disse uma enfermeira, enfiando a cabeça por dentro da cortina.

Andrea e a sra. Ellis o beijaram na testa. Eu realmente não sabia o que fazer. Fui apertar a mão dele, mas pensei em algo melhor.

— Boa sorte, meu velho — disse. A sra. Ellis me encarou fixamente com um olhar duro como a pobreza, algo que ela já conhecera um dia.

Poderíamos ter voltado para casa, mas nenhum de nós quis fazer isso. Ao contrário, fomos a um restaurante e brincamos com nossa comida, depois a um *pub* onde brincamos com nossos sucos de laranja. Quando voltamos ao hospital ainda tínhamos uma hora para esperar. Deve ser uma grande consolação, pensei, ter fé em deuses ou demônios. Não tínhamos orações para enviar ou fetiches para chocalhar e, mesmo se tivéssemos, deuses são tipos primitivos que podem ser particularmente rígidos em suas maneiras. Não acho que eles teriam captado muito o tipo de pedido complexo que eu queria fazer. "Bem, você quer que nós castiguemos ou abençoemos?", eles teriam dito. Você não pode ter esse absurdo "salve-o e depois o tire da minha vida".

Deixados apenas com a moderna religião do eu, sem psicanalista ou terapeuta para perguntar-nos como nos sentíamos, mandamos nossas modernas orações de preocupação, esperando que a profundidade de nossa ansiedade o protegeria.

Por volta das oito da noite fiz minha cabeça para dizer a Andrea que iria para Glasgow com algum negócio de emergência para fazer. Eu terminaria com ela mais tarde naquela semana.

Às 8:05 fomos chamados à mesa de recepção e levados a uma pequena área cercada por cortinas.

Depois de alguns minutos um homem de boa aparência, de trinta e poucos anos, enfiou a cabeça dentro das cortinas.

— Sra. Ellis? — disse ele. Pelo seu sotaque australiano imaginei que ele deveria ser o cirurgião.

— Sim — disse a mãe de Andrea.

— Ele vai ficar bem. Sou o sr. Everington, o cirurgião.

Você vê isso? Médico australiano. Um cara britânico teria começado a contar como foi difícil a operação, como fora duvidosa, apenas a qualidade da equipe, etc., e finalmente, "ele está bem", como alguém anunciando um prêmio em ordem inversa.

Uma mulher grande de óculos passou pelas cortinas. Ela anunciou a si mesma como Jane Hancock, a diretora do hospital.

— Graças a Deus que ele está bem — disse a mãe de Andrea, correndo para abraçar Everington.

— Há apenas uma coisa, entretanto, uma leve irregularidade — disse ele.

— Sim? — disse a sra. Ellis.

— A ferida foi muito profunda e, embora ele não tenha tido nenhum dano sério para as partes vitais, uma pequena quantidade de chumbo entrou nos intestinos.

— Sim?

— Diz no fax de seus registros médicos que ele deve começar um tratamento de câncer nos instestinos. Não sei que idiota fez o diagnóstico, mas não pude ver nenhum sinal disso, e tirei boa parte de seus intestinos para fora. Nunca vi um túnel mais saudável. Eu faria uma nova avaliação nisso se fosse vocês.

— Ele está bem? — disse a mãe de Andrea.

— Se fosse tão avançado como eles avaliam nas anotações, então eu o veria, não há dúvida. Não estou dizendo que ele não tem uma doença, mas quaisquer sintomas que ele venha sofrendo não são causados por câncer. Não há sinal visível disso e haveria necessidade de ter, se fosse nesse estágio.

— O que é, então? — disse a sra. Ellis, que parecia mais chocada do que satisfeita.

— Síndrome de irritação dos intestinos? Deus sabe, poderia ser qualquer coisa. Ele não começou a comer *curry* recentemente, começou?

A sra. Ellis sacudiu a cabeça silenciosamente.

— Quem fez o diagnóstico? — perguntou o cirurgião.

— O dr. Morton.

Diretora e cirurgião assoviaram através de seus dentes.

— Rocket Morton — disse a diretora.

— A besta do Leste. O oncologista mais apressado da Inglaterra — disse o cirurgião.

— Como? — disse Andrea.

— O dr. Morton é conhecido por correr mais do que a eficácia — disse a diretora Hancock. — É melhor ir vê-lo fora da estação de pesca ao salmão.

— Certo, como tudo está bem — eu disse —, vou embora então. — Aquilo saiu sem pensar, realmente saiu. Por sorte ninguém notou o que eu estava dizendo.

— Estou aqui para explicar a posição legal para vocês — disse a diretora. — Não estamos dizendo que o dr. Morton fez um diagnóstico incorreto. Estamos dizendo que o sr. Everington aqui fez um outro diferente e que o dele parece ser mais correto. Ele mandou fazer uma biópsia e ela confirma a nossa suspeita: o sr. Ellis poderia viver até os cem anos.

— Ele vai ver o bebê crescer! — disse Andrea.

— Não disse que iria, disse que poderia. Não é uma garantia legalmente reforçada — disse Hancock. — Ele poderia cair morto amanhã, mas não seria de câncer no intestino.

— Vou processar até o fim! — disse a sra. Ellis, que estava experimentando o tipo de transformação suave, de arrebentar-calças e ficar verde e musculoso, que o dr. Bruce Banner costumava ter se você batesse nele.

— Poderemos falar com ele hoje? — disse Andrea.

— Ele vai sair em mais ou menos meia hora. Vocês podem dizer algumas palavras mas não vão querer cansá-lo.

— Vamos esperar — disse a sra. Ellis.

— Na verdade — falei —, isso soa terrivelmente egoísta, mas tenho um curso em Glasgow amanhã. Eu ia pegar o trem noturno antes que tudo isso acontecesse. Há alguma maneira de eu poder sair? Precisamos do dinheiro.

— Não, você vai — disse a sra. Ellis, que era uma grande respeitadora do dinheiro, principalmente por jamais ter tido muito. — Você foi muito bom.

Ela me beijou no rosto.

— Vamos superar isso — disse Andrea —, vamos superar isso.

— Claro — eu disse —, então estou indo. — Pelo menos eu havia dito a ela tecnicamente, de qualquer forma, me permitindo espaço para uma mentira de exatidão.

Andrea não gostava de dirigir quando estava grávida então voei para casa no carro para pegar alguns itens essenciais. Telefonei a Cat para dizer a ela que eu poderia me atrasar um pouco, mas o telefone estava ocupado — Henderson ligando para pedir um sorvete esperto, por certo. Tenho essa coisa esquisita quando fico estressado, eu às vezes me pego fazendo rimas involuntárias. Acho que me faz sentir um pouco mais um comerciante enrolador, do tipo duro e pronto para agir, capaz de dar os golpes.

Tentei novamente enquanto estacionava o Range Rover na garagem.

O celular estava desligado, como o de Henderson. Saí do carro. Lee Junior — que gostava de dormir à noite no galpão — veio se fungar em mim.

Inspirei o doce ar do jardim. O que quer que acontecesse, bom ou ruim, eu sabia que estava finalmente sendo verdadeiro comigo. Andrea não me querer foi a gota d'água, na verdade. Em um ano ela estaria feliz que tivéssemos nos separado — talvez em um dia, se o vídeo fosse alguma coisa para se guiar. Ela nem mesmo estava apaixonada por mim. Ela só estava atuando, pelo bem do bebê, cruzando os dedos e esperando que, pelo fato de fazer os rituais do amor, a surra com a toalha de mesa, as profissões do desejo, ela começaria a se sentir satisfeita. E ela também tinha me traído, eu não conseguia esquecer aquilo. Nós hipócritas somos muito fortes no ultraje. Olhei para Lee Junior, imaginando quando o veria novamente. Fiz-lhe um pequeno carinho nas orelhas.

— Como é que você está, meu neném? — falei. — Oooooh, ele é só um filhotinho. — O cachorro rolou e fiz cócegas na sua barriga.

Se eu não tivesse nunca conhecido Cat, nunca teria descoberto que Andrea só tinha um amor assim-assim por mim, e poderia ter seguido em frente durante anos sem saber.

Lembrei de meu pai em casa, assistindo à corrida na tevê. Corrida sem aposta, comida sem gosto, vida sem amor. Isso foi o que eu havia arriscado e do que eu estava para fugir. Não sou um homem corajoso ou de visão nítida. Mesmo sabendo o que sabia, eu podia nunca ter terminado com Andrea se não tivesse conhecido Cat. Se ela tivesse desaparecido de vez, eu ainda teria voltado para Andrea. Meio amor é melhor do que nenhum.

Com Cat, entretanto, se eu pudesse apenas persuadi-la de quanto eu era sério, eu poderia ter o negócio verdadeiro. Amor como deve ser, nas histórias, nas músicas.

Senti-me ridiculamente calmo e feliz apesar do aborrecimento que estava para causar e apesar do fato de que havia apenas oitenta por cento de certeza de que Cat ficaria comigo. Dane-se isso, meu coração sabia de outra forma. Cem por cento.

Dei uma batidinha no carro.

— Você foi um Range Rover muito útil hoje — eu disse afetuosamente. O que posso dizer? Foi como me senti.

Mentalmente revi o que precisava levar comigo. Libertariamente, percebi que, tirando meus ternos e cartões de crédito, a resposta era provavelmente nada. Eu nem mesmo queria minhas fitas. Cat tinha muitas músicas e era tempo de um novo começo.

— Imagino se Dave o Lésbico está em casa — eu disse, me debruçando sobre o cachorro. Tive a estranha sensação de que ele aprovaria o que eu estava fazendo. "Lealdade", dizia na etiqueta. Pela primeira vez em séculos me senti sendo totalmente leal a meus verdadeiros sentimentos.

Então Andrea e eu havíamos perdido oito anos? Seus pais ficariam provavelmente mais tristes em me ver indo embora do que ela. Poderia ser triste, mas pelo menos era simples. Se eu pudesse apenas convencer Cat a me aceitar de volta, e eu estava certo de que podia, então minha vida estava indo a algum lugar pelo menos, e eu ia ser verdadeiramente amado, por ela e meus filhos.

— Excelente — disse, ficando de pé com um esfregar de mãos de auto-satisfação, enquanto um taco de beisebol explodia em meu joelho.

20

Desculpas esfarrapadas

— Você poderia me passar meu telefone celular? Houve uma mudança de planos — lembrei suavemente quando acordei do coma.

O silêncio recebeu meu pedido. Eu estava numa cama de hospital com nada por companhia além de um pote de frutas e o tipo de dor de cabeça que havia sentido pela última vez depois de meu primeiro porre, quando havíamos ido a um clube e jogado aquele jogo famoso no mundo inteiro, o vira-vira-vira.

Eu podia lembrar que estava no hospital há muito pouco tempo e algo sobre um tiro. Eu não conseguia me lembrar de ter levado um tiro, entretanto.

As uvas estavam meio comidas, então eu também havia acordado ou alguém havia estado ali para me ver. Senti-me incrivelmente indignado que alguém tivesse comido minhas frutas, embora algo no fundo do prato de ovos mexidos que estava funcionando como meu cérebro naquele momento me dissesse que eu tinha mais para me preocupar do que com aquilo. Comecei a juntar as peças e me dei conta de que estava correndo muito à frente de mim mesmo na minha lista de preocupações, por endereçar minha atenção para as uvas. Número um, eu estava no hospital. Agora, aquilo não estava certo.

Número dois, minha perna estava em tração. Mesmo eu podia ver que devia haver uma história atrás daquilo. Tentei me lembrar de como havia chegado lá. Um branco. Meus intestinos, me lembrei, haviam sido parte daquilo. Não, eram os intestinos do sr. Ellis e, embora ele fosse conhecido por provocar um grande tumulto olfativo quando dormia a sesta, nunca havia provocado qualquer dano físico real a ninguém.

Senti meu rosto. Havia alguns cortes ali, mas nada para escrever para casa a respeito. Acidente de carro?, pensei. Eu podia me lembrar de dar uns tapinhas no Range Rover.

Próximo à tigela de frutas estava meu telefone celular. Eu o peguei. Estava carregado. Havia uma mensagem de texto na tela. "Me ligue quando acordar — muito ocupada, A". Muito o tipo de parceiro que ficava suavemente chorando e esperando ao lado da cama, a luz brilhante da esperança em seus olhos, pensei.

Acessei meu correio de voz. A primeira mensagem estava marcada com a hora de nove da manhã. O relógio na parede mostrava duas horas.

Ouvi a mensagem esperando que lançasse alguma luz sobre o motivo de eu estar ali.

— Espero que você goste de Glasgow — disse Cat. Eu podia ver que ela estava chorando. — Vai ter notícias minhas através de meu advogado. Não posso acreditar que você armou para me machucar assim dessa maneira. Eu tinha comprado champanhe e tudo. Não tente me contactar, não tente chegar perto de mim com alguma desculpa esfarrapada. Eu odeio você, seu filho da mãe! E sim, realmente pretendo sair com seu amigo.

Isso não melhorou minha dor de cabeça.

O que era toda essa coisa sobre Glasgow? A firma não tinha nenhum negócio em Glasgow. Minha mente derretida empurrou para a frente a idéia muito aliviadora de que eu podia ter esquecido algum negócio grande do lado de lá da fronteira.

Dê uma sacada, Dagman, disse a mim mesmo, algo grande aconteceu aqui.

Procurei na agenda de telefones e disquei o número de Cat. "O número que você chamou não foi reconhecido." Ela mandara desconectá-lo ou não pagara a conta, ou o que fosse. As coisas não estavam parecendo boas. Meus sentidos estavam retornando e eu podia definitivamente me lembrar de algo sobre eu prometendo estar na casa de Cat. De fato, me preparando para ir para a casa de Cat.

Assustadoramente, como um indivíduo gordo voltando só mais uma vez para o armário de comida para checar que, sim, ele tinha comido o último Penguin, liguei para o apartamento dela e o número de seu trabalho. Zero em ambas as frentes.

Olhei para minha perna, ligada por linhas a pesos e polias. Sem esperança de correr a toda velocidade para o caminho de Stoke Newington então.

Meus pensamentos estavam se ordenando e me lembrei com um susto que eu tinha que ter terminado com Andrea. A voz de Cat voltou até mim. "Se você não estiver aqui à meia-noite, Rapunzel, você nunca vai me ver de novo." Eu descobri mais tarde que ela nunca tinha dito isso, mas era o fundamento geral.

Também me lembrei de que ela ia se mudar para a casa da mãe, embora eu não tivesse tido a presença de espírito de descobrir o endereço. A última vez que me lembro de ter me sentido assim gelado foi observando minha tia cantando "A música dos pássaros" na festa de Natal do *pub* enquanto Permed Darren, o produtor da discoteca no clube de *rugby* para o público acima dos quarenta, tentava dar em cima dela.

Bem, é isso aí, filho, eu disse a mim mesmo, o jogo terminou. Embora não tivesse penetrado muito no motivo.

Pressionei a mensagem dois. Era minha mãe, tudo de que eu precisava.

— Dag, realmente preciso falar com você. Há alguns aspectos muito ruins nas suas cartas, muito ruins. Não quero falar muito no telefone, exceto que tenha muito, muito cuidado em lugares de grande perigo. E Andrea... ela não é a garota certa para você. Venho tentando entender essa leitura há anos. Você não devia estar com ela. Oh, e Henderson... não está inteiramente claro mas ele está prestes a roubá-la. É o que as cartas dizem... a menos que você tenha outra namorada sobre a qual não sabemos, claro! E você deve comprar um cachorrinho. Espere dinheiro rápido. Pegue um guarda-chuva se for sair, também. Isso é a previsão do tempo, não os astros. É mamãe, por sinal.

Olhei para o azul sem nuvens do céu.

Tenho de confessar que tinha mais que uma leve curiosidade sobre o que havia acontecido comigo. Tudo o que eu podia me lembrar era de uma enorme luz branca em minha cabeça e a voz sussurrando, com o que parecia ser um sotaque americano "Julie mandou dizer oi".

Voltei aos eventos. Eu havia telefonado para Cat, saído do Range Rover de Henderson, acariciado o cachorro de Henderson, imaginado alto onde estaria a babá de Henderson e então ouvira o "Julie mandou dizer oi" num sotaque americano. Não, eu ainda não conseguia entender. Passei tudo de novo.

Eu havia tentado ligar para Cat, saído do Range Rover de Henderson, acariciado o cachorro de Henderson, chamando ele de "meu bebê", imaginado onde estava a babá de Henderson, andado na direção da casa onde Henderson estava morando e então levado à inconsciência por alguém que havia pensado ser próprio e certo mencionar o nome da mulher de Henderson — uma mulher cujo pai tinha o que poderia ser chamado de aproximação "robusta" para resolução de problemas e uma vez, eu havia ouvido, tinha pedido "vingança" por uma mala direta inapropriada que ele havia recebido.

Lembro-me de ter tido uma conversa com Julie num evento para levantamento de fundos que ela havia organizado.

— Claro — ela havia dito —, de um jeito ou de outro papai dá muito para os hospitais.

— Ele doa dinheiro? — perguntei.

— Bem, na verdade ele doa pacientes. — Ela havia sorrido com força, fingindo atirar em meu joelho. — Ele é um grande fã do Serviço Nacional de Saúde.

— Achei que vocês fossem todos a hospitais privados.

— Oh, nós vamos, mas, como papai sempre diz, sem os maravilhosos médicos e enfermeiras do Serviço de Saúde ele teria que alegar acusação completa de assassinato, em vez de graves lesões corporais, em mais ocasiões do que ele consegue se lembrar. *Vol-au-vent?*

Tudo se tornou muito claro. A Julie Durona, ou seu pai, havia finalmente decidido dar a Henderson o tipo de surra que ele tanto merecia. O único problema era que o seu alvo havia se desviado um pouco. Eu ainda não conseguia entender o sotaque americano, mas, pelo que sabia de gângsteres, eles estão todos dentro de *O poderoso chefão* e eu estava certo de que havia algo sobre alguém mandar dizer oi de uma maneira diferente do que um firme, mas amigável, aperto de mãos no filme.

Eu estava com uma dor de cabeça enorme, então decidi descansar um pouco mais. Não é uma decisão muito difícil quando sua perna está sustentada por uma maquete da ponte suspensa do rio Severn. A próxima coisa que entendi foi Andrea em cima de mim.

— Oi — eu disse.

— Oh, Dag, você está bem? Estávamos tão preocupados com você.

Tão preocupados que não estavam aqui, pensei.

— O que me aconteceu? — eu disse.

— A polícia acha que você perturbou ladrões.

— Eles têm qualquer idéia de quem foi?

— Eles estão pegando as imagens do circuito interno de TV.

— Eu disse a você que isso seria útil — respondi. Andrea dissera que eu estava ficando paranóico quando havia instalado aquilo.

— Este decididamente não é o momento para marcação de pontos — disse ela. Agora, isso está errado, tecnicamente. No mundo dos oprimidos e humilhados consultores de administração, sempre é o momento de marcar pontos. Sempre.

— Sinto muito por não estarmos aqui quando você levantou, mas com papai e tudo está sendo muito cansativo. — Eu não olhava para ela há séculos. Minha obsessão por Cat havia levado a isso. Ela parecia bonita, quase improvavelmente grávida, como se as leis da física sozinhas pudessem se intrometer a qualquer minuto e dizer, "ei, isso não vai funcionar nunca, aí vai o bebê".

— Quanto tempo estive em coma? — perguntei.

— Você não estava em coma.

— Sim, eu estava, acabei de acordar dele.

— Oh, não dramatize, Dag. Você chegou, teve sua perna consertada, foi dormir e acordou.

— Pareceu um coma para mim — eu disse sem fôlego. — Henderson já deu as caras?

— Não, ele não está em lugar algum, até o celular está desligado. Você recebeu algumas ligações, mas eu disse a todo mundo que você está em Glasgow. — Eu não estava realmente escutando. Minha mente estava em Henderson.

Aposto que sim, pensei. Eu podia bem vê-lo com Cat:

— Oh, não se preocupe, querida. Sim, ele é um canalha, vamos viver juntos para sempre? — E seu jogo de olhares cintilando sobre os seios dela. O que aconteceria com a empresa?, pensei. Não havia como eu pudesse continuar a trabalhar com ele.

— Ficamos preocupados, Dag — disse Andrea, dando um tapinha em minha mão. Para alguém que não me amava, ela dava uma impressão muito boa da verdade.

— Eu sei, eu sei — repliquei.

Meu celular tocou e o abri. Era o número de minha mãe. Quase não atendi.

— Recebeu meu recado?

— Sim, mamãe.

— O que você acha?

— Do quê?

— Minhas leituras.

Mesmo que eu estivesse espancado, separado do amor da minha vida, encarando uma possível ruína financeira e uma vida com uma mulher que apenas tentaria me amar, o pensamento maior em minha cabeça era não aborrecer mamãe.

— Muito bom. Muito preciso.

— Achei que sim. Fiquei muito preocupada com essa coisa da Andrea. Venho tentando muitas vezes. Não acho que você vá ficar com ela, no fim das contas. Não há sentido em resistir a isso, as cartas marcaram que você está a fim de outra pessoa.

Isso é precisamente o tipo de besteira que não posso suportar. Quando ela havia me perguntado pela última vez como eu estava indo com Andrea, eu havia dito "bem, sabe", o que ela havia traduzido como "terrível", e agora estava embalando aquilo como algum *insight* místico.

— Há algum outro motivo para você me ligar, mamãe.

— Sim, na verdade há, se você puder tirar esse tom de sua voz.

— Que tom?

— Esse tom de irritação com uma pobre velha. — Oh Cristo, pensei, ela vai chorar.

— Desculpe, desculpe.

— O motivo de meu telefonema, sr. Asqueroso, além de avisar que rota você precisa tomar para a felicidade, por mais que esse caminho seja difícil, é dizer a você que seu tio Tim morreu de um ataque cardíaco às onze horas desta manhã. Sei de fonte certa que você é a única pessoa no testamento.

— O que mais, exatamente, diziam as cartas?

— Você vai passar mais ou menos uma semana no hospital — disse mamãe —, complicações sujas com uma perna quebrada. Oh, e vi o tipo de filhote que você vai ter quando Andrea deixar você.

— Um gato? — eu disse, esperançoso.

— Sim — disse minha mãe —, ou uma tartaruga. As cartas não são tão claras na verdade.

Nós nos despedimos e olhei para minha noiva.

— Trouxe algumas revistas para que você possa escolher um terno para o casamento — disse ela, suavemente.

— Obrigado. Vou olhá-las mais tarde.

21

Quando uma criança nasce

— Ande, membro de Satã!

Por um momento pensei que a sra. Batt estivesse falando comigo, exortando minha perna ruim a agir mais rapidamente. Eu estava com meus olhos bastante colados à calçada numa tentativa de escapar apenas com um "bom dia, sra. Batt", sem ter de ser oprimido pela simpatia por minha condição manca.

Entretanto, quando olhei para cima, notei que o membro de Satã em questão não era minha perna, mas um jovem com boné de beisebol invertido e jeito de *rapper* mau. A sra. Batt deve tê-lo visto como um inimigo particular das tribos de retidão, porque ela o estava empurrando ao longo da rua com o final pontiagudo da placa, o método reservado para seus inimigos mais amargos.

— Bom dia, sr. Dag!

Oh, não, pensei, agora ele sabe que ela me conhece. Eu já estava certo de que havia escutado "Bom dia, sr. Fag"* de algum jovem magrelo em meu caminho para o banco no dia anterior. Estava tudo bem quando ela estava lá para me proteger, mas e se eu encontrasse uma gangue desses criminosos sozinho, particularmente com minha perna ruim?

---

*Gíria que significa homossexual. (*N.da T.*)

A sra. Batt começou a abrir caminho em minha direção mas rapidamente desviei os olhos para o cascalho e escapuli da garagem, tanto quanto alguém pode escapulir quando saiu do hospital há dois dias com a perna quebrada.

A situação Batt estava se tornando ridícula. Eu não estava fora do hospital nem há 48 horas, depois de cerca de duas semanas lá dentro, e havia esbarrado com ela umas seis vezes.

Eu não teria estado em movimento por escolha mas, descansando em torno da casa, os motivadores gêmeos do médico dizendo para mim que eu precisava andar com a perna e um desejo entediante por biscoitos havia me empurrado para as lojas novamente.

Entrei novamente na casa com um esforço e abri o pacote de Farelos de Derrida no saguão. Minha perna estava esquisita, me dei conta, não tanto por causa do gesso, mas por causa da ausência de Lee Junior. Desde que Henderson estava sumido e Andrea tão pesadamente grávida, os Ellis tinham levado ele para casa.

— Onde você acha que Henderson está? — Andrea havia perguntado. — Estou muito preocupada com ele.

— Bom saber disso — respondi. — Vou mancar por aqui e tentar não pingar nenhum causador-de-derrame da medula óssea em minha corrente sanguínea, certo?

Andrea tinha mostrado estar em outro lugar.

— Já que o Lésbico também sumiu, duvido que qualquer dano aconteça a ele — ela disse. — Talvez ele pense que Julie está atrás dele e tenha decidido sumir por um tempo.

Isso fazia sentido de uma certa maneira. Éramos muito sortudos por termos sido solicitados para preparar um relatório sobre o sistema administrativo da companhia de trens Espera Infinita com vistas a promover seminários no outono. Nós, ou melhor eu, já que Henderson nunca fazia nenhuma análise, teríamos alguns bons meses de visitas a *sites* — só possíveis com a perna quebrada — e nos arrastarmos por detalhes de relatórios de estruturas, assinalando procedimentos etc., o que eu poderia fazer de casa.

Henderson tinha uns bons dois meses, durante os quais ele devia estar procurando por negócios mas poderia de fato ficar por aí sem fazer nada. Eu sabia que ele teria de estar em Gatwick em 7 de março, no fim das contas, já que era para quando estava marcada a viagem de esqui.

No fim eu havia decidido que dar muita informação à polícia era mais problema do que valia a pena. O circuito de TV interno que havíamos instalado flagrara duas figuras batendo em mim, e a polícia fizera circular as fotos, mas além daquilo eu não sabia de mais nada.

Eles haviam me contactado sobre Henderson. Queriam enquadrá-lo por manter uma arma de fogo sem licença e sem caixa de segurança, mas estavam dando com a cara na porta em todos os endereços que eu tinha dele.

— Vocês sabem — expliquei —, esqueci um, por que vocês não tentam na casa da namorada dele?

Com o coração doendo, li o endereço de Cat pelo telefone.

Eu realmente peguei um desvio, ou, como chamamos nos círculos de consultoria administrativa, um táxi, para Stoke Newington por mim mesmo. Tudo o que estava lá era uma placa "para alugar" do lado de fora do apartamento e um sentimento de que uma boa coisa tinha ido embora.

Permiti-me usar minhas chaves e manquei até o quarto de Cat. Limpo pela primeira vez, com nada nele a não ser as marcas azuis nas paredes e um simples tubo de cola de cabelo, orgulhoso como um galo, no que minha mãe chamaria a unidade de vaidade. Rudeza aos borbotões, acho que você vai concordar.

Peguei a cola de cabelos e apertei em minha mão. É melhor ter amado e perdido do que nunca ter amado, pensei. Não. Não quando significa que o resto de sua vida é vivido à meia-luz, pensando que você a vê em ônibus ou metrôs, captando um brilho de cabelos como os dela ou um casaco que ela costumava vestir.

De certa forma, eu e Andrea éramos boa companhia, pensei. Ambos pressionados por sonhos, uma visão do bonito reencontro e tudo o mais feio. Enquanto eu ficava ali jogando o condicionador Dom da Juventude para cima e para baixo, eu sabia que ela estaria de volta à sala de estar de nossa casa, pela quarta vez checando seu *kit* de maternidade, meias quentes, escovas de dentes, bola de tênis.

Ela estava ficando louca com o fato de que não conseguia encontrar onde, no livro de La Stoppard sobre gravidez, explicava para que servia a bola de tênis, embora ela soubesse que tinha de levá-la.

Ela também havia tido alguma dificuldade considerável em se enquadrar no conselho de Stoppard de não comprar muitas coisas novas para o bebê, com sua igualmente sábia observação sobre os perigos de comprar muito pouco.

— Que tal comprar exatamente a quantidade certa? — eu havia sugerido, mas essa era obviamente uma opção muito fácil.

Eu também tinha comprado roupas de bebê, apesar dos esforços de Henderson para não me deixar nada para fazer. Não conseguia acreditar na quantidade de coisas que ele havia comprado para nós: roupas, fraldas, um carrinho de bebê, um cercado. Ele me lembrava uma coelha que tive quando criança, que tivera uma gravidez fantasma. Ela tentou amamentar um velho rolo de papel higiênico.

No fim, contentei-me em comprar um casaquinho com as palavras "garoto do papai" escrito nele. Eu esperava forçar a mão do Todo-Poderoso na direção do sexo da criança. Eu sabia que se ele visse que eu estava presunçoso o suficiente para pagar 25 libras (não estou enganando você) numa roupa de menino, então ele me daria uma menina. Obviamente escondi do Todo-Poderoso que eu tencionava deixar a criança usá-lo, qualquer que fosse o sexo dela.

A mãe de Andrea não havia gostado disso, como deixou claro para mim e meus pais numa visita ao hospital.

— Você não deveria confundir os gêneros. Se colocar uma garota na roupa de um garoto, você nunca sabe o que pode acontecer — ela havia alertado —, ela pode se tornar uma "desportista".

— Uma carreira no tênis profissional pode ser muito lucrativa — disse minha mãe, abrindo um tarô.

Meu pai parecia que ia falar mas, já que não dizia nada que valesse a pena desde 1976, quando previra a exibição relativamente medíocre de Olga Korbut nos Jogos Olímpicos, decidiu não quebrar sua regra e limitou-se a enrolar outro cigarro. Ele havia enrolado quatro enquanto estava no hospital e estava se movendo para ir lá fora e fumar um. Não era o embaraço de nos deixar que o estava impedindo, era só, já que ele dissera quando voltaria, que era um caminho danado de grande para a saída.

Normalmente teria feito meu sangue correr mais frio o fato de permitir as duas duplas de pais juntos, mas, enfiado no hospital, quase nada conta como diversão. A única hora em que pessoas como os pais de Andrea entram em contato com pessoas como os meus é quando os semelhantes de minha mãe vêm vender plantas na porta.

Parecia que o bebê iminente havia trazido uma medida de reaproximação. Os pais de Andrea não se conectavam realmente com os meus, embora ficassem juntos bem o suficiente. Nossos pais falavam sobre o tempo em seus serviços — ambos tendo sido pegos pelo último ano do Serviço Nacional. O pai de Andrea não havia gostado, já que ele via como tempo perdido; meu pai não havia gostado porque era muito difícil se desligar da Marinha, mas pelo menos aí havia alguma coisa em comum. A mãe de Andrea e a minha falavam sobre suas próprias experiências de maternidade e Audrey deixou minha mãe ler as cartas dela.

— Uma descoberta traz muita raiva — dissera ela, segurando uma carta. — Veja, a Torre derrubada por um raio! E aqui, o Louco à mostra!

Acordando de minha memória, li o rótulo na cola de cabelos. "Pode manchar as roupas. Manter distância das roupas." Difícil, pensei, considerando que você a coloca na cabeça. Eu ri, embora tenha notado que estava chorando. Se eu não ganhar mais nada com isso, pensei, pelo menos estarei em forma para o time da autopiedade nas próximas olimpíadas.

— O que vou fazer? — imaginei. Então Deus, ou qualquer que seja a companhia privatizada que está dirigindo o universo no momento, me deu uma resposta. Meu celular tocou. Era Andrea.

— Dag, onde você está?

— Por aí.

— Bem, venha para cá — disse ela. — Estou entrando em trabalho de parto.

— Você está bem?

— Não, estou em trabalho de parto, motivo pelo qual quero que você esteja aqui agora.

— Estou a caminho.

Manquei furiosamente pela Church Street e peguei um táxi. Enquanto corríamos para casa, me sentei melancolicamente, olhando para a confusão na rua através do buraco embaixo de meu pé. Algo estranho havia tomado conta de mim. Senti meu tumulto emocional se elevando e uma estranha sensação de elevação descendo. Aqui vamos nós, pensei, aqui chega a melhor época da minha vida. Esta é a grande coisa sobre sentimentos. Às vezes eles não têm relação com os fatos.

Levou mais ou menos uma hora e meia para chegar em casa. Paguei ao táxi uma hipoteca nortista (expressão de Henderson, não minha, só saio com esse tipo de coisa sob estresse) e me arrastei através da porta para dentro da sala.

— Oi — disse Andrea, sorrindo para mim do sofá. — Só estou arrumando as malas. Novamente.

Ela estava enchendo uma bolsa de fraldas. Como pessoas ecologicamente preocupadas e reclamadoras, obviamente havíamos escolhido a variedade de roupas que protegia o mundo dos males dos descartáveis. Eu dava mais ou menos uma semana até recorrermos a eles.

— Como você está? — perguntei. — Achei que estaria rolando pelo chão em agonia.

— Só durante as contrações, estou sabendo disso — disse ela, fechando a mala. — Você sabe que empacotei essas coisas umas oito vezes agora, só para ter algo para fazer?

— Ligou para o hospital?

— Só tenho de ir para lá quando as contrações forem cinco a cada vinte minutos e durarem entre trinta segundos e um minuto.

— Como elas estão agora?

— Mais ou menos uma a cada meia hora.

— Bem, vou fazer uma xícara de chá e você me deixa saber quando a próxima chegar e vamos contar o tempo.

— Obrigada, Dag.

— Pelo quê?

— Por estar aqui. Sei que tivemos nossos problemas, mas realmente acho que vamos ficar bem.

— Claro que vamos.

Eu estava a meio caminho de fazer o chá quando ouvi Andrea gritar: "A bolsa d'água arrebentou!" do outro quarto.

— Estou marcando o tempo agora — gritei. Então tive um pensamento. Eu nunca vira uma contração antes.

Entrei no quarto para vê-la se inclinando à frente, agarrando a barriga e ofegando.

— Você está bem?

Ela levantou a mão no ar.

— Posso fazer alguma coisa?

Ela sacudiu a mão.

— O que é, o que você está tentando dizer?

A contração terminou e ela conseguiu respirar de novo.

— Estava tentando dizer não me faça nenhuma pergunta — disse. — É como quando você dá uma pancada com o dedo do pé e alguém vem com um "o que aconteceu?" para você. É incrivelmente irritante.

— Desculpe — eu disse e voltei para fazer o chá. Eu ficaria curtindo a marcação de tempo, de qualquer forma. Pela primeira vez na gravidez senti que estava realmente envolvido. Eu tinha tido quartos para decorar, roupas para comprar, aulas para assistir, mas agora aqui estava eu realmente fazendo algo na relação criança/mundo. Parecia muito bom.

Eu trouxe o chá com um pacote de Farelos de Derrida com o *slogan* "Prove *La Différence!*"

— E aí? — falei. — O que fazemos até a próxima?

— Scrabble?

E foi o que fizemos por algumas horas, Andrea tentando baixar a palavra "desonestidade" a meio caminho de cada contração.

Você já me conhece agora, não sou um cínico. Mas me atingiu o fato de que a contração mais pesada e poderosa, aquela que convenceu Andrea de que ela tinha de ir ao hospital, veio em nosso terceiro jogo, bem quando eu estava colocando a palavra "zimogênico" no tabuleiro, depois que muito delicadamente permiti a ela escrever "Moge", que era o nome de um gato mágico num livro de crianças que ela havia comprado (Andrea gosta de planejar com antecedência). Eu estava sorrindo convencidamente e terminando o "ico" através da tripla quando ela abraçou a barriga.

— Quanto tempo passou desde a última? — perguntou ela.

— Uns quinze minutos — eu disse, com suspeita.

— E quanto tempo demorou? — ela gemeu.

— Quarenta e cinco segundos — eu disse com olhos estreitos —, exatamente no meio da taxa especificada no livro.

— É isso! Preciso ir. Leve as coisas para o carro.

— Tem certeza?

— Absoluta — ela agarrou a barriga.

— Quanto tempo mais vamos ter que continuar com isso?

— Eu, não nós, posso passar por qualquer coisa de duas horas até dois dias — respondeu.

Ela parecia estar em sofrimento tão grande que eu não podia imaginá-la mantendo aquilo por outros dois dias.

Coloquei meu braço em torno dela.

— Vamos ficar bem, não se preocupe — tranqüilizei. — Vamos ficar legais.

— O que é esse "vamos"? — replicou Andrea, ofegante da contração.

— Quis dizer você.

— Sou eu que estou sofrendo a dor e é sua vez de jogar. Termine a palavra.

— Perfeitamente — falei. — Não posso ir, achei que eu tinha zimogênico, mas não é soletrado assim. — Se eu não pudesse fazer nada para ajudá-la, pensei, pelo menos posso perder no Scrabble.

— Ótimo — disse Andrea, baixando "xilofone" para a tripla. Minha tripla. Tudo o que me restou foi "zo", que eu sabia, de jogar com o Lésbico, que era uma raça tibetana de gado derivada da cruza do iaque com a vaca comum.

Andrea inspecionou suas peças.

— Vamos ficar bem, Dag?

— Espero que sim.

Ela pareceu muito vermelha.

— Há alguma coisa que precise me dizer?

Supus que a tempestade hormonal estava-lhe trazendo isso à tona, mas parecia uma boa idéia entrar no parto com uma consciência clara. As predições assustadoras de minha mãe haviam estado pesando em mim e uma grande parte de mim estava inclinada a colocar tudo em pratos limpos, para viver o resto de nossas vidas na base da honestidade.

— Você quer dizer, sobre outras mulheres?

— Não, sobre técnicas de relaxamento. Você é que tinha de me lembrar delas.

Por sorte ela foi pega por uma contração naquele ponto.

— Só estava brincando.

— Você não parecia estar brincando.

— É isso que torna a brincadeira mais engraçada.

— É de mau gosto, acho. Houve outras mulheres?

— Não — confessei —, acredite em mim, não houve. Houve outros homens? — Eu sabia a resposta àquela pergunta, claro, mas pensei que se ela fosse limpa antes iria pavimentar o caminho para uma atmosfera de lavanderia de minha parte. Eu precisava daquilo. Houve grandes áreas de nossas vidas que foram escondidas do outro. Se ambos soubéssemos tudo, então poderíamos recomeçar.

— Oh, Deus — disse Andrea. — Acho que a bolsa de água estourou!

Pela sujeira no sofá parecia que tinha mesmo.

— Vou ligar para o hospital — eu disse —, e para seus pais.

— Não, espere até terminar tudo. Não quero que eles fiquem preocupados.

Isso não era tão abnegado quanto parece. Se eu contasse aos pais dela eles iriam se preocupar, o que significaria que, além da dor e da preocupação do parto, Andrea teria de lutar com as ansiedades de um casal de aposentados excitáveis. Era melhor deixá-los em Ipswich.

Não havia sentido em chamar os meus próprios pais. Minha mãe provavelmente teria previsto aquilo e meu pai apenas mostraria interesse quando chegasse a hora de molhar a cabeça do bebê.

Enquanto eu esperava que o hospital respondesse comecei a falar comigo mesmo.

— É isso aí, filho — me ouvi dizendo. — Aí vamos nós. — Senti-me exatamente como quando estava fazendo pára-quedismo com Henderson, mas desta vez era como pisar na porta do avião sem ter certeza se você tinha um pára-quedas, sem ter certeza nem sequer de onde estava o solo.

O hospital me fez algumas perguntas, detalhes dos quais não consigo me lembrar, e me disseram para levar Andrea. Por sorte ainda tínhamos o Range Rover de Henderson. Peguei todas as coisas essenciais, o *kit* de maternidade de Andrea, o Scrabble, a câmera, e seguia para o carro quando me lembrei de mais uma coisa. Fui até o banco no saguão e peguei o grande distintivo que fizera só para essa eventualidade, do lado de fora dos fundos de um pacote sucrilhos.

Estava escrito "Stewart Dagman", em letras grandes. Eu não queria ter qualquer risco de identidade trocada.

Por sorte o Range Rover era automático, então não houve muito problema eu dirigir com a perna ruim.

Tivemos um pouco de problemas para entrar no carro porque Andrea não podia carregar nada e eu não podia realmente me equilibrar com todas as coisas. Então empilhei tudo em mim e pulei para o carro usando o ombro dela como apoio. Parecíamos algo saído de uma reportagem de guerra sobre pessoas desabrigadas.

Dirigimos até o fim da garagem e manquei para fora e abri o portão. Então voltei para o carro. Olhei para a esquerda e a direita para checar o tráfego e então fui em frente. Algo obstruía minha visão. Reconheci a cor laranja do sinal "Pare, Crianças!", mantido ao longo de meu vidro dianteiro como uma daquelas placas que usam nos *pit stops* da Fórmula Um para dizer ao piloto para engatar a primeira.

— Sim, sra. Batt? — eu disse, abrindo a janela. — Estamos com um pouco de pressa.

— Estou tentando falar com o senhor há dias, sr. Dag, o senhor está sempre zunindo por aí. Por que está sempre tão ocupado?

— Várias razões, sra. Batt. Nesta ocasião porque Andrea aqui está prestes a dar à luz.

Andrea não estava tendo contrações no momento e deu um pequeno aceno do assento do passageiro.

— Então devo tentar ser breve — disse a sra. Batt.

— Faça isso — incentivei.

— Deduzi quem está por trás do ataque ao senhor.

— Já sabemos, sra. Batt — falei, começando a levantar o vidro.

— Ele foi preso? É por isso que está com o carro dele? — disse a sra. Batt.

— Como?

Ela tirou um pedaço de papel de algum lugar dentro de sua luminosidade.

Era a imagem do circuito interno de TV que a polícia havia entregado com as quase indistintas faces dos meus atacantes. No fundo você mal podia ver minha mão agarrando o telefone celular, como a Dama do Lago com Excalibur.

— Vi seu amigo falando com esses homens que acertaram você, uma semana antes que sofresse aquela vergonha.

— O quê?!

— Esse que parece com um vampiro e se veste como um adolescente. Ele estava falando com eles aqui.

— Esse é um problema seu, sra. Batt? — Eu lembrava do hospício.

Ela pareceu embaraçada e senti muito por ser tão rude com ela. Mas eu estava com pressa.

— Não. Até me sinto mal dizendo isso porque gosto de seu amigo, ele é muito educado, mas ele estava mostrando a esses dois homens na foto da polícia tudo em torno de sua casa apenas uma semana antes de você mastigar o cascalho.

Achei isso um tanto difícil de compreender.

— A senhora mencionou isso à polícia?

— Não.

— Por quê?

— Não queria causar confusão. — Ela estava ficando vermelha. — E, de qualquer forma, minha evidência não teria utilidade. Entre mim e você, sou ainda mais dura que a noz de um bombom.

— Bombom nem sempre tem nozes, sra. Batt.

— Exatamente — disse ela, tapando o nariz. — É a maravilha das drogas modernas. Mas você tente convencer a corte disso.

Andrea começou a ter contrações novamente no assento do passageiro.

— Obrigado, sra. Batt —, vou tomar providências sobre isso mais tarde.

— E dê ao sacana uma por mim! — gritou, sacudindo o punho numa maneira vistosa. Imaginei se ela algum dia havia considerado se juntar ao Lésbico no serviço de proteção.

Corremos para o hospital, eu com minha cabeça girando. Por que Henderson estava mostrando a casa a esses homens?

Andrea recuperou-se da contração.

— Você não acha que ela poderia estar enganada a esse respeito, acha? — indaguei.

— Não acho que ela poderia ser nada mais.

— Por que Henderson ia querer me ver espancado?

— Não sei — disse Andrea. — Podemos cortar a especulação e nos concentrar nesse evento totalmente transformador-de-vida?

— Desculpe.

Chegamos ao estacionamento do hospital e saímos. Não havia maneira de eu ser capaz de cobrir toda aquela distância do hospital carregando todas as coisas, então Andrea saiu andando como uma pata e me mandou vir uma cadeira de rodas.

Realmente me senti meio culpado sendo empurrado para a entrada por uma mulher altamente grávida, e foi uma grande inconveniência ter de esperar que cada contração terminasse enquanto ela literalmente subia a ladeira, mas o hospital era mal provido de serventes e não consegui encontrar ninguém para ajudar.

Fomos para o balcão da recepção mas não havia ninguém lá a não ser uma adolescente grafitando alguma coisa com líquido corretor na cabeça. Tive uma visão de quinze anos à frente e vi minha própria filha fazendo o mesmo. Como você previne esse tipo de comportamento?, pensei.

— Você sabe onde é a recepção da maternidade? — perguntou Andrea.

— Ali, a menos que tenham se mudado desde que tive o meu — disse a garota com um sorriso doce.

Cristo, pensei, como se previne *esse* tipo de comportamento?

Eu estava pensando duas vezes sobre ter uma filha. Suponho que ficaria confortável com a idéia de ela fazendo sexo uma vez que alcançasse, digamos, os quarenta e poucos, mas antes disso, jamais.

Seguimos um longo corredor para a direita e finalmente chegamos a uma mesa de recepção onde uma recepcionista asseguradamente eficiente nos encontrou. Comecei a desejar que tivesse havido algum sinal mais óbvio de que minha perna estava quebrada. O inchaço estava bem escondido por minhas calças de ginástica e, embora estivesse usando chinelos, é o tipo de roupa que meu pai usaria para comparecer a entrevistas de emprego. Onde estava o punho de autoridade agora? Mesmo meu corte de cabelo curtíssimo já havia crescido para os lados, e em vez de ser tipo macio ao toque de certa forma e áspero ao toque de outra, ele estava mais parecido com o de um urso de pelúcia, crescendo em todas as direções.

Vou brotar, pensei, enquanto ficava de pé para assinar os formulários que a recepcionista colocou na minha frente.

— Não está muito cansado de trazer sua companheira aqui, senhor? — perguntou.

— Quebrei uma perna — repliquei.

— Só uma? — disse a recepcionista com maldade. Demos nossos detalhes e ela pediu que nos sentássemos. — Embora eu veja que no seu caso o senhor já tenha feito isso.

Depois de alguns minutos, a parteira do hospital chegou, uma tal Linda Biggs, e nos levou para uma sala de parto onde fomos apresentados ao dr. Hobbs. Olhei para a cara dele. Tinha uns 33 anos, com longos cabelos ralos e faces queimadas, como você imagina que seria um médico dos anos 70. Eu sabia que, estranhamente, iria me lembrar dele para o resto de minha vida e que ele se esqueceria de mim dentro de um dia. Era o que meu pai costumava dizer: "Todo dia é entediante para alguém." Ele queria dizer que é um conforto que, quando você está chateado, devia lembrar as horas boas e ficar agradecido por elas, ou algo assim. Não tinha muito a ver ser daquela maneira, de qualquer forma.

— Como estamos indo? — disse o dr. Hobbs.

— Bem, eu acho — disse Andrea.

— Trouxe uma bolsa de maternidade?

— Aqui — eu disse.

— Importa-se se eu olhar o que tem dentro?

— Vá em frente.

Ele a abriu.

— Sabia! — disse, se virando para a parteira Biggs, que colocou a mão nos olhos.

— O que é? — disse Andrea.

— Oh, nada, eu só tinha apostado que teríamos pelo menos cinco bolas de tênis hoje.

— Para que elas servem? — perguntou Andrea.

— Não sei — disse o dr. Hobbs. — Ninguém sabe, mas todo mundo as traz, então elas devem ser úteis.

Ele saiu para pegar algum equipamento, dizendo a Andrea para se trocar para um traje, o que ela fez.

— Alguma coisa que eu possa fazer? — perguntei.

— Eu gostaria de um copo de água — disse Andrea.

— Há uma máquina na entrada — informou Hobbs.

Quando voltei, Andrea estava sendo ligada ao monitor de coração fetal, o que eu não tinha me dado conta realmente de que devia ser ligado à criança, para a qual há apenas um meio de acesso. Normalmente eu me sentiria muito enjoado vendo isso, mas eu realmente me senti excitado quando vi a batida do coração aparecer. Todo aquele tempo ele estava dentro de Andrea, ela podia senti-lo se mover e chutar. Tudo o que eu podia fazer era colocar minha mão na barriga dela para ter qualquer contato com ele. Como quando eu testei uma Kawasaki KRIS e vi o pico do cavalo-vapor registrado no painel. De alguma maneira parecia mais real do que quando estava dirigindo pela estrada, vendo isso representado assim.

— Há mais alguma coisa que eu possa fazer? — indaguei.

— Só tente confortar sua companheira — disse Hobbs.

— Quanto tempo vai demorar agora?

— Acho que não mais que sete horas.

Sete horas de conforto era consideravelmente mais demorado do que o que eu teria dado a qualquer pessoa em minha vida. Normalmente me limito ao ocasional "coragem, garota", não querendo encorajar as pessoas a ser auto-indulgentes. Sete horas de sólida simpatia. Mas olhando para ela, suando e desgrenhada num traje de hospital, senti que poderia dar isso a ela. De fato, senti que poderia dar setenta horas ou setecentas.

O tempo começou a se consumir. Hobbs ia e vinha, como também a parteira. Andrea entrava e saía do banheiro, tinha garrafas de água quente, massagens nos ombros, e deu um telefonema muito importante para o Sudão, que ela disse que realmente não podia esperar.

Há um grande drama no nascimento que eu não tinha percebido que existia. Pegue a dilatação cervical. Tem de ser de 9cm antes que o bebê possa nascer. A parteira checa a cada hora e é muito como a contagem regressiva para o lançamento à Lua.

— Dilatação 7cm, 11 horas — diz a parteira Biggs.

— Dilatação 7cm, 11 horas — anota o dr. Hobbs.

— Dilatação 7cm, 11 horas, Lançamento de Bebê às duas da manhã — digo em minha melhor voz de rádio da NASA.

De maneira suficientemente engraçada, Hobbs e Biggs parecem gostar disso e transmitiram mais informação em cadeia como se através de rádios frágeis. Parecia quebrar a monotonia deles. Incrível que mesmo o nascimento possa se tornar maçante eventualmente. Andrea não se importava, exceto se a fizesse rir, o que doía um pouco.

O que posso dizer sobre o resto? Procedimentos, movimentos, ofertas de peridurais, recusas incrivelmente corajosas. Elas vinham e iam. Eu confortava e me preocupava, me irritava e acalmava. Não havia mundo do lado de fora, não havia Cat, não havia nada, só Andrea condensando o sofrimento de 21 anos em poucas horas em troca de 21 anos de prazer com uma criança, uma barganha com Deus. Sinto muito que isso soe perdidamente sentimental, mas realmente é o tipo de coisa em que se pensa.

Às duas da manhã, e ao som de "Hello" do Oasis, que Andrea havia bizarramente decidido botar para tocar, o pequeno Zane nasceu. Só estou brincando sobre o Zane. O pequeno Jim, uma sugestão que havia apavorado a mãe de Andrea, entrou no mundo.

— Como você está? — perguntei a Andrea pouco depois que eu tinha feito algo que jamais pensei que iria fazer em minha vida: cortado o cordão umbilical.

— Acabada — disse ela, deitando a criança nos braços e rindo para mim. Espantosamente ele havia se acalmado pouco depois de emergir e agora estava muito quieto.

— Você percebe que é a primeira palavra que ele já ouviu a mãe dele dizer?

— Ele já estava com a cabeça para fora quando ela disse "Puta que o pariu, queria ter tomado a peridural" — disse Hobbs.

Beijei os dois, mãe e bebê. Foi então que notei a cor dos olhos dele. Um profundo, bonito azul, brihante com a jornada de sua alma através das galáxias. Desculpe, lá vou eu de novo. Em resumo, eles eram muito parecidos como os meus.

— Eu te amo — eu disse.

— Preciso dormir, Stew — disse Andrea.

Eu estava cansado mas glorificado, imerso no presente e não preocupado com o futuro.

— Vamos levá-la para a enfermaria assim que a placenta tiver saído. Você deveria ir para casa — disse o médico. — Pode visitar amanhã.

— Nâo posso ficar? — Eu gostaria.

— Pais têm de ir para casa.

— Vá para casa — disse Andrea — e não esqueça de ligar para minha mãe de manhã.

— Como eu poderia esquecer? — falei, sentimentalmente. Eu estava começando a ver por que as pessoas ficam "ahh" quando elas vêem os doces bebezinhos nos anúncios e não têm instintivamente ânsias de vômito, como eu sempre havia feito antes.

Manquei para o estacionamento, me sentindo exausto e precisando de um banho. A noite estava clara e, apesar das fortes luzes da cidade, pude ver uma estrela, ou talvez um planeta, longe no horizonte cintilando.

Eu nunca tinha conhecido o cansaço como então. Tinha me concentrado por completo, física e mentalmente, por boa parte das dez horas. Sei que isso não é nada se ligeiramente comparado ao que acontece com algumas pessoas, mas era suficiente para mim. Além do mais, não sei o que era, alguma corrida de endorfinas no sangue ou só um sentimento antiquado de contentamento, mas eu não podia parar de sorrir. Podia ter sido só o cansaço. Senti que mal teria energia para me deitar, e que talvez fosse mais fácil dormir de pé onde estava. Vindo pela rua, vi uma ambulância. Eu estava no espírito de pensamentos banais, então me permiti alguns.

Uma vida começando, outra terminando, pensei. Assim o mundo gira. O último pensamento era particularmente banal e, mesmo em minha mente bebê-enternecida, hesitei um pouco com aquele.

Estranhamente quis ligar para Henderson. Disquei o número dele. Não estava desligado, pela primeira vez em duas semanas, mas estava na caixa postal.

— É um garoto, seu sacana, e a estaca é um crédito ao pai dele — eu disse. Realmente, a serpente de pedra da criança era de dimensões assustadoras. — Fui espancado, mas me sinto maravilhoso. Me ligue, precisamos conversar. Vamos fazer alguma coisa. — O garoto tinha me emvolvido em um tremendo laço com Andrea, tudo o mais parecia irrelevante. Se eu nunca mais tivesse contato com os filhos de Cat, então talvez pudesse viver o resto de minha vida feliz com Andrea, ligados por nossa criança. Lá em cima uma estrela cintilou.

Faça um pedido para ela, pensei, faça um pedido.

— Desejo que o resto de minha vida, que o resto da vida de todo mundo possa ser tão feliz assim — eu disse.

A ambulância vagarosamente abriu caminho pela rampa onde eu estava. Senti-me estranhamente enobrecido pelo nascimento, como se fosse possuidor de raros dons, talvez de cura ou criação. Pensei que quem quer que estivesse na ambulância teria apenas de ficar perto de mim para se beneficiar de minhas propriedades de dar vida, para se levantar de sua maca e andar. Fiz o sinal-da-cruz na direção da ambulância, que em troca foi horrivelmente arrogante e absolutamente pedinte ao Todo-Poderoso.

Vai ficar tudo bem, disse a mim mesmo, vai ficar tudo bem. Não sei por que ou como, mas algo dentro de mim dizia que sim. A estrela cintilou em confirmação. Parecia ter ficado maior, embora aquilo, pensei, pudesse ser minha imaginação.

O enfermeiro se moveu para os fundos da ambulância e abriram a porta. Ele abriu as portas de trás. Ajudou uma figura curvada a descer.

— Pode se apoiar, meu amor — disse o homem enquanto a figura descia os degraus.

Eu não conseguia vê-los claramente, mas podia ver que em uma das mãos que estavam no ombro do enfermeiro havia uma bola de tênis. Ele andou para a frente.

— O que, em nome de Deus, você está fazendo aqui? — disse Cat.

Olhei para os céus com descrédito. Foi então que notei que a estrela tinha ficado ainda maior e parecia estar fazendo um bom barulho enquanto descia na direção do aeroporto de Heathrow.

22

Quando outras duas crianças nascem

Eu estava sentado em outra sala de parto observando Hobbs tirar a pressão sanguínea de Cat.

Ele parecia estar tendo alguma dificuldade em se concentrar no trabalho manual e ficou me lançando olhares ansiosos.

— Algum problema, doutor?

— Não, não, é quê... — ele parecia estar com dificuldade para construir as palavras. — São só esses turnos longos, estou certo. — Ele esfregou o braço em seu rosto. — Todo mundo se mistura em um só depois de um certo tempo. — Ele olhou para sua tabela novamente. — Você é o pai?

— Sim.

— Desses gêmeos? — Hobbs havia pegado uma xícara de café e estava olhando para ela como uma feiticeira tentando produzir uma visão no líquido.

— Sim.

Ele sacudiu a cabeça.

— Melhor continuar com isso, então — disse.

Outra parteira estava presente, a parteira Biggs tendo terminado o plantão. Hobbs, como médico júnior, não tinha tal alívio. Ele estava, como me disse, na vez para outras 48 horas.

— Estou só dando uma saída rápida para alguma, hã, coisa — ele disse. Chamou a parteira e ambos saíram.

— Henderson não veio com você? — perguntei a Cat, aproveitando o momento de privacidade.

— Por que ele deveria?

— Vocês dois não passaram as últimas semanas juntos?

— Não — disse ela, parecendo genuinamente confusa.

— Pensei que você ia começar a sair com ele.

— Só disse isso para provocar você. Ele não faz meu tipo. E além do mais... — uma grande bola de lágrimas rolou de dentro dela —...eu sempre só quis você. Mas você não estava lá.

— Fui atacado — expliquei, batendo em minha perna. — Estava a caminho e fui espancado até a inconsciência. Acordei e achei que você tinha ido embora com Henderson.

— Por que está fixado nisso? Eu só o vi algumas vezes.

— Então por onde ele andou enquanto ficou fora de nossa casa?

— Não sei — disse Cat, ainda chorando. — Agora podemos por favor continuar com esse evento de-uma-vez-só-na-vida e parar de falar sobre seus amigos? — Cristo, pensei, exatamente como Andrea.

— Desculpe — eu disse. — Estou aqui agora e não vou embora.

Expliquei a Cat, entre as contrações, como eu fora atacado em meu caminho para encontrar com ela, e como a história da ida para a Escócia fora desenvolvida para evitar parecer pouco profissional na frente de nossos clientes — não havendo nada mais pouco profissional do que ser fisicamente agredido. Quando ela ligara para Andrea fingindo ser uma cliente, foi isso o que disseram a ela.

Ela pareceu incapaz de entender tudo aquilo.

— Me abrace — pediu —, senti tanto sua falta.

— E eu a sua — eu disse, puxando-a para mim.

— Como soube que eu estava aqui?

— Mais tarde explico.

A coisa maravilhosa sobre o nascimento é que ele concentra a mente da pessoa no imediato. Ela estava muito ocupada tendo contrações e controlando a respiração para levar a conversa adiante, mas eu estava muito preocupado com ela para imaginar como ia explicar tudo, ou o que poderia acontecer em seguida ao parto.

— Onde você estava? — perguntei.

— Na casa da minha mãe em Kew.

— Ela não veio com você?

— Ela está com os filhos de minha irmã no fim de semana.

— Isso foi bem organizado.

— Eles são prematuros — disse Cat, se encostando em meu ombro. — Eu me sinto muito fraca.

— Você gostaria de alguma coisa? — perguntei.

— Só água.

— É lá fora na área da recepção — disse Hobbs, reemergindo com uma bomba de oxigênio.

— Eu sei — falei sem pensar.

Andei de volta para a recepção e peguei a água. Tive a mesma sensação de elevação que tivera no nascimento de Jimmy, o mesmo nervosismo e apreensão.

— Isso é muito confuso — informei para o bebedouro.

— É só apertar o botão — disse um cara de roupão atrás de mim. — Você não tem fogo, tem?

— Esse é um hospital de não-fumantes.

— A recepção não é bem o hospital, é? — replicou ele, sombriamente.

De volta à sala de parto, Hobbs havia terminado de tirar a pressão sanguínea de Cat e estava dando piparotes na bola de tênis com seu bíceps e pegando-a com a mão.

— Anote isso — disse para a parteira.

— O quê? — disse Cat. — Minha pressão está muito alta?

— Não, é só a quarta bola de tênis do dia. Fiz uma aposta de que vou ter cinco no meu plantão.

— Para que servem elas? — perguntou Cat.

— Não sei — disse Hobs. — Realmente pensei que deviam ser pais muito controladores tentando treinar coordenação olhos-mão desde uma tenra idade, mas aparentemente não é. Por que você a trouxe?

— É recomendado num livro que li. Miriam Stoppard diz que elas relaxam você.

— Nunca pareceu fazer qualquer bem a John McEnroe — Hobbs sorriu.

Os monitores dos corações dos fetos estavam ligados e tudo estava bem, embora Hobbs ainda estivesse me dando umas olhadas engraçadas.

Ele saiu do quarto com um formulário que havíamos preenchido na recepção e, depois de cerca de cinco minutos, voltou.

— Podemos ter uma palavrinha, sr. Dagman? — ele disse, me chamando para fora.

— Claro.

Ficamos de pé no corredor. Eu estava acabado mas quase podia cheirar o cansaço de Hobbs saindo dele.

— Certo, qual é o jogo?

— O que quer dizer?

— Você estava aqui com a última mulher, agora está aqui com esta?

— Sim.

Ele me olhou de cima a baixo, estranhamente se fixando em minha região púbica como se tentando avaliar se meu aparelho de núpcias estava bem para gerar três crianças. Talvez médicos possam dizer esse tipo de coisa, embora se eles não conseguem diferenciar câncer de síndrome de irritação intestinal então duvido que classificar o jeito de um homem se vestir iria produzir para eles muita informação sobre sua fertilidade.

— Munchausen — disse Hobbs.

— O quê?

— É uma doença em que a pessoa procura atenção médica, apesar de estar bem.

— E daí?

— Ninguém jamais sugeriu isso a você?

— Não.

Ele acenou o dedo excitadamente.

— Munchausen por procuração... onde alguém procura atenção médica fingindo doença em outra pessoa. Fingir doença na apresentação normal, mas gravidez nesse caso. Você está fingindo gravidezes em mulheres a fim de chamar a atenção para si mesmo. Isso pode ser um caso extraordinário.

— Exceto que essas gravidezes falsas já geraram um bebê e estão para gerar mais dois.

— Hummm — disse Hobbs —, lá se vai meu prêmio Nobel de Medicina. O que está acontecendo então? — Ele disse isso como o diretor da escola pedindo uma confissão de um pupilo, certo da culpa mas consciente de que sem uma prova a confissão é impossível.

— Engravidei as duas. Não deliberadamente, mas aí está. Essa aí é minha namorada. A que você viu mais cedo era minha noiva.

— Não!

— Sim!

— Elas sabem uma sobre a outra?

— Não. Bem, minha noiva não sabe sobre minha namorada. Elas só entraram em trabalho de parto muito próximas uma da outra, o que é um sofrimento e tanto para dizer o mínimo.

— Minha nossa, isso é danado de maravilhoso — disse Hobbs. — Espere até que eu conte esta na cantina.

— Você não pode, você tem um compromisso de confidencialidade.

— Não quando algo é engraçado assim! — disse Hobbs, gargalhando em sua tabela. — Dois partos lado a lado... isso vai matá-lo, cara!

Apertei os lábios.

— Você está se matando.

Ele se ajeitou.

— Verdade, mas estou acostumado e não tenho envolvimento emocional.

Um olhar pensativo chegou a seus olhos.

— Suponho que vai ser um tanto difícil para você visitar as duas aqui, especialmente quando elas começarem a trocar fotos do papai amado.

Claramente nem todo mundo que entrava na medicina o fazia porque não tinha tino para entrar nos negócios, pensei. Hobbs havia colocado o dedo em meu problema quase que exatamente. Peguei um sanduíche de *chili* com carne De Sade de meu bolso e mordi. Maravilhosa Agonia: esta era a frase de propaganda.

Eu não ia aborrecê-lo contando-lhe que Cat sabia sobre Andrea, achei que ele já havia deduzido.

— Então, num mundo ideal, você gostaria de manter as mães afastadas?

— Sim.

— Quinhentas pratas e está feito.

— Isso é chantagem?

— Acho isso um insulto — disse Hobbs. — Esta é uma demonstração de sua gratidão por um serviço prestado. É medicina privada. Me credite com uma certa quantidade de decência e inteligência. Se eu o estivesse chantageando, você estaria sentindo minhas taxas consideravelmente mais altas.

— Como quer o pagamento?

— Há um caixa automático próximo ao saguão. Pode ser a qualquer momento antes que a levemos para o alojamento.

Algumas pessoas ficariam com raiva disso. Eu, entretanto, estava bem satisfeito. Eu teria pagado bem mais de quinhentas libras para manter as duas mulheres separadas.

— Podemos entrar de novo? — eu disse.

— Bebês, hein? — disse Hobbs. — Você espera a vida toda por um e então vêm três de uma vez.

— Se você pudesse tentar minimizar as piadas à minha custa, ao menos até que eu esteja fora daqui.

— Certamente vou minimizar as piadas, mas temo que terão que ser muito à sua custa.

Entramos novamente na sala. Novamente, algo estranho aconteceu com o tempo. O mais próximo que posso dizer é que passou como diversão leve. Enquanto eu estava lá pareceu durar para sempre, mas agora que estou fora não consigo lembrar de quase nenhum detalhe.

A próxima coisa de que me lembro é que Hobbs estava olhando dentro de Cat e dizendo:

— Missão Controle confirma astronautas na área de embarque — com uma piscadela familiar para mim.

Ela — neste estágio — estava colocando o hospital abaixo de tanto gritar.

— Você escreveu no seu plano de parto que não quer uma peridural — disse a parteira.

— Na verdade mudei de idéia — disse Cat, antes de ser tomada por outra poderosa onda de dor.

— Vamos tentar o oxigênio — disse a parteira, dependurando um tubo da bomba.

Cat respirou profundamente e pareceu relaxar um pouco.

— Não vou tomar uma peridural? — perguntou.

— Não se conseguirmos ir em frente com isso.

— Se eu realmente controlar a dor? — Ela não parecia que ia controlar.

A parteira havia se curvado para olhar dentro de Cat. Estranhamente, me senti mais curioso do que com nojo e me curvei também. Achei que nós todos deveríamos dar uma olhada uns nos outros.

— Você está vendo alguma coisa saindo? — disse Cat, cerrando os dentes.

— Não acho que você vá precisar controlar nada por um momento — disse a parteira. — O colo do útero está próximo da dilatação total. Eu diria que você vai ver seus bebês dentro de uma hora.

— Maravilha! — exclamei. Eu não conseguia acreditar no quanto estava ficando excitado. Estava esquecendo o fato de que essas crianças poderiam nunca olhar para mim e me chamar "Pai".

— Acho que preciso de uma peridural — disse Cat, que estava agora sobre as mãos e seus joelhos na cama, *grosso modo* a posição em que estava quando fora fecundada.

— Você está passando pelo pior, não há tempo — disse a parteira.

Notei que a parte de trás do traje de hospital de Cat estava ensopada de suor e senti uma onda de simpatia me dominar. Fui confortá-la. Eu nunca sentira uma onda de simpatia como aquela, bem, na verdade tirando aquela com Andrea. Mas enquanto eu olhava Cat sacudida pelas contrações era como se eu também estivesse parindo alguma coisa — um grupo de sentimentos melhores dentro de mim. Eu sabia que queria Cat, mais do que queria Andrea, mas, ali novamente, apenas porque sabia que Andrea estava abrindo mão de algo ficando comigo. Se não soubesse isso teria achado a escolha mais difícil. Como estava, estava resolvido a contar a Andrea o mais cedo possível, se Cat me quisesse, o que eu tinha certeza de que aconteceria. Agora sei que estava dando umas aspiradas no balão de oxigênio, mas prefiro pensar que era a atitude positiva causada pelo nascimento que me fazia pensar daquela maneira.

O médico entrou na sala e houve mais inspeções de máquinas e gráficos. A parteira se abaixou novamente para medir o colo do útero.

— Nove centímetros.

— Pronto para o *rock and roll* — disse o médico. Ele ajeitou Cat em alguns travesseiros para que ela ficasse sentada quase ereta. Por algum motivo ele olhou para o relógio, segurando a mão no ar como se fosse começar uma corrida.

— Quando quiser, Cat, se agache e empurre!

Ela pareceu estar num transe, embora um transe que envolvesse gritar bastante no tom mais alto de sua voz.

— Empurre, empurre! — eu gritei, como fazem nos filmes.

— Eu tenho o direito de uma porra de uma peridural! Me dêem uma peridural, seus putos!

— É tarde demais, você vai ficar bem.

Os médicos se curvaram para ela e me senti incrivelmente nervoso, profundamente consciente naquele momento do quanto a vida era frágil. Tomei outra dose do balão de oxigênio e tive mais alguns pensamentos profundos com os quais não vou sobrecarregar você aqui.

Não sei quanto tempo durou, poderiam ter sido 45 minutos, poderiam ter sido duas horas, mas jamais vou esquecer quando vi a cabeça da pequena Carlotta pela primeira vez. Foi inacreditável. Ela empurrou para fora, a parteira limpou o muco e imediatamente o bebê começou a gritar, ainda mais alto do que sua mãe. Eu estava mudo — eu, que não pensava que poderia talvez olhá-la, que pensava que jamais seria capaz de fazer sexo com a mãe dela novamente. O inverso aconteceu. Senti ondas de amor tomando conta de mim. Não importa que a cabeça parecesse com a de um dragão chinês ou algo que você mata num videogame, algo dentro de mim me disse para proteger e cuidar dela e da mãe dela para sempre. Pouco a pouco ela emergiu, ombros, tronco, pernas. Finalmente ela estava fora no mundo, uivando loucamente com a injustiça de ter sido tirada de um lugar tão quente. Ela era maior do que pensei que seria: 2,7 kg, disse a parteira. Enquanto eu a olhava ser pesada, dando seus primeiros passos na ordem social da humanidade, eu soube que não havia meio de eu deixá-la ir sem lutar.

Mal posso lembrar o que aconteceu depois, o corte do umbigo, acho, mas então a parteira estava me oferecendo ela para segurar.

— Ela não devia ir para os braços da mãe?

— Ainda tem mais um para nascer.

Peguei Carlotta em meus braços e só fiquei sentado ali, rindo para ela como eu jamais rira antes. Vou dizer agora que eu não tinha nada, *nada* a fazer a respeito do nome. Honestamente acredito que nomes na Inglaterra deveriam apenas ser selecionados de uma lista aprovada, ou que crianças chamadas John ou Mary deveriam ter acesso preferencial a escolas de alto nível, isenção de impostos, algo assim. Não quero ter de tratar alguém chamado Kai como um ser humano, pelo amor de Deus. Sempre que digo isso Andrea sempre me lembra de levar em conta suas equivalências étnicas, o que faço — mesmo que eu não saiba o que muitos deles são. Não ligo para seus Mohameds ou Sunils também, contanto que a criança pertença ao grupo étnico apropriado e não seja o resultado de algum hippie com a mente cheia de fumaça.

De qualquer forma, devo dizer que nunca senti tanto entusiasmo em relação a algo tão intensamente feio quanto Carlotta. Ela era enrugada, pequenina e vermelha mas eu mal podia lidar com os sentimentos que ela estava fazendo brotar em mim. Eu notei que lágrimas estavam descendo de meus olhos.

— Olhe, olhe — falei para Cat —, é uma garota!

Ela só sorriu para mim e colocou o polegar para cima, um gesto pouco parecido com ela, antes de cair mais uma vez numa combinação de gemidos enquanto Darius (mais uma vez, não minha escolha, é claro) começou a descer.

Desta vez a cabeça não emergiu suavemente, como fora com Carlotta, ela simplesmente pulou para fora e se virou espertamente para a esquerda, como aquela de um comandante de um tanque observando a paisagem na frente ocidental. A parteira o limpou e ele pareceu dar um pequeno sinal de assentimento, como se para dizer "Ah, o mundo, muito mais do que eu esperava". O resto dele nasceu rapidamente com um poderoso empurrão de Cat.

A parteira o pegou, bateu nos seus pés e, como alguém que se lembrou de uma onerosa e altamente simbólica obrigação, ele começou a chorar. Três quilos com um taco de causar orgulho no pai.

Cat estava sem ar e exausta, mas ela sorriu, riu na verdade, quando passei Carlotta para ela. A parteira deu Darius a ela.

— Este — falei olhando orgulhosamente nos olhos do médico —, é meu filho.

— E ele é um garoto legal — disse o dr. Hobbs, que apesar de meu preconceito contra médicos eu estava começando a achar um grande sujeito. — Eles formam uma boa dupla. Ainda mais considerando que são prematuros.

A parteira foi para Cat e disse algo sobre entregar uma placenta, eu disse que poderia jogá-la fora no caminho para casa e a sala ficou em silêncio.

— Desculpe — eu disse. Rapidamente se recobrando da fraqueza da piada, a parteira começou a examinar os bebês, anotando sua cor, respiração e choro, e até gentilmente abrindo suas pálperas para checar icterícia.

— Você vai ter que sair agora, vamos levá-la para a enfermaria — disse Hobbs.

Beijei Cat na testa.

— Tivemos uma maravilhosa dupla de filhos juntos — eu disse. — Isso pode soar presunçoso, mas a gente pode se encontrar novamente?

— Venha amanhã — disse ela. — Aí a gente fala sobre isso.

Pela primeira vez em horas olhei para meu relógio: meio-dia. Eu não tinha dormido nem comido e em três horas Andrea estaria me esperando no horário da visita.

23

O cachorro sem graça

Voltei para encontrar um bilhete na mesa. Era de Henderson.

"Sinto muito por saber sobre a surra", dizia. "Deve ter doído muito. Fui ver Andrea."

Eu devia ter imaginado que ele não se incomodaria com horários de visita e simplesmente inventaria uma história sobre como tinha de estar em Manchester ou algo assim. Eu podia ter feito isso mas realmente precisava dormir um pouco, então aproveitei a oportunidade para descansar a cabeça umas duas horas.

Mesmo cansado não dormi de verdade, uma combinação de medo e excitação perturbando meus sonhos.

Eu sabia que queria Cat, aquilo era muito certo, mas eu ainda não sabia se ela realmente me queria também. Ela fora muito acolhedora quando estava dando à luz, como se é, mas eu não estava certo de que ela se sentiria daquela forma uma vez que tivesse se recobrado.

Se ela não me quisesse então, raciocinei que eu devia ficar com Andrea, pelo bem do bebê e, para ser honesto, pelo meu próprio bem. Seria demais um reajustamento psicológico com o fato de estar no vértice da cidade-das-famílias-felizes e depois ser arremessado de novo na imensidão escura da solteirice. Além do mais, como eu já tinha dito antes, eu amava Andrea. O principal impedimento para nosso relacionamento era só que ela não me amava. As pessoas vivem com coisas piores.

Suponho que a coisa honrosa a ser feita teria sido terminar com ela de qualquer forma, não importa o que acontecesse com Cat. Mas sabe, eu ainda gostava de estar com Andrea. Se ela não estava inteiramente feliz comigo talvez eu pudesse fazê-la ficar. Se alguma pessoa no mundo a conhecia bem o suficiente para descobrir o que seria necessário para fazê-la esquecer a bicha do Mike, então era eu. Ironicamente, com minha primeira melhor Cat tendo ido, e seu primeiro melhor Mike tendo ido, estávamos empatados de certa forma. Éramos as melhores chances de felicidade um do outro. Talvez fosse por isso que ela ficasse comigo, o sentimento de que não ia arranjar nada melhor. E se ela tivesse dado para dois outros sujeitos, e daí?

Eu não ia perdoá-la, mas parte de mim estava aliviada por ela tão convenientemente ter mandado minha culpa sobre Cat para longe. Eu ficaria apenas com uma garota, ela tinha estado com pelo menos dois caras, ela havia dito, o que me dava mais um ponto de vantagem antes que eu tivesse de me sentir novamente culpado. Percebi que não era uma forma muito boa de pensar e que estava esquecendo a criança nisso tudo. Seria diferente traí-lo. O que quer que acontecesse, pedi a Deus que Andrea e Jim ficassem bem. Acordando, dei um telefonema rápido para ela para saber como estavam.

— Eles estão me mantendo aqui mais um pouco — disse — porque perdi muito sangue. Nada sério, no entanto, e o bebê está lindo. — Nós conversamos sobre sua perda de sangue, ela disse que se sentia bem, e sobre quando o bebê havia acordado, e agora ela estava tentando amamentá-lo, e o quanto a equipe tinha sido maravilhosa, o dr. Hobbs até a transferiu para um quarto particular com todas as coisas. Velho e bom Hobbs, pensei, valeu as suas quinhentas libras.

Ela então me deu uma lista de umas cem coisas a fazer, incluindo preparar a visita de seus pais naquela noite. Apesar do fato de que eles sabiam que Andrea estava pronta para dar à luz e que eles estavam esperando a maior parte do mês para virem, ainda precisavam de uma manhã para "trancar a casa".

— Vou estar aí daqui a pouco — eu disse.

— Não precisa, na verdade — disse Andrea. — O bebê está dormindo e não quero que você o acorde.

— Henderson não está aí?

— Ele está saindo.

— Onde ele esteve?

— Ele diz que por aí.

Eu disse que iria vê-la às oito, o que me permitiria escapulir para ver Cat logo antes. Apesar de meus sentimentos por Andrea, ainda era minha intenção tentar fazer a coisa funcionar com Cat. Eu tinha ido muito longe e me sentia muito forte para fazer de outra forma.

Então era hora de ligar para minha própria mãe.

— Ótimas notícias — disse ela —, mas eu clareei a leitura. O filhote com o qual você termina é decididamente uma tartaruga. Não há gato na imagem.

— Ótimo — falei.

Às seis, cheguei ao hospital. Ficou claro que eu não precisaria me preocupar muito com o fato de as mulheres esbarrarem uma com a outra, já que Cat estava se preparando para ir para casa. Sua mãe tinha ido lá e partido e havia uma grande caixa de chocolates na sua mesa-de-cabeceira.

— Não é um pouco cedo demais? — eu disse, espreitando dentro do berço. As crianças eram bonitas, exatamente como bebês são bonitos. Eu nunca vira isso neles antes. Bem, tirando Jimmy, claro.

— Não, é o sistema dominó. Providenciando que tudo esteja certo, eles tiram você o mais rápido que puderem — ela disse.

— Você vai ficar com sua mãe? — Eu ainda estava convencido de que ela ia me mandar embora.

— Sim, até...

— Até o quê?

— Até o que for.

— Nunca menti para você, Cat.

— Tirando o fato de basear todo o nosso relacionamento numa fraude total.

— Isso foi.

— Então quando diz que nunca mentiu, você estava de fato mentindo — ela disse. Ela estava mantendo uma face séria, da maneira que sempre faz quando está brincando, mas por tudo o que eu sabia ela podia parecer assim quando estava sendo mortalmente séria também. As únicas emoções que havíamos partilhado eram o primeiro fluxo do amor e a miséria desesperada.

— Embora meu coração fosse verdadeiro — declarei, lançando uma pose como essas que você vê nas vitrines desses fotógrafos espanhóis, onde o noivo encara amorosamente dentro dos olhos da noiva. — Será isso suficiente?

Ela sorriu.

— Infelizmente, sim.

Ela veio até mim e me abraçou. Embora as palavras fossem o que eu queria ouvir, houve uma parte de mim que esperava uma bofetada a qualquer momento.

— Eu te amo de verdade. Percebi isso muito tempo antes do parto, mas realmente me veio quando eu estava tendo os bebês. — Ela sorriu suavemente. — Mas se você foder com tudo mais uma vez, realmente vou destruir sua vida.

— E se eu não foder com tudo?

— Então vou tornar esta a melhor vida que qualquer pessoa jamais viveu.

Beijei sua testa.

— Esta é a coisa mais docemente enjoativa que já ouvi — eu disse. — Sinto-me honrado que você pense tanto de mim que esteja querendo sacrificar todo o seu auto-respeito dessa maneira.

— As mulheres fazem isso o tempo todo — disse ela, graciosa como uma cortesã. — Então, vai contar a ela?

— Então o sacrifício não é de *toda* a auto-estima?

— Não. Vou esperar que você tenha cortado os laços esta noite. Acho que prefiro a conversa de amor enjoadinha.

— Eu vou — prometi. Eu ainda não podia me ver entrando lá e dizendo a Andrea que agora ela era uma mãe solteira, mas aí vamos nós. Eu sabia que tinha de fazer.

Ao levar Cat para pegar um táxi, fui incrivelmente atencioso, olhando pelo hospital e imaginando Andrea olhando pela janela. Eu disse ao taxista que iríamos encontrá-lo na rua. Eu não queria arriscar esbarrar com Henderson, os Ellis ou qualquer pessoa.

Os bebês estavam incrivelmente leves e os carreguei facilmente através da barreira do estacionamento e para a rua, passada a entrada para um lugar onde achei que estaríamos a salvo de olhares curiosos.

— Juro por Deus, estarei lá por volta das nove hoje — falei.

— E eu juro por Deus que, se você não estiver, estarei na sua casa amanhã.

Isso clareou as coisas um pouco mais.

— Eu te amo.

— E apesar de tudo, eu realmente te amo — disse Cat.

Nós nos beijamos profundamente, sem fechar os olhos, até que ouvimos o táxi estacionando.

Cat pediu a ele que esperasse e nos beijamos novamente. Eu podia ouvir alguém gritando no estacionamento.

— Digam tchau para o papai — disse Cat. — Beije os dois, Dag. — Peguei Darius e o beijei, depois peguei Carlotta e a segurei, feliz e sorridente.

— Não posso acreditar — eu disse —, sou pai, sou pai.

Beijei Cat mais uma vez. Ficamos agarrados num abraço profundo. Fui tomado pelo cheiro dela. Era diferente, estranho.

— Eu havia esquecido de como você cheirava — ela disse, como se lesse meus pensamentos.

— Ruim, hein?

— Não, é adorável. Senti falta disso à noite. — Nós nos beijamos novamente. Foi então que senti o movimento familiar em minhas calças. Há dois fatos com os quais ainda me surpreendo, olhando para trás para aquele momento. Um, de que um cão de caça possa sentir um cheiro através de toda a extensão de um estacionamento. Dois, que uma mulher da idade da sra. Ellis possa reunir adrenalina suficiente quando de face com a visão de um cachorrinho fujão para persegui-lo correndo ao longo de 200 metros e sobre um alto aterro. Aparentemente, o caçador foi forçado a cheirar o chão por um certo tempo até sentir meu cheiro. Ainda com Carlotta nos braços e meus lábios nos de Cat, olhei para baixo para ver Lee Junior atracado à minha perna.

— Sinto muito — disse uma voz do topo do aterro.

— Não tanto quanto eu, sra. Ellis — eu disse, tentando tirar o cachorro da fonte de seu vício.

24

Contato olho no olho

A jornada no elevador não foi inteiramente confortável. Conversa leve é difícil nessas situações. Por sorte, uma ampla distração foi fornecida por um enfermeiro de ambulância.

— Você não está me reconhecendo, está? — ele riu. Ele deve ter sido um homem de uma disposição médica pouco usual, porque ele claramente nos reconheceu. Muitos médicos não lembrariam dos pacientes que eles tratam brevemente, seria surpreendente se eles se lembrassem.

— Então qual é a calamidade de hoje?

Nenhum de nós respondeu.

— Sou eu, Derek, o homem da ambulância. — Ele acenou seu rosto de lado a lado e apontou os dedos para a cabeça, enquanto fazia uma cara estúpida. — Do espancamento e do tiro.

— Oi — falei. Não o reconheci. Muito surpreendentemente, na verdade, dados os níveis de estresse em que eu estava na hora do tiro e o fato de que me encontrava inconsciente depois de ter levado a surra.

— Então, e aí? Todo mundo recuperado?

— Como um profissional de saúde, vendo as pessoas parecerem miseráveis, você jamais pensa que alguma calamidade pode ter caído sobre elas, que talvez prefiram não falar? — eu disse. Ele pareceu magoado. Espero que os enfermeiros de ambulância na média pensem que, embora não ganhem muito dinheiro, sejam bem compensados em termos de agradecimentos. Derek deu um olhar bem modificado.

— Estamos aqui para visitar nossa filha que teve um bebê. Infelizmente o noivo dela aqui tem outra família sobre a qual não nos contou e acabamos de descobrir — disse o pai de Andrea.

— Tirando isso está tudo bem — eu disse.

A temperatura pareceu subir no elevador.

— Ah — disse o enfermeiro, pressionando três no painel para parar o elevador no próximo andar.

— Acho que é o meu.

As portas se abriram e ele se foi. Quando se fecharam novamente o silêncio foi hermético.

Foda-se, pensei, eu devia ter contado a eles há séculos.

Estávamos no quarto andar e entramos. Eu me virei para os Ellis.

— Vou contar a ela.

— Você devia nos contar primeiro — disse a sra. Ellis. — O que exatamente está acontecendo?

— Não há muito o que contar. Foi o que vocês viram. Venho tendo um caso, eles são meus filhos. A verdade é que eu ia terminar com Andrea até que ela ficou grávida. Então achei que devia ficar com ela, aí a garota que vocês viram me disse que *ela* estava grávida. Sinto muito.

— Por que você ia terminar com Andrea? — disse a mãe dela.

— Nós íamos terminar um com o outro.

— Ela nunca contou — disse a mãe de Andrea, como se eu estivesse mentindo.

— Jamais confiei em você — disse o sr. Ellis.

— Por que, Dag? Por quê? — disse a sra. Ellis.

— Nunca quis que nada disso acontecesse.

— Não, mas você fez — acusou a sra. Ellis.

— Vou contar a ela — falei.

Andei pelo corredor até o quarto de Andrea enquanto os Ellis esperavam na sala de estar.

Entrei para encontrar Andrea na cama lendo um livro: *Criando Übermensch* (Ficar em casa é para preguiçosos!). Jimmy estava acordado no berço.

— Oi, tudo bem? — O rosto dela se iluminou ao me ver. Parecia quase de volta a seu estado de saúde antes da gravidez.

— Bem, e você?

— Legal. Eles dizem que posso ir para casa amanhã.

— Bom.

Houve um pequeno silêncio e senti a culpa jorrando para fora de mim.

— Preciso dizer algo a você que vai mudar tudo entre nós.

— Você vem tendo um caso com um travesti levantador de pesos chamado Vladimir?

— Nem tanto. Eu venho tendo um caso, falando sério.

— Falando sério? Você não está brincando?

— Não. Com a jornalista que você conheceu. Cat. Venho tendo um caso com ela.

— Por que está falando isso, Dag? — Eu podia ver que Andrea ainda pensava que era uma tentativa de brincadeira.

— Porque é verdade. Quando ela encontrou você foi só porque queria lhe dar uma olhada. Pedi a ela que não fizesse, mas ela fez.

— Está falando sério?

— Conte a ela sobre os bebês! — gritou a sra. Ellis, raivosamente. Ela tinha estado escutando através de uma fresta na porta e, fiel à ordem, havia decidido que eu não estava indo direto ao assunto rápido o suficiente.

— Deixe-os fazer as coisas no tempo deles, Audrey! — sibilou o sr. Ellis.

— O quê? Mãe? O quê? — disse Andrea.

— Ele está mantendo outra mulher nesse hospital e eles têm bebês — disse a sra. Ellis, mostrando os caninos. — Ela deu à luz gêmeos na mesma noite que você. Ele a estava beijando no estacionamento — continuou a senhora Ellis, seu marido segurando-a como se estivesse puxando-a para fora, mas sem realmente chegar a lugar algum.

Embora eu não pudesse argumentar com os fatos do caso, não gostava da maneira como a sra. Ellis os estava apresentando. Desarticulados, insustentáveis, eles pareciam todos os mais desagradáveis.

— O quê? É verdade? — A voz de Andrea soou alta e chocada.

— O Velho Olho Azul voltou! Esqueci o celular — disse Henderson, enfiando a cara na porta no que, em outras circunstâncias, poderia ter sido uma maneira engraçada. — Oops, má hora, devo bater em retirada. Volto em dez minutos.

Se uma situação é tensa o suficiente para Henderson se sentir desconfortável, então ela é realmente tensa.

— É verdade. Eu a amo e quero ficar com ela.

— Seu canalha — disse a mãe de Andrea. — Bem, o que vai fazer com seu filho?

Andrea havia começado a repetidamente abrir e fechar a mão.

— Deixe-nos discutir isso sozinhos — disse ela com o ar de um policial durão que não vai esperar o dia todo por uma confissão.

— Isso é o que ele gostaria — retrucou a mãe dela. Eu nunca a vira demonstar tanta raiva.

— Você vai acordar o bebê — advertiu Andrea.

Esse apelo para considerar a criança foi a única coisa que pareceu funcionar.

— Vamos esperar do lado de fora — disse a sra. Ellis. Então, num sussurro para mim. — Você é o mais baixo dos baixos, você, com seu trabalho de fantasia. Você acha que ficamos impressionados? Bem, não ficamos. Você não é nada.

Eu não disse nada e fiquei olhando eles saírem.

— Então, onde você conheceu esta mulher? — Eu não podia suportar o olhar de desespero no rosto de Andrea, não podia suportar vê-la chorar, embora não estivesse certo de poder suportar se ela não o fizesse. Mesmo então, enquanto a rejeitava, eu queria provas de que ela me amava. Um sentimento egoísta e não sinto orgulho dele, mas infelizmente é verdade.

Joguei tudo para fora, lembrando a ela que mal nos víamos e que a concepção fora a primeira vez que tínhamos ido para a cama em séculos, lembrando que eu estivera para terminar com Cat quando ela me contou que estava grávida, assegurando a Andrea que eu a havia amado genuinamente.

Ela ainda não tinha começado a chorar. Ela estava olhando para mim com o rosto pálido de rancor.

— Acreditei em você. Tentei salvar este relacionamento e o tempo todo você estava me enganando pelas costas.

— Você disse que não me amava! E Mike, o maravilhoso *gay* Mike, ele, do sexo elétrico mais elétrico que a eletricidade? E sobre esses outros homens?

Isso era típico de meu estilo de vida. Equacionar um cuidadoso malfeito — o fato de que eu havia trepado com outra pessoa. Eu sabia que não devia ter sido dessa maneira, mas é assim que as coisas são.

Ela pareceu chocada.

— Jamais contei a você sobre ele ou qualquer outra pessoa.

— Não, mas eu sei sobre eles.

— Como? Aquela puta te contou?

— Não.

— Então como?

— Contratei um detetive particular para gravar vocês quando se encontraram no Hilton. Queria saber o que havia sido dito.

— Aposto que você fez isso mesmo, porra! — Andrea sacudiu a cabeça. — Saia daqui. Vá agora antes que eu jogue você para fora.

Miraculosamente, Jimmy não havia feito um ruído durante a briga. Agora ele se mexeu, não para chorar, mas só para gorgulhar do berço.

— Você acordou o bebê — disse ela.

— Desculpe. Acho que esse é o menor dos meus crimes. — Então eu estava chorando. — Vou ligar para você mais tarde, quando tiver tido tempo para pensar sobre isso. — Eu ainda não conseguia dizer a ela que queria me separar dela.

— Não se incomode — disse Andrea, uma única lágrima em seu rosto. — Fui leal a você mas traí a mim mesma. Eu devia ter me separado de você anos atrás.

— Achei que precisávamos ficar juntos por causa do bebê — falei. Eu não conseguia acreditar. Eu queria terminar com ela e estava falando como se quisesse que ficássemos juntos.

— Mesmo quando você o traiu? — disse Andrea. Estranhamente eu não havia pensado realmente que estava traindo a criança antes, só Andrea. — Bem, eu meio que amei você — disse ela — e isso parecia suficiente. Eu estava querendo ficar com você e fazer com que funcionasse, por ele e por você.

— Vou voltar mais tarde.

— Saia daqui!

Fui para o pé da cama e olhei para dentro do berço de Jimmy. Olhei dentro de seus olhos, que me encararam de volta — envelhecendo, presente infiel de um pai — um azul e o outro, uma sombra diferente de castanho.

25

Os velhos olhos azuis estão de volta

Na sala de estar, Henderson e Hobbs estavam sentados em frente à televisão asssistindo a um programa de debates que envolvia várias pessoas muito gordas que, marcadamente, haviam não apenas persuadido uma pessoa a se casar com eles, mas duas.

— Tudo certo? — disse Henderson quando me viu chegando, poderoso em minhas nuvens de trovão.

— Não — rsepondi. — Não mesmo.

— O que quer que seja, vai passar. Provavelmente é depressão pós-parto.

— Não consigo ver isso passando rápido.Você poderia me seguir? — Eu tinha um sentimento de raiva fria, o tipo de hipercalma que os documentários asseguram que muitos psicopatas sentem brevemente antes de se ocuparem no chuveiro com a faca de cortar pão.

Henderson deu de ombros e me seguiu para fora da sala de estar, pelo corredor e passando pelos Ellis — que ferviam como Alka Seltzers — para dentro do quarto de Andrea, onde ela estava de pé ninando Jimmy em seus braços.

Ela deixou a cabeça cair de vergonha ou exaustão ou algo assim quando Henderson entrou.

— Você poderia explicar isso? — eu disse, apontando para os olhos da criança.

Henderson espiou para baixo enquanto eu tentava lembrar exatamente como meu pai havia executado seu famoso golpe com o qual derrubara um pelotão de homens. Henderson obviamente não percebeu de imediato o que eu estava querendo dizer.

— Bem, um cavalheiro e uma dama ficam juntos — disse ele — e pedem a Jesus muito agradavelmente se ele pode mandar-lhes um bebê.

Senti minha mão endurecer para o golpe.

— Olhe para os olhos, Henderson.

— Ele é nosso, Lee, ele é nosso — disse Andrea.

Henderson espiou dentro do rosto da criança e então sua mão subiu para seu olho esquerdo.

— Esse filho é meu? — disse, os olhos descombinados como um ovo frito e um tomate sobre aquela salsicha do sorriso.

— Sim — eu disse, tendo finalmente me lembrado de como dar o golpe. — Você se incomodaria de dar uma explicação ou preferiria ser espancado agora?

— Acabou? — disse Henderson, falando mais consigo mesmo. — A ginástica, os clubes, as saídas? Estou livre? Pode ser verdade?

— Prepare seu rosto — insiste: testando movimentos de soco contra a palma de minha outra mão. — Como isso aconteceu?

— Eu transei com ela — disse Henderson. Ele pareceu preocupado mas desafiador, como um diretor de escola dos anos 50 que foi pego beijando o carteiro e falando trêmulo, "eu o amo e danem-se as conseqüências!".

— Então é isso — eu disse. — Pelo menos isso rejeita a teoria da inseminação à meia-noite com uma agulha. Quando aconteceu?

— Uns nove meses atrás. — Henderson não estava me dando muito aqui que eu não pudesse ter concluído por mim mesmo depois de um período de reflexão tranqüila. Reflexão tranqüila, entretanto, estava em estoque baixo naquele segundo.

— Você deu seus genes ao meu filho, seu escroto — acusei. — Como conseguiu que esses olhos mudassem de cor? — Quando eu havia visto Jim pela primeira vez ambos os olhos eram azuis. Eu estava fixado nos olhos de Henderson. Era o direito que era castanho e o esquerdo azul — exatamente como os de Jim agora. Não poderia haver nenhuma dúvida.

— Muitos olhos de bebês são azuis quando nascem — disse o espectro maldormido de Hobbs, que havia vagado por ali chupando um desses cigarros de plástico que eles dão a você quando está tentando parar de fumar. — Eles ganham a cor de seus olhos em algum momento entre o nascimento e os seis meses. Realmente extraordinário — ele bocejou.

— Então se Henderson não fosse uma monstruosidade eu poderia jamais ter descoberto? — eu disse.

— É um pai sábio o que reconhece seu próprio filho — disse Henderson, olhando para Jim. Ele parecia estar em algum tipo de sonho. — Sou pai — disse Henderson —, pai! Agora é você que tem de encontrar alguém para ir esquiar, é você que tem de ir às *raves*! Estou bem, Jack, estou pronto para o *playground* com uma música em meu coração. Eu soube que estava certo em inscrevê-lo na escola de futebol. Fiz um teste no Arsenal, sabe.

— Sim — confirmei — e falhou, não falhou? Tudo bem nos hambúrgueres, mas queimou as tortas. — Isso era verdade. Henderson havia tentado um emprego no estande de cachorros-quentes no clube do norte de Londres durante suas férias da faculdade, mas eles o rejeitaram por ser muito desajeitado.

— Eu poderia ter ficado no nível mais alto se tivesse a oportunidade — ele insistiu.

— Como ser outra pessoa, esse tipo de oportunidade — zombei. Henderson mal conseguia chutar uma bola, não importa o que ele dissesse.

— Podemos confinar essa conversa ao assunto em questão? — disse Andrea, de alguma forma cansada.

— Desculpe — nós dois dissemos.

— Sobre o que estávamos falando? Oh, eu me lembro, você dando uma com a minha noiva — eu disse.

— Ele não parou em uma — disse Andrea.

— Bem, eu também não fico em uma só quando estou com Cat.

— Eu não consigo nem um quando estou com você — rosnou Andrea.

— Não há necessidade de amargura, querida — eu disse. Como eu podia ter perdido tudo isso?, pensei.

Eu presumira que Henderson estava a fim de Cat quando ele não estava afinal. Tinha sido tudo diversão, para tirar minha cabeça do que ele estava fazendo com minha noiva? Coloquei isso para ele.

— Por que você tentou namorar Cat, então? — Imaginei se Andrea sabia desta pequena manobra.

Ele fungou, tirando um colírio do bolso.

— Eu não tentei, mas estava chateado com o seu comportamento e pensei que você precisava aprender uma lição. Alguém precisava cuidar da garota. Você estava tão enfiado em si mesmo que não parecia capaz de fazer isso.

Foi a única explicação pela qual passei por cima — a de que Henderson era um sujeito bacana.

— Ela disse que quase dormiu com você.

— Ela disse? — Henderson, parecia como se tivesse perdido uma brincadeira. Eu me lembrei porque tinha sido tão fácil passar por cima daquela teoria do "sujeito bacana".

— Que tal o seu comportamento dormindo com minha noiva? Você também não ficou chateado com isso?

— Não sei sobre você — disse Henderson, olhando para o colírio com descrédito e jogando-o dentro de uma caixa — mas acho muito mais fácil ser moral julgando a vida de outras pessoas do que a minha própria.

— Então você não paquerou Cat, só estava me provocando?

— Achei que quanto mais você pensasse que alguém estava a fim dela, mais você iria atrás dela — ele disse, de volta para a frente do berço de Jimmy. — Você é ridiculamente competitivo. Oi, pequeno Lee, oi.

— Ele não se chama Lee — eu disse. — E naturalmente você não teria se importado em pegar qualquer trepada colateral que entrasse no seu caminho.

— Absolutamente não — disse Henderson. — Andrea é a mulher para mim. E agora estamos ligados para sempre por esse pequeno bastardo! Sinto muito, camarada. Sinto muito — ele disse, me fazendo o favor de parecer envergonhado.

— Bem, antes que você a mergulhe no pôr-do-sol, vamos ver o que ela tem a dizer. Você não está esquecendo que ela tem um papel pequeno nisso? — Eu estava partindo, eu sabia, para uma desagradável conversão ao feminismo, mas meu cérebro estava mergulhando em tudo que pudesse.

— Você quer dizer, ser chutada e trepar com seu melhor amigo? — disse ela com um dar de ombros. — Não acho que ninguém tenha esquecido isso.

— Você não sabe se ela quer você — falei para Henderson, tentando ignorá-la.

Andrea tentou falar, mas Henderson levantou a mão para fazê-la parar.

— Você percebe — disse ele, tirando o que parecia um pequeno tubo de branqueador de dentes de seu bolso e colocando-o dentro da caixa — que está lutando contra o próprio resultado que mais deseja?

Ele estava certo de certa forma, mas havia algo dentro de mim que não podia simplesmente deixar Andrea ir assim. Eu a queria? Não. Eu queria que ela ficasse sozinha? Não. O que eu queria para ela então?

Não sei.

— O que está acontecendo, Andrea? — disse a mãe dela, que havia acabado de entrar no quarto.

— Oh, entrem, juntem-se ao alegre grupo — convidei. — Vocês não têm nenhum gene sobressalente que tenham deixado em algum lugar que devamos saber, têm?

— Pare de ser tão hipócrita, Dag — disse Andrea. — Você dificilmente é inocente nisso.

Pelo canto do olho eu podia ver Hobbs se levantando e indo para a porta — para mandar vir a segurança, supus.

— Bem, vá em frente, ó, Moça Fiel — eu disse. — Ilumine-nos com o que você pretende fazer.

— Vou...

— Achei que você fosse estéril — eu disse a Henderson.

— Vou... — repetiu Andrea.

— Baixa contagem de esperma. Muito próximo mas não completamente — disse Henderson e inconscientemente fez o mesmo movimento com seu punho quando ele havia segurado seu prêmio Tacada Mais Acidental. — É só que Julie jamais faria aquela coisa da fertilização *in vitro*. Medo de irritação.

— Então por que você disse que era estéril?

— Vou...

— Excitante — disse Henderson —, mais decisivo. — Ele fez um movimento brusco.

— Vocês me traíram — acusei —, meu melhor amigo e minha noiva, não acredito nisso.

— Vocês *dois* andaram nos traindo — disse a sra. Ellis —, e toda a famíla e todo mundo que vocês conhecem. Você nos deixaram todos para baixo com seus namoros, não menos que todas as crianças em tudo isso. É por eles que eu sinto muito.

Sempre que você se sentir para baixo pode confiar num parente para colocar um braço em torno de seu ombro e mostrar-lhe que as coisas são verdadeiramente desesperadoras.

— Oh, dane-se — disse Andrea. — Ninguém está ligando para o que vou fazer. Vou para a cama.

— Acho que você já está metida em problemas suficientes nela — disse a mãe. Andrea ficou onde estava.

— Acho que devemos parar de fazer tanta confusão a esse respeito — disse.

— Sim — concordei. — Confusão a respeito de nada, na verdade. Talvez você gostasse de vir tomar um chá esta noite, Lee, se não estiver muito ocupado em engravidar a parceira sexual de alguém mais — concluí, mataforicamente jogando a primeira pedra.

— Bem, você dificilmente não tem pecados, não é mesmo? Você vem sacaneando aquela Cat por grande parte do ano.

Hobbs havia reaparecido na porta, trazendo com ele uma dupla de enfermeiras. Longe de intervir, eles pareciam olhar toda a coisa como uma velha e boa torcida. Atrás deles eu podia ver a figura do Lésbico silenciosamente se agigantando. Ele tinha um buquê dos cravos que eu vira na loja do hospital.

— Você sabia que ele estava saindo com outra? Por que não me contou? — perguntou Andrea.

Henderson deu de ombros.

— Ele é um amigo. Há certos limites que você não ultrapassa. — Ocorreu-me então perguntar se ele tinha algum removedor de cera de ouvido. Eu claramente não estava escutando muito bem.

— Oh, obrigado pela lealdade — falei. — É bom saber que o limite de sua indulgência é tentar comer minha namorada e comer minha noiva.

— Bem, não sou um escroto completo — disse Henderson com um encolher de ombros.

— Mas você tentou me persuadir a ficar com Andrea.

— Quando pensei que era isso o que ela queria, que a faria feliz. Você sabe, eu a amo e amo você. Eu não queria machucar nenhum dos dois.

As enfermeiras deram um leve soluço e Hobbs deixou escapar um assovio baixo. Por um momento fiquei tocado, não sei por quê.

— Embora não literalmente — disse o Lésbico do lado de fora do quarto.

— Dave, por favor, fique fora disso — eu pedi.

— Como quiser — disse o Lésbico, levantando as sobrancelhas no que, em retrospecto, reconheci ter sido do tipo "você vai se arrepender de não ouvir isso".

— E você estava tão preocupado em evitar me machucar que comeu minha noiva?

— Qualquer um teria feito, mesmo se não a amasse — disse Henderson. — Quer dizer, ela é uma mulher atraente. Você claramente acha isso ou não estaria com ela. Você a acha atraente, tudo bem. Eu acho, tudo mal. Você é um hipócrita e tanto — disse, desenrolando um fio dental.

— Esse raciocínio não é correto — repliquei.

— Não fiz nada que você não tenha feito — disse Henderson. — Se você não tivesse ido lá primeiro eu estaria saindo com ela agora. Sempre fui louco por ela, só não fiquei com ela na faculdade porque você entrou em cena antes que eu pudesse. Eu olhei primeiro para ela e você pulou em cima.

Andrea e a família, todos tentaram falar novamente.

— O que faz você pensar isso? — indaguei.

— Quando cheguei para ver você depois da faculdade eu lhe disse que estava paquerando ela e depois, quatro anos mais tarde, você começou a namorá-la. — Henderson fez um movimento nervoso de virar com a perna. Para quem estava de fora ele teria parecido alguém dando a impressão de um pastor alemão com artrite. Para mim, entretanto, ele parecia muito mais como se estivesse subindo num cavalo alto, um cavalo alto que era legalmente meu para ser cavalgado.

— Então porque uma vez você achou que gostava dela na faculdade e não fez nada durante quatro anos, isso invalidou oito anos de namoro meu com ela?

— Eu sinto que eu tinha direito primeiro, sim — disse Henderson.

Foi muita sorte que a próxima coisa para lidar aconteceu de ser a bola de tênis de Cat que tinha inexplicavelmente terminado em meu bolso. Num acesso de raiva, a joguei em Henderson, acertando-o no olho. Nos anos subseqüentes havia sido uma fonte de preocupação que minha emoção maior naquele momento fosse de autocongratulação pela precisão de minha pontaria. Em minha defesa, eu diria que nunca fui muito bom em jogos e era muito prazeroso ver que eu podia acertar quando tudo estava no chão.

Quando a bola ricocheteou em Henderson e sobre a televisão, ouvi Hobbs comentar:

— Oh, então é para isso que elas servem. — Pelo menos estávamos dando a ele alguma diversão.

— Ninguém tem direitos sobre mim! — gritou Andrea.

— Não tenho? — repliquei. — Depois da melhor parte de dez anos, nem mesmo um simples direito?

— Realmente — foi o pai de Andrea quem falou —, posso introduzir um ponto prático aqui?

— Sim — quase todo mundo falou, esperando, acho, pela voz da razão calma.

— Devo levar isso como uma ameaça ao casamento?

— Eu diria que sim — disse Andrea.

— Sim — confirmei.

— Bem, nesse caso, vocês deviam pensar em cancelar os bufês, porque se deixarem para mais tarde vão ser surpreendidos com uma conta infernal. — Ele sacudiu a cabeça só ao pensar naquilo.

— Ele falou uma coisa certa — disse a mãe de Andrea. — Vocês vão ter de fazer isso com o carro, as flores e tudo, também. — Os dois Ellis assumiram expressões de profunda ansiedade.

— Papai, eu não ligo para o dinheiro — disse Andrea.

— Você diz isso agora... — replicou o pai.

— Você não pode jogar dinheiro fora, amor, especialmente se vai ser mãe solteira — disse a sra. Ellis.

Andrea estivera muito calma e meio sarcástica até aquele momento. Com as palavras "mãe solteira", entretanto, ela deixou escapar um prolongado uivo. A única vez que eu vira alguém gemer assim antes foi quando havia sido persuadido a ir a uma produção amadora de uma das garotas do trabalho. O gemido em questão fora performado por uma adolescente Lady Macduff cujo papel local havia sido escolhido pelo "*gusto*" que ela trouxera a ele e que seguia as palavras "o que, todos os meus bebês mortos?"

Henderson e eu corremos para consolá-la. Ele chegou antes. Algo dentro de mim não se sentia bem em lutar com ele pela oferta de consolo, especialmente já que eu havia causado a maior parte do sofrimento.

Olhei enquanto ele a tomava nos braços.

— Vamos lá — disse ele —, tudo vai ficar bem.

Eu ainda estava tendo uma grande dificuldade de ver Henderson no papel de *pater familias* — *pater* da minha *familias*, de qualquer forma. Mais que qualquer coisa entretanto, senti raiva por ele não ter simplesmente estourado de vez a boiada mais cedo. Ele podia nos ter poupado uma grande quantidade de problemas.

— Então por que você não disse a ela que eu estava saindo com Cat?

Henderson tinha um braço em torno de Andrea. Com o outro ele procurou em seu bolso e tirou um tubo de hidratante.

— Andrea disse que devia a você ficarem juntos. Era o que ela queria. Eu a amo, então queria o que a fizesse feliz. — Ele jogou o tubo na caixa.

— E, realisticamente, sair com seu melhor amigo não ia ser exatamente fantástico para os negócios, ia? — disse Andrea. Agora ela estava rindo por entre as lágrimas.

Fiquei confuso.

— Tudo isso pressupõe que você é basicamente um cara legal. Você não é um cara legal, entretanto. Você é uma piada e é brilhante, mas você não é legal. Você nunca fez uma coisa legal em toda a sua vida.

— Ele fez por mim — disse Andrea —, através do bebê. Ele tem muito mais pistas sobre o que uma mulher quer do que você. — Henderson a havia soltado e estava agora vasculhando sua maleta. Uma garrafa de Óleo de Olay se juntou às outras coisas na caixa.

— Ele? — eu disse. — *Ele? Ele* tem uma melhor compreensão das mulheres do que eu? Ele é só sodomia e piadas estúpidas.

Andrea pareceu confusa.

— Tenho certeza de que teria me lembrado ao menos de uma dessas coisas e realmente não consigo.

— Espere até que ele diga que a ama. Tudo tem seu preço — eu disse. Henderson havia removido dois lenços de papel e estava agora esvaziando sua maleta. Sanotogen, óleo de fígado de bacalhau, óleo de girassol, uma coisa engraçada com ar eletrônico... estavam todos indo para a caixa.

— Ele já me disse que me ama — disse Andrea —, você não escutou? Acho que você o está confundindo com o amigo com quem saiu por aí durante vinte estranhos anos. Ele só é aquela pessoa quando está com você ou um monte de outros adolescentes perpétuos. Comigo ele é mais maduro.

Henderson tentou rasgar o cartão do clube de ginástica mas não conseguiu.

— Aqui, doutor, fique com isso — ele disse, jogando-o na direção do médico. Hobbs o pegou do solo e sorriu, obviamente lembrando com afeto dos dias em que tinha uma vida fora de um hospital.

— Então ele coloca uma máscara quando está com você — eu disse. — Dê a ele uns dois meses e ela vai cair.

— Duvido — disse Henderson, tirando um pacote de Wind-Eze e decidindo ficar com ele —, porque não é uma máscara. Nem é quando estou com você. É só que vocês são pessoas diferentes em situações diferentes, não são?

Olhei ao meu redor. Não, eu não estava num café de estudantes, então devia haver alguma outra explicação para Henderson sair com essa baboseira.

— Sou autêntico comigo mesmo — disse ele —, há apenas eus diferentes. E sucede que já vi suficiente daquele que sou com você. Por enquanto. Wind-Eze?

— Não, obrigado.

— Ah, vá lá, pega um.

— Você não tem nenhum Pro Plus aí, tem? — perguntou Hobbs.

— Energia Q10 resolve? — disse Henderson.

— Vou enfiar um pra dentro — disse Hobbs. Henderson procurou em sua maleta e jogou um pacote para ele.

Eu queria tanto algum remédio melhor, não para assentar o estômago, mas para assentar a alma. Eles não fazem esses em nossas farmácias, mas pode crer que haveria mercado para eles.

— Você o ama? — perguntei a Andrea.

Ela andou para o berço e olhou para o bebê.

— Não me deixei pensar sobre isso — disse —, mas parece que seria melhor fazer minha cabeça.

— Regaine? — disse Henderson para Hobbs, proferindo a cura da calvície.

— Estou bem — disse Hobbs, com um olhar para uma das enfermeiras. Ele passou a mão nos cabelos e tive certeza de que pude ver um pedaço de rosa mortal por dentro dele.

— Certeza? — disse Henderson.

— Oh, então tá, um dos meus companheiros de apartamento pode querer — riu nervosamente Hobbs.

Henderson segurou a maleta aberta virada para baixo. Estava vazia.

— Você a ama? — disse Andrea.

— Sim — eu disse.

— Mais do que a mim?

— Sim — eu disse, querendo dizer acho que sim.

— Então vamos dizer que estamos quites — disse Andrea, abrindo os braços para mim. Dane-se, pensei, tudo o que venho tentando proteger se quebrou em pedaços. Não há sentido em tentar preservá-lo mais. Andrea se foi e para quem ela foi não é problema meu. (Posso notar que é de algum conforto considerável para mim que eu seja capaz de usar palavras como "para quem" numa crise. Sempre pensei que você precisava de uma educação de alto nível para isso, mas aqui estou eu, um garoto normal murmurando os melhores deles. Se eu só pudesse emitir "sem consideração" eu estaria em casa e protegido.)

Se eu verdadeiramente amo Cat nada mais importa, pensei. Fui subitamente invadido por um sentimento — de que meu amor por Andrea havia finalmente se encaixado no lugar e que o lugar era distante de mim. Um amor do coração, não dos quadris, mais puro de certa forma mas nem de perto tão divertido.

— Oh, querida! — eu disse, correndo para pegá-la nos braços. Imaginei o vento em meus cabelos, as ondas batendo em torno da esquina, como numa novela romântica, a esquina ondulando através das páginas.

— Eu não te amo — disse ela enquanto me abraçava.

— Esperei tanto tempo para ouvi-la dizer isso — repliquei, segurando-a apertada, e embora o pensamento fosse novo em minha mente, era como se sempre o tivesse tido. — Isso pode ser o início de algo tão bonito.

Ela me beijou.

— Tomara que fiquemos separados para sempre, exceto o jantar festivo ocasional e fins de semana fora com os parceiros e crianças?

— Prometo que nunca passaremos mais nenhum momento juntos sozinhos — eu disse.

— Temos o resto de nossas vidas para vivermos separados — ela disse, os olhos brilhando com a promessa do futuro. — Oh, Dag, estou tão feliz.

— Eu também, acho.

— Estou livre! — disse Henderson. Ele colocou as mãos para fora como se fosse um avião e fez um *loop* rápido no quarto ao som de *Fugindo do inferno*.

— Bem, vamos esperar que este cara seja mais acostumado com uma chave inglesa — disse o sr. Ellis sacudindo a cabeça.

Olhei para o meu relógio. Tudo o que eu tinha de fazer era estar na casa da mãe de Cat às nove horas. Então foi com alguma surpresa que peguei um táxi rapidamente, experimentei o tráfego livre e estava batendo à porta às oito e meia.

26

Fiel nas pequenas coisas

Estou aqui, onde por quase oito anos esperei estar, na pequena igreja de Suffolk onde a mãe e o pai de Andrea se casaram, esperando Andrea entrar.

Observo enquanto ela entra na nave. Ela parece bonita, mas aí, de novo, ela sempre pareceu para mim. O vestido de casamento lhe cai tão bem. Eu realmente a amo. Sempre amarei.

E só porque ela nunca me quis inteiramente, e teve um filho com outro homem e agora estou com outra pessoa, não significa que vou parar. Sei que vou morrer imaginando o que teria acontecido se eu algum dia tivesse ido àquela festa do trabalho. Oh, está certo, Andrea teria transado com Henderson de qualquer forma e eu provavelmente estaria sozinho, com o coração partido e sem filhos agora. Exatamente como estava então. De qualquer forma, quando eu disse que morreria imaginando o que podia ter acontecido era só por causa do casamento. Eles realmente tendem a trazer os melhores sentimentos a um cara.

Henderson está perto de mim, nervoso, quase flutuando sobre o solo pronto para partir. Sua orelha direita está um pouco esverdeada. Revelou-se que ele havia pago pela surra que eu levara e tentara disfarçar como trabalho de Julie, indo mesmo ao cúmulo de deixar uma carta no quarto dele. Parecia que ele conhecia um pouco bem demais minha bisbilhotice. Tudo se revelou depois que o Lésbico sugeriu fortemente que Henderson se casasse com Andrea no meu lugar. Ele lembrou que casamento é bem mais um trato de negócios e uma fundação para crianças do que algo a respeito de amor.

— Você deve se casar agora que pagou tanto por isso. É o melhor custo-benefício — disse ele.

— Não precisamos nos preocupar com o custo — Henderson tinha dado um piparote com seu pulso liberado.

— Você está duro — lembrei a ele.

— Tenho um pouco guardado do que escondi dos advogados de Julie.

— Isso seria duzentas mil libras em ações da Maior Companhia da Terra, 40 mil libras na Baal Propriedades e fundos mistos no Pineways Habitat Decimation Trust na Escócia — disse o Lésbico, lendo de um bloco de anotações.

— Como sabe sobre isso? — disse Henderson, retraindo o pulso inutilizado e o colocando no peito.

— Bem, você não pensa realmente que eu estava trabalhando para você de graça, pensa? Não, Julie tem me pagado para manter um olho em você e descobrir exatamente quanto você vale.

— Você me traiu? — disse Henderson, com um olhar como o de um papa Medici ouvindo Galileu dizer que ele estava muito certo de que a Terra girava em torno do Sol.

— Desculpe se isso ofende seu código moral — disse o Lésbico. — Se serve de consolo, ela esperava que eu arrancasse as suas orelhas depois de descobrir tudo, mas vou poupar você disso porque gosto de Andrea.

Henderson deu um sorrisinho forçado.

— Também posso ver por esse sorrisinho forçado que você está pensando em transferir o dinheiro para onde os advogados nunca o encontrarão — disse o Lésbico —, o que é o motivo, se você o fizer, pelo qual devo ser forçado a informar a polícia quem exatamente ordenou o ataque ao Dag aqui. Depois que eu tiver arrancado suas orelhas, claro.

— O quê? — exclamei, procurando algo um pouco mais pesado que uma bola de tênis para jogar em Henderson.

— Isso é pura suposição — disse Henderson. O pulso inutilizado estava de volta.

— Não, não é — disse o Lésbico. — A senhora da placa nos viu com os caras, e você disse a ela que estávamos planejando instalar uma estufa como uma surpresa e que era para não contar a ninguém.

Subitamente estourou: mova suas possessões para fora, antes que o problema comece, a sra. Batt havia me dito. Ela queria dizer o problema do trabalho de construção. Henderson dissera a ela para ficar quieta, mas ela pensara que era apenas para Andrea a surpresa. Ela naturalmente pensou que eu havia sido consultado, como homem da casa.

— Foi para o seu próprio bem — Henderson me assegurou, como se eu estivesse sendo pouco razoável. Ele parecia ter tomado lições com minha mãe.

— De que maneira?

— Eu queria Andrea para mim por um tempo, para tentar fazer com que ela mudasse de idéia a meu respeito.

— Tecnicamente isso é mais para o seu bem do que para o meu.

— Se você me deixar terminar.

— Perdoe minhas maneiras, estou certo. Desculpe se causei ofensa. Você consideraria mais polido se eu me comunicasse via taco de beisebol?

Henderson tentou parecer digno, muito como o cachorro dele.

— Você estava bebendo muito. Achei que um período de abstinência forçada lhe faria bem. E se considere sortudo, eu queria você fora de ação por um mês, mas eles não fizeram um bom trabalho. Além do mais, você sempre mereceu uma boa surra, sabe disso, já estava atrasado.

— Esta é a sua idéia de me fazer bem?

— Você estava embaraçando os clientes, e funcionou, não funcionou? Não pense naquilo como uma surra, mas como uma terapia de fratura.

— Você podia ter sugerido apenas um curso no AA.

Henderson fungou.

— O problema com as curas tradicionais para o alcoolismo é que você tem de querer mudar. Terapia de fratura, não precisa. Instantaneamente muda seus patamares de comportamento.

— Como?

— Bem, torna mais difícil para você andar até o *pub* — ele chegou a rir.

— E sobre o "Julie manda dizer oi"?

— Para você não sentir o cheiro — disse Henderson. Quando disse "cheiro" ele sacudiu o papo, exatamente como seu cão de caça.

Foi por isso, como se revelou, que ele desapareceu. Quando a polícia havia ligado sobre a arma, ele havia ouvido "é a polícia" e, presumido que a surra havia dado errado e os bandidos haviam aberto a boca sobre o envolvimento dele e do Lésbico, havia decidido ficar quieto até que pelo menos pensasse numa desculpa decente — ou o Lésbico alavancasse seus contatos com o Serviço de Execuções da Coroa e a polícia para fazer alguém "perder" o arquivo. Assim que descobriu que só o queriam por causa de uma arma sem licença, ele reentrara em cena.

— Você também atirou em Pete? — disse a mãe de Andrea, os olhos cheios de incompreensão.

— Bem, não, aquilo foi incompetência pura, receio — disse Henderson. — Eu realmente pensei que Julie podia vir para cima de mim até que percebi que ela estava só querendo partir para um acordo cruel de divórcio. Estou desejando fazer qualquer coisa para consertar as coisas naturalmente.

Eu não conseguia pensar como algum dia poderia perdoá-lo, até que ele me disse que estava fora da viagem de esqui. Então o fiz pagar ao Lésbica as 800 libras calculadas de gasto com passes de esqui, aluguel e coisas gerais de pós-esqui para dar a ele um pagamento similar ao que eu havia recebido — tudo fundos para caridade, claro. Neste caso o Fundo Social da Casa dos Garotos da Lésbico. Sem sentimentos ruins.

Mais tarde o Lésbico até fez a Henderson o favor de dizer:

— Eram apenas negócios, H, eu sempre gostei de você — como eles faziam em *O poderoso chefão*. Então, de certa forma, Henderson se sentiu bem com aquilo — ele havia pegado uma das cavalgadas assustadoras no parque do tema dos gângsteres. Todos os jovens iriam respeitá-lo agora e a Julie Durona iria pelo menos sentir que ele havia provado alguma de sua fúria, depois que tivesse visto as fotos. Era quase divertido esperar pela ambulância, com o Lésbico em cima de Henderson — desculpe, de Henderson e Andrea — em nosso jardim, dizendo "Diga queijo" enquanto Henderson ficava agarrando suas costelas quebradas no solo.

Considerando isso, foi marcadamente bom da parte dele contratar os parentes do Lésbico na Wood Lane Banda Lésbica para tocar para nós. Eu já tinha ouvido falar que eles não são realmente de Lesbos, mas — como muitas coisas na vida — eles vão passar se você não fizer muitas perguntas. Muitos deles pelo menos são gregos, acho.

A igreja é bonita, embora eles não pudessem permitir que as flores crescessem. Julie, no fim das contas, realmente meteu a mão numa boa porção do dinheiro de Henderson e, embora a empresa esteja crescendo, vai precisar de um tempo antes que voltemos a uma vida decente. A sra. Batt com sua placa não vai fazer muito um arco do triunfo quando eles deixarem a igreja, mas suponho que seja a intenção que conte.

Nem todo mundo prestou atenção à cerimônia, entretanto. Há o dr. Hobbs, que tirou o dia especialmente para vir, dormindo como um bebê no corredor — ao contrário dos bebês que estão dormindo como doutores juniores e causando uma boa porção de barulho.

Meus filhos estão no fundo da igreja, irritando todo mundo com o choro e coisas barulhentas, da maneira que as crianças sempre fazem nos casamentos. Lee Junior está com a sra Ellis na frente. Esse é o Lee Junior que era chamado de Jim, Lee Junior o humano, não o cachorro. Este foi renomeado Cheirador.

Henderson parece horrível, mas essa sempre foi sua ambição. A barriguinha trabalhada pela ginástica foi embora e está começando a cair, a careca está exposta e não escondida — ele até está um pouco bronzeado. Ele teve o sinal verde para a meia-idade e seu pé está no fundo do acelerador.

Andrea ama Henderson? Não sei. Ela está se casando com ele, então suponho que deva amar.

— Ele tem uma certa maturidade — ela me contou.

— Ah é? Um homem que uma vez entrou na Casa da África do Sul cantando "Prendam Winnie Mandela" por causa de uma aposta?

— Isso foi anos atrás — disse Andrea. — Ele mudou, você não notou?

Venho tentando não notar, acho.

Dei um olhar sobre meu ombro para Cat, que está tentando controlar C e D, como eu os chamo já que não posso tolerar seus verdadeiros nomes — mas, como Cat disse, se eu quisesse me envolver na escolha dos nomes eu devia ter estado por perto quando isso estava sendo discutido. Pelo menos nos mudamos para Camden agora, então as crianças vão evitar o inferno de um crescimento rural ou suburbano. Já estou de olho numa guitarra elétrica em miniatura para Darius e uma escola para moças para Carlotta. Com o tipo certo de influências, eles estarão indo a boates mais ou menos aos 14 anos, deixando a mim e a Cat livres para curtir um ao outro.

Eu a amo? Demais. Será que vou amá-la sempre, da maneira que sei que sempre vou amar Andrea? Não sei mas espero que sim. Nós temos um longo caminho a percorrer mas parece muito bom. Não estou mais fazendo administração para o futebol ou o *badminton*, então esse é um bom sinal. Eu amo as crianças, também, então este é um laço.

Andrea e eu costumávamos encontrar muito pouco tempo para estar juntos. Cat e eu na verdade não ficamos muito tempo separados. Ainda fazemos as caminhadas no Heath mas agora, ao invés de escutar o vento e o chamado das árvores, ao invés de roubar beijos heterossexuais clandestinos no domínio *gay*, olhamos as crianças, comentamos seu desenvolvimento e quase esquecemos o quanto nossas vidas mudaram. É um tipo diferente de diversão, eu acho.

É algo que nunca conheci, desenvolver nosso relacionamento através e em torno das crianças, amar três pessoas ao invés de apenas uma. Bem, eu havia amado duas antes, mas desta vez não parece tanto assim.

Será que eu poderia ter feito isso com Andrea se tivéssemos filhos mais cedo? Será que ela teria me amado se nunca tivesse conhecido Mike? Será que eu iria acordar uma manhã, olhar para Cat e pensar, você precisa de alguém da sua idade, ao invés de notar que, desde as crianças, ela se tornara muito mais como alguém da minha própria idade? Realmente imagino se as coisas poderiam ter sido diferentes. Mas a diferença é que eu só imagino; eu não quero. Na verdade não quis conhecer alguém antes, simplesmente conheci. Como Henderson disse naquele poema que escreveu para aquela aula de redação criativa — entre a intenção e o ato cai uma sombra. Eu tinha certeza de que havia ouvido aquilo em algum lugar antes — Andrea afirma que ela criou isso, embora eu ache que foi criação minha.

Enquanto andávamos para o sol da tarde, jogando o confete de cinco libras o saco e pensando quanto mais sensíveis são os americanos por usarem arroz, não vejo sombras e não tenho intenções em relação a ninguém além de Cat e as crianças. E, como Henderson apontou, quando um homem vai a um casamento e o pensamento de copular com uma das damas de honra nem mesmo ocorre a ele, ele alcançou um raro equilíbrio. Embora obviamente eu tenha paquerado umas duas delas. Quero dizer, você não pode ter tudo.

Posso realmente me ver apropriadamente pela primeira vez em anos, não em sonhos de crianças com vontades, mas em imagens realistas de observar Darius jogando futebol pela escola, pegando as laranjas nesse meio-tempo com Carlotta, indo às tradicionais disputas com os pais do time adversário. Talvez eu leve o Lésbico para ajudar a quebrar algumas cabeças, embora isso talvez introduzisse um inaceitável toque de profissionalismo num esporte orgulhosamente amador.

— Você está com o olhar distante — diz Cat, pegando minha mão.

— Só preocupado com as tartarugas — respondo. Minha mãe nos comprara duas como presente de casamento. Eu havia apontado que não éramos nós que estávamos nos casando. Ela só bateu no lado de seu nariz e pegou a Rainha de Copas.

— Se isso é tudo o que está preocupando você, eu diria que é um homem sortudo — diz Cat.

— Eu sou — digo. — Não consigo acreditar que tudo deu tão certo.

— Tirando as cartas — diz Cat. — De acordo com sua mãe as crianças vão tornar nossa vida um inferno.

Este livro foi composto na tipologia *Agaramond*, em corpo 11/15, e impresso em papel *offset* 90g/m² no Sistema Cameron da Divisão Gráfica da Distribuidora Record.